新典社研究叢書308

# 中世文学の思想と風土

石黒吉次郎 著

新典社刊行

# 目次

## 第二部　日本の風土と文学

# 序

中世文学はさまざまな面を持っている。これは中世社会が複雑であるためである。そして現在、中世文学研究は対象においても方法においてもますます多面的な様相を呈して、進展していると思われる。私はこれまで新典社より、『中世の演劇と文芸』（平成十九年）、『中世の芸能・文学試論』（平成二十四年）を刊行したが、これらの中では能を中心とした中世芸能の問題、そして御伽草子を中心とした説話・物語の問題等を扱った。このたびこれに引き続いて、本書では中世文学の思想的な問題、そして日本文学における風土的な問題を中心に取り上げることとした。この書の論はおおむね先の二著の出版後に執筆したものである。この二つのテーマに関しては、これまでの論でもいくつか述べてきたことではあるが、この書であらためて中心にすえて考えることにする。

本書での思想的な問題は、いわゆる日本思想史からの立場からではなく、文学作品等の文献を使用した別の側面からの論である。人間文化研究の行き着くところ、結局は思想的なことになるのではないかと思う。そしてこうした思想研究の方法論も私にとってはたいへん魅力あることであった。このような研究は人間をより深く掘り下げて考えることにもつながるものである。もう一つの中心となる文学風土的な問題は、自然と人間そして文学の三者の関係を考えるもので、このテーマは恵まれた自然環境を持っている日本人には好みのものでもあり、従来この視点からの論は多い。もとより日本列島は縦に長く、地域的にさまざまな様相を示している。そのためにこの研究の諸問題を網羅的に扱うことは困難であり、ここで取り上げていることは、もちろんその中の部分的な試論である。

古典文学・古典文化の研究は私の学生の頃から盛んに行われてきたが、ここに至って種々の問題も起こっている。

古典研究が古くから続いてきた国文学の世界ではもはや主流ではなくなったこと、近代文学やサブカルチャー等の研究が勢いを増していること、比較文学・比較文化の視点が重要になっていること、人文科学においても研究対象がますます多様化していることなどがある。その中であらためて古典研究の意味が問われる状況になっている。しかしこれまでにもよく言われてきたことであるが、古い時代の出来事は、現代人にもさまざまなことを教えてくれる。研究者は具体的な例をもって、そのことを示さなければならないであろう。このような難しい課題を意識しながら、それを実現すべく、従来具体的なテーマを求めて考え、試論のような形で発表してきた。今回二つのテーマについての論をまとめて著として刊行できることは、著者にとって大きな喜びである。

# 第一部　中世文学の思想

# 中世文学における乞食の言説をめぐって

## 一　はじめに

『源平盛衰記』巻四十四の平家虜都入り附癩人法師口説言並戒賢論師事に、次のようなことが見える。

平家が壇ノ浦の合戦で滅んだ後、平宗盛等平家の人々が源氏軍の捕虜となり、京都へ連れ戻された。彼等は浄衣を着て牛車に乗せられ、前後の簾を巻き上げられて、京都の人々の眼にさらされた。京都の貴賤・老若が押し寄せ、かつて繁栄した平家がすっかり零落してしまったさまを見て涙を流し、袖を絞った。今は源氏の世とはなっても、昔の平家の恩を忘れないものも多かった。この見物の人々の中に、乞食の「癩人」の法師達十余人が枺杖を突いて立ち並んでいた。その中で年長の者が鼻声で人々に語っていた。

人の、情を知らず法を乱るをば悪しき者とて、不敵癩《ふてかたゐ》と申したり。されどもこの病人達の中にも、不敵《ふて》たるもあ

り、不敵ならざるもあり。又直人《ただびと》の中にも善者も不善者もこもごもなり。世の習ひ人の癖なり。(1)

と、悪人を俗に「不敵癩」というが、この病者には悪人もいれば、そうでない者もいる。普通の人に善者と不善者がいるのと同様であると述べて、この病が悪を犯したためのものではないことを強調する。そして平家批判の論を展開してゆくが、これは批判者としての自己の立場が正当であることを示すものともなっている。この批判は多くの見物人が平家に同情的であるように描写されているために、際立っているものである。『盛衰記』の作者の意見の一端を代弁させているともみることができよう。次いで「此法師加様の病を受たる事此七八年也」と自身の来歴を述べ、さらに、

当初《そのかみ》事の縁ありて文章博士殿に候ひし時、田舎侍に小文を教へられしを聞けば、「世は人の持つにあらず、道理の持つなり」といふ事を読まれき。又清水寺に詣でて通夜したりし時、参堂の僧の中に法華経を訓に綴り読むあり。近付き寄りて聴聞せしかば、「不信の故に三悪道に落つ」と読まれき。この内外典に教へたる二つの事、耳の底に留めて明暮忘れず、心の中に持《たにも》たれて候ふぞ。

と語る。この法師は漢籍と『法華経』の講釈から、道理と信仰心の二つを学び、前世においては不信であり、道理を知らなかった故に、この世で病苦を受ける身となった。そこで今は、「道理をば背かじと不信ならじ」と思って過していると述べる。この法師の眼から見れば、栄えた平家が滅んだのは、故平清盛が道理を知らない人で、不信のあまり三井寺と興福寺、東大寺大仏を焼き滅ぼしたためであるとする。これを聞いた朋輩の乞食は、御房のおっしゃるよ

うに、人と生れて仁義を顧みず、恥を知らない者は、「人癩《ひとがったい》」という。壇ノ浦で平家一門の人々は皆海に入ったのに、あの内大臣（宗盛）は恥知らずな人で、「人癩の上﨟癩」である。つまりは我々と同族である。しかも我々よりは劣っている。さあ御房達、内大臣が通るときは、「辱号《はじのな》かくに爪つひず、勘当かぶるに歯かけず」と、拍子にかかって舞い踊らんと言った。人を辱めるために、即興の戯れ言を言い、舞い踊ることについては、以前乱舞の発生と関連づけて論じたことがある[2]。

　これを見聞した人々は、厭わしい姿の者達がよく物事を心得ていることに感心した。すると傍らの僧が天竺の戒賢論師という法相唯識の僧について話し始めた。大小乗の奥義をきわめ、有空中の三時教を立てた高僧であったが、癩病に罹り、治療の方法もなく、自殺を決意した。そこに天人が下って、今は空しく身命を捨てず、仏法を広めるべきであることを説いた。そこで捨身をとどめて待っていると、玄奘三蔵が天竺にやって来たので、これに五相宗の教えを伝え、その後論師は重病を厭って自殺を遂げた。深い悟りを得た者であっても、人の身である以上、病から逃れることはできない。心ある者は浄い心を持つはずだから、この「癩人法師」のような乱僧（私度僧・散所法師など）であっても、心まで拙いものでもない、という意見であった。その後に内大臣を乗せた牛車が近づいたので、上下色めき立つと、大勢の武士がこれを警護して雑人を追い払ったので、口達者だった乞食法師原も、蜘蛛の子を散らすように逃げていってしまったという。

　この『源平盛衰記』の話は、洛中の病人法師の生活の一端を示すものとして興味深く、その意見・問答にも何かしら面白さがある。この話のように、もとはそれなりの身分であった者が、その病のために身を落とし、物乞いの集団の一員となって生活する人々がいたのであろう。後代の物語ではあるが、難波の四天王寺に住む盲目の乞食を描いた能「弱法師」（説経節では「しんとく丸」）の俊徳丸の生活と意見に共通するものがある。この能も身分ある者の成れの果てを描くものである。近世演劇の「非人の敵討」の先蹤である。また『平家』のこの箇所は、捕虜となった平宗盛が都大路を渡された時の様子をよりリアルに叙述するものであり、そして武士達に追い散らされたという乞食法師達の話は、実話に近いものであろう。その場に居合わせた人が興味深くこの出来事を記憶していてほかの人達に語り、それが『盛衰記』の取材源となっていると思われる。まさに『徒然草』百四十二段の、「心なしと見ゆる者も、よき一言はいふものなり」という中世人の感覚が働いているのである。ちなみに覚一本『平家物語』巻十一・一門大路渡にはこの逸話はなく、平家の人々が疲れた姿を大路に曝す様を、やや観念的に、感傷的に語っている。見物の人々も「袖をかほにおしあてて、目を見上げぬ物もおほかりけり」とする。語り本系と読み本系の中間形態本の一種である百二十句本『平家物語』巻十一・平家一門大路渡しも、覚一本とほぼ同様の内容である。しかし見物のある人が、

一年《ひととせ》内大臣になりて、祝ひ申しのありしとき、公卿には花山の院の大納言、やがてこの平大納言もおはしき。…今は月卿雲客一人もともなはず。(3)

と言ったという一節があり、これは平家の落魄に対する感慨を表わしたものであるが、『盛衰記』の乞食法師の感想に構想は似ている。覚一本では、「一年内大臣になりて…」の一節は、地の文に融け込ませており、新しく整理した跡が見られる。さらに延慶本『平家物語』第六本・平氏虜共入洛事にもこの話はなく、覚一本に近い構成で叙述がなされている。長門本『平家物語』巻十八・宗盛清宗父子被レ渡二大路一も平家の没落を目の当たりにして、人々は涙を流して同情したとあることを記すのみである。すなわち多くの平家物語諸本が栄華を誇った平家一門の衰退に深い感慨を持ってこれを憐れんだとし、それをこの箇所のテーマとしているのに対して、『盛衰記』だけは平家の悪を論じ、

これを批判する別のテーマを持ち出し、差別されていた下層の法師にこれを主張させているのである。ここにも『盛衰記』の独自の性格が読み取れるであろう。

小林保治編『平家物語ハンドブック』では、『源平盛衰記』に関する性格づけとして、『平家物語』の異本を参照しつつ編集されたとみられる、劇的な構成法を好む、詳細な描写を繰り返す、異説を並べ立てる、文書類を多く収載する、事物の由来を解説する、暴露的記事を好む、猥雑ないし荒唐無稽な逸話を導入する、教訓めいた結論を引き出したがるなどの特徴が従来指摘されているとしている。先の『盛衰記』の箇所も、これらに該当することが思い浮かべられるであろう。ところでこのハンドブックの解説では、『盛衰記』にも独自の世界を指向した面があり、物語の末尾が他の読み本系のそれと異質なものがある、これでは平家の嫡流六代の死を叙述せずに、長谷観音の霊験譚で結ぶという点が特異であるとしている。[4] 筆者も『盛衰記』中の記事の面白さには注目してきたのであるが、独自性を持ったこの箇所も印象に残るものである。この法師の話の特異性は同書巻四十七・北条上洛尋二平孫一、附髑髏尼御前事にも通じる。これは信西の孫で藤原成範の娘新中納言の局が、平重衡との間に若君をもうける。北条時政が上洛して平家の子孫を尋ね殺したため、我が子も殺される。しかしその首を離さず持ち、乞食修行者の様となって、天王寺前の難波の海に入水するというものである。これも身をやつした髑髏の尼の異様な姿がすさまじい。『四天王寺年中法事記』（『四天王寺史料』所収）にも取られているものである。この話は延慶本、長門本などに見え、その異同や基盤、生成等については浜畑圭吾氏の論がある。[5]

先の『盛衰記』の逸話と似ているタイプのものは、『発心集』巻五・十二話・乞児、物語事である。ある上人が外出した先で、乞食二人の会話を聞いたというもので、一人が「近江という乞食は運がよい。坂で乞食の共同生活をして、三年もたたないうちに、宝鐸（大型の鈴）を持つことを許された」と言うと、もう一人が「それは前世からの運命である。品のない言い方をするな」と答えた。するともう一人が、「これを聞くと、自分の事を仏菩薩は何かにつけて、愚かなことをしていると御覧になるだろう。恥ずかしいことだ」と感想を述べた。これは清水坂周辺に住む乞食の話であろうが、非人の賢明さを伝えるものである。なお非人の乞食の集団にも身分秩序があったらしいことも知られる。『発心集』巻四・四話・叡実路頭の病者を憐れむ事は、比叡山の僧叡実が帝の病気祈禱に向かう途中、道端で病人が苦しんでいるのを見かけ、これの世話に専念したというもので、高僧の身分の賤しいものに対するまなざしの話の系譜があったのである。さらにこれに加えて想起される話は、『伊勢物語』八十一段である。左大臣源融が賀茂川ほとりの六条院で神無月の頃夜を徹して宴を催した折、人々が皆歌を詠んだのち、板敷の下にいたかたゐ（乞食の障害者）の翁が「塩竈にいつか来にけむ朝なぎにつりする舟はここに寄らなむ」と詠み、皆に感心されたという。

いずれにせよ一般人で、治癒の見込みの立たない病者は、乞食として生活をせざるを得ない時代であった。

## 二　癩をめぐる背景

癩に関する歴史的なことや文学との関わりについては、これまで研究が積み重ねられてきた。勿論この問題は、日本のみならず、世界史的な視野へと広がる問題である。古くは『旧約聖書』民数記に見られる。ハインリヒ・プレティヒャ著の『中世への旅　都市と庶民』（関楠生訳）では、

中世の諸都市では、癩病は神の笞《しもと》とされた。…それから人々は、おごそかな行列を作って、葬いの歌を歌いながら、病人を市門の外の癩者の家に連れて行った。この家が、そまつな小屋だった場合も多い。(6)

と中世ヨーロッパにおける実態を記している。また「コンスタンティヌス大帝の寄進状」なる偽造文書には、コンスタンティヌス帝がまだ異教徒だった時、癩病に罹った。そこで異教の司祭達は幼児を殺し、その血で湯浴みして治すように勧めたが、帝はその母親達の悲しみに打たれて、それに従わなかったとある。[7] またこの病気の人々の救済に当たったのも多くは宗教家であった。仏教説話では、『今昔物語集』巻六・六話に、玄奘三蔵が山中でこの病の者に会い、その膿汁を口で吸い取って治してやったという話が見える。出典未詳とされている。

この病について、『法華経』普賢菩薩勧発品には、この経を受持する者の悪口を言えば、白癩になるとあり、『智度論』巻五十九では、諸病のうちもっとも重いもので、「宿命罪因故難」とする。鎌倉時代の僧医梶原性全著の『頓医抄』巻三十四には、秘伝があり、この病気は前世の罪業、仏神の冥罰、食物、四大不調が原因で起こるとある。[8] また盛田嘉徳著の『河原巻物』では、この病に罹る人があると、賤民とされた人々に託したり、死後の後片付けを任せたりすることが多かった。彼等に世話を頼むどころか、河原に委棄することも少なくなかったとしている。[9] そして仏教関係の人々が多く患者の救済に当たったのも事実である。仏教に深く帰依した光明皇后が湯屋で癩の病の人の垢を摺ると、これが阿閦仏であったという話は有名である。『三宝絵』巻下・法花華厳会には、光明皇后が悲田院と施薬院を立てて病気の人々を養ったとのみあるが、これが『宝物集』巻六になると、癩の人の垢を摺り、これが阿閦仏であったという話になる。『建久御巡礼記』では清水坂の乞食の垢を摺ったとあるが、これはこの坂の癩人のことであろう。[10] この話は『元亨釈書』第十八、『法華経直談抄』五末などに見え、中世流行したものであった。癩はその病気の性格から特に恐れられたもので、その恐怖感は中世に入って、仏教の罪悪感と結びついて、広く深く浸透していった。また逆にその異様、異形には何かしら異界の神聖さを感じさせるものがあったようである。この点に関し、網野善彦氏

は『中世の非人と遊女』において、

私自身は、乞食、病者を含む非人…が、中世前期の社会のなかでは、凡下、百姓、あるいは下人と異なる神仏の直属民―神人・寄人・供御人と本質を同じくする身分として、神人・供御人制の下に位置づけられているとみて、これを「職人」の一種と考えており、(11)

とすることを想起させる。さらに氏によれば、非人が賤しいとされたのは、中世以降のことで、中世前期においては、聖なる存在として畏れられた一面があったという。これに対し、金井清光氏は、『中世の癩者と差別』において、

網野氏ら一部の歴史学者や民俗学者の中には、中世の乞食・非人・癩者らに普通の健康者には無い聖なるものを認め、神にも通ずる神秘的な存在であると主張する向きがけっこう多い。しかしそれは中世の説話や寺社縁起等の「作り話」に登場する非人・癩者らの奇跡を歴史的事実と早合点する誤解であり、(12)

と反論する。しかし異形の者にそうした聖なる性格を覚えることは、来訪神の信仰と結びついて説話に多くある。仏教説話でも仏菩薩が病者や乞食などの化人に扮して人々の慈悲心を試す話は『今昔物語集』巻六・六話の玄奘三蔵の例など多くある。『感身学正記』によれば、鎌倉時代の真言律宗の開祖叡尊は、『文殊師利涅槃経』の説によって、忌み嫌われた非人を文殊菩薩の化現とし、非人達を供養したという。

またヨーロッパにおいては、北欧神話の主神オーディンは、しばしば乞食の姿をして民家を訪れるという。聖なる

ものと賤なるものが表裏の関係にあることは、能にはしばしば見られるものである。『日本霊異記』巻中・十五話は、伊賀の国の高橋連東人は、母の供養に般若陀羅尼のみ誦持する乞食を師として呼んだことを記している。この話は『三宝絵』巻中、『今昔物語集』巻十二等に受け継がれる。そして酒井シヅ氏によれば、癩の人々の生活も確かに宗教的なものに結びつくことがあったようである。清水坂や奈良坂の癩者は、年に何度か町に出、「ものよし」と呼びながら勧進した。ものよしは縁起が良いという意味で、彼等に施しをすることは功徳になることで、人々は喜んで喜捨をしたという。(13)

## 三　癩をめぐる説話

癩についての中世史からの研究成果は多くあり、その実態が解明されつつある。また癩とはハンセン病だけではなく、広く皮膚病についていう語であることも知られている。(14) 癩と文学との関わりは、古代から近現代に及ぶもので、近代小説では、島木健作の『癩』（昭和九年）、北条民雄の『いのちの初夜』（昭和十一年）などが知られている。海外では聖人が我が身体をもって癩病の人を看護するG・フロベールの小説『ジュリアン聖人伝』（一八七七年）などがある。

古代の仏教説話では、先の『法華経』普賢菩薩勧発品に見える教説の影響が強い。『日本霊異記』巻下・二十話には、光仁天皇時代、阿波の国名方郡の女が麻殖郡の苑山寺で『法華経』を書写した。麻殖郡の忌部の蓮板屋が女の過失を顕わして謗ったところ、板屋は口がゆがみ、顔が後ろに捻じ曲がって戻らなくなった、と記した後、『法華経』には「この経を受持する人を謗ると、身体に異常が生ずる」「この経を受持する人の過失を顕わすと、事実かどうかにかかわらず、白癩を得る」とある、といった評語を加えている。『今昔物語集』巻二十・三十五話では、比叡山の僧心懐が美濃の国に行き、そこで一の供奉《ぐぶ》として尊敬された。ある時疫病が起こり、これを鎮めるために南宮社にて仁王講が行われた。その代表の講師は心懐ではなく、懐国供奉が当たることとなったため、心懐は怒り、その講の座に乱入して暴れまわった。その後心懐は京に上ったが、白癩という病が付いてしまったという。別の面では癩を治癒するのは、『法華経』であるともされた。『今昔物語集』巻七・二十五話には、震旦の話として、唐の高宗の世に僧徹という僧がおり、山で癩病の者を見つけ、住処に連れて帰り、これを養った。また『法華経』を教えて読誦させたところ、病が癒えた。その後この者は僧徹の弟子となり、病気の人々を癒すようになったとある。『冥報記』巻上・三話に拠るという。

このように古代においては、癩人にまつわる説話は仏教と深く結びついて説かれるのであるが、中世に入ると、社会に生きる病人の姿として、より現実的な描写が見えてくる。明恵の伝記には、上人と癩との関係記事が見えるが、それを『高山寺明恵上人行状（仮名行状）』に拠って示す。

一文治四年戊申生年十六歳ニシテ舅上覚上人ニ付テ出家ス、…又先年紀州下向ノ時、藤代ノ王子ニシテ癩病人ヲ見ルニ、或人語テ云ク、人ノ肉ハ癩病ノ良薬ナリ云々、心ニ思ク、我コヽロサス所、自本菩薩修行ノ如ク、一切衆生ノタメニ頭目手足乃至身命マテヲモ捨ムト思、誰人カソノ完（宍）ヲサキテ此ヲスクハム、尓者我カ身肉ヲサキテ此癩病人ニ与テ此苦ヲスクフヘシ思テ、上洛ノトキ人ニモシラレスシテ刀ヲトキマウケテ持シテ藤代ニシテサキノ癩人ヲタツヌルニ、纔ニ仮舎ハカリ残テステニ死セルヨシヲ聞、遺恨ニ覚テ上洛シ畢、[15]

これは明恵上人が十六から十八歳の間の出来事のようで、「漢文行状」もほぼ同文である。明恵が若い頃癩病の人の姿を見、我が身を裂いて肉を与え、これを養おうとしたという。明恵はこうして真摯に癩者と向き合い、自らの菩薩修行のために自身の体を犠牲にしようとしたのであった。『五門禅経要法』に見える、

釈迦文仏の如くは太子たりし時、出て遊覧するに一癩人を看見す。即ち直に勅して言く、当に須く不死人の血を飲ましめ、髄を塗らしめば、乃ち養ゆるを得べし。(16)

を実践したものであった。藤代の王子は熊野に通じる道筋にある有名な神社であるから、この病人は熊野に参詣する人々に喜捨を乞うていたのであろう。熊野周辺にこうした人々が多くいたことはよく知られている。こうして中世においては、この病に悩む人々を見つめるまなざしが記録されることになる。実際に僧が道端の病者を助ける話は、『発心集』巻四・四話・叡実、路頭の病者を憐れむ事にも見える。比叡山の僧叡実（十世紀後半の人か）は、高僧の聞こえがあり、天皇の御脳の祈禱に招かれて辞退し続けたが、断りきれなくなって参上する道すがら、動けなくなっている病人を見つける。叡実はこれを憐れみ、仮の小屋を作り、食物の世話をし、「帝の御事とても、あながちに貴からず。かかる非人とても又おろかならず」と言って参内を取りやめたとする。この非人の病者は、人が「厭ひきたなむ」とあるから、癩の可能性があるが、『元亨釈書』では「狂病」としており、神経系統の病気としている。どちらにせよ人の忌む病で、辺境に暮らさざるを得なくなるものであった。これは鎌倉時代の忍性による本格的な貧困の病人の救済に先立つような話である。忍性の師叡尊は、『関東往還記』の中で、弘長二年（一二六二）五月・六月、疥癩宿で病者に食と戒を与え、受者は慚愧の涙を流したとあるから、彼等は仏教に結縁する機会もあったのである。

次に癩の人の言動に関する説話は、『古事談』巻三・八十一話・清水の癩者、問答智海法印に勝つ事に見える。智海法印は十二世紀の延暦寺の僧で、ある時清水寺に詣で、夜更けに帰途に就いた。五条の橋の上で、「唯円教意逆即是順、自余三教逆順定故」と誦する声が聞こえた。近寄って見ると、白癩の人であった。法文をめぐってこれと問答すると、智海の方が言い負かされてしまった。智海はこれほどの学生《がくしょう》はいないと居所を問うと、清水坂の者と答えた。その後智海はたびたびそこを尋ねたが、二度と会うことはなかった。そこでこの者は「若しくは化人《けにん》か」としている。この僧は清水坂に住む非人達の一人であったのであろう。もとは学識ある僧であったが、業病に侵され、この地に住むことになったと思われる。この人物は、『盛衰記』の癩人法師以上の知識を有していたのである。この説話は『宇治拾遺物語』巻四・十三話・智海法印、癩人法談事に同文的に見える。ここでは末尾は「もし他人にやありけんと思ひけり」としており、この「他人」はやはり他界の人の意味なのであろう。先の「化人」は神仏の化現の意であるが、ここには仏法に通達した癩の人を神仏に近い神秘的な存在としており、異形の者を一面聖なるものとする伝統的な感覚が働いている。この話は『発心集』巻四・三話、『撰集抄』巻五・八話、『閑居友』巻上・七話等に類話があることが指摘されている。(17)『発心集』では、智海ではなく、近い頃の永心法師のこととしており、この法師が清水に百日詣でをし、日暮れに帰途について鴨川の河原で泣く者と出会った。この者は「かたは人」の病者の乞食で、苦しさに河原で足を冷やしていたのであった。またこの者は昔比叡山にいて、昔学んだ唐の天台宗中興の祖湛然の釈に「唯円教意、逆即是順」とあるのを思い浮かべ、その趣旨を心静かに思い続け、その貴さに泣いていると永心に語った。これは先の『古事談』や『宇治拾遺物語』にある類話よりも自然な説話になっており、こちらが本来のものかと思われる。そして先にあげた癩人とこの病人の乞食とはほぼ同一のものを指すであろう。こうして癩の人の言説というモティーフは、乞食全体の説話にも敷衍できることになる。

この学識ある乞食法師の話型は、『撰集抄』にも見え、この書の好みのテーマとなっている。第一・三話・乞食法師帷返事に、都に筵《むしろ》や薦《こも》を着て物乞いする法師がいた。ある人が帷子を与えようとしたところ、「おもふ様あり」として手に取らなかったとある。筵薦を着てさまよい歩く様は、能「百万」の女物狂百万を思わせる。この能の狂女は長い黒髪を乱し、黛も乱れ、筵切れ、菅薦を着て我が子を求めて狂乱する。さらに古い烏帽子を被っているというのであるから、その姿は落ちぶれて乞食のようになった女性芸能者ということになる。これは当時の市中の物狂いのような、また芸能者でもある女乞食の姿をモデルにしていると言えるであろう。そのイメージは能「関寺小町」や御伽草子「小町草紙」の小町にも通じる。さてこの都の法師は、ある時印西を訪ね、法文を求められて、「見るやいかにあだにも咲けるあさがほの…」という世の無常を説く和歌を与えて去ったという。『撰集抄』の編者は、これをたいへん貴い話としている。その裏には遍歴する乞食に、異界とかかわる聖なるものを認めようとする伝統的な感覚が働いていることは想像される。第五・五話・覚尊上人乞食対面事には、駿河の国に食物は魚鳥を嫌わず、薦藁を身にまとい、物狂いのような乞食が庵を結んで住んでいた。ある時覚尊上人が東国に下って、この乞食から物を乞われ、これに法文を請うと、乞食は「なるこをばおのが羽風にゆるがして…」という歌を残して去ったとある。これらの乞食は神仏の化人を思わせるものでもある。まさに歌とともに「いとど貴くおぼえ侍る」ことであった。『閑居友』巻上・七話・清水の橋の下の乞食の説法事も先の『霊異記』巻中・十五話の話に似るもので、清水の橋の下に住む乞食、かたは人がさる大臣の仏事に赴き、日頃の姿のまま勝手に高座に上り、すばらしい説法をしたというものである。人々は、「昔の富楼那尊者、形を隠して来たり給へるか」と思って感嘆したという。

このような例を見ると、清水周辺の非人の中には、昔はかなりの学僧であったが、病気のために身を落としてこの地に住むことになり、その逆境のためにますます心を澄ますことになった人々がいたのではないかと思われる。なお

『閑居友』巻上・八話には、東国に啞の真似をし、物を叩いて乞食をする上人がおり、天台の法文を言い捨てて去った話がある。またこうした説話は清水周辺にとどまるものではない。天王寺にもまた『一遍上人絵伝』に見るように、車のついた移動小屋に住む乞食の人々がいたことで知られているが、『発心集』巻一・十話・天王寺聖、陰徳の事、付乞食聖の事に、天王寺には、言葉の末に「瑠璃」と付ける聖がおり、ぼろを身にまとい、物狂いとなって乞食をしていた。近くの大塚の智者の家に雨宿りをした際、夜もすがら主に天台宗の理を聞き、今は疑問が解けたといって帰っていった。智者があたりの人々に珍しいこととして話したところ、ある人々は権者（仏菩薩の権化）かと疑ったとある。これは必ずしも病人ではなく、狂気を装う陰徳の僧の系列に属する人であろう。これの付話に、仏みやうという乞食の聖がおり、これも物狂いの体で、食物には魚鳥を嫌わず、筵・薦を重ね着して、人に会うと、必ず「あま人・法師・をとこ人・女人等清浄」と言ってはこれを拝んだ。人々からは気味悪がられたが、阿証房と懇意にしていて、これから経論などを借りては学んでいたというものである。これは京都の話であろうが、これも天王寺の聖と同種の人で、みすぼらしい乞食の中には、学識ある者がいたことになる。

以上の説話はやや観念的で、美談風に作られているものであるが、『沙石集』巻三・一話・癲狂人ノ利口ノ事（梵舜本の表記）は、病気を持つ人の話としてよりリアルな面がある。ある里に癲狂の病を持つ者がいた。ある時大河の岸で発作を起こし、河に落ちてしまった。気絶したまま流されてゆき、中洲の先端にたどりついて、そこで息を吹き返した。そこで「死タレバコソ生タレ。生タラバ死ナマシ。カシコクゾ死ニケル。凶ニ死ヌラムニ」と述懐した。意識があったら深い河の底に沈んで助からなかったであろうが、かえって気絶していたからこそ自然に流されて助かったのであるというものである。無住は、「死タレバコソ生タレ」云々の逆説的な言い方に「利口（表現の巧みさ）」を見出しているのである。この病気はここでは火のほとり、水のほとり、人が多く集まる中で起こる厄介なものとされているが、その病を機に一種の悟りを得ているようなところが先の『盛衰記』の癩人法師の心境に似るものがある。『沙石集』のこの箇所ではこれを枕として、「劣《まけ》タレバコソ勝タレ、勝タラバマケナマシ」という利口もあげ、出家は四海を家とすべきで、「家ナケレバコソ家アレ、家アラマシカバ、家ナカラマシ」とし、唐の郎将は勲功をあげながらも出家し、これを不審に思った同従に対し、「我狂ハ醒ナムトス。汝ガ狂ハサカリニオコレリ」と答えた等の利口をあげて、出離の重要性を説くなどしている。

このように重い病気にかかった人が、その深刻な状況故に、真理に達したことを語る話は、興味深いものがある。『今昔物語集』巻四・九話は天竺の陀楼摩和尚の話で、和尚がある里に行ったとき、林の中に一人の比丘がいて、座ったかと思えば立ち上がり、立ったかと思えば走り、廻ったかと思えば臥したりして、物に狂う状態であった。はなはだ落ち着きのない状況だったのである。和尚が近寄ってどうしたことかと尋ねると、比丘は「天ニ生ルト見レバ人ニ生ヌ。人ニ生ルト見レバ地獄ニ堕ヌ。…三界ノ定メ無キ事ヲ知レカシト思テ、カク年来廻リ狂ヒ侍ル也」と答えた。これは「利口」という言葉の段階ではなく、六道輪廻の理を、身体をもって示していることになり、病気と正常との境ももはや区別がつかなくなっている。また異常と聖性の関係の問題である。この話は『心性罪福因縁集』に拠るという。(18)

その他『発心集』『閑居友』『撰集抄』には、非人、乞食、盲人などの説話が見える。これは当時の人々、おそらく出家者がこれらの人達に関心を寄せるようになったためであろう。鎌倉時代は下層の庶民階級をも信者にしようとする新興の仏教教団の興った時期で、これに対する旧仏教側の活動も活発化した。そうした時代の動向とも関わるものであろう。仏教界はもう一度仏教の原点に戻ろうとしたのかも知れない。『発心集』巻八・五話・盲者、関東下向の事には、盲目の琵琶法師が小法師を一人連れて、訴訟に向かうわけでもなく、「ただ世の過ぎがたさに、もし一日も過すばかりの事もや構へらる」と苦しい旅を続ける様が記されている。『閑居友』巻上・清水尾の橋の下の乞食の説法事は、乞食姿の法師が大臣の邸で法事の導師を勤めた話で、「乞食、かたは人」と評されているので、障害者であった可能性もある。『撰集抄』巻七・三話の、相模の国大庭で、疫病で夫をなくし、我が身も病に侵されて苦しみ狂っているという話もリアルである。『撰集抄』巻三・二話・天台山静円供奉事には、ある時摂津の国住吉大社で仏事があり、乞食・かたはうどの人々が多く集まって参詣客に物乞いをした。その中に破れた莚を腰に巻くのみして、鈴を振って物乞いするものがいた。これが実は比叡山にいた静円であったというもので、この僧は早くから世を遁れる志が強く、かく乞食にまでなって身を隠したとある。そして撰者は、「夫、徳を隠すに多く道あり」として、羊飼となったり、おしの真似をしたりした僧の話を先例としてあげている。こうしたものは、『発心集』巻一・一話・玄賓僧都、遁世逐電事のように、鎌倉時代に好まれた説話であった。これらの僧達は業病故にやむなく坂や宿に住むことになったわけではなく、自身の生き方の探究の末に、卑賤の身となったのであった。陰徳の僧の話は多くあり、その方面からも聖と賤は表裏の関係にある。これは播磨の国室の津の遊女は普賢菩薩であったという有名な説話（『撰集抄』巻六・十一話）にもつながるものである。

また『元亨釈書』巻十三・極楽寺忍性に見える奈良坂の癩者の話も印象的である。忍性は朝これを背負って奈良の町中に連れて行って物乞いをさせ、夕方またこれを背負って奈良坂に連れ帰って数年を経た。癩者は死に臨んで、生まれ変わって忍性を師として手伝い、その恩に報いると言い残したという。『徒然草』百五十四段には、日野資朝（一二九〇〜一三三二）が東寺の門前で雨宿りをし、そこで障害者達を目にした。最初はたいへん興味を持ったが、次第にうとましくなり、やはり自然の姿が良いと思い、鉢植えの木を皆捨てたという逸話を記している。これは病者に関して忍性とは正反対の視点であり、兼好もそれと同様の立場を示している。この病者達も東寺に参詣する人々に物乞いをして過ごしていたのであろう。彼等の言は記されていない。

## 四　中世後期の乞食・病者の説話

さらに乞食・病者にまつわる話を中世後期にまで時代を下げて考える。病者は癩病を含めて、広い意味で穢れとされた。『勘仲記』弘安十年（一二八七）五月五日条に、

自今日五体不具依穢不及出仕、神宮辞申奉行了(19)

とあるなど、「不具」による「穢れ」の記事が散見する。

下って『多聞院日記』天正六年（一五七八）八月二十日条には、

一　伊賀国ノ女、廿歳ノ前後ナル二人兄弟、癩病ニテ国ヲ出テ、ナラニ乞食テ、未北山ヘモ不入、ツキカキノ下ニアリシカ、今朝少キ蛇、女ノ前ノ穴ヘ入了、苦痛悲歎既可死云々、因果ノ程浅猿々々、(20)

という風変わりな伝聞を記している。伊賀の国の姉妹が癩にかかり、奈良までやってきて乞食をし、北山の宿に入らずに街中の築垣のもとにいて、頓死したのであった。これも当時の病者のありさまをよく伝える記事であろう。

ところで中世後期の癩にかかわる物語といえば、説経節の「しんとく丸」がもっとも有名であろう。説経節では継

母がしんとく丸を呪い、それによって彼は両眼がつぶれ、病者となった。そこで父信吉長者はこれを捨てさせた。そのためにしんとく丸は蓑・笠を着けて乞食の身となったとする。この病気は恋人の乙姫によると、彼は「人のきらひし三病者」になったのだという。この「三病者」とは、「ライビヤウ」「クッチ」「テンガウ」の三種で（『日葡辞書』）、ここではしんとく丸がライビヤウに罹ったことを婉曲的に言っていると思われる。この物語は観世元雅の能「弱法師」に取られている。世阿弥自筆の転写本によれば、弱法師こと俊徳丸は、両眼盲目の身となって、霊験あらたかな天王寺で物乞いをするのであるが、特に癩にかかっているとする箇所はない。よろめき歩くのは、盲目のためであろう。これはこの能が原拠とされる『阿育王経』『今昔物語集』巻四・四話等に見える拘拏羅太子の失明譚に、より近く構想されているためである。この曲では俊徳丸が盲目の境涯にいることが中心となっており、その俊徳丸が日想観を拝んで、「紀の海までも見えたり見えたり」と心眼で難波の浦の致景を見渡す場面をクライマックスとしている。すなわちこの能は、「景清」と同様の盲目物に属するものである。そうした話の背景として、一休宗純の『狂雲集』の漢詩「盲」をあげる。

瞎驢不受霊山記　四七二三須愧慚　豈随在光影辺事　銅睛鉄眼是同参（五八）(21)

これは盲目の者が肉眼以上の、銅や鉄のような優れた眼を持っていて、仏法を会得することを説いたもので、次の「聾」「唖」とともに連作をなすもので、これらは平野宗浄氏によれば、『碧巌録』八十八則の玄沙三種病の話に基づくものという。(22)この三種の身体障害は、人間のより高次の境地を意味するものであった。当時は禅宗の影響で、盲目の身であっても悟れば、よくものが見えるようになることが言われたのであろう。これが「弱法師」に影響していると思われる。この曲では俊徳丸が「見えたり見えたり」と述懐した後、「満目青山は心にあり」と、禅語が用いられている。一方四天王寺に集まる病者は、『一遍上人絵伝』では、土車に乗った乞食の障害者が目立つものである。この寺には『盛衰記』に見える髑髏の尼のような精神的に病んでいるかと思われる人々など、世間から嫌われたさまざまな病者がいたであろう。「弱法師」は病者の禅的な心境が造形されているユニークな作品である。なお一休宗純の漢詩や『自戒集』には、癩や盲人に言及したものが散見する。これは時に痛罵の比喩ともなるが、彼の近辺に癩に罹って死去した兄弟子養叟や、恋人の盲女の森女がいたことも知られている。こうした障害者は禅僧一休にとってより特別な意味を持っていたのであろう。市川白弦氏は、癩に苦しんだ養叟をののしる一休に、むしろ彼自身の自戒自虐の呻きを説いている(23)。

さて説経節の「しんとく丸」では、しんとく丸は明確に盲目にして三病の一つに罹ったとし、癩の身であったことが語られる。この病は、「をぐり」に見るように、説経節の好みのテーマであり、主人公の境遇を説経節らしくより深刻なものにしたのである。これによって神仏の徳は一層深いものとなる。これらはそれなりの身分あるものが落魄し、病者となるが、また復活するのであって、けっして一般的な庶民的な存在ではない。そこには説話集に見える、地方僧が病気に罹って身分を落とす話の継続性もあるであろう。この物語は『粉河寺縁起』や「をぐり」のように、地方豪族にまつわるものである。近世演劇の「非人の敵討」物である「敵討襤褸錦」では、武家が非人となって父の仇討をするものである。説経節のこの種のものでは、主人公が能のように聖域一箇所にとどまって、その場の有名人になるのとは対照的に、諸国を巡り歩く。すなわち定住型ではなく、放浪型となり、長い物語にふさわしい構想を取る。父に捨てられたしんとく丸は天王寺から住吉へ下り、和泉の国近木の荘へ行き、知らずに乙姫の館に立ち寄って「熊野へ通る病者に斎料《ときれう》たべ」と物乞いをし、気がついて我が身を恥じ、天王寺に戻って干死にすることを決意する。ここでのしんとく丸は自分の運命を嘆くことはあっても、特に悟りの境地に達するわけではない。癩の人々が救済を求めて赴いた熊野へ行くことを断念し、天王寺の床下で憤死する道を選ぶのである。これを救うのは恋人の乙姫であり、二人で詣でた清水観音である。結末では、父の信吉長者はわが子に邪険であったために落ちぶれて両眼潰れ、しんとく丸が安倍野が原で引いた施行にやって来て、わが子に眼を明けてもらうことになるので、「しんとく丸」でも病の中心は盲目ということになり、この点では能「弱法師」に近い。ただこの物語では、神仏の力が強く、人間は受身的な弱い立場にあるように構想されており、神仏中心の物語である。なお浄瑠璃の「摂州合邦辻」（安永二年＝一七七三年）では、主人公の病は盲目よりも癩が重要な要素をなす。すなわち俊徳丸は継母玉手に恋慕され、毒酒を飲まされて業病となるが、これはすべて玉手御前が悪人から継子を守るための計略で、死に際して自分の生血を俊徳丸に飲ませることによって、病から本復せしめたのであった。先の『高山寺明恵上人行状』には人肉を与えるとある。我が身を犠牲にして継子を守ろうとする継母の義理を描こうとするものである。また中上健次の『欣求』（昭和五〇年）はこれらを下敷きにした小説であるが、女に導かれ、バスで熊野に向かう弱法師まがいの男は、盲目でよろよろ歩き、「人眼をはばかる御病気にかかられ」たとする。この小説はこれら二つの病を意識している。いずれにせよ説経節にあっては、「せんせう太夫」や「をぐり」のごとく、盲目や癩といった病が重要なテーマをなす。これらは比較的上流の身分の者の落魄であるが、これを救済するのは主人公の信仰心であった。またこれには、「しんとく丸」にその片鱗が見えるように、それなりに富裕な家の出の者であっても、業病故に家を追われ、乞食に身を落とすことがあったことを反映しているであろう。それは能「蟬丸」にも通じるものがある。説経節は再生の物語であった。

能の「弱法師」や説経節における病者・障害者の言説は、信仰心を吐露するものながら物語風にできているもので、説話に見られるようなリアルなものではない。もっともこうした社会的に弱者であった人々の言に、救済を求めて神仏への信仰心がよく見られることは、当然のことであろう。彼等は何よりも寺社詣でを重んじた。明治初期にできた演劇で、お里沢市の夫婦愛を描いた「壺阪霊験記」も同様である。これに比べて狂言に出てくる病者・障害者の言説は、より社会的な現実を反映しているように思われる。このテーマについては既に横井清氏が興味深い論を展開されており、[24]橋本朝生氏の「月見座頭」の論などもある。[25]そしてこのテーマは中世においてさらに多くの問題をはらむものである。さらに近世においては、乞食が意外に名句を詠む説話が流行ったということもつけ加えておく。[26]

注

（1）以下、水原一考定『新定源平盛衰記』（新人物往来社）による。
（2）「乱舞考」「専修国文」第六八号（平成十三年一月）。『中世の演劇と文芸』（新典社、平成十九年）所収。
（3）新潮日本古典集成（新潮社）による。
（4）三省堂刊（平成十九年）二八〜二九頁
（5）『平家物語生成考』（思文閣出版、平成二十六年）第四編・第三章「髑髏尼物語」の展開
（6）白水社刊（昭和五十七年）八七頁
（7）世界の歴史3『中世ヨーロッパ』（中公文庫、昭和五十三年）七〇〜七一頁
（8）服部敏良『鎌倉時代医学史の研究』（吉川弘文館、昭和三十九年）に、『頓医抄』のくわしい研究がある。
（9）法政大学出版局刊（昭和五十三年）一七三頁
（10）この説話については、阿部泰郎氏の研究が有名である（『湯屋の皇后』名古屋大学出版会、平成十年）。
（11）明石書店刊（平成六年）八六頁
（12）岩田書院刊（平成十五年）一四〜一五頁
（13）『病が語る日本史』（講談社学術文庫、平成二十年）一六三〜一六四頁

（14）黒田日出男『境界の中世　象徴の中世』中世民衆の皮膚感覚と恐怖（東京大学出版会、昭和六十一年）
（15）高山寺資料叢書第一冊『明恵上人資料第一』（東京大学出版会、昭和四十六年）による。
（16）大正新修大蔵経巻十五による。
（17）新日本古典文学大系『古事談・続古事談』（岩波書店）三四二頁脚注
（18）新日本古典文学大系『今昔物語集・一』（岩波書店）三一八頁脚注
（19）増補史料大成による。
（20）増補史料大成による。
（21）日本思想大系『中世禅家の思想』（岩波書店）による。
（22）『狂雲集全釈・上』（春秋社、昭和五十一年）五六頁
（23）注（21）の書五七〇頁
（24）『中世民衆の生活文化』（東京大学出版会、昭和五十年）三一九～三二〇頁
（25）「月見座頭の形成と展開」「能楽思潮」五六号（昭和四十六年四月）。『狂言の形成と展開』（みづき書房、平成八年）所収。
（26）伊藤龍平『江戸の俳諧説話』翰林書房、平成十九年

本論にはいくつかの「差別語」が見られるが、これは歴史的なこととしてのみ使用したものである。

# 心の澄む舞

## 一　世阿弥の能から

世阿弥作の能「山姥」は、都の遊女百万山姥を連れた一行が善光寺詣でをし、越後の上路《あげろ》の山に入り、そこで本物の山姥（シテ）と出会う。この遊女は山姥を曲舞に謡って有名になった者で、山姥は遊女にその曲舞を所望する。そしてその曲舞に合わせて舞を舞うのであるが、その中では山姥が神聖な山中に住み、人間ではないこと、一念化生の鬼女とはなっているが、邪正一如と見れば、色即是空そのままの世界であると謡われる。そのクセの部分がこの能の思想的な部分を担当している。まずこの山全体が仏教的な聖なる空間であった。都の者達も、

ツレ（詞）「げにや常に承る、西方浄土は十万億土とかや、これはまた弥陀来迎の直路なれば、上路の山とやらんに参り候ふべし(1)

と、自分達が聖地に向かっていることを述べている。

地「…法性峰聳えては、上求菩提を現はし、無明谷深きよそほひは、下化衆生を表して、金輪際に及べり

とまず山中を描写する。そして山姥がその出自を述べ、心境を吐露して、

地「…一念化生の鬼女となつて、目前に来たれども、邪正一如と見る時は、色即是空そのままに、仏法あれば世法あり、煩悩あれば菩提あり、仏あれば衆生あり、衆生あれば山姥あり

とし、邪と正は本来一つの心から出るもので、したがって同一のものであるとする仏の教えに立てば、鬼女である山姥にも救いの道はあるはずである。仏法即世法であり、煩悩即菩提であり、仏即衆生であり、仏即衆生即山姥となる。確かに山姥は鬼女ではあるが、樵夫の重荷に肩を貸し、里まで送り届けたりもする存在である。

地「…さて人間に遊ぶこと、ある時は山賤の、樵路に通ふ花の蔭、休む重荷に肩を貸し、月もろともに山を出で、里まで送る折もあり

そうした山姥の善悪の二面性が語られる。そして弁証法的に、より高次な次元に昇華される可能性を持つという高

邁な理念はありながら、なお妄執を抱き、苦しい山廻《めぐ》りをする身であることを告白する。

地「…思ふはなほも妄執か、ただうち捨てよ何事も、よしあしびきの山姥が、山廻りするぞくるしき

吉田敦彦氏は山姥について、人を取って食う山姥、福を授ける山姥、作物が増える奇跡、焼畑を加護する女神の四つの視点から昔話を材料に説明している。(2) これらは近世的な山姥像で、農耕との関わりが強く、「山姥」にいう山人を助けるという性格については言及されていない。しかし昔話にも山姥の善悪の両義性は認められている。能の「山姥」はこうして邪正一如、善悪不二を知りながらも、輪廻から解脱できない身であることを告白して去ってゆく。

同じ世阿弥の作でやはり女体の能である「姨捨」では、更科山に捨てられた老女は、同じく山中での老女のできごとであるが、「山姥」と同様の傾向を示す。前場では、前シテの老女は、

シテ（詞）「そのまま土中に埋れ草、かりなる世とて今ははや　ワキ「昔語りになりし人の　シテ「なほ執心は残りけん(3)

と、なお魂魄はこの世にとどまって、執心を残していることを告白する。そして、

地「…そのいにしへも捨てられて、ただひとりこの山に、すむ月の名の秋ごとに、執心の闇を晴らさんと、今宵現はれ出でたりと、いふかげの木の本に、かき消すやうに失せにけり、かき消すやうに失せにけり

と前場は終わる。この望みは後場でかなえられたかに見える。後シテの老女の霊は白衣を着して出現し、月の光を浴びて舞を舞う。クセの舞で月が阿弥陀仏の右の脇侍たる勢至菩薩であること、その天冠には玉の台があって、十方諸仏の浄土を映していること、その浄土では管絃が行われていることを語り舞う。その舞のうちに、老女には浄土への救済の道が開けていることを暗示しているようである。女人救済は謡曲文学の中でもよく見えるテーマである。そこには仏土における管絃歌舞を主題に謡い舞った女性芸能者の面影を見ることもできるであろう。しかし更科山の老女は、こうした聖なる空間に身を置き、仏国土を身近に感じ、心を澄ませているように見えながら、煩悩を覚ますことはない。キリでは、

地「返せや返せ　シテ「昔の秋を　地「思ひ出でたる、妄執の心、やる方もなき、今宵の秋風、身にしみじみと、恋しきは昔、偲ばしきは閻浮の、秋よ友よと思ひ居れば

と続き、ワキの旅人に再び捨てられた老女の孤独な姿が浮かび上がる結末となる。このように「姨捨」もまた「山姥」と共通する思想的背景がある。両曲の前後関係は不明である。「檜垣」の場合もそうであるが、世阿弥の老女物は、最後まで老女が執心を捨て切れないでいることをテーマとしている。「関寺小町」を世阿弥の作とすると、これも同様である。

ところが「姨捨」と同様『大和物語』に関わりの深い「采女」になると、少し事情が異なっている。これが世阿弥の作かどうかは不明である。帝の寵愛を失った釆女は、奈良の猿沢の池に身を投げる。これを知った帝は憐れに思い、

臣下とともに猿沢の池に至って和歌を詠んで追悼する。この物語を踏まえた能で、諸国一見の僧（ワキ）の前に姿を現わした春日の里の女（前シテ）は、実は昔の釆女の化身である。ここで女はここ春日社の縁起を語り、昔霊鷲山で『法華経』を説いた釈迦如来が大明神となって影向したこと、したがって浄土であることを告げる。すなわち春日は仏教的な聖地なのである。ところが話は一転し、昔猿沢の池に釆女が入水し、見る影もなくなったことを語り、自分が釆女の化身であることを明かして姿を消す。このあたりが多少唐突である。後場で釆女の霊（後シテ）は本体を現わし、僧に回向を依頼し、自分は猿沢の池に入水したので、『法華経』提婆達多品の龍女のごとく、成仏の便りがあることを述べる。そして昔の遊楽をしのんで懐旧の舞を舞うが、これは往時釆女が歌舞をもって朝廷に仕えていたことを暗示する。序ノ舞の後、

シテ「万代と、限らじものを、天衣、撫づとも尽きぬ、巌ならなん、松の葉の　地「松の葉の、散り失せずして、まさきの葛　長く伝はり、鳥の跡絶えず、天地穏やかに、国土安穏に、四海波、静かなり(4)

と、帝の治世をことほぎ、天下泰平を祈る巫女的な存在となるのである。ここには春日の巫女のイメージが重なっているとも、またこの曲の制作が貴顕の奈良参詣と関係するとも想像される。しかしこの曲でも釆女は浮かばれることなく、「よく弔らはせ給へや」と僧に頼んで波の底に入るのであるから、「山姥」「姨捨」の結末と同様である。

こうした曲においてシテの女体は一時的にせよ聖なる世界に接近するのであるが、それにはクセの舞など、舞が契機となっていることに注目しなければならない。もともとクセは寺社縁起などをテーマとするものである。

そして「江口」に至っては、江口の遊女は最後に普賢菩薩となるのであるから、完全に聖世界の存在となる。この

能は『五音』に観阿弥作とあるものの、現在の形は世阿弥によると考える向きが多いようである。この結末部は『古事談』等先行説話集に、遊女すなわち菩薩の思想が見えるから当然かも知れない。クセでは遊女の愛執の深いことが述べられるが、序ノ舞ののちは「実相無漏の大海に…」と謡い出されて、仏教的世界が構築され、遊女は次第に聖なる存在へと移ってゆくのである。その過程をくわしく見てみよう。諸国一見の僧が摂津国の天王寺に参詣する途中、淀川下流の河口江口に至る。西行法師の故事を思い出すうちに、里の女（前シテ）が現われ、西行の歌をめぐって問答がある。その後女は江口の遊女の霊と名のって姿を消す（中入）。ここまでは和歌説話的に展開する。その後江口の遊女の霊（後シテ）が二人の遊女を伴って、舟に乗って登場し、遊女らしく歌謡の場となる。サシの謡では、

シテ「或いは人中天上の善果を愛くといへども　地「顚倒迷妄していまだ解脱の種を植ゑず　シテ「或いは三途八難の悪趣に堕して　地「患に碍《さゝ》へられてすでに発心の媒《なかだち》を失ふ(5)

と、人は仏道に入り難い身であることを述べ、

シテ「しかるにわれらたまたま受けがたき人身を受けたりといへども　地「罪業深き身と生まれ、ことに例《ためし》少なき河竹の、流れの女となる、前の世の報ひまで、思ひやるこそ悲しけれ

と罪業深い遊女の身であることを嘆く。その後クセ舞にかかって、遊女として愛執の深さによってこれが迷妄の縁となることを語る。その後序ノ舞を舞って、

シテ「実相無漏の大海に、五塵六欲の風は吹かねども　地「随縁真如の波の、立たぬ日もなし、立たぬ日もなし

と歌って、ここ江口が聖地であるかのような表現があり、遊女は普賢菩薩となり、舟は白象となって西の空へ去る。ここには遊女が歌を歌い、舞を舞ううちに次第に聖女となってゆくさまが見える。妄想顛倒の身ながら次第に心が澄みわたり、この世を仮の宿として出離する心境に至るのである。よく知られているように、この能の背景には『古事談』や『撰集抄』『十訓抄』等の説話があって、たとえば『古事談』巻三・九十五話によると、書写山の性空聖人が普賢菩薩を拝みたいと願い、夢告によって神崎にある遊女の長者の家に向かう。そこでは客を迎え、遊宴乱舞の最中であった。長者は、「周防むろづみの中なるみたら井に風はふかねどもささらなみたつ」と叙景的な歌謡を歌うが、聖人が目を閉じると、遊女は白象に乗った普賢菩薩に見えた。そして「実相無漏の大海に、五塵六欲の風は吹かねども、随縁真如の波たたぬときなし」と説いているのが聞こえた。聖人は感涙にむせんだ。聖人が退くと、長者は逝去し、異香が空に満ちたというものである。ここでは遊女の世界においては、俗謡と法語が表裏の関係にあることをいっている。これは「山姥」の邪正一如・善悪不二の思想にも近い。「江口」においては、世法と仏法が一体のものであることがサシ・クセを通じて述べられている。実は「山姥」においても、山姥の妄執を晴らすのは、百万山姥と称する遊女の歌謡である。本物の山姥は、

シテ「…この山姥が一節《ひとふし》を、夜すがら歌ひ給はば、その時わが姿をも、あらはし衣《ぎぬ》の袖継ぎて、移り舞を舞うべし

と、遊女の歌謡をきっかけとして舞に移り、妄執の心を晴らそうとしている。遊女の聖性については、佐伯順子氏の『遊女の文化史　ハレの女たち』が世界的な視野から説明していて画期的である。(6)

## 二　歌謡・管絃歌舞と仏教

こうした世俗的な歌謡と仏教の結びつきには、『梁塵秘抄』巻二に見られる法文歌があり、ここでは経典の教えを理解したり、仏を讃嘆したり、仏への信仰を述べたりする。それらの歌謡を歌ったり聞いたりすることにより、当時の人々は心を澄ますことがあったのであろう。二四一番の歌謡は、

万《よろづ》を有漏と知りぬれば　阿鼻の炎も心から　極楽浄土の池水も　心澄みては隔てなし

とある。『梁塵秘抄口伝集』には、後白河院の今様の習得が縷々述べられ、上達して熊野へ参詣し、応保二年（一一六二）の再度の折には、「万の仏の願よりも…」の今様を繰り返し歌って心を澄ましたとある。

もっとも今様を歌う際には、自身の人間としての苦悩を告白するものが多い。『梁塵秘抄』の二〇八番には、

竜女は仏に成りにけり　などかわれらも成らざらん　五障の雲こそ厚くとも　如来月輪隠されじ

には、五障によって成仏できない女性の嘆きがある。二三六番の、

われらが心に隙もなく　弥陀の浄土を願ふかな　輪廻の罪こそ重くとも　最後に必ず迎へたまへ

は、男女を問わず人間としての罪業を自覚し、阿弥陀仏の救済をひたすら望むものである。こうした苦悩による信仰の今様は、『平家物語』巻一・祇王にも見える。

仏もむかしは凡夫なり　我等も終には仏なり　いづれも仏性具せる身を　へだつるのみこそかなしけれ(7)

という今様には、白拍子である祇王の悲痛な心情がある。『吾妻鏡』文治二年（一一八六）四月八日に、源頼朝夫妻が鶴岡八幡宮に参詣し、静を召して回廊において無理に白拍子の芸をさせた。この時静は、「よし野山みねのしら雪ふみ分ていりにし人のあとそこひしき」の和歌を歌い、別物の曲を歌った後、また「しつやしつ〳〵のをたまきくり返し昔を今になすよしもかな」の和歌を歌い、頼朝の不興を買った。これは『義経記』巻六にも見える。これも白拍子の芸能を神に奉納する際に、自分の苦悩を訴えた形である。聖なる空間での法楽の芸能で、自己の心情を訴えることは、『一言芳談』巻下の、日吉山王権現に参詣した若い女が、巫女のまねをして、十禅師の御前で鼓を打ち、心澄ました声で、「とてもかくても候、なう〳〵」と歌ったことにも見える。その心は生死の無常を思って、この世はどうあってもよい。後世を助け給えというものであった。こうして巫女や白拍子には、人間の苦悩を神仏に訴えて、救済を求める役目があり、それが世阿弥のこうした能に受け継がれていると見ることができる。このような女性芸能者の

流れは、脇田晴子氏が論じられているところである。(8)

ところでこうした法楽の芸能において救済を願うことは、女性芸能者とはまた別の系譜がある。祭礼や法会と関わりが深かった雅楽に携わる人々で、彼等も神仏への法楽に奉仕した。平安時代末期の楽書『懐竹抄』に管絃は狂言戯事ではあるが、見仏聞法の調べなのだという管絃即仏道の思想があり、鎌倉時代の『教訓抄』巻七には、舞楽は仏神に納受されるもので、世縁俗念を忘れて業障の雲を晴らすことができるのだとしている。舞楽もまた悟り・菩提の道に通じるものであった。この傾向を楽人以外に求めると、鴨長明の『発心集』巻六・永秀法師数奇の事には、八幡に住む貧しい永秀が、夜昼笛を吹いて名人となったが、数奇を全うする者は、深い罪を犯すことはないのだと結論づけられている。笛に熱中することは、やはり魂を浄化することであった。このような考えは蹴鞠にも見える。『成通卿口伝日記』に、蹴鞠の名手藤原成通は、鞠を千日蹴ったが、千日目の夜に鞠の精が現われ、鞠を好む人は、それにのみに心をやるため、自然に後世の縁ができるとしている。成通については、『発心集』巻六・六話でも、

すべていみじき数奇人にて、世の濁りに心をそめず、妹背の間に愛執浅き人なりければ、後世も罪浅くこそ見えけれ。(9)

と評されている。一つの芸道に集中し、俗念を忘れ、これが仏道へ通うことになるという発想は、男性知識人の好みであった。和歌即仏道の思想の広がりである。

## 三　世阿弥以後の能から

世阿弥の「山姥」「姨捨」「檜垣」においては、主人公の女が舞によって次第に宗教的な、神聖な世界へと昇華してゆくが、やがて煩悩の世界へと戻る傾向がある。それに反して「江口」の遊女は普賢菩薩でもあって、聖と俗が表裏の関係にあることをも示している。(10) この系譜には、作者不明の曲「東北」がある。東国から上洛した僧（ワキ）が、東北の院に至って、咲き誇る梅の花を目にする。所の男（アイ）が僧に、これは和泉式部の梅だと教える。そこに女（前シテ）が現われ、これが和泉式部の植えた軒端の梅であることをくわしく語り、自分は梅の主と言って姿を消す（中入）。僧は和泉式部の跡を弔うこととし、『法華経』の比喩品を読誦するうちに、和泉式部の霊（後シテ）が現われ、火宅を逃れて今は歌舞の菩薩となったことを述べ、クセで東北院の霊地なることを語り舞い、序ノ舞へと移る。梅の木は和泉式部の象徴である。樹木と主人公の結びつきは、謡曲には「西行桜」等モティーフとしてよく見られるものである。和泉式部は最初から聖女的な存在で、これは間狂言で語られるように、式部が書写山の性空上人に結縁し、「暗きより暗き道にぞ入りぬべき」の歌を詠んだこと、藤原道長が門前を通った際に、式部が「門の外のりの車の音聞けば」の歌を詠んだことが背景にある。式部の霊は澄む月のもとでのクセの舞で、

地「所はここのへの、東北の霊地にて、王城の鬼門を守りつつ、悪魔を払ふ雲水の、水上は山陰のかもがはや、末しらかはの波風も、潔《いさぎよ》き響きは、常楽の縁をなすとかや、(11)

と東北院の聖なる空間を叙してゆき、そこでの舞をもって自らの聖性を高めてゆくと思われる。しかし女人としての心を失うものではない。

シテ「げにや色に染み、香に愛《め》でし昔を　地「よしなや今さらに、思ひ出づれば、われながら懐かしく、恋しき涙を、おちこち人に、洩らさんも恥づかし

と懐旧の念に駆られる。そして方丈の庵を人はやはり火宅と見るであろうが、ここは極楽の蓮華座であることを述べて姿を消すのである。東北院については『宇治拾遺物語』巻四・六話・東北院菩提講聖事があり、『十訓抄』第十・三十話に藤原兼家が東北院の念仏に行ったことが見える。『釈氏往来』第二十条にも九月十三夜の東北院念仏のことがある。和泉式部の軒端の梅については『応仁記』にも記述がある。東北院は都の人にとっては仏教の聖地として馴染み深いもので、「東北」はそうした都人のために創作された能であろう。そして熱心な仏教信者としての和泉式部を歌舞の菩薩とするのは、能の世界の演劇的な構想である。

聖女としての和泉式部を扱った能には、ほかに「誓願寺」がある。一遍上人（ワキ）は熊野参籠の後上洛し、誓願寺に行き、夢告による札を弘め始める。そこへ女（前シテ）が現われて札を受け取り、札に書かれた文字の意味を尋ねる。その後は夜念仏の場となる。女は上人に誓願寺の額を除けて、上人の手になる南無阿弥陀仏の六字とするように勧める。そして自分は和泉式部と名のって姿を消す（中入）。上人が誓願寺の額を除けて六字の名号を書きつけると、和泉式部の霊（後シテ）が現われる。異香薫じて花降り、音楽が聞こえるうちに出現するのであるから、弥陀・聖衆来迎の表現と同様である。式部は極楽の歌舞の菩薩となったのであった。クセの舞で語られるのは、西方極楽浄

土がここ誓願寺に実現されていることである。

地「…十悪八邪の、迷ひの雲も空晴れ、真如の月の西方も、此を去ること遠からず、唯心の浄土とは、この誓願
寺を拝むなり[12]

とあり、この能は「東北」に比べて文学性よりも、誓願寺の縁起によって宗教性を重視している。そして序ノ舞の後、

地「袖を返すや、返すがえすも、尊き上人の、利益かなと、菩薩聖衆は、面面に、御堂《みどう》に打てる、六字の額を、
みな一同に、礼《らい》し給ふは、あらたなりける、奇瑞かな

と、聖地誓願寺における一遍上人による奇跡を描く。ここで式部の舞は極楽における歌舞音楽の一部として表現されているもので、始めから聖女扱いということになる。誓願寺では文明十年（一四七八）に勧進猿楽があり、これも京都の人々には馴染みのある寺院であった。

平安時代の文学関係者の聖化は、御伽草子「小町草紙」（渋川版）に、小野小町は如意輪観音の化身であり、在原業平は十一面観音とするなどに典型的に表われているが、能では作者不明の「源氏供養」が重要である。安居院の法院（ワキ）が石山寺の観音に参詣する。その途中に里の女（前シテ）が現われ、石山に籠って『源氏物語』六十帖を書き記した後、源氏を供養しなかった科により、成仏できないでいると言い、石山寺での弔いを願う。僧が紫式部と察すると、女は恥ずかしい面持ちで姿を消す（中入）。法印が石山寺で『源氏物語』を供養し、紫式部の菩提を弔う

と、式部の霊（後シテ）が恥らいながら現われ、法印の所望に舞を舞う。これも供養のためのもので、この式部の霊には法楽に従事する白拍子のような役割が課せられる。式部は『源氏物語』の巻々を連ねた表白風の詞章に合わせて舞い、法印は式部の後の世をも回向する。これとともに式部は力を得、

シテ「光源氏の御跡を、とぶらふ法の力にて、われも生れん蓮の花の、縁は頼もしや(13)

と、それまで中有の闇にいたらしい式部が極楽往生の機会を得る。これも舞の功徳というものであり、式部は心を籠めて石山の観音に舞を捧げたということであろう。その後、よくよく考えてみると、紫式部は石山の観世音であって、『源氏物語』の執筆も世の無常を知らしめる方便であったと続く。このキリの部分は当時の世間の一般的な見解を述べた結論的な箇所である。ここで式部は舞を通して、次第に罪を滅していったともとれる。

さらに能の舞の意味を考えると、脇能では舞を奉納される側の神々が舞を舞うのであるから、舞はもともと神聖なものであったのである。神楽、巫女舞がしかりである。脇能における舞は天下泰平や五穀豊穣を祈願する祝福の舞となるのであるから、ここに神聖さの源がある。女能において霊界に住む女人が懐旧のためであれ舞を舞うことは、こうした神聖なものに近づくことにもなる。ただし右に見たような曲を考えると、女体の能の舞は仏教色が強く、むしろ仏の国の歌舞に近いものである。すなわち浄土における天女の歌舞への接近ということになる。そうするとこうした女体の能の舞は、天女の舞のバリエーションとも見ることができる。この中で「山姥」「姨捨」「采女」「東北」は一時的に聖なる世界に接近し、また煩悩の巷に戻るという構造を取ることになるであろう。

これまでは女性主人公の能を考えてきたが、最後に男性の場合の例として、「須磨源氏」を取り上げる。この曲は

世阿弥の作かとされるものである。日向の国宮崎の神主藤原の興範（ワキ）は伊勢参宮を思い立ち、摂津の国須磨の浦に着く。そこへ樵夫の老人（前シテ）が現われ、光源氏の旧跡である若木の桜に手向けをする。興範の求めに応じて、老人は源氏の生い立ちや須磨・明石での生活、都へ帰ってからの栄華について語る。その後、自分はその光源氏であると明かして姿を消す（中入）。光源氏（後シテ）が現われ、舞を舞うというものである。この光源氏は兜率天に住んでいた聖なる存在で、人間世界に天下って光源氏と言われ、また兜率天に帰っていたのであるが、他生を助けるために再び須磨の浦へ天下って、舞を舞ったのであった。これには兜率天に住んだ釈迦のイメージさえあるが、キリの部分には、

地「梵釈四王の人天に、降り給ふかと覚えたり(14)

とあり、やはり聖なる光源氏が須磨の浦を聖化しているような表現となっている。

**注**

（1）以下、新潮日本古典集成『謡曲集』（新潮社）による。
（2）『昔話の考古学　山姥と縄文の女神』第一章妖怪でも女神でもある山姥（中公新書、平成四年）
（3）以下、新潮日本古典集成『謡曲集』による。
（4）新潮日本古典集成『謡曲集』による。
（5）以下、新潮日本古典集成『謡曲集』による。
（6）中公新書、昭和六十二年

（7）新日本古典文学大系（岩波書店）による。
（8）『女性芸能の源流　傀儡子・曲舞・白拍子』角川選書、平成十三年
（9）角川ソフィア文庫による。
（10）ミルチャ・エリアーデ、風間敏夫訳『聖と俗』（法政大学出版局、昭和四十四年）、堀一郎『聖と俗の葛藤』（平凡社、昭和五十年）参照。
（11）以下、新潮日本古典集成『謡曲集』による。この書での曲名は「軒端梅」である。
（12）以下、新潮日本古典集成『謡曲集』による。
（13）新日本古典文学大系『謡曲百番』による。
（14）謡曲大観（明治書院）による。

# 中世思想としての「心澄む」

## 一　「心澄む」思想の発生――「心澄む」と仏道

前章の「心の澄む舞」の論を受けて、本章ではさらに中世思想史の立場からこの問題を考える。[1]

「心澄む」「心澄ます」は原始仏教以来の仏教史とも、神道の思想とも関わるが、中世の文学にはよく見られる表現である。そのさきがけとして、『古今和歌集』夏歌に見える僧正遍昭の歌「蓮葉のにごりにしまぬ心もてなにかは露を玉とあざむく」がある。この一首は蓮の葉がそこに宿る露を玉と見せるという小さく透明で繊細な美の世界を描いているが、この蓮には浄土の仏のイメージがあり、泥池に生える蓮ながら、それに座す仏に濁りの心のないことをも暗に意味していると思われる。

仏道に心澄ますことは、『源氏物語』にいく例か見えている。帚木巻にある雨夜の品定めの中で、左馬頭の論に、

「心深しや」などほめたてられて、あはれ進みぬれば、やがて尼になりぬかし。思ひ立つほどはいと心澄めるやうにて、世にかへり見すべくも思へらず。(2)

とあるのは、女性が気持ちが高ぶって出家し、尼となった当座はたいへん悟ったような心境になることを述べたもので、仏道に入ることは、雑念を払うことができて、心澄むことであった。鈴虫巻には、女三宮が出家し、「へだてなくはちすの宿を契りても君が心やすまじとすらむ」と歌を詠む。これは源氏の「はちす葉をおなじ台《うてな》と契りおきて露のわかるる今日ぞ悲しき」と詠んだ歌に応じたもので、あなたが来世に蓮葉に二人で往生する約束をしたとしても、あなたの心は澄むはずもなく、住みはしないでしょう、という意味で、極楽への思いはやはり心の澄むことであった。極楽の蓮葉の和歌には「住む」と「澄む」が掛けられ、遍昭の歌を思わせる。夕霧巻で、

「…世のうきにつけて厭ふは、なかなか人わろきわざなり。心と思ひとる方ありて、いますこし思ひしづめ心澄ましてこそともかうも」とたびたび聞こえたまうけり。

とあるのは、朱雀院が落葉の宮に対して出家について意見を述べるくだりで、世の中が嫌になったからといって出家するのは外聞が悪い。自分で決心するところがあって、より落ち着いて、冷静になってからなら出家してもよいという考えであった。心澄ますこと自体が仏道に通うことであった。幻巻に、

「独り住みは、ことに変ることなけれど、あやしうさうざうしくこそありけれ。深き山住みせんにも、かくて身

を馴らしはしたらむは、こよなう心澄みぬべきわざなりけり」などのたまひて、

は、晩年を迎えた源氏が、出家して山寺に住むために、このように身をならしておくと、きっと心澄むことになると夕霧に語るものである。「澄む」には「住む」を掛ける文学伝統があるので、「山住み」から「心澄む」が連想されたように思われる。これに続いて、

心には、ただ空をながめたまふ御気色の、尽きせず心苦しければ、かくのみ思し紛れずは、御行ひにも心澄ましたまはんこと難くやと見たてまつりたまふ。

と夕霧は思ったとある。源氏はかくも物思いにふけるのであれば、仏道の勤めをして心を澄ますことは難しいだろうと推察するのである。仏道に専心することは、「心を澄ます」境地に入るためでもある。宇治十帖に入って橋姫巻では、

八の宮の、いとかしこく、内教の御才悟深くものしたまひけるかな。…心深く思ひすましたまへるほど、まことの聖の掟になん見えたまふ。

は、宇治に住む阿闍梨が出家の望みを持つ八の宮を見て述べる感想である。八の宮はすでに心を澄まして仏道に向かっていたのであった。「あとたえて心すむとはなけれども世をうぢ山に宿をこそかれ」はその後に見える八の宮の歌で

あるが、これも「心澄む」に「住む」の意味が籠められており、この場合は『古今和歌集』の喜撰法師の歌「わが庵は都のたつみしかぞ住む世をうぢ山と人はいふなり」が踏まえられている。

## 二　「心澄む」と和歌・歌謡

さて「心澄む」心境を重んじたのは歌論の世界であった。和歌を詠むことにおいて「心澄む」が重視された理由として、錦仁氏は和歌の詠吟の心澄む声に神仏が感応することを強調されている。(3)氏のあげた例も参照して以下検討する。『西行上人談抄』に、

大かた、歌は数寄の源なり。心のすきて、詠むべきなり。しかも太神宮の神主は、心清くすきて和歌をこのむべきなり。大神喜ばせたまふべし。住吉の大明神も、それをいよく感じたまふべきなり。(4)

とあるのは、和歌を法楽として考えた場合を述べているのである。和歌は数寄（風雅）の源であって、さらに「心清く」歌を詠めば、伊勢大神宮の喜ぶところとなる。心清いことは、数奇の精神にも通じることである。また一心に和歌を詠むことがすなわち心清いことにつながることになると言っていると思われる。逆によい歌は、心を澄ますことによって生まれるものであった。『毎月抄』に、

さても、この十体の中に、いづれも有心体に過ぎて歌の本意と存ずる姿は侍らず。…よくよく心を澄まして、そ

の一境に入りふしてこそ稀によまるる事は侍れ。…詩は心を気高く澄ますものにて候。…歌にはまづ心を澄ますは、一の習ひにて侍るなり。(5)

とある。有心体の歌はもっとも優れた歌の姿で、それはよくよく心を澄まし、ひとつの境地に達すればまれに詠むことができるという最高の歌である。また詩を詠むと心が気高く澄むものである。歌を詠む際に心を澄ますのは、作歌の一つのならわしであるとする。こうして『毎月抄』においては、心澄ますことは歌道上、重要な事柄とされる。この書が藤原定家の作か否かは不明であるとされるが、定家の『京極中納言相語』には、「紫式部の筆を見れば、心も澄みて、歌の姿・言葉も優に詠まるゝなり」とあり、『源氏物語』を読むと心が澄み、優雅な歌を詠むことができるともある。

歌を詠む際には心を澄ますべきだという考えは、阿仏尼の『夜の鶴』にも見える。

まづ、歌を詠まん人は、事に触れて情《なさけ》を先として、物の哀れを知り、常に心を澄まして、花の散り、木の葉の落るをも、露・時雨色変る折節をも、目にも心にもとどめて、歌の風情を、立居につけて心をかくべきにてぞ候ふらん。(6)

とある。歌を詠むために心を澄ますのは、それによって自然の状況や変化を見据え、その上で作歌するためであるようである。その前の箇所では、歌のしるべは、『万葉』『古今』もなほあととどまりけり。発心、修行にも進む人あらば、五の濁りの世の末なりとも、などか無常菩提をも得ざらん。道心ある人とすきたる人との心心にぞよるべき。

とあって、歌道と仏道とが並行して語られ、法命を継ぐことと歌の道を栄えさせることの二つの課題が説かれている。また反対に和歌によって心が澄まされるという考えもある。『色葉和難集』序に、

和歌にいたりては、心をすますなかだちなれば、悪念きほふ事なく、情をしらすることわざなれば、放逸をさまりてをかす事なし。(7)

とあって、和歌は人の心を澄ますもので、悪念のある歌はなく、情を人々に知らせるもので、我儘がおさまるとしている。

ところで歌論の中には、これまでと異なった「心澄む」もある。鴨長明の『無名抄』十七・井手の山吹並びに蛙に、ある人が山城の井手の里に出かけ、所の者に井手川の蛙（河鹿蛙）は常に水に澄んで、夜更けの鳴き声は、たいそう心が澄むもので、ものあわれな声であると告げられる。これは動物の鳴き声という聴覚的なものに心澄むものを感じている例である。

時代が下って室町時代初期の花山院長親（耕雲）の『耕雲口伝』の序文にはこうある。

此十とせあまり、白河の東、花頂山の奥に、幻質をかくし鹿豕に反をむすび、泉石に心を澄まして、明かし暮ら

すほどに、…たゞ寝食を忘れ、万事を忘却して、朝夕の風の声に心を澄まし、雲の色に眺めをこらして、塵の間のあだごとに心をみだらず、…その折節見ゆる空のけしき、雲のたゝずまひ、かの時に聞ゝし風の声、雨の音などの、ふと心に浮かびて不思議なる風情、あたらしき心ねなどのよみいださるゝなり。(8)

山奥にいて泉石に心を澄ます日々を送っていることを述べた後、自然の風景や音に心を澄まし、それによって歌を作ることができるとしており、これは『夜の鶴』の考えに近い。「心澄む」は耕雲の生き方、生活にも関係する。ここではさらに和歌の数奇にも言及している。

聴覚のみならず、視覚的にも自然の風物によって心が澄むという考えは、『梁塵秘抄』にも見える。

心の澄むものは、秋は山田の庵《いほ》ごとに、鹿驚かすてふ引板《ひた》の声、衣しで打つ槌の音(9)（三三一）

は秋の静かな山田において、引板の鳴る音や衣を打つ音が響き渡るのを聞くと、心が澄むと言っているものであり、これは古代人の共通の感覚だったのであろう。後者の例は、能「砧」の世界に通うものである。これは物尽しの形式で、聴覚による「心澄む」の歌謡であるが、次の、

心の澄むものは、霞花園夜半の月、秋の野辺、上下も分かぬは恋の路、岩間を漏り来る滝の水（三三二）

は、霞、花園、夜半の月、秋の野辺に対して視覚的に心澄むものを覚えるとし、さらに身分を超えた恋心も心澄むも

のだとする。そして激しい恋心は岩間に湧きかえる水の流れにもよく喩えられるが、それで岩間を漏れて流れる水にも心が澄むのだと、視覚的にも聴覚的にも感じ取っている。かように見ると、古代人は心澄むことを求めており、それは仏道や和歌とは異なる別の面での欲求ということになる。芸能者がそうした古代人の心を察して、これらを歌っていたものとも思われる。これは日本人のむしろ汚れを嫌う神道的な心情を表わしている可能性もある。次の「心澄む」はかなりユニークである。

見るに心の澄むものは、社毀《こぼ》れて禰宜もなく、祝《はふり》なき、野中の堂のまた破れたる、子産まぬ式部の老の果て
（三九七）

これは衰えに向かっている事物・人物に対して視覚的に心澄むものを感じている例で、無常のさまを見ることによって道理を感じ、心澄むとしているのであろう。むしろ中世的な雰囲気を持つ歌謡である。子産まぬ式部とは、新編日本古典文学全集本（小学館）の同箇所の頭注では、紫式部や和泉式部というより、女官一般を指すかとしている。宮仕えに明け暮れ、子供も産まないまま老後を迎える人達の姿を歌っているとも思われるし、小野小町の落魄譚などの連想もあるであろう。なお五一二番歌謡には、「稲荷には禰宜も祝も神主《かうぬし》もなきやらん　社毀れて神さびにけり」とあり、稲荷の社にはもはやこれに仕える神官もなく、社殿は壊れているが、かえって神々しいとしている歌謡があって参考になる。これも中世的な趣につらなる。

ところで後白河院の『梁塵秘抄口伝集』にも「心澄む」の例がある。院が応保二年（一一六二）に再度の熊野参詣をした際のことである。

夜中ばかり過ぎぬらんかしとおぼえしに、宝殿の方を見やれば、わづかの火の光に、御正体の鏡、所々輝きて見ゆ。あはれに心澄みて、涙もとどまらず。…万の仏の願よりも、千手の誓ひぞ頼もしき、…押し返し押し返し、たびたびうたふ。資賢・通家、付けてうたふ。心澄ましてありし故にや、つねよりもめでたくおもしろかりき。

夜中の社殿は物静かで神々しく、おのずから心が澄み渡り、落涙するほどであった。周囲の状況がそうさせた例である。またその雰囲気に合わせて、心を澄まして今様を神前で歌ったので、いつもよりも感興を催した、というのである。芸能の場では、和歌を詠む場合とは異なった「心澄む」「心澄ます」状態があるようである。『一言芳談』巻下に、比叡の社に参詣した若い女房が、巫女のまねをして、十禅師の御前で、夜更けに人が寝静まってから、鼓を打って、心を澄ました声で、「とてもかくても候、なうなう」と歌ったとあり、これは小林秀雄が「無常といふ事」で取り上げて知られているが、『梁塵秘抄口伝集』の例と似ている。

## 三　「心澄む」と軍記物語・説話集

芸能と「心澄む」の関係では、『平家物語』が想起される。覚一本の巻五・月見では、徳大寺実定が新都福原より旧都の京都に戻って来て、近衛河原院に住む妹の大宮藤原多子を尋ね、月見をする。

源氏の宇治の巻には、優婆塞の宮の御むすめ、秋のなごりをおしみ《ママ》、琵琶をしらべて夜もすがら、心をすまし給ひしに、在明の月の出でけるを、猶たえず《ママ》やおぼしけん、撥にてまねき給ひけんも、いまこそ思ひ知られけれ。[10]

と、『源氏物語』で宇治の八の宮の姫君が琵琶を弾いて心を澄ましたことを引き合いに出す。ここでは管絃と心澄ます行為が一体のものと考えられている。橋姫巻の原文では、薫が姫君達を垣間見るのであるが、

内なる人、一人は柱にすこしゐ隠れて、琵琶を前に置きて、撥を手まさぐりにしつつゐたるに、雲隠れたりつる月のにはかにいと明くさし出でたれば、「扇ならで、これしても月はまねきつべかりけり」とて、さしのぞきたる顔、いみじくらうたげににほひやかなるべし。

とあって、琵琶を弾じることを心澄ます行為としているわけではない。管絃に「心澄ます」ことを重視するのは、中世人らしい考えということになるであろう。ちなみに延慶本・第二中・実定卿待宵ノ小侍従ニ合事にも、覚一本の右のくだりは同文的に見える。

同じく『平家物語』では、巻八・太宰府落に、平重盛の三男清経が豊後国柳が浦において平家の運命に絶望し、入水する場面が語られる。

月の夜、心をすまし、舟の屋形に立ち出でて、横笛ねとり朗詠してあそばれけるが、閑に経読み念仏して、海にぞしづみ給ひける。

月の明るい夜に清経は横笛で音程を定めて朗詠をするのであるが、周囲の状況が心澄むものであり、その上でさらに心を澄まして朗詠したのであり、先の『梁塵秘抄口伝集』の後白河院の今様と類似の場面であって、環境・歌謡・心澄むが一体となるという考えである。『平家物語』はもともと管絃歌謡の話を好んで入れる傾向にある。巻六・祇園女御には、大納言藤原邦綱のことが見える。近衛院の石清水八幡宮行幸の際に、人丁が泥酔して神楽ができなってしまった。ところが邦綱が神楽の装束を準備していて、これで神楽を奏することができた。

　程こそすこしおし移りたりけれども、歌のこゑもすみのぼり、舞の袖、拍子にあうておもしろかりけり。

これも神前で歌われた神楽歌が折からの場所柄澄み渡ったというもので、こうした場面が中世人の好みであったのであろう。巻七・竹生島詣では、木曽義仲討伐のために、平家軍は北国に向かうが、その中にいた平経正は詩歌管絃に長じた人物で、琵琶湖の竹生島の弁財天に参詣し、琵琶の秘曲上玄・石上を弾いた。その音は宮の内に澄み渡り、明神が感に耐えず、奇瑞を表わしたとしている。管絃は環境を浄化するものとしても認識されていた。下って御伽草子「木幡狐」(渋川版)では、三位の中将は昔の光源氏さながらの人物で、常に詩歌管絃にのみ心を澄ましていたとする。詩歌管絃は仏道と同様、濁りない心を保つ方法であるとするに至っているのである。

ところで説話集における「心澄む」「心澄ます」は種々の相を示している。鴨長明の『発心集』巻六・六話・侍従大納言幼少の時、験者の改請を止むる事には、蹴鞠の名手藤原成通について、

　すべていみじき数奇人にて、世の濁りに心を染めず、妹背の間に愛執浅き人なれば、後世も罪浅くこそ見えけれ。[11]

と評している。成通は風雅の道を重んじ、世俗のことにわずらわされず、夫婦の間柄にも束縛されない人であったので、罪の少ない人生を送り、来世も頼もしいというのである。ここでは数奇が心澄むことに通じ、したがって仏道にかなうものであることが説かれる。このテーマは次の巻六・七話・永秀法師、数奇の事にも述べられている。八幡の別当頼清の遠縁にあたる永秀法師は、貧しいながら夜昼笛を吹いて暮らし続けた。これに対して、話末に「かやうならん心は、何につけてかは、深き罪も侍らん」という評語が付けられており、やはり数奇は仏道に通じるとされる。藤原俊成の『古来風体抄』等の和歌即仏道という中世に多い和歌観とも連動するものである。『発心集』巻六・九話・宝日上人、和歌を詠じて行とする事には、宝日上人なる者が、暁に「明けぬなり」云々の歌を、日中には「今日もまた」云々の歌を、暮れには「山里の」云々の歌を日々に詠じて、勤行としていたという話を伝え、

> 和歌はよくことわりを極むる道なれば、これに寄せて心を澄まし、世の常なきを観ぜんわざども、便りありぬべし。

と評している。和歌を経文のように唱えることによって心を澄まし、世の無常を観ずるわざともしている。こうして和歌は仏道に通じることになる。以上のように『発心集』では管絃と和歌その他の風雅の道、即ち数奇が心を澄ます手立てとなって、仏道に連なることが説かれる。

次に西行仮託の説話集『撰集抄』を取り上げる。この書における「心澄む」の用例は数多く、常套句となっており、この説話集は「心澄むの文学」ではないかと思われる。『撰集抄自立語索引』（笠間書院）の「心」（「心澄ます」「心澄む」

「澄む」）の項目に従って、巻毎にまとめる（括弧内は話内における回数である。なおこの索引で重複しているものは一箇所と数える）。

巻一…五話（2）、七話（1）
巻二…四話（3）、五話（1）
巻三…一話（3）、四話（1）、八話（3）、九話（2）
巻四…二話（1）、五話（2）
巻五…一話（2）、二話（3）、三話（2）、四話（2）、六話（1）、七話（1）、九話（3）、十一話（1）、十二話（2）、十三話（3）
巻六…六話（1）、七話（1）、八話（1）、十一話（1）
巻七…一話（1）、九話（2）
巻八…二十二話（1）
巻九…三話（3）、四話（1）、五話（3）、八話（3）、十話（1）、十一話（2）

巻一　五話は宇津の山に住む坐禅の僧の心境を述べたもの、七話は西行が讃岐の白峰に詣でた際の感慨である。
巻二　四話は山田もる僧都のことを聞いた時の感想、五話は出家した男が夜歩くのは、その方が心落ち着くからと述べたものである。
巻三　一話の見仏上人岩屋に籠る事は印象深い話で、西行が仲間の僧とともに能登国いなやつ郡に至り、人里から離れ、海山の景色の勝れたところにある岩屋で、陸奥の松島の見仏上人に出会った。上人は松島と能登を一月に往復しているということであった。

此松嶋の有様も、ゆゆしく閑かにして、心も澄みぬべきを、ふり捨てて、多くの海山をへだてゝ、はるぐ能登の境までいまそかりて、松風に就けていとゞ思ひをまし、よりくる浪にすめる心を洗ひ給ひけん程、いとゞいさぎよく覚え侍る。(12)

上人が景勝の地を求めて修行するのは、「心澄む」ことを求めてのことと解されており、松島でさえそれが実現するであろうに、さらに能登にその地を求めたことに、著者は感動しているのである。これも仏道修行の一方法ということになる。松島は巻一・五話にも見えて、この書は東国文学の趣もある。四話は観釈聖人が乞食をする生活の心情を推し量ったもの、八話は出家者の生活に関して述べたもの、九話は葛城山に住む僧の心境を述べたもので、「所の有様もいたく澄みておぼえ」とあり、義浄三蔵は「好んで所を求めよ」といい、智朗禅師は「心は所によりて澄む」といったと加えている。場所・環境と「心澄む」の関係である。

巻四　二話は中将頼実が出家して志賀の山里に住んだ様をいい、五話は顕基中納言が発心して大原に住んだことに関して評したもので、「只、人はいかにもよき所をもとむべき也。心は所によりて澄むべきにや」と付言している。

巻五　一話は永昭僧都が信濃の木曽に住んでいたことについて述べたもの、二話は大瀬三郎という武士が出家し、北陸で暮らした様について言ったもので、大方、随心浄所即浄土所と説かれ侍れば、心だにも澄みなば、何の所も浄土ぞかし。しかあれども、何の所も浄土にして、なじかはなれど、

とも記している。三話は慶滋保胤が出家した後の心境について述べたもの、四話は永縁僧正が和歌について、これがいよいよ心澄むことになるとしているもので、これも和歌と「心澄む」の関係である。六話は待賢門院の出家について女房が思いやった言葉を記す。七話は世俗からまったく離れた西山の僧について述べたもの、九話は真範僧正が越後の国府で俗人に交わって暮らしたことについて評したもの、十一話は江口の遊女と作者の連れの僧との連歌で、「心すまれぬ柴の庵かな」と詠んだものである。十二話は厳島神社の地勢に心澄むものを覚えるというもの、十三話は摂津の昆陽野でささらを摺って心を澄ましていた僧のことで、音楽と「心澄む」の関係である。

巻六　六話は唯識章の文句を読み続けた時の心境を述べたもの、七話は恵心僧都が賀茂社に参詣しての感慨、八話は信濃の佐野に住む禅僧が和歌を詠んでは坐禅をしていた。その山里について、「所がらも心に澄むべきありさまに侍り」としという。十一話は性空聖人が周防の室の津に赴き、遊女の歌謡を聞き、目をふさいで心を法界に澄まして普賢菩薩を観じたことである。

巻七　一話は唐土の帝子が夜中ある女房の家にたどりつく。その女房の弾く琴の音を聞くと、心も澄み渡ったというもので、これも音楽に関することである。九話は玄賓僧都の地方での生活の様について述べたものである。

巻八　二十二話は歌人の伊勢が太秦に籠って、心を澄まして仏道の勤めをしたことである。

巻九　三話は安養の尼の仏堂の勤めの様のこと、四話は京都に住む者の子が仏前で心を澄ましていたというもの、五話は山谷に住むだけでなく、町中に住んで人々と交わることも心澄ますことになるのだという考えである。八話は

宵暁に心が澄むことを言い、さらに、

長松洞暁の、さびたる猿のこゑを聞き、胡鴈のつらなれる音をきき侍るには、その事となく心の澄みて、

とあって、四季の風物に心澄むものを求めているものである。後述に見るように、この考えの系譜もある。十話は長谷寺の観音堂で尼が念珠する様をいい、十一話は玄賓僧都の故事を聞くと心澄むといっており、巻九の「心澄む」が他の巻に比べてバラエティに富む。この心境の普遍化がある。

こうして『撰集抄』では、「心澄む」ことは仏道修行の心境のほか、修行の場所と関連して考えられていることが多く、人里離れた静かな土地がよいとされる。場所と「心澄む」の関係が具体的に説かれ、このことが本書のテーマであることを示している。それは巻五に集中している。巻九に至って、それは町中の雑踏でもよいのだという主張となる。こうした精神は、ことに『発心集』巻一の北陸地方で渡し守をしたという玄敏（玄賓）僧都の話の影響が強いようで、玄賓の名はこの書に六回登場する。ただし『撰集抄』の方がはるかに地方性がある。それ以外はこの書においては、和歌、音楽、神社の様、四季の風物に関しての「心澄む」がある。

説話集から離れるが、説話と関わりの深い『徒然草』六十段の例を見る。ここでは真乗院の盛親僧都が芋頭というものばかり好み、談義の最中も食していたことを記している。さらにこの上人は普段食べたい時には食べ、眠い時には寝ていたという。

睡たければ、昼もかけ籠りて、いかなる大事あれども、人の言ふ事聞き入れず、目覚めぬれば、幾夜も寝ねず。

心を澄ましてうそぶきありきなど、尋常《よのつね》ならぬさまなれども、人にも厭はれず、万許されけり。(13)

ここでは盛親僧都が身体の要求のままに行動し、心を澄まして詩歌を吟じていたというもので、心澄ます対象のより具体例が知られる。これも「心澄ます」即「数奇」の一環ということになるであろう。

『天文雑説』巻七・津田左近太夫自宗不審事に、「本とりはらひ、身を北山の幽谷にかくし、心の厳泉のなかれにすまして、」と、隠遁者が人里離れた地に暮らし、自然に囲まれて心澄ましていたとし、こうした静かな生活の心境は中世を通して流れていったものである。

## 四　「心澄む」と管絃

管絃は先に見たとおり、数奇の対象として代表的なものであるが、これと「心澄む」の関係は、楽人においてはより複雑なものがある。伝大神惟季の笛の書『懐竹抄』(惟季の後人の作で、十二世紀か)においては、

管絃ハ狂言戯事ナレドモ。法成熟之曲。見仏聞法ノ調ナル故。皆依㆓前世ノ宿縁㆒。又為㆓仏神之御計㆒。極道也。…其上亦余所ニハ物グルワシト人ノ云計可㆑好也。花ノ春。月ノ秋。木陰ノ納涼。雪ノ朝。鳥ノ囀。虫ノ音。風ノ音。浪ノ音ニ付テモ。取㆑笛吹㆑笛。心ヲトメテスキアカスベキ也。(14)

とあるが、管絃の調べは仏道に通うこと、自然の風物を目にし、耳にするにつけて笛を吹き、数奇あかすべきである

としている。ここには「心澄む」はないが、これまでの和歌等の風雅観と同種のものがあり、さらには我を忘れて管絃に集中するという、『発心集』の説話に似ている説も見える。さらに管絃は神仏に対する法楽の意味があることの深い認識があるのであろう。錦氏も先の論で管絃に神仏が感応することを論じている。そしてこのような自然の風物にふれて感興を催し、数奇に向かうということには、草木国土悉皆成仏の天台本覚論の影響があるように思われる。大神惟季の養子である大神基政の笛の書『竜鳴抄』巻下（長承二年＝一一三三年）では、

月のあかからん夜。よもすがらあそびてはらだゝしからんことをもわすれて。極楽浄土の鳥の声も。風の音も。いけのなみも。とりのさえずりも。これかやうにこそはめでたからめ。とくくまいりてこれをきかばやと思べし。かやうならば。くどくはうともつみにはなるべからず。(15)

とある。一晩中管絃を催し、自然の風物に触れては極楽を思う。管絃は仏道へと連なり、罪には当たらぬものであるという。『梁塵秘抄』二四一番に、

万を有漏と知りぬれば、阿鼻の炎も心から、極楽浄土の池水も、心澄みては隔てなし

とあるのも、この思想を受けているのであろう。この管絃による罪の意識は、文学における狂言綺語観とも異なる。これは音楽の専門家の競争によるものである。『竜鳴抄』ではこれに続いて、

又是をあながちにかくして。ひとにはわろうせさせて。こゝろのうちにはいひそしりわらひて。われひとりは人にすぐれん。さてよにいみじきものにいはれて。これをせうとくにせんと思はゞ。などか罪もなからん。

とあって、これが彼等の仲間社会の実態であり、それは世捨人的な永秀法師の数奇とは異なる、身分の低い者同士の競争心、出世欲なのであろう。『竜鳴抄』ではこれより後の箇所に、

管絃につみなしといふ心は。すいたるもののすべき事なり。すきものは慈悲あり。つねにものの哀なる也。あけくれ心をすまし。とこしなひに法会誦経にまじる。ほとけの三十二相をほめたてまつるに。音楽をぐし。讃歎歌詠し奉るに。五音のしらべをそへたてまつる。花供に奏楽をし。散花に呂律をしらぶ。かやうなればぢごくなしとはいふなり。

とある。ここでも管絃は数奇に通じ、数奇は慈悲の心に連なる。そして心を澄まして法会に臨み、音楽を奏する。それによって楽人は仏と結縁し、地獄に堕することはないのだとしている。ここにおける「心澄む」は、法会に臨む心掛けを言っているようである。楽人がつねに地獄を意識していたらしいことが知られ、その暗い一面がうかがわれる。実際に楽人同士のトラブルはいくつか知られている。有名なものでは、『今鏡』第七・新枕、『古事談』第六・二十六話等に見えるように、堀河天皇の時代、舞人多資忠が傍輩山村政連（正連などとも）に殺害され、一時神楽秘曲・胡飲酒・採桑老が途絶えたことがあった。また『楽所補任』保延四年（一一三八）の左近衛府生是行（南都方大神氏）の項に、行方が春日若宮の祭で行時に斬りつけられ、その後歩行困難となって出仕を止められた。行時もまたこの事件

のために出仕を止められたとある。さらに『教訓抄』巻四には、建永元年（一二〇六）多忠成が兄景成の子に殺害され、再び胡飲酒が途絶えたことが記されている。能「富士太鼓」「梅枝」は、楽人の間の殺人がテーマとなっている。

楽書は曲目ごとの演奏の仕方などを説くことが多いが、『懐竹抄』『竜鳴抄』のような仏教的管絃観は、狛近真の『教訓抄』（天福元年＝一二三三年）に受け継がれている。

但、狂言綺語ノタワブレナリトイヘドモ、如レ此仏神三宝ヲモ納受セシメ、鬼神ヲモタヒラグル事、余道ニスグレタリ。狂言ノアソビ、発心求道ノタヨリトナル。…如レ此、名聞ノ心ハナルヽ事ナケレバ、神事仏事ニシタガヒテモ、マヅ名利ヲノミ思、人ノウヘヲソシル。凡夫ノ習ヒ、当道ニカギラズ。タカキモイヤシキモ、此心ヲヲモハザルハナケレドモ、是ハクチヲシキ事ニテ侍ナリ。[16]（巻七）

ここでは数奇や「心澄む」の語は見えず、舞楽を狂言綺語としてとらえ、神仏に手向けるものであること等によって、舞楽は発心求道の便りとなるのだとし、しかし名声や利益にとらわれるために、心迷うことがあることも記している。近真は種々の楽書を参照したのであろうが、他の分野（余道）を意識し、その上で舞楽の道（当道）を考えるのが特色となっている。これは永正八年（一五一一）成立の豊原統秋の『体源鈔』においてさらに拡大される。以上のように楽人達においては、現実的な利益にとらわれることが多く、純粋に数奇の思想を発達させることは困難であるようである。

## 五　「心澄む」と謡曲

さて謡曲における「心澄む」「心澄ます」の用例を、世阿弥の作から見てみる。「養老」では、前シテの老人が登場し、

シテ「…老いを養ふ滝川の、水や心を清むらん[17]

と謡うあたり、そして後シテの山神が登場したあとの謡に、

地「拍子を揃へて、音楽の響き、滾つ心を、澄ましつつ、諸天来御の、影向かな

とあるあたりが注目される。ここでは滝川の清らかな流れに心を澄ましており、また音楽の聞こえる中、神々が影向するさまに心を澄ますとしている。世阿弥が水に特別な関心を寄せていることは、松岡心平氏の指摘がある。[18]

次に「井筒」では、前シテの里の女が登場して、

シテ「暁ごとの閼伽の水、暁ごとの閼伽の水、月も心や澄ますらん[19]

と謡う。水に月は清らかに澄み、シテ自身の心も澄むという意味と解されているが、[20] 水に映る月をイメージしているのであろうか。そのあとのワキの旅の僧は、

ワキ（詞）「われこの寺に休らひ心を澄ます折節、いとなまめける女性庭の板井を掬び上げ花水とし

と述べる。月とともに水もまた心澄ませるものであろう。そして月と水によって、清浄な世界が構成されてゆく。僧にとっては、そうした風物だけではなく、古寺に居ることも心を澄ますもとである。こうしてこの在原寺が聖なる空間であることが示される。

「姨捨」では、後場においてシテの老女の幽霊の出を待つワキの都の男の謡に、

ワキ「…心も澄みて夜もすがら　ワキ・ワキツレ「三五夜中の新月の色[21]

とある。これも信濃国更科の姨捨山にかかる月に心を澄ます例である。

こうした水・月・宗教的な場による「心澄む」は、金春禅竹の能にも受け継がれる。「芭蕉」では、唐土楚の国に山居する僧（ワキ）に、月の夜、近くの女（前シテ）が訪れる。僧の『法華経』読誦に女は女人・草木の成仏を喜ぶ。そうした仏道聴聞の中で、僧と女は次第に心を合わせてゆき、

シテ・ワキ「仏事をなすや寺井の底の、心も澄める折からに[22]

と謡う。仏事が進行して二人は心を澄ませるが、それは寺井の底にある水の清らかさと重なるものである。次に禅竹作かとされる「賀茂」であるが、播磨の室の明神の神職（ワキ）が京都の賀茂神社に参詣すると、そこに里の女二人（シテ・ツレ）が登場する。シテは手桶を持っている。

シテ・ツレ「御手洗や、清き心に澄む水の、賀茂の河原に出づるなり[23]

と二人の乙女は清らかな心をもって、澄む水を汲むために河原に降り立つ。賀茂の明神に手向けるためである。ここでも二人の心澄むは、神域に近いためであり、そして流れる川水の清らかさもそのもととなっている。

シテ・ツレ「風も涼しき夕波に、心も澄めるみづをけの、もちがほならぬ身にしあれど

と謡は続き、登場人物の水による心澄むのモティーフが繰り返される。

実は謡曲において「心澄む」「心澄ます」の用例は数多い。これを以下に簡明に記す（赤尾照文堂刊の『謡曲二百五十番集』『謡曲二百五十番索引』を参考にする）。

A　風景・風物に触発される

○水による…世阿弥「養老」（たきつ心を澄ましつつ）、同「井筒」（暁ごとの閼伽の水、月もこころや澄ますらん）、同

「融」(心も澄める水の面に)、金春禅竹「芭蕉」(仏事をなすや寺井の底の、心も澄める折からに)、「賀茂」(清き心に澄む水の)、「仏原」(心の水の濁を澄まして)

○月による…世阿弥改作「松風」(月に心は須磨の浦)、「井筒」(月もこころや澄ますらん)、世阿弥「姨捨」(心もすみて夜もすがら。三五夜中の新月の色)、金春禅竹「小督」(秋の空・名月)、「三井寺」(明月に向って心を澄まいて)

○その他…世阿弥「八島」(春の空)、世阿弥改作「芦刈」(朝ぼらけ)、「知章」(野山の風)、「項羽」(牡鹿なく夕方)、「源氏供養」(明け方の鐘の声)、「梅枝」(独居の生活)

B　宗教的な場による

○寺院…井筒(在原寺)、当麻(当麻寺、自然の情景の音も含み「心耳を澄ます」とある)

○神社…世阿弥「蟻通」(蟻通明神)、金春禅鳳「生田敦盛」(賀茂神社)、「竜田」(竜田の明神)、「第六天」(伊勢神宮)

C　その他の登場人物の行為、情景

世阿弥作か「須磨源氏」(磯枕)、観世信光「皇帝」(宮中のしづまり)、「野宮」(嵯峨の野宮)、「巴」(流水)、「初雪」(法事)、「大会」(禅観の窓)、「現在七面」(読誦)

このように謡曲においては、世阿弥の能で「心澄む」がよく用いられ、その影響があるのか後の謡曲にもよく見られる表現となっている。これは室町時代の人々の好みとも、また能がもともと宗教的な世界を志向して神聖な空間を求める傾向が強いからとも思われる。「芭蕉」の場合は仏事において「心澄む」としている面も強い。これの反対の表現としては、「心濁る」があり、観世元雅の謡曲「歌占」などに見える。

ところで能においては、これまでの例では「心澄む」神聖な空間は、水・月・寺社という場などによって構成される。世阿弥の「姨捨」では、都方の男が名月に心澄ますうちに、捨てられた老女の霊が登場し、月の光のもとで舞を舞うが、月は西に傾くもので、阿弥陀の浄土を思わせるものであり、また月は阿弥陀如来の右の脇侍である勢至菩薩であることが語られ、姨捨山は浄土と化してゆく。「羽衣」の天女の舞にもこのテーマは見えている。天女の舞によって、駿河の三保の松原には月宮殿の有様も現われる。こうした山や海辺の浄土化は、浄土の使者のようなシテの舞によってもたらされるものである。もう人一つ「東北」の例をあげる。この能は作者不明であるが、東国方より出た僧（ワキ）が京都東北院で和泉式部の幽霊（シテ）に会い、和泉式部の故事や東北院のいわれを聞くというものである。後シテのクセの舞の終末部には、

地「…澗底の松の風、一声の秋を催して、上求菩提の機を見せ、地水に映る月影は、下化衆生の相を得たり(24)

とある。東北院は次第に仏教的な世界へと変貌してゆくのである。同じく和泉式部を主人公とする「誓願寺」（作者不明）では、一遍上人（ワキ）が誓願寺にやってきて御札を広める。そこへ女（前シテ）が現われ、上人に教えを受けて喜び、上人を礼拝して姿を消す。その後和泉式部の幽霊（後シテ）が現われるが、式部は歌舞の菩薩となっており、舞を舞ううちに誓願寺も浄土と化してゆく。これは『平家物語』の「心澄む」の用例のように、音楽が周辺の環境を浄化する働きがあるのにも似ている。さらに言えば、『色葉和難集』によれば、和歌はこれを享受する人々の心を澄ませるもので、人々の罪を滅するものであった。

シテ「常の燈火影清く　地「さながらここぞ極楽世界に。生まれけるかとありがたさよ…　地「…真如の月の西方も。此を去ること遠からず。唯心の浄土とは、この誓願寺を拝むなり(25)

このように誓願寺は菩薩聖衆の来迎とともに西方極楽浄土の有様となってゆくのである。「東北」「誓願寺」はもはや「心澄む」状況というよりは、荘厳な仏教世界が展開する能で、特に後者は仏教色濃密な曼荼羅的世界である。こうした特定の地の浄土化は、『梁塵秘抄』二五二番に、

近江の湖は海ならず　天台薬師の池ぞかし　何ぞの海　常楽我浄の風吹けば　七宝蓮華の波ぞ立つ

とあり、琵琶湖は天台の仏教的な池であるという考えが見える。さらに『三国伝記』巻十・十二話・覚寛僧正［蒙］竹生嶋利生事に、

琵琶ハ則チ天女ノ三摩耶形也。湖海其ノ像也。故ニ志賀ノ浦ノ松ノ嵐ハ索策トシテ石上ノ呂律ヲ調べ、筑［摩］江ノ急雨ハ嘈嘈トシテ流泉ノ雅音ヲ奏セリ。(26)

とある。琵琶は三昧耶（『岩波仏教辞典』第二版では、日本では平等・本誓・除障・驚覚の四義があるという）の形で、したがって琵琶湖全体が三昧耶の像である。そこで琵琶湖は松風が吹き、俄雨が降ることによって、自ずから琵琶の秘曲を奏しているとする。こうした思想は天台で展開していったのであろう。ここでも浄土化にとって、自然の音、音楽

が重要なこととなる。

　この自然の風物、特にそこから発せられる音、そしてそれとも関わる音楽が神聖さをもたらすということは、楽書の『懐竹抄』に、先述のように「花ノ春。月ノ秋。木陰ノ納涼。雪ノ朝。鳥ノ囀。虫ノ音。風ノ音。浪ノ音ニ付テモ。取レ笛吹レ笛。心ヲトメテスキアカスベキ也」とあって、具体的な自然の風物が知られる。こうした言は『発心集』巻六・七話・永秀法師数奇の事において、永秀法師が八幡に住んで笛を吹いて明かし暮らしていた様を、「かやうならん心は、何につけてかは深き罪も侍らん」と評していることにも通じるものである。もともと管絃・舞楽は、『教訓抄』巻七に、

　凡ソ舞曲ノ源ヲタヅヌルニ、仏世界［ヨリ］始テ、天上人中ニ、シカシナガラ妓楽雅楽ヲ奏テ、三宝ヲ供養シ奉テ、娯楽快楽スル業ナルベシ。

とあるように、仏世界から起こったもので、三宝を供養するのにも用いられ、それに従事することは心澄むことであった。永秀法師の場合は、これとも異なり、一心に笛を吹いて生活することが世俗から遠く離れて心澄むことになるというもので、これは楽書からさらに展開している個人的な音楽世界ということになる。数奇から仏道への道が開けるということであろうが、これは和歌即陀羅尼など、文学仏教一如の問題とも関わってくる。

　こうして「心澄む舞」はさらに管絃にも及ぼして考えることができる。なお「心澄む」と「心澄ます」とはどういう相違があるのかも問題となるが、これも今後の課題としたい。また「心澄む」は先に述べたように、もともと宗教と深い関わりを持つものである。初期仏教においては心が重視される。心は本来浄らかなものであり、その機能によっ

ていっさいの万物が展開するとされた。[27]中期大乗仏教の『大乗起信論』におても、自性清浄心の如来蔵と穢れとに関わるアーラヤ識が説かれる。また神道においても、本来人間の魂は清く正しいもので、その穢れを祓うことが重視されている。

**注**

(1) 前章論文の初出は、世阿弥学会編「総合芸術としての能」第一六号（平成二十七年八月）に掲載されている。
(2) 以下、新編日本古典文学全集（小学館）による。
(3) 「和歌の思想　詠吟を視座として」『院政期文化論集一』（森話社、平成十三年）所収。
(4) 歌論歌学集成第七巻（三弥井書店）による。
(5) 日本古典文学全集『歌論集』（小学館）による。
(6) 以下、簗瀬一雄・武井和人『十六夜日記・夜の鶴注釈』（和泉書院、昭和六十一年）による。
(7) 日本歌学大系別巻二（風間書房）による。
(8) 以下、日本歌学大系第五巻による。
(9) 以下、新編日本古典文学全集による。
(10) 以下、新日本古典文学大系（岩波書店）による。
(11) 以下、角川ソフィア文庫による。
(12) 以下、小島孝之・浅見和彦編『撰集抄』（桜楓社、昭和六十年）による。
(13) 岩波文庫による。
(14) 群書類従第十九輯による。
(15) 以下、群書類従第十九輯による。
(16) 以下、日本思想大系『古代中世藝術論』（岩波書店）による。

(17) 以下、日本古典文学大系『謡曲集』(岩波書店)による。
(18) 「水鏡―紀貫之と世阿弥―」「国語通信」三二四号、平成二年四月。『宴の身体―バサラから世阿弥へ―』(岩波書店、平成三年)所収。
(19) 以下、日本古典文学大系『謡曲集』による。
(20) 日本古典文学全集『謡曲集』の現代語訳による。
(21) 新潮日本古典集成『謡曲集』(新潮社)による。
(22) 日本古典文学大系『謡曲集』による。
(23) 以下、新潮日本古典集成『謡曲集』による。この書での曲名は「矢立鴨」である。
(24) 新潮日本古典集成『謡曲集』による。この書での曲名は「軒端梅」である。
(25) 新潮日本古典集成『謡曲集』による。
(26) 中世の文学(三弥井書店)による。
(27) 三枝充悳『仏教入門』(岩波新書、平成二年)五二頁

# 『法華経』の語句の享受と聖地の形成

## 一　はじめに

古来貴族すなわち知識人が仏教へ深い関心を持ったこと、僧侶が和歌等の文学へ参加したことはよく知られている。藤原俊成が『古来風体抄』巻上で、和歌の道と天台止観の関係を説いたことは有名であり、村山修一氏は天台思想への親近は、俊成の兄である天台座主快修の影響によることが想像されるとしている。(1)飛鳥井雅有の『無名の記』にも、

ひねもすにはるばるとみゆる真如の海に、苦をわたすふねのあとなき世をかなしむ。みゝに聞こゆる声、めにさいぎるいろ、みな観念をまし、発心をすゝむる知識にあらずといふ事なし。…やがて止観の正修行の所よみ、だんぎして、座ぜん時をうつすに、しばがきのましろくみゆるに、明ぬる心ちして、松のとをゝしあけたるに、霜夜の月ひかりことにきよく、心のやみもはれぬらんかし。(2)

という印象深い箇所があって、彼が天台止観によって心を澄ましていたことが知られる。心敬の『さゝめごと』末・仏道歌道一如なるべきことも著名であるが、関口忠男氏はこの書が空仮中三諦説的な論述形式になっていると説かれる。(3)

これまで文学と仏教の関係については、狂言綺語・和歌即陀羅尼等の文学思想、『法華経』による救済譚などの研究が中心的に行われてきたと思われる。筆者は従来仏教語に関心を持ち、先に「世阿弥の能楽論と仏教」と題する論文を著わした。(4)そこでは世阿弥能楽論に見える「花・六十六番の物まね・寿福増長・衆人愛敬・安立・善悪不二・邪正一如・念ろう・浅深・万能一心・棚頭傀儡・初心・初中後・妙・龍・万象・森羅」の語句について考察したものであったが、特に仏教語がどのように流布していったか、日本的に変容していったか、どのような過程で日常語化して今日に至ったかの問題意識があった。この時は特に重視した仏典はなかったのであるが、今回は『法華経』に焦点を絞って、中世の文学との関係を語句の面から考える。それと関係して仏教の語句によって、日本の各地がどのように聖地的なイメージを持つに至ったかを、第二のテーマとして述べてみたい。

## 二 『法華経』の語句の影響

鳩摩羅什訳の『妙法蓮華経』（岩波文庫）を用いるが、その前に『法華経』の成立過程、巻々の特色などを考慮に入れなければならない。『岩波仏教辞典』第二版には、この経典が紀元五〇年から一五〇年にかけて成立したこと、竺法護訳の『正法華経』は十巻二十七品であり、鳩摩羅什訳の『妙法蓮華経』は七巻二十七品、のちに八巻二十八品となったこと等が述べられ、なお成立について研究が進められていること等が記されている。また提婆達多品が『法華経』の中でも特異な性格を持ち、『法華経』成立の上からも注意すべき問題を持っていることも指摘されている。(5) 漢訳の『法華経』の語句については、翻訳に際しての造語と従来の漢語の利用があることを考えなければならない。そして仏教語の民間への流布については、『法華経』からの直接の場合のほか、法華経注釈書、天台本覚論、唱導、詩歌（法華経二十八品詩・和歌）、歌謡（『梁塵秘抄』法華経二十八品歌、和讃等）、説話等からの流布を考慮しなければならない。仏教の日常語化としては、たとえば「料簡」は『灌頂経』『法華玄義』『摩訶止観』序等に見え、この語は今日まで用いられたが、『岩波仏教辞典』第二版では、「中国仏教においては、経典を解釈する際の用語としてこの語が頻出する」としている。

さて『法華経』に見える語句のうち、後世に影響があるようなものを私見によって選び、以下に示す。

A　『法華経』の思想を表わす語

諸法実相、不可思議、歓喜、歓喜踊躍、方便、譬喩、分別・無分別、安穏・快楽・娯楽・安楽、差別、平等、利益、清浄、法輪、因縁、功徳、受持、見仏、分身（見宝塔品・如来神力品）

B　『法華経』における慣用的な語

精進、未曽有、微妙、増上慢、成就、教化、囲遶、荘厳、思惟、凡夫、久遠、希有、具足、微塵（微塵数）、無漏、甚深、善哉（決まり文句）

C　その他注目される語

七宝、簫・笛・琴・箜篌（方便品）、不退転、正直、値遇、志願、勧進、天鼓（序品、化城喩品、分別功徳品、如来寿量品)、柔軟、馳走、軟語、成熟・未成熟、増長、宿命、算数(授学無学人記品、如来寿量品、分別功徳品)、我慢、疲労(従地涌出品)、決定、恋慕(如来寿量品、薬王菩薩本事品)、師子吼(分別功徳品)、琉璃・硨磲・碼碯(観世音菩薩普門品)、妙相(観世音菩薩普門品)

ほかに、火宅(譬喩品)、随喜(随喜功徳品)、四生(随喜功徳品)など、巻々に特徴的な語句があることも知っておく必要がある。これらのうちいくつか問題とすべきものを取り上げる。また「念彼観音力　刀尋段段壊」(観世音菩薩品)は、語句とはいえないがこれも扱う。

○琉璃・硨磲・碼碯

この語句は謡曲「鶴亀」に、「(地)五百重の錦や琉璃の樞、硨磲の行桁瑪瑙の橋」(6)とあって知られているが、これ以前の用例は未見である。御伽草子「梵天国」(渋川版)にも、梵天国の宮殿の有様を述べて、

銀《しろかね》の門をたて、金《こがね》の門をたて、見れば金の砂《いさご》、一町ばかり敷き満てり。その内に、きりの柱、碼碯の石、七宝荘厳のすべて(7)、

とあり、岩波文庫本の補注では、「きりの柱」は「琉璃の柱」の誤りかとする。これは室町時代には『法華経』の観世音普門品すなわち『観音経』が広く流布していった証拠の一つとなるのであろうが(8)、絵巻の「梵天国」にはこれに該当する部分がなく、写本の「ぼん天こく」にも、「中なこん、むまよりおり、るりの、きさはし、のほりつゝ」(9)と

あって、後の段階で「琉璃・碼碯」と観音経風に整理されたように思われる。もっとも『観音経』には、「金・銀・琉璃・硨磲・碼碯・珊瑚・琥珀・真珠等の宝を求めんがために大海に入らんに」(岩波文庫本の訓みによる)と金・銀もある。『うつほ物語』吹上・上には、「金銀琉璃の大殿を磨きて」(10)とあって、これも『観音経』を意識したともとれる。

より明確明確であるのは御伽草子「蛤の草紙」で、もともと『観音経』の影響の強い作品であるが、渋川版では南方補陀落世界の観音の浄土のさまを表現して、

いかなる金《こん》・銀《ごん》・琉璃・硨磲・碼碯をもつてつくりたる家なりとも…水晶の珠を柱とし、琉璃の垂木、硨磲・碼碯にて上葺し、中々目を驚かすばかりなり。(11)

とあるのも、原典に近い。奈良絵本「はまぐり」では、

にはのおもてをみれは、こかねのいさこを、あつさ四すんはかり、しかれたり、めなうを、いしすへにし、すいしやうを、はしらにたて、しやこの、うつはりに、さんこしゆの、たるきをかけ、こかねのうへに、るりのいたをしきたり(12)

と、原典を利用して、より効果的な表現を試みていると思われる。明暦刊本「はまぐりはたおりひめ」では、

めのふの、いしはし、すいしやうの、はしら、こんく、るりの、たるき、しやこ、めのふの、うわふき、なか
く、めをおとろかす(13)

とあって、これも原典通りではない。

○念彼観音力　刀尋段段壊

ついでに述べると、後世における『観音経』の影響の典型は、「念彼観音力《ねびかんのんりき》　刀尋段段壊《とうじんだんだんゑ》」で、この句は謡曲「盛久」「籠祇王」「田村」、御伽草子「梵天国」に見え、浪曲「歌入観音経」でも「念彼観音力　刀尋段段壊」のリフレインがある。原典の偈では「念彼観音力」の句が繰り返され、それが印象を持たせるが、ことに「刀尋段段壊」の箇所が好まれた理由は不明である。日蓮の竜ノ口での法難を説く日蓮宗の影響があるであろうか。この話型の古い例では、『日本霊異記』巻下・七話に見える。武蔵国多摩郡の丈部直山継夫婦が観音を厚く信仰していた。藤原仲麻呂の乱に連座して首を斬られそうになったが、間一髪で死罪を免れ、信濃国に流罪となった。その後許されたとある。仮名草子「竹斎」巻上においては、「或遭王難苦　臨刑欲寿終　念彼観音力　刀尋段段壊」と原典から少し長く引用している。『観音経』は日本人に広く受け入れられた経典であった。『大日本国法華経験記』(『法華験記』)巻下・百二十四話・越中国立山の女人にも、地獄に堕ちたある若い女は、観音を信仰して生前『観音経』の読誦を志していたとある。謡曲「田村」(作者不明)では、キリの部分において、鈴鹿山の鬼を退治した坂上田村麻呂が清水観音の助力に感謝して、「まことに呪詛諸毒薬念彼　観音の力を合はせて　すなわち還著於本人」(14)という箇所があるが、これは『観音経』の「呪詛諸毒薬　所欲害身者　念彼観音力　還著於本人」によるものである。

○簫・笛・琴・箜篌

また室町時代における『法華経』の流布の例としては、方便品の「簫・笛・琴・箜篌」がある。謡曲「羽衣」に、天女が舞を舞う場面に、「(地) 簫笛琴箜篌孤雲の外に満ち満ちて」(15) とする一文がある。「羽衣」にはいろいろなイメージが盛り込まれているが、『法華経』もその一つということになる。この句は謡曲「須磨源氏」「富士山」にも見えるもので、音楽を重視する能の世界では好まれた表現であった。なお『日本霊異記』巻上・五話に、和泉の国の海中に、笛・箏・琴・箜篌等の楽器の音があったという話があるが、『霊異記』にも法華経信仰がよく見られることから、これにも『法華経』からの影響があるのであろう。

○分身

この語は仏教語としては「ふんじん」と読む。この語について、『日本国語大辞典』第二版の「分身《ぶんしん》」の項では、

1、古くは「ふんじん」とも。仏教語。仏菩薩が衆生を救済するために身を分かち、仮の姿をとってこの世に現われること。

として『勝鬘経義疏』・九冊本『宝物集』巻七・『地蔵菩薩霊験記』巻一の用例を出す。次に、

2、一つの身体やものが二つ以上に分かれること。

として、古活字本『太平記』巻十・長崎高重最期合戦事の「十方に分身《ぶんしん》して、万卒に同く相当りければ」という用例を出す。ただし天正本『太平記』のこの箇所では、「十方に身を分け」とある。中村元『仏教語大辞典』（東京書籍）では、『法華経』見宝塔品のほか、『方便心論』の例をあげている。歌舞伎には初世市川團十郎が演じた「成田山分身不動」がある。中世文学で目につくのは、謡曲の分身で、それも「一体分身《いったいふんじん》」の形でよく表われる。これにはいくつかのパターンがある。喜阿弥作曲の「源太夫」にある、

地「神の代を思ひ出雲の宮柱、思ひ出雲の宮柱、立ち添ふ雲も八重垣の、ここも隔ては名もことに誓ひは様々かはれども、一体分身の御神所《ごしんしょ》、一心に仰ぎ給へや(16)

は、出雲の神と熱田の神が同体であると述べているが、これが何らかの神道理論によっているのかは不明である。金春禅竹の作かとされる「代主」にも、

地「…抑も葛城の、賀茂の神垣隔てなく王城の鎮護と現れ、…　地「葛城も同じ神山の、一体分身の御代を守り給ふなり(17)

と賀茂の神と事代主の神は同体であると見える。金春禅鳳作の「嵐山」では、「(地) 分断同居の、塵に交はり、…木守勝手、蔵王権現、一体分身、同体異名の姿を見せて(18)」とあり、吉野山の木守明神、勝手明神、蔵王権現の三神は同

体であるとしている。佐成謙太郎の『謡曲大観』「嵐山」の概評では、「殆ど全く作者の空想によって一曲を形作るもの」としており、神道思想的な根拠はないとしている。「誓願寺」の場合は、「(地) しかれば和光の影広く、一体分身現はれて、衆生済度の御本尊たり」[19] とあるが、意味が明確ではない。この謡曲は『誓願寺縁起』に拠ることが多く、それによれば、西方極楽浄土の阿弥陀仏が一体分身をもって衆生済度のためにこの寺に現われたということで、仏教本来の「一体分身」の思想に近い。「西王母」では、「(地) 真はわれこそ西王母の分身よ」[20] と、前シテの女が自分は西王母の仮の姿であると名のり、これは「誓願寺」の場合と似ている。そして「三輪」(作者不明) は、「(地) 思へば伊勢と三輪の神、一体分身のおんこと、いまさらなにといはくらや」[21] と、伊勢の天照大神と三輪明神が同体であると説いているが、これは神道書にも見える。天台系の神道書『輝天記』大宮御事では、伊勢の神の分身が大比叡大宮権現で、これが三輪明神と現われたとあって、天照大神が本体、大比叡大宮権現と三輪明神が分身となる。一体のもっともプリミティブな形では、謡曲「賀茂」に、播磨の室の明神 (加茂神社) と京都の賀茂神社は御一体なのだとあり、これは神道の基本的な考えであるが、後に述べる釈迦の分身思想と似る。

他の例では、謡曲「采女」に釈迦が春日大明神として現われたとあり、金春禅竹『稲荷山参籠記』には、禅竹が文殊菩薩から文殊と歓喜天は同体であるという夢告を蒙ったとある。禅竹は『明宿集』で、法花と翁は一体であるとも述べている。仮名草子「竹斎」巻上に、「観音に参りつゝ、其身御一体分身《ふんじん》にてましませば」とあるのは、観音が衆生済度のために、さまざまな姿でこの世に現われることで、「誓願寺」の場合に近い。今成元昭氏は「『法華経』信仰の和歌と説話」において『法華経』には過去・現在・未来の三世にわたる十方の諸仏が登場する。それらの諸仏は、いわば釈尊の分身である」と「分身」を説明しており、[22] また実際に日蓮は『開目抄』において、諸仏は釈迦の分身であることを説き、またその「法華和讃」にも、「在在処処の分身《ぶんじん》も…釈尊一仏あはれみて」とある。『梁塵秘抄』巻二・

法華経二十八品歌・宝塔品の中にも、

宝塔出でし時　遥かに琉璃の地となして　瑪瑙の扉《とぼそ》を押し開き　分身仏《ふんじんほとけ》ぞ集まりし(23)（一〇六）

宝塔出でし時　須弥も鉄囲も投げ捨てて　遥かに琉璃の地となして　分身仏ぞ集まれる（一〇七）

とあって、これも釈迦の分身としての諸仏を意味する。これと関係するのは三十三観音の信仰で、観世音菩薩は変身し、聖観音・千手観音、十一面観音、如意輪観音等々と身を変える。存覚『諸神本懐集』では、鹿島明神が春日、住吉、大原野、吉田の神となって現われるとしており、これは釈迦がさまざまに身を変える『法華経』の「分身」を思わせるが、謡曲の神々には本体・分身の区別はあまり見られず、まさに「一体分身」の思想が強いといえるであろう。これは能の観客の信仰対象など、別の要因が考えられる。また謡曲の「分身」は曲によって事情が異なると思われる。御伽草子「明石物語」には、熊野権現が六人の山伏に身を替えるというプロットがあり、これは『耀天記』等と同様、本来の「分身」を思わせる。こうして「分身」は日本的な展開を遂げるが、これは『観音経』に見える「衆人愛敬」も同様で、日本ではさまざまな方面で使用されていった。なお「分身」に関しては、文学・演劇・哲学・心理学等さまざまな分野において論文が書かれている。いずれにせよ室町時代は『法華経』の一般化の時代であり、これは『法華経』のみならず、仏典の言葉が一般に流布していった時期と思われる。

## 三　聖地の形成

次に仏教語を使用した聖地の表現、聖地の形成を謡曲を中心に考える。日本各地において、寺社を中心に聖域化はなされるのであるが、それが文学的にはどのように表われるかをテーマとする。まず琵琶湖の聖地的表現である。『梁塵秘抄』一二五三番に、

近江の湖は海ならず　天台薬師の池ぞかし　何ぞの海　常楽我浄の風吹けば　七宝蓮華の波ぞ立つ

とあるように、琵琶湖は天台宗と関わりの深い聖地とされた。これが『三国伝記』巻十・十二話・覚寛僧正［蒙］竹生島利生事になると、

此ノ島ハ金輪際ヨリ生出テ、其形宝鈴ノ如シ。生身ノ弁才天女所居利生ノ浄土也。…琵琶ハ則チ天女ノ三摩耶形也。湖海其ノ像也。故ニ志賀ノ浦ノ松ノ嵐ハ索々トシテ石上ノ呂律ヲ調べ、筑［摩］江ノ急雨ハ嘈々トシテ流泉ノ雅音ヲ奏セリ。(24)

とあって、琵琶湖は天女の住む聖地であり、弁才天にゆかりの深い音楽の地でもあって、琵琶湖全体が琵琶という楽器で、各所で妙なる音楽を奏でているという表現になる。すなわち聖地の表現に音楽が結びついているのが特色であ

る。『地蔵菩薩霊験記』巻二・十五話には、「日金ノ岑ヨリ下ス嵐ハ梵音ヲ唱、海底ノ波ハ錫杖ヲ誦スルカト覚テ」[25]とあり、巻三・一話にも、「万法一如ノ観ニハ、松吹風モ浦浪モ、四徳波羅蜜ト唱レバ、谷ノ螻蟻モ仏身ナリ」とあるのも参考になる。謡曲「兼平」の前場では、

ワキ（詞）「いかに船頭殿に申すべきことの候、見えわたりたる浦山はみな名所にてぞ候ふらん　シテ（詞）「さん候名所にて候、おん尋ね候へ教へ申し候ふべし　ワキ（詞）「まづ向かひにあたつて大山の見え候ふは比叡山候ふか　シテ（詞）「さん候あれこそ比叡山にて候へ、麓に山王二十一社、茂りたる峰は八王子、戸津坂本の人家まで残りなく見えて候[26]

とあり、これでは琵琶湖から見える景色に霊験あらたかな寺社があるという意味で、聖地意識があるのであろう。謡曲「竹生島」には、

シテ（詞）「実此所は霊地にて、歩みを運び給ふ人も、とかく申さば御心にも違ひ、又は神慮も忖りがたし　ツレ「さらばお舟を参らせむ　ワキ「嬉しや偖は誓ひの舟、法の力と覚えたり[27]

とあり、やはり琵琶湖に霊地・聖地の意識が表現される。『拾遺往生伝』巻下・二十二話には、沙門成務は近江国竹生島の旧住で、臨終に際し、湖水を渡って竹生島に至り、嶺に端座して入滅したとある。

こうした聖地としての表現は、各寺社においてなされたことである。そこでは各種の参詣曼荼羅が制作された。た

とえば伏見稲荷に関しては、『稲荷記』で、

此所者今遍照鎮壇ノ秘所、古仏成菩薩ノ地、山ハ五岳ノ山、所ハ八葉ノ所、毗盧遮那説法ノ会座ナリ、西ノ峯ニハ愛染王弁才天ト顕レテ、無福種衆生ニ福ヲ施与シ玉フ（施峯号）、北不動三大神ト顕レテ、不信ノ者ヲ罰シ玉フ、東ニハ大威徳天照太神咜天ト顕レテ、一切衆生ヲ慈玉フ、南ニハ降三世丹（丹生カ）ノ明神訶利帝母、恩愛ヲ慈玉フ、中央ニハ稲荷弥陀辰狐王、即如意宝珠ノ穴ニハ七瓶アリ、悉ク七宝ニシテ皆功徳水ニ入ルト云々、(28)

と稲荷を聖地化し、金春禅竹も『稲荷山参籠記』において、

次ニ、山上三ノ御塚。一番ハ聖天、二番ハ弁才天、三番ハ荒神。一番ノ御塚ノマエ、道ヨリ右ニスコシ入テ、大師ノ阿賀ノ水、清〳〵トタマル。ソレヨリウエニ、叢輪ノ石ノ塔アリ。大師ノ御作。依レ是、稲荷スイヒストカヤ。幷、女意宝殊ヲモ、山上此塚ニウヅミタマフトイエリ。(29)

と稲荷山の霊地の数々を記している。慶政『閑居の友』巻上・一七話・稲荷山の麓に、日を拝みて涙お《ママ》流す入道事には、稲荷もまた日想観に便りある地とされたことが知られる。さらに「伏見稲荷参詣曼陀羅」も制作された。(30)

日想観は四天王寺が有名であるが、これの聖地的表現では、『梁塵秘抄』一七六番に「極楽浄土の東門は　難波の海にぞ対へたる　転法輪所の西門に　念仏する人参れとて」があり、観世元雅作の謡曲「弱法師」にも、

地「…難波の寺の鐘の声、異浦々に響き来て、普き誓ひ満ち潮の、おしてる海山も、皆成仏の姿なり(31)

とあって、ここには草木国土悉皆成仏という天台本覚論の思想に近いものがある。また宇宙を仏国土と見なす仏教思想にも通じる。謡曲「東北」も特色あるものである。和泉式部の霊が都の東北院に現われ、舞を舞うのであるが、式部はすでに聖女化されている。そこには『法華経』譬喩品の火宅を出るというイメージもあり、これは謡曲「野宮」の六条御息所の霊と同様である。「東北」の一節を示す。

地「所はここのへの、東北の霊地にて、王城の鬼門を守りつつ、悪魔を払ふ雲水の、水上は山陰のかもがはや、末しらかはの波風も、潔き響きは、常楽の縁をなすとかや、…澗底の松の風、一声の秋を催して、上求菩提の機を見せ、池水に映る月影は、下化衆生の相を得たり(32)

この東北の院の霊地的表現では、白河の波風が清らかな響きをもたらし、これでここが常楽の地となるのだとすることが特色である。和泉式部の聖女化は謡曲「誓願寺」も同様で、この寺は西方極楽浄土に通う場とされている。また当麻寺の聖地性については、中野顕正氏の論がある。(33)神社の例では、謡曲「松尾」に、

地「…さればにやこの社、いづくもといひながら、殊に所も九重の、雲居の西の山の端を、照らすや光も夕月の、空冴えて嵐山の、峯には実相の声満ちて、聞法の便りのみ、大井の波の音までも、常楽我浄の結縁をなす心なり(34)

とあって、これは寺院の場合と同様である。諸法実相の法華経的な世界があるが、それは峯を吹き渡る風の音によるものであり、大井川の波の音が常楽我浄に通じるとするのである。ここにも聴覚的な聖地のイメージがある。「常楽」は、謡曲では「歌占」「高野物狂」「大会」に見え、『梁塵秘抄』二五三番にも「近江の湖は海ならず、…常楽我浄の風吹けば、…」とあり、『日葡辞書』に「常楽我浄」が見えるので、次第に一般化していった語である。常楽は『華厳経』等に、常楽我浄は『涅槃経』『大乗起信論』等にあり、興福寺では常楽会が行われていた。

こうした聖地の表現は、必ずしも寺社に限ったことではない。世阿弥の「姨捨」では、

地「しかるに月の名所《などころ》、いづくはあれど更科や、姨捨山の曇りなき、一輪満てる清光の影、団々として海嶠を離る、しかれば諸仏のおん誓ひ、いづれ勝劣なけれども、超世の悲願あまねき影、弥陀光明に、如くはなし、さるほどに、三光西に行くことは、衆生をして西方に、勧め入れんがためとかや[35]

とあって、信州の姨捨山も阿弥陀の浄土に通う場とされるのである。姨捨山の聖地化は、すでに法華経二十八品歌にも見え、姨捨に釈迦の叔母の憍曇弥のイメージを加えて詠んだ歌がある[36]。世阿弥作の「山姥」でも、

シテ「殊にわが住む山家の気色、山高うして海近く、谷深うして水遠し　地「前には海水瀼々として月真如の光を掲げ、後には嶺松巍々として風常楽の夢を破る[37]

とあり、越後の上路の山が聖地化される。これにも風と常楽の関係が見られるが、これは『源平盛衰記』巻十・丹波

少将上洛の、「前海水瀼々月浮㆓真如之光㆒、後巌松禁々風奏㆓常楽之響㆒、聖衆来迎之義有㆑便」によることが指摘されている[38]。風が常楽の響きを奏でることは、一般的な表現になっていた。こうした謡曲における聖地的表現は、世阿弥に始まると思われる。世阿弥の作かとされる「須磨源氏」には、

シテ「…今は兜率に帰り、天上の住まひなれども、月に詠じて閻浮に下り、処も須磨の浦なれば[39]

とあって、光源氏が兜率天に上り、そこから須磨の浦に天下り、それによって須磨を聖域化する方向があるものと思われる。この意味では「東北」の和泉式部と同様のものがある。歌謡では『梁塵秘抄』三一五番に、「淡路はあな尊北には播磨の書写をまもらへて　西には文殊師利　…」と、淡路島が聖地であることを歌っているが、四方が聖なる地で囲まれているという表現が、琵琶湖や稲荷社の例と共通する。聖地表現の一つの型である。謡曲はこうした『梁塵秘抄』の仏教歌謡を、演劇の世界でさらに展開せしめているといえる。

## 四　聖地と音・声

『梁塵秘抄』二五三番や謡曲「東北」や「松尾」では、波や風の音が常楽に縁あるものとされているが、これにも伝統があり、『一帖抄』に「鳥囀波音同常住説也[40]」とあり、『八帖抄見聞』智一心三観事にも「我等言音。立浪吹風真如言音也[41]」とある。『一遍上人語録』にも「よろづ生としいけるもの、山河草木、ふく風たつ浪の音までも、念仏ならずといふことなし[42]」とあり、飛鳥井雅有『無名の記』にも「山の響谷のひゞき、みなこれ如来説法にあらずといふ

事なし」とあって、こうした音が念仏等と結びつくことがあった。一条兼良『勧修念仏記』巻下一には「西方浄土には水鳥風声をきくも、自然に菩提心をもよほす縁となれり[43]」とあり、「水鳥風声」に極楽のイメージもあった。これは仏教行事とも深くかかわった楽書にも見える。『懐竹抄』に、

　花ノ春。月ノ秋。木陰ノ納涼。雪ノ朝。鳥ノ囀。虫ノ音。風ノ音。浪ノ音ニ付テモ。取レ笛吹レ笛。心ヲトメテスキアカスベキ也[44]。

とあり、鳥・虫・風・浪の音が見える。『竜鳴抄』巻下にも、

　極楽浄土の鳥の声も。風の音も。いけのなみも。とりのさえずりも。これかやうにこそはめでたからめ[45]。

とあって、これらには天台の思想が認められる。さらに『教訓抄』巻七にも、

　サレバ、カノ世界ニハ、タノシミノミアリテ、クルシミナキ故ニ、吹風立波、鳥ケダモノニイタルマデ、「タヘナル」コトバ、妓楽ヲ乙テ、諸ノ仏菩薩ヲ讃歎シ奉リ[46]、

と、鳥類の声に獣類の声が加わる。これは歌謡にも見える。『梁塵秘抄』一七七番には、

極楽浄土のめでたさは、一つも空《あだ》なることぞなき　吹く風立つ波鳥もみな、妙なる法をぞ唱ふなる

とあって、これは中世流行の慣用的言回しといえる。そしてこれは和歌観にも結び付く。世阿弥作の謡曲「高砂」に、

地「しかるに長能が言葉にも、有情非情のその声、みな歌に洩るることなし、草木土砂、風声水音まで、万物の籠もる心あり、春の林の、東風に動き秋の虫の、北露に鳴くも、みな和歌の姿ならずや(47)

とあるが、これは『三流抄』によることが知られている。『古今集』仮名序の和歌観に仏教の風声水音が習合したのである。そしてその背景には、「草木土砂」とあるように、天台本覚思想の草木国土悉皆成仏があるであろう。日本古来のアニミズム的な草木観と仏教の宇宙観とが融合したのである。こうした草木観は金春禅竹に至ってさらに展開する。その『至道要抄』は『法華経』『法華玄義』の影響があるものであるが、「天地も幽玄なり。日月・星宿、山海・草木も幽玄也」と幽玄論にまで及ぶ。

ところで世阿弥の風声水音論に近い歌論は花山院長親（耕雲）の『耕雲口伝』である。

かの時に聞ゝし風の声、雨の音などの、ふところに浮かびて不思議なる風情、あたらしき心ねなどの詠み出ださるゝなり(48)。

と、風声・雨音を詠歌の契機とするが、さらには武島羽衣も『詠歌入門』（大正書院、大正三年）において、

歌の嗜みのある人には風も或言葉をさゝやき小川も或談話を交える。すべて天然は共に来たりてその心身を慰めてくれるのである。かく考ふれば詠歌は人間の心の窓である。

と述べて、この伝統を引き継いでいる。

## 五　謡曲と草木国土悉皆成仏

聖地と音・声の関係に、「高砂」ではさらに草木観の問題がからんでいる。草木成仏は『法華経』薬草喩品をもとに、中国・日本において展開したものとされ、『地蔵菩薩霊験記』巻七・一話に「凡ソ仏成道スルトキハ草木国土ホトナク皆成仏ス」[49]とあり、日蓮の弘安二年（一二七九）八月八日付、上野殿御返事にも、「法華経は草木を仏となし給」[50]とあるなど、草木を愛する日本人には好まれた思想であった。『法華験記』巻中・六十九話にも、基燈法師は『法華経』を一心に読誦し、非情の草木にも恭敬の心を起こしたとある。草木成仏思想と文学の関係は、三崎義泉氏『止観的美意識の展開―中世芸道と本覚思想との関連―』（ぺりかん社、平成十一年）や末木文美士氏『草木成仏の思想　安然と日本人の自然観』（サンガ、平成二十七年）が参考となる。草木国土悉皆成仏も聖地化と関わるが、ここでは謡曲において種々相があることを指摘する。

まずこれも世阿弥からである。「西行桜」に「（地）「およそ心なき草木も、花実の折は忘れめや、草木国土みな、成仏のみ法なるべし」[51]は、桜という草木から国土へと及ぶ成仏論である。観世元雅作の「弱法師」では、「おしてる

海山も、皆成仏の姿なり」とある。この曲では、

ワキ（詞）「…げにこの花を袖に受くるは、花もさながら施行ぞとよ　シテ（詞）「なかなかなりや草木国土は、
悉皆恵みを施行にて　ワキ（詞）「皆成仏の大慈悲に　シテ（詞）「洩れじと施行に連らなりて、

と、難波の梅の花を袂に受けることも施行とし、梅から草木国土の成仏へと展開して、「西行桜」と同様の思想を導く。謡曲の場合は国土思想が強く表われるところで、「翁」の「天下泰平国土安穏」、「田村」の「普天の下、卒土の内、いづく王地にあらざるや」等の例がある。政治的な国土安穏の願望を表わしている。「当麻」では宝樹たる桜木から草木国土成仏を思うとある。「采女」は草木国土成仏と三笠山の神木が結びつき、『法華経』を説いた霊鷲山の仏が三笠山の大明神となって現われたとしており、『法華経』の影響と神仏習合の典型のような思想が見られる。国土成仏の思想は、『法華経』信解品の「浄仏国土（仏国土を浄め）」のように、「仏国土」と結びついてできたと思われる。草木の成仏は、「定家」「仏原」にも見られる。

金春禅竹の「芭蕉」の場合はまた別の意味がある、

シテ（詞）「有難やこのおん経を聴聞申せば、われらごときの女人非情草木の類ひまでも　…ワキ「薬草喩品あらはれて、草木国土有情非情も、みなこれ諸法実相の(52)

とある。芭蕉の成仏は草木成仏であるが、この後シテの芭蕉の精は女の姿であるので、女人成仏にも通じることにな

る。[53] これは「杜若」の杜若の精の場合と同様で、ほかには「六浦」（楓の精）「墨染桜」（墨染桜の精）の例がある。

謡曲の草木国土の成仏は、さらに鳥類・獣類の成仏へと展開する。世阿弥の「鵺」に、

ワキ「一仏成道観見法界、草木国土悉皆成仏　シテ「有情非情、皆倶成仏道　ワキ「頼むべし頼むべしや[54]

と、日本国の王法仏法を妨げ、国家の安穏を脅かす存在であった鵺が成仏を願うのである。[55] これも国土の安穏を招来する能の任務であろう。金春禅竹の『稲荷山参籠記』に、「一切草木、一切鳥類・畜生、不レ残御神膳ニ備フ。有情非情結縁ノ御誓トカヤ」とあることも関係するし、またこのテーマは「殺生石」にも見られる。「殺生石」の場合は石が草木国土の一環であり、それの成仏と獣類である野干の成仏が結びつくわけである。こうした複雑な関係には伝源信『真如観』の、「一切ノ非情、草木・山河・大海・虚空、皆真如ノ外ノ物ニアラズ」[56] 等の系譜も考えなければならない。謡曲「知章」にも「（地）草木国土、有情非情も、悉皆成仏の、かの岸の海際に、浮かみ出てたるありがたさよ」[57] とあり、草木国土・有情非情の成仏は先の「芭蕉」「鵺」にも見られる語句である。

草木国土成仏と女人成仏の結びつきは、謡曲「巴」（作者不明）に顕著である。

地「罪も報いも因果の苦しみ、今は浮かまん御法の功力に、草木国土も成仏なれば、況んや生ある直道の弔ひ、
かれこれいづれも頼もしや、頼もしやあらありがたや[58]

と、草木国土成仏にことよせるかのように、女武者巴の女人成仏がある。謡曲の思想には全般に複合化の傾向が見ら

れる。これも時代的な好尚であろう。あるいは日本演劇の特色とも思われる。歌舞伎へと継承されるからである。最後に謡曲「身延」（作者不明）に特色ある草木国土成仏観があることをあげておく。

地「…身延の山の風の音、水の声もおのづから、諸法実相と響きつつ、草木国土皆成仏の霊地なりけり、成仏の霊地なりけり(59)

と、日蓮宗の本山身延山は草木国土悉皆成仏の霊地であり、そこでは風音水声が『法華経』の諸法実相を響かせ、虫の音が妙法蓮華経を唱えるとある。そうした聖地で、シテの女人は成仏へと向かう。この曲にも中世らしい諸思想を見ることができる。ちなみに薬草喩品の享受を謡曲以外に求めると、室町時代後期の歌学書『釣舟』に、

ゆく末の花の光の名をきくにかねてそ春にあふ心ちする

此歌は法花経の薬草喩品に。号曰花光如来と云事をよめる也。…又此品の大意をよまはかくはよむましき也。(60)

とある例があり、これでは伝統的な法華経和歌を目指していたことがわかる。

この論では謡曲を用いることが多かったが、謡曲は中世思想の宝庫であり、また種々の習合思想の世界がある。また謡曲の天台風の一面を示したが、これが日本の芸能の伝統なのであろう。

注

(1)『藤原定家』(人物叢書、吉川弘文館、昭和三十七年) 二九頁
(2) 以下、古典文庫による。
(3)『ささめごと』と天台教学」『中世文学序考』(武蔵野書院、平成四年) 所収。
(4)『中世芸道論の思想―兼好・世阿弥・心敬』(国書刊行会、平成五年) 所収。
(5) 白土わか『法華経』・『無量寿経』・『転女成仏経』における女人救済」「国文学解釈と鑑賞」平成三年五月号
(6) 謡曲大観 (明治書院) による。
(7) 岩波文庫による。
(8) 廣田哲通「観世音普門品の文学」「文学・語学」一六九号、平成十三年三月
(9) 室町時代物語大成 (角川書店) による。
(10) 新編日本古典文学全集 (小学館) による。
(11) 岩波文庫による。
(12) 室町時代物語大成による。
(13) 室町時代物語大成による。
(14) 新潮日本古典集成『謡曲集』(新潮社) による。
(15) 謡曲大観による。
(16) 謡曲大観による。
(17) 謡曲大観による。
(18) 日本古典文学大系『謡曲集』(岩波書店) による。
(19) 新潮日本古典集成『謡曲集』による。
(20) 謡曲大観による。
(21) 新潮日本古典集成『謡曲集』による。

(22) 「国語と国文学」昭和五十九年八月号。今成元昭仏教文学論纂第五巻『法華経・宮澤賢治』(法蔵館、平成二十七年)所収。
(23) 以下、新編日本古典文学全集による。
(24) 中世の文学(三弥井書店)による。
(25) 以下、古典文庫による。
(26) 新潮日本古典集成『謡曲集』による。
(27) 新日本古典文学大系『謡曲百番』(小学館)による。
(28) 神道大系・神社編・稲荷による。
(29) 以下、金春禅竹伝書は『金春古伝書集成』(わんや書店)による。
(30) 白原由紀子「「伏見稲荷曼陀羅」考—個人本「〔ダ〕枳尼天曼荼羅」に対する異見」「MUSEUM」五六〇、平成十一年六月
(31) 以下、日本古典文学大系『謡曲集』(岩波書店)による。
(32) 新潮日本古典集成『謡曲集』による。ここでの曲名は「軒端梅」である。
(33) 「能《当麻》における宗教的奇跡の空間造形」「国語国文」平成二十九年八月号
(34) 謡曲大観による。
(35) 新潮日本古典集成『謡曲集』による。
(36) 田口暢之「二十八品歌の詠法—本歌取り作を中心に」(「中世文学」第六十三号、平成三十年六月)に、勧持品を詠んだ和歌「姨捨の山のけしきのしるければ今さらしなに照らす月影」(清輔、『今撰集』雑)が見える。
(37) 新潮日本古典集成『謡曲集』による。
(38) 新潮日本古典集成『謡曲集』「山姥」の頭注
(39) 謡曲大観による。
(40) 天台宗全書第九巻による。

(41) 天台宗全書第九巻による。
(42) 日本古典文学大系『仮名法語集』による。
(43) 国文東方仏教叢書による。
(44) 群書類従第十九輯による。
(45) 群書類従第十九輯による。
(46) 日本思想大系『古代中世芸術論』(岩波書店) による。
(47) 日本古典文学大系『謡曲集』による。
(48) 歌論歌学集成第十一巻 (三弥井書店) による。日本歌学大系第五巻では「風の声、羽のおと」とある。
(49) 古典文庫による。
(50) 岩波文庫『日蓮文集』による。
(51) 日本古典文学大系『謡曲集』による。
(52) 日本古典文学大系『謡曲集』による。
(53) 「芭蕉」については、伊藤博之「草木成仏の思想と謡曲」(『中世文学論叢』第4号、昭和五十六年七月)、落合博志「能と『法華経』—《芭蕉》について」(『国文学解釈と鑑賞』平成九年三月号) 等の論がある。
(54) 日本古典文学大系『謡曲集』による。
(55) 石田瑞麿『日本古典文学と仏教』第二章『法華経』と文学 (筑摩書房、昭和六十三年) に、この一文は天台僧顕真の『止観私記』巻一本「中陰経云、一仏成道、観見法界、草木国土悉皆成仏」に一致する。「中陰経」は不明とする (一五四頁)。
(56) 日本思想大系『天台本覚論』による。
(57) 謡曲大観による。
(58) 謡曲大観による。
(59) 謡曲大観による。

（60）続群書類従第十七輯上による。

# 演劇・芸能における二人物舞踊の系譜

## 一　はじめに

演劇・芸能のうち、舞踊について取り上げると、二人で行う形式はよく見られる。日本舞踊において、特に男女二人の人体によるものは、印象的に演出されているように見える。スポーツの世界においても、テニスや卓球等ダブルスと称するゲームがある。また形式は異なるが、落語等の二人会もある。こうした二人の共同による演技あるいは試合は、人間の文化にとってどのような意味があるのかという哲学的な問題もあるが、ここでは私の専門である日本の演劇・芸能において、こうした二人物がどのような意味を持ってきたのかを舞踊を中心に歴史的にたどる。

## 二　巫女舞から

二人の巫女舞は今日、神社でよく見られるものであるが、古い伝統を持つ奈良の春日若宮御祭では、八乙女による神楽が舞われる。古くは『拾遺和歌集』神楽歌に、

延喜廿年、亭子院の春日に御幸侍けるに、国の宮廿一首歌詠みて奉りけるに（六二〇）

藤原忠房

めづらしき今日の春日の八少女《やををとめ》を神もうれしとしのばざらめや(1)

とあることによって知られる。延喜二十年は、西暦九二〇年である。

同じく古い伝統を持つ大阪の住吉大社でも巫女舞が有名で、特に八乙女舞に特色があった。四辻頼資の『後鳥羽院修明門院熊野御幸記』建保五年（一二一七）十月四日には、後鳥羽上皇の熊野参詣に際し、藤代王子で奉幣があり、八乙女神楽が舞われたとある（神道大系・文学篇・参詣記）。ほかには仲井幸二郎他編『民俗芸能辞典』（東京堂出版、昭和五十六年）を参考にすると、島根県の奥飯石神楽の八乙女舞、島根県隠岐島の久見神楽の八乙女神楽、島根県の佐陀神能の八乙女、島根県美保神社巫女神楽の八乙女、長崎県の平戸神楽の八乙女舞、栃木県二荒山神社八乙女神楽の例を拾うことができる。しかし巫女神楽はその起源を記紀の天岩戸神楽神話に登場する天鈿女命の神がかりのわざに求められたように『古語拾遺』、本来一人で舞うものであろう。『梁塵秘抄』の、

よくよくめでたく舞ふものは　巫《かうなぎ》　小楢葉車の筒とかや⋯（三三〇）[2]
をかしく舞ふものは　巫《かうなぎ》　小楢葉車の筒とかや⋯（三三一）

の巫女舞も一人舞のように思われる。民間の巫女の様がうかがわれ、

金の御嶽にある巫女の　打つ鼓　打ち上げ打ち下ろしおもしろや⋯（二六五）
わが子は十余になりぬらん　巫してこそ歩くなれ⋯（三六四）

等とともに、当時の巫女の実態をよく伝えている。職人歌合にもその姿を求めることができる。さらに民俗芸能に巫女の一人舞を求めると、神田より子・俵木悟編『民俗小事典　神事と芸能』（吉川弘川館、平成二十二年）の巫女舞に、秋田県横手市の波宇志別神社霜月神楽の巫女舞、岩手県宮古市黒森神社の神子舞などの例がある。これらは霜月神楽、湯立神楽に関わるものである。このように巫女は神の託宣を伝えるのが本来の役目であるから、それから派生する巫女舞も一人舞が古い形で、二人舞や八乙女の舞という群舞に近い形は、神前における法楽の芸能として発生したのであろう。『とはずがたり』巻四に、伊豆の三島社で、八少女舞と称して、三、四人で舞っていたとある。

さて巫女の二人舞の例としては、後深草院二条の『とはずがたり』巻四に見える記事がある。二条が正応三年（一二九〇）十月奈良に赴いて春日社に参詣し、若宮に至って見聞したものである。

又若宮へ参りたれば、少女子《おとめご》が姿もよしありて見ゆ。夕日は御殿の上に差して、峰の梢に映ろいたるに、若き巫女二人御相《あひ》にて、度〱する気色なり。(3)

巫女の二人舞の発生は定かではないが、これは舞楽の二人舞の影響を受けて成立したものとも考えられる。『源氏物語』では紅葉賀巻において、光源氏と頭中将が二人舞で青海波を舞う場面が有名であるが、二人の息の合った動作が鑑賞されるようになったのであろう。今日巫女舞の二人舞の例を拾うと、大分県宇佐市宇佐八幡宮の夜参り巫女舞、島根県松江市美保神社の巫女神楽、埼玉県東松山市箭弓稲荷神社の浦安の舞、新潟県長岡市金峯神社の巫女舞、東京都明治神宮の浦安の舞等々である。奈良県生駒郡の龍田大社の風鎮祭では、二人の巫女による剣を用いた独特の舞がある。風神祭は『令義解』に見える。なお浦安の舞は、昭和十五年（一九四〇）皇紀二千六百年を記念して作られたもので、全国に流布していった。舞い手の女子は一人、二人、四人の形式があり、四人舞が正式である。

岩手県花巻市早池峰神社の早池峰神楽は山伏神楽の中でも有名なものであるが、三番叟は二人で舞われる。また宮崎県東臼杵郡椎葉村の椎葉神楽にも二人舞は多い。里神楽にはこうした二人舞も多いであろうが、ここでは省略する。

## 三　舞楽とその周辺

舞楽には一人舞、二人舞、四人舞、六人舞の形式があって、浦安の舞に似る。浦安の舞は先のことに補足すると、宮内省楽部の雅楽師多忠朝が創作したものである。舞楽の二人舞を先の青海波以外の曲を『雅楽事典』（音楽之友社、平成元年）管絃曲・舞楽曲に求めると、次のようになる。

安摩・一曲・壱鼓（一鼓）・振鉾・狛犬・狛竜・納曽利・二ノ舞

ただしこれ以外の曲で、すでに舞が途絶えたものも多い。なお壱鼓の説明に、一臈が壱鼓を、二臈が二鼓を胸に吊るすとあるなど、演者には上下関係も見られる。舞楽の舞い手の人数は、曲趣によって決まっているのであろう。中でも四人舞が多く、二人舞は少ない。『多聞院日記』永正二年（一五〇五）五月四日に、東北院若宮の御祝の延年があり、稚児が出て二人で太平楽を舞ったという記事がある。太平楽は武舞で四人で舞うが、これは童舞として二人で舞ったのであろう。後に述べるように、中世は二人による相舞が好まれた時代であった。

次いで乱舞の例であるが、貴族社会における淵酔での乱舞は、沖本幸子氏によると、二度目は二人舞であることがあった。[4]『玉葉』承安二年（一一七二）十一月十三日には、

今日中宮淵酔云々、…乱舞二反後度二人舞、宗家兼雅束帯云々[5]

とあり、建久元年（一一九〇）十一月十六日には、

此日、於㆓中宮御方㆒、有㆓淵酔事㆒、…次乱舞、及公卿、…又乱舞、今度六位已上置㆑櫛、近代例也、二人舞也、公卿猶一人舞㆑之、殿上人白拍子、公卿白薄様、隆房出㆑之、事了

とあり、六位已上の者の乱舞があって、これが二人舞であり、公卿隆房の乱舞の一人舞は白薄様であった。沖本氏は仁安二年（一一六七）後白河院女御建春門院方での淵酔以後、淵酔における乱舞に変化が見られるようになるとしている。このことは『兵範記』仁安二年十一月十五日に見えるが、この時には頭中将と下官が並舞をして勝負に及んだ。これが乱舞の二人舞の形式とも関係するかとし、承安（一一七一～七五）の時期に乱舞の二人舞の記事が多いことを指摘される。氏は後白河院時代頃から淵酔において乱舞の部分が肥大化し、万歳楽の乱舞の後、白薄様、白拍子の乱舞が行われるようになったとされる。なお『玉葉』建久二年（一一九一）十一月二十一日の中宮淵酔でも、

…其後白拍子二人舞、即置レ櫛、公卿同二人舞也、大将依レ無二対揚一、独舞レ之

とあって、この記事の方がより状況がわかる。沖本氏によれば、五節の淵酔での白拍子は万歳楽の乱舞に次ぐ二度目の乱舞にあたり、基本的には二人舞の形で行われたという。(6)

宮廷以外の例では、藤原定家の三井家本『熊野行幸日記』建仁元年（一二〇一）十月七日に、

次参二杁《(籾?)》井王子一、相二待御幸一、良久臨幸了、御奉幣、里神楽訖、乱舞（拍子）及二相府一、次又白拍子、かい五房、友重二人□舞(7)

とあって、これにも白拍子による二人舞がある。旅先においても、淵酔の芸能が行われたのであった。

乱舞における二人舞には、青海波のような舞楽の影響のほか、左右に分かれて優劣を競う相撲・競馬等の勝負事に

類するような王朝の文化形式の影響も考えられる。もともと人間には、対・ペアを好む傾向はあるのであろう。

　さて雅楽と関わりの深い寺院の延年ではどうであろうか。永享元年（一四二九）九月の記録『永享元年室町殿御翫延年等日記』の「風流　崑崙山」には、

一　山ノ内ニ殿ヲ作入テ、殿ノ二階ニ如意宝殊ニ置ルヘシ、其下ニ乱拍子児二人御入アルヘキホト(8)

とあり、児による乱拍子の二人舞があった。寛正六年（一四六五）九月、足利義政の南都下向に際して行われた延年の記録『室町殿南都御下向事』の延年には、

ヲコツリノ時山ナル裏頭ノ中ヨリ　自延年ノ時ノ遊僧二人走出テ　感ニ堪タル由ヲ云テ共ニオコツル　風流ハ花鳥相論之所也（ホウワウト云鳥ニ児ヲ一人ノセテ出ス　菊ヲウヘタル山ニ児一人ノセテ床ノ左右ニ向フ）　花鳥ノ面白キ由ヲ云テ後　鳥ニノリ山ニアリシ児ヲリテ馬頭ヲ舞フ　仮屋ヨリ児二人出テヽ糸ヨリ一番（二人シテ舞）　又カリ屋ヨリ児二人出ツ　四人シテ乱拍子一番被舞ル(9)

とあって、遊僧、児ともに二人による演技が見られ、延年においては、二人による芸が風流らしい趣向で効果をあげていた。『興福寺延年舞式』の舞では、振舞一番、十二番遊僧、十四番相乱拍子、十五番遊僧が二人で行われるとある。『大乗院新御門主隆遍維摩会御遂講仁付延年日記』による元文四年（一七三九）三月の延年でも、十四番の相乱拍子は児二人によるもので、これに鼓が伴奏している。また十二番・十五番・十九番の遊僧も二人による。

## 四　白拍子・曲舞から

こうした貴族社会における乱舞、白拍子のほかに、遊女《あそびめ》的な白拍子が登場する。『徒然草』二百二十五段にあるように、烏帽子をかぶり、水干を着て、鞘巻を差した男装の姿で、男舞と呼ばれた。またこの舞は静の母磯の禅師が舞い始めたとする。ただし『七十一番職人歌合』の白拍子の姿は、これより簡略であり、『平家物語』巻一・祇王に、後には水干ばかりになったとある通り、出立ちには変化がある。最初は男性的な性格が強かったが、次第に女性らしさが強調されていったように思われる。能の白拍子は烏帽子をかぶり、正統的である。白拍子は巫女舞とも関係するであろう。山上伊豆母氏によると、ギリシア神話に見えるシャーマンの性転換は記紀神話のヤマトタケルに当たり、新羅征討に向かった神宮皇后は典型的な巫女王であり、アマテラスは男性太陽神に奉仕した巫女（シャーマン）が太陽女神に昇格したと述べ、白拍子は平安後期の芸能巫女の別名に他ならないとしている。(10)巫女の男性的な面が白拍子に連なるということになるであろう。また無住の『雑談集』巻十・神明慈悲ノ事に、興福寺の僧が騒がしさを理由に、神前での白拍子を禁じた。ところが明神が僧の夢に怒った様で現われ、白拍子のわざはすべて仏事であると告げたので、僧はこの神前の舞を復活させたとある。『徒然草』二百二十五段には、白拍子は「仏神の本縁を歌ふ」ともあり、能「道成寺」では紀伊国道成寺の縁起を謡い舞っている。神仏への奉納の芸能でもあった。『義経記』巻六・静若宮八幡宮へ参詣の事には、旱魃がひどかった時、神泉苑の池に院の御幸をあおいで、百人の白拍子に舞わせて雨乞いをしたところ、百人目の静の舞で京中に降雨があったとある。白拍子には呪術的な性格があり、巫女と近い関係も認められる。大阪住吉大社の一月の例大祭での白拍子の舞は、同社の巫女が舞っている。

この女性の白拍子は、静や後鳥羽院寵愛の亀菊は一人で舞っていたようだが、二人で組んで活動することがあった。『平家物語』巻一の祇王・祇女の姉妹、『とはずがたり』巻二の春菊・若菊の姉妹が知られる。平家諸本で古態の延慶本『平家物語』第一本・義王義女之事で、白拍子は鳥羽院の時代、島の千歳・若前《わかのまえ》という女房が舞い始めたとあり、白拍子の二人組を伝えている（覚一本巻一・祇王も同様）。『源平盛衰記』巻四十六・義経行家都を出づ並義経始終の有様の事には、

さる程に、義経都を落ちて金峯《きんぷ》に登つて、金王法橋が坊にて、具したりし白拍子二人舞はせて、世を世ともせず、二三日遊び戯れて(11)

とある。およそ中世においては姉妹等のペアを好む傾向があり、『平家物語』巻七・木曾最期では、義仲は信濃から巴・山吹という二人の便女を都に連れて来ていたとある。延慶本『平家物語』第一本・成親卿人々語テ鹿谷ニ寄会事に、俊寛僧都は藤原成親とたいそう親しく、成親のもとにいた松・鶴という二人の美女に思いをかけて通っていたとある。これも芸能者的な名である。能「松風」では、在原行平が松風・村雨の海女姉妹を寵愛したとあり、これらは中世好みの話型であった。古くは記紀にある、景行天皇が美濃国の造の娘兄比売・弟比売の二嬢を、容姿麗美と聞いて召そうとしたという話に通じる。また兄弟等のペアでは、『平家物語』で平維盛親子に仕えた斎藤五・斎藤六兄弟は、斎藤別当実盛の子であった。『曾我物語』で曾我兄弟に仕え、後に曾我の里に帰された丹三郎・鬼王丸もこれに継ぐ者である（真名本による。仮名本系の太山寺本では鬼丸・道三郎、古活字本では鬼王・道三郎）。能「夜討曾我」ではこの従者団三郎・鬼王の二人が曾我十郎・五郎の二人の兄弟と対応するように演出される。狂言の太郎冠者・次郎冠者

のペアもこれらの系譜に属するものである。姉妹の白拍子については、細川涼一氏の論「二人づれの女性芸能者」が参考になる。[12]氏は民間伝承の後鳥羽院に寵愛された女房松虫・鈴虫から白拍子静の二人づれの廻国伝承、能「山姥」「百万」等の問題を扱ったものである。

さて女性の白拍子が二人で舞ったのかどうかは定かではない。白拍子の具体的な舞を示す『今様之書』の記事も一人舞のようである。『明月記』建仁二年（一二〇二）六月二日、『吾妻鏡』建久元年（一一九〇）六月十四日等に白拍子の群参が見えるが、一人ずつ舞って芸を競ったのであろう。これは先の『義経記』巻六の雨乞いの白拍子にも見え、御伽草子版本「唐糸さうし」にも十二人の白拍子が順次舞ったとする。なかでも主人公万寿の舞はすばらしく、源頼朝も感激のあまりに、万寿の花の袂へ、狩衣の御袖を舞い重ね舞い重ねして、二三度四五度舞ったとあるが、これが二人舞、相舞《あいまい》を思わせるものである。

白拍子についてもう一つ付け加えると、最古態の仮名本である太山寺本『曾我物語』巻七・小袖乞ひて出でし事に、兄の十郎が笛を吹き、弟五郎が舞を舞う箇所がある。五郎は、「君が代は千代に一度いる塵の白雲かゝる山となるまで」と歌って三辺踏んで舞ったあと、「別れのことさら悲しきは、親の名残と子の別れ、…」という今様風の歌謡に合わせて、二辺責め踏んで舞ったとある（古活字本にも同様に見える）。これは女性芸能者の白拍子の舞を思わせるもので、これをどのように解釈すべきであろうか。同所にはもともと五郎は箱根で舞の上手であったともあり、箱根の延年の場で稚児の白拍子が舞われており、その際には女性の白拍子の芸態が参照されたということであろうか。ちなみに真名本（妙本寺本）には五郎の舞のことは見えない。能「小袖曾我」では、この箇所は兄弟二人が相舞で男舞を舞う場面となり、能らしい演出となる。能の相舞は左右に並び立って、向き合ったりしながら、二人共にほぼ同じ動作をする形式である。

次に白拍子の流れを汲むという曲舞の場合はどうであろうか。曲舞には男曲舞・女曲舞・児の曲舞があった。市古貞次氏の『中世文学年表—小説・軍記・幸若舞』（東京大学出版会、平成十年）の幸若舞・曲舞に、この論に関係する記事を拾うと、

加賀の女舞があった（二人）。（『教言卿記』応永十六年〈一四〇九〉三月十二日）
諸人がもてはやす曲舞があり、これを二人舞とも号した。（『管見記』嘉吉二年〈一四四二〉五月八日）
先日の二人舞が推参してきた。（同書同年五月二十二日）
二人舞が内山寺外堂において勧進を行った。（『経覚私要抄』享徳元年〈一四五二〉四月十六日）

等々とあり、二人で舞うこともあり、その芸態は幸若舞曲に引き継がれたのであろう。白拍子からある面で進んだ芸態ということになる。二人舞により、歌謡の面白さよりも、より視覚的な感興に訴える形になったのではないかと思われる。具体的な例として『後法興院記』文正元年（一四六六）四月十五日の条がある。京都の千本において勧進曲舞があり、これらは美濃国の人々によるもので、まず男舞が露払をし、十四五歳ばかりの児が一番舞った。次いで女が一番舞い、児と女が立合で舞ったというから、芸能の世界において、能を含めて勝負的な立合が発達し、その中でこうした二人舞も行われたのであろう。その様子は御伽草子「唐糸さうし」の万寿と頼朝の舞のイメージを思わせる。ちなみに曲舞の影響からできたとされる能のクセの舞グセにおいては、ほとんど主人公（シテ）の一人舞であるが、「祇王」（喜多流では「二人祇王」）では、仏御前と祇王御前が「相曲舞」をする場があるので、これは曲舞の二人舞を反映するものかと思われる。

## 五　能・狂言から

能において二人舞はまず立合が考えられる。立合は猿楽のほか田楽にもある。二座同士の競演、二人の役者の競演以外に、同じ曲を相舞で舞う場合がある。現在残っているのは、「翁」の異式である「弓矢ノ立合」「船ノ立合」で、シテ方三流の大夫などが三人並び立って、連吟に合わせてそれぞれの流儀で舞う。立合の芸能が流行した時期があり、これが二人舞に関係するが、競演による芸比べという明確な目的があって、これが当時の観客を喜ばせた。都には諸国の芸能者が集結し、そこで激しい競争を展開した事情がある。ここで相舞の語を調べると、『日本国語大辞典』第二版では、「二人、またはそれ以上の者が、いっしょに舞うこと。連舞。」とし、『史記抄』巻六・項羽本紀の「大をとこが二人あいまいをして、あぶない事があったほどに」の例を出している。比較的新しい用語と思われる。一方連《つれ》舞《まい》も新しい言葉のようで、『日本国語大辞典』第二版では、『日葡辞書』の「(訳) 能などの場合のように扇を用いて二人以上の人がいっしょに舞う舞」の例を出している。

さらに当時の相舞の実態として、狂言の「二人袴」の例を見てみよう。大蔵虎明本によって示す。男が舅への挨拶のために妻の実家に行くが、恥ずかしがりやで父親についてきてもらう。舅は父親の方も目にとめてこれも家に引き入れることにする。婿の親子は袴が一着しかないので、これを二つに分け、前面だけにして舅と対面する。三人で酒宴となり、舅は婿に舞を所望し、婿は後ろを隠すようにしながら舞を舞う。舅は三神相応に、三人で相舞をしようと提案する。婿の父子はしぶしぶこれに応じるが、結局前掛のような袴をしていることが知られてしまって恥をかくというものである。能「小袖曾我」の十郎・五郎の相舞にも通じる場面である。中世、酒宴に舞はよく行われたが、こうした場で相舞も行われたのであろう。余興的な和合の舞としての相舞ということになる。もっとも能においても狂言においても、酒宴の場での舞は一人舞が多い。相舞という語は狂言「音曲婿」にも見える。この狂言は虎明本によると、婿が舅のもとへ挨拶に行くことになり、そのやり方をいろいろ教えてもらってから舅の家に行く。舅は婿のうぶなさまに笑いながらも酒盛りとなり、乱酒となって、酒興のあまりに婿と舅は相舞を舞うというものである。「二人大名」は、虎明本によって示すと、大名（シテ）が親しい友人の大名（アド）を誘って外出する。折柄従者を余所へやっているので、自分で太刀を持っている。そこへ主人に用事を言いつけられて急いで歩いている者が通りかかる。大名はその通行人に無理に自分の太刀を持たせる。しかし通行人はその太刀を抜いて二人の大名を脅し、二人に鶏の蹴合いをさせたり、犬の噛合いをさせたりし、起き上がり小法師の真似をさせるうちに逃げてゆく。鷺流では通行人がシテとなる。これは舞ではなく、滑稽な物まねであるが、やはり二人芸ということになる。

能・狂言以外では、『結城戦場物語』に見えるのも相舞の例である。

三こんの酒過れば春王殿御覧じて。上人の御前にて我等さいごの舞まうて御肴申さんとて春王殿立給へば。安王どのも御立あり。あい舞をこそまはれける(13)

鎌倉公方足利持氏の若君春王・安王は、永享の乱で父が敗死した後、結城氏朝にかくまわれていたが、幕府軍は結城氏を攻撃、氏朝は戦死し、兄弟は捕らえられて京都に護送される途中、美濃で斬られた。その最期の時の酒宴と相舞であった。さらに『実隆公記』永正八年（一五一一）四月二十四日に、

今日宮御方一献、主上臨幸（当年初度）、有二人舞(14)

とあるが、これも貴族社会での酒宴の際の相舞であろうかと思われる。酒宴の相舞は公家・武家を通して、一般的に行われていたものと思われる。同書大永三年（一五二三）八月三日にも、

禁中女中御頼事、有二人舞、実世朝臣参入、梅漬桶三亜被恵之

とある。これに対して現行の謡曲には、相舞という言葉は見えない（赤尾照文堂刊の『謡曲二百五十番集索引』による）。相舞という語は、『とはずがたり』巻四には「御相にて」とあったが、先述のように比較的新しいものとみるべきであろう。室町時代に起こったかと思われる。

能の場合、立合以外ではシテ中心主義の原則が働くので、二人舞はそう発達しなかったように思われる。古作の能の時代、観阿弥の時代もシテ中心主義であった。座の棟梁の芸を見せることが主眼であった。時代が下がると、金春禅鳳作の「嵐山」、祝言曲の「鶴亀」などに二人舞が見られる。「嵐山」では木守明神・勝手明神が夫婦の神と明かして中ノ舞等をツレ同士で舞う。「鶴亀」でも鶴と亀の二人の子方が相舞で中ノ舞等を舞うが、こうした対照的なペアによる視覚に訴える舞は、風流能の時代といわれる室町時代後期に起こったのであろう。なお『興福寺延年舞式』の十三番に風流があり、鶴・亀に扮したものが出るとある。能の二人舞の構成を持つものは多いが、以下に示す。

嵐山（木守明神と勝手明神）・祇王（喜多流「二人祇王」、仏御前と祇王の相曲舞）・三笑（三人の老翁による相舞）・石橋

の連獅子（親子の獅子の舞）・猩々（小書に二人の猩々の相舞がある）・玉井（豊玉姫と玉依姫）・鶴亀（鶴と亀）・東方朔（東方朔と西王母）・寝覚（天女二人、両龍神）・二人静（静御前の霊とこれに扮した菜摘女）・江野島（童子二人）

能以外で風流性を持つ二人舞の例は、『経覚私要抄』宝徳二年（一四五〇）七月十八日に、

一　申刻風流在之、先ハウ持二人、次鷺舞二人（サキヲ作テ人ニキセテ舞之）、次猿楽（エホシニ織物ヲ着、大口ヲキテ、方衆二人・一族共）(15)

とあり、同長禄二年（一四五八）七月十六日にも、

一　入夜卒都婆堂者共令風流来了、先有笠、次鷺二人舞之

とあって、風流の鷺舞は二人並んで、ほぼ同じ動作で演じたものと思われる。島根県鹿足郡津和野町の鷺舞も現在二人で舞われている。視覚的な興趣を演出したのであろう。風流にふさわしい形式である。能には「二人猩々」があり、さらに「大瓶猩々」では、猩々が五人から七人同じ猩々姿で登場するほか、「紅葉狩」の小書鬼揃（観世流）では、前場でシテの女がツレの女と相舞をすることがあり、後場ではシテの鬼女のほか、前ツレの五人がすべて鬼女の姿で登場する。これも視覚に訴える演出となる。同じ姿のものを並べ、にぎやかにする趣向である。

これに対して作者不明の「三山《みつやま》」は、大和三山の伝説を背景に、桂子と桜子が一人の男性をめぐって争う物語で、

古風な構想である。桂子の霊（後シテ）が桜子の霊（後ツレ）に後妻打《うわなりうち》をする。両者は桂の枝、桜の枝を持って互に打ち合う場面があり、この二人の所作は舞ではないが、多分に立合を思わせるものである。これが舞物ということになると、作者不明の「二人静」をあげなければならない。この能は寛正五年（一四六四）四月の糺河原勧進猿楽において、音阿弥が演じたことで知られる。もとより能では複式夢幻能が能らしい表現法とされるが、この曲は後場で前ツレの現実の人間と、後シテの幽霊が同じ姿で一緒に登場する。もとより白拍子の静は能では人気のある人体で、古くは観阿弥作の「吉野静」や井阿作の「静」があった。「二人静」の概要を記す。

吉野の勝手神社に仕える神職（ワキ）は、正月七日神前に若菜を備えるために、菜摘女（前ツレ）を菜摘川にやる。女が若菜を摘んでいると、里の女（前シテ）が現われ、自分の罪業が恐ろしいので、社家の人々に経を書いて弔ってほしいと伝言を頼む。そしてこれを疑う人がいれば、あなたに憑いて名をなのると言って姿を消す。（中入）菜摘女が勝手明神に戻ると、女に静の霊が取り憑き、静が以前に明神に納めた装束を着て、舞を舞うことになる。そこへ同じ装束姿の静の霊（後シテ）が現われ、二人は連れ立って義経が吉野山から落ち延びていったこと等の苦難を語り舞い（クセ）、序ノ舞を舞った後、静は亡きあとの弔いを依頼する。

世阿弥が創始したとされる複式夢幻能においては、前場において前シテ・里の者等（賤）が登場し、実は自分が古人の霊であることを名のる。後場において後シテ・その著名人の霊（貴）が出現するという構想をとる。「二人静」は前場のシテと後場のシテという二人物像を時間系列にではなく、シテ・ツレの形で空間的に並列させたものである。これは単に風流的な二人舞であるというよりは、同じ場に現実と冥界が入り交じり、複雑な視覚的場面を演出するものである。これは憑坐《よりまし》に霊が憑依するという状態を、二人の人物を登場させて可視化したものとも見ることができる。それの民俗学的あるいは心理学的解釈は省略するが、この風流性を離れた二人舞は、その幻想性によって、近世演劇好みのものでもある。『日本古典文学大辞典』（岩波書店）の「二人静」の項には、これが中国説話の「倩女離魂」に構想を得たかとし、古い型の物狂い能であること、浄瑠璃の「赤染衛門栄華物語」、歌舞伎の所作事「双面」の趣向に影響を与えたかとある（徳江元正氏執筆）。「倩女離魂」は元代の雑劇（元曲）の演目で、唐の陳玄祐の「離魂記」によるという。結ばれない恋人同士が、方や生身の人間、方や幽霊で生活をともにするというものである。新日本古典文学大系『謡曲百番』「二人静」の解説には、番外曲の「春日神子」がこの曲に近いとする（西野春雄氏執筆）。古典文庫・三十三『番外謡曲』によって「春日神子」の梗概を示すが、かなり入り組んだ筋立てになっている。

都の五条に住む櫛間某は、春日大社の巫女である伯母が病気なので、見舞いのために奈良に下る。伯母は護一によって呪い殺された専一が我が身に祟っている故の病であるという。伯母は祇園殿に宿願があったため、伯母の依頼で櫛間某が京都に戻ることになる。途中で伯母の巫女とそっくりな巫女に出会い、困惑する。また奈良へ戻ると、二人の伯母巫女が見える。どちらが本物の伯母なのかと、以前行われた酒宴と詩歌管絃のさまを尋ねると、どちらも正確に答える。櫛間某は熊野から山伏孝慶阿闍梨を招き、加持を依頼する。孝慶は二人の巫女を同時に加持する。そこへ憑き物（シテ）が現われ、加持の恐ろしさに姿を消す。孝慶は本格的に加持に乗り出し、祈禱をすると、黒雲が病者の上にかかる。黒雲は行者の祈りに屈し、助けを乞い、消えてゆく。

複雑な構成であるが、伯母の巫女が二人登場し、さらに憑き物が出現するのが珍しい構想である。「二人静」から構想を得ているように思われる。このストーリーが何を意味するのか、ここで論じることはできないが、何らかの事件が背景にあったように思われる。この相似的な二人の巫女は、あるいは春日の巫女舞の二人舞のイメージがあるのかも知れない。『今昔物語集』巻二十七・三十九話・狐変人妻形来家語には、京の雑色の男の家に、妻のほかにもう一人同じ有様の妻が現われた。男はどちらかが狐と思ってこれを見破ったとある。近世演劇の「義経千本桜」の狐忠信の筋立てもあり、こうした狐譚が「二人静」「春日神子」につながるであろう。

なお番外謡曲に「二人神子（内海）」というものがあり、本作と関係するかと思われたが、これは尾張の国野間の内海に討たれた男の妻・子・乳母が仇討をするもので、三人ともに白拍子となって内海に近づくという「望月」タイプの能である。二人の巫女は登場しないが、この曲名は番外謡曲「花鳥風月」と混同したのであろう。この謡曲は御伽草子「花鳥風月」をもとにしていると思われる。内容は文禄四年（一五九五）の奈良絵本、元和頃（一六一五〜二四）の古活字十行本などで知られている。花鳥と風月という姉妹の巫女が登場し、在原業平の霊を占ったり、光源氏の姿となって舞を舞ったりするもので、二人舞にはなっていない。しかしここにも姉妹の巫女、芸能者の系譜が見られる。芸能の世界ではとかく二人物が好まれた。番外謡曲「二人児」は、仁和寺御室の守覚法親王に愛された千とせ・三河の二人の稚児が、寵愛の移りやすいことを知り、出家して高野山に入る話である。

## 六　浄瑠璃・歌舞伎から

中世の文学伝統はさまざまな形で近世に継承されたが、こうした二人舞も近世の演劇・芸能に受け継がれていった。ここではまず能の「二人静」の影響あるいは系譜を考える。近松門左衛門の青年期作の浄瑠璃かとされる「赤染衛門栄華物語」五段（延宝八年＝一六八〇年初演か）は、まず初段に二人舞がある。

藤原道長の息女彰子は、一条天皇のもとに女御として入内することになり、彰子に仕えていた赤染衛門は、その日小式部とともに胡蝶の舞を舞う。

胡蝶の舞は舞楽では四人の舞人による童舞であるが、これを女性の二人舞にしたものである。ついで三段目・四段目が注目される。

赤染衛門は宇治の平等院に籠って『栄華物語』を書き始める。そこの若い僧大信が衛門に心を寄せる。恋人の大江匡衡は、衛門の小袖を宇治川に投げ込んで、入水したように見せかける。大信は助けようとして川に飛び込み、怨みながら溺れ死ぬ。衛門は『栄華物語』を書き終えて帰洛する。そこへ大信の怨霊が衛門と同じ姿で現われ、どちらが本物の衛門か見分けがつかなくなるが、匡衡が変化のものを退治し、衛門と結婚する。

現実の人間とこれとそっくりな怨霊は、この場合正と負のペアである。「二人静」が勝手明神に白拍子の舞を奉納する祝言的な雰囲気があるのに対し、これは怪談の世界へと変貌している。『日本古典文学大辞典』「赤染衛門栄華物語」の項には、怨霊が相手と同じ姿で現れるという趣向は、「二人静」の系統を引き、近松門左衛門の「けいせい仏の原」「雙生《ふたご》隅田川《すみだがわ》」、宇治加賀掾「石山寺開帳」などに使われるとある（鳥居フミ子氏執筆）。

次に近松の浄瑠璃「殩《ふたり》静《しずか》胎内《たいない》捃《さぐり》」五段（正徳三年＝一七一三年初演）のストーリーは、源義経の堀河夜討から平泉下向までを仕組んだものである。

静は、嵯峨に隠棲する尼の妓王・妓女姉妹のところに宿り、平家の怨霊に悩まされる。その後上京中の梶原景季に捕らえられ、鎌倉へ護送される。一行は矢橋の渡りで船頭をしていた大津二郎の宿に泊まる。そこで静は義経の子を出産する。頼朝が男子であれば殺すように命じていたため、二郎は臨月を迎えた自分の妻の胎内を開け、これが男子であったので、義経・静の子の身代りにする。景季は捕らえられ、静・若君・大津二郎は平泉に行き、義経と再会する。

能や幸若舞の「満仲」も忠臣が主君のために我が子を犠牲にするが、そうした身代り物を継承した作品である。ここでの「殩静」は静と静の代りを務めた大津二郎の妻をいっているもので、能「二人静」の静の霊と菜摘女の関係を踏襲したものと見ることができるが、二人ともに現実の人物である。

近松の浄瑠璃「雙生隅田川」五段（享保五年＝一七二〇年）も二人物の芸能に関わる。能「隅田川」で有名な梅若伝説に基づく作品で、吉田少将行房とその愛妾班女《はんじょ》との間に生まれた双生児梅若・松若の物語である。吉田家では御家騒動が起こって行房は殺され、梅若は京都から東国に流浪して、人買商人の虐待で息絶える。松若は天狗にさらわれていたが、母の手に戻り、悪人を討ち取って御家を再興する。梅若・松若の関係は、「二人静」のように二身一体のものではなく、対照的な運命をたどるように構想されている。双生児という類似のものが、正反対の人生を送ることになり、より現実的な筋立てである。

こうして近松のこの作品における二人物は、より近代的なドラマとして構成されるが、紀海音の浄瑠璃「殺生石」

（享保元年＝一七一六年頃初演）一段目の例は、「赤染衛門栄華物語」のような怨霊の憑き祟り物に属する。

鳥羽天皇の中宮に待賢門院璋子が立つ。鳥羽天皇は玉藻の前という美人を寵愛し、その宿所に赴く。そこへ中宮が現われ、玉藻の前を御所に入れるように説得、そのはこびとなる。すると玉藻の前の寝屋から光が発せられる。そして牛車の中にいる帝と中宮に、「我こそまことの中宮よ」と名のる者が現われる。北面の宿祢重虎が牛車を走らせると、二人の中宮が立ち上がり、車の轅に取りつく。重虎は二人とも変化のものと思い、神々に祈ってこれを退ける。

となっており、二人の変化の中宮が出現する趣向となっていて、これは能「二人静」に近く、しかも双方ともに変化のものという設定である。「二人静」を近世の怪談好みに合わせて、利用したといえる。

次に有名な「義経千本桜」五段を見てみよう。これは二世竹田出雲・三好松洛・並木千柳の合作の浄瑠璃で、延享四年（一七四七）の初演であった。

源義経は後白河法皇より賜った初音の鼓を愛妾静に預け、家来の佐藤忠信に静を託し、都落ちをして大物浦に向う。その後義経は吉野の川連法眼の館にかくまわれたが、そこへ奥州から戻ったという忠信がやって来る。さらに静と忠信がやって来て、忠信は二人ということになる。義経の命で静は初音の鼓を打つ。すると静の供の忠信は、自分は狐で、鼓の皮は自分の母狐であると告げる。義経は狐の心情を察して、鼓を狐に与える。

これはよく知られた場面で、二人の忠信は一人二役で演じられる。これも能「二人静」が吉野山を舞台としていることからの構想であろう。類似した二人のうち、一人は人間、もう一人は変化の物であったという構図である。

こうした趣向は清玄桜姫物にも見られるものである。清水寺の僧清玄が桜姫に恋をして堕落し、殺されたり、死後桜姫に祟ったりするもので、たとえば宝暦七年（一七五七）の壕越二三治作の歌舞伎狂言「日本堤鶏音曾我《にほんづつみとりのねそが》」では、女姿の清玄の亡魂とこれと同じ姿の傾城八ツ橋の亡魂が登場する。このように近世演劇においては、二人物の演劇が複雑に発達していった。それは中世の風流的な二人舞とはまったく異なるもので、おどろおどろしい世界へと転用されていった。近世の怪談好みである。またこうした演劇の二人物の趣向は、近世の小説類にもとられている。たとえば山東京伝の黄表紙『心学早染草』、山東京山の合巻『忠孝早染草』に見られる善玉・悪玉などである。

近世演劇における二人物では、双面物《ふたおもてもの》が知られる。『新訂増補歌舞伎事典』（平凡社）の双面物の項によれば、これは浄瑠璃・歌舞伎における系譜で、怨霊が恨む相手の恋人の姿を借り、その恋人と同時に出現して、恨む相手を悩ませるというものである（目代清氏執筆）。「二人静」「春日神子」の構想は、ここまで複雑な趣向に発展したのであった。恋人は亡魂とは限らず、生きている場合もある。また双方を一人二役で演じることもあれば、二人で別々に演じることもある。清玄桜姫物は歌舞伎では早く常磐津を中心として舞踊化が進んだ。宝暦七年（一七五七）の「妹背塚松桜」が古い形で、桜姫に恋い焦がれて殺された清玄の亡魂と、曾我十郎祐成に恋い焦がれて死んだ八ツ橋の亡魂が合体し、祐成は迷うというものである。こうした所作事が形式的に二人舞の系譜に連なり、入り組んだストーリーとして構想され、その複雑な趣向が極限にまで発達した作品ということができるであろう。二つの亡魂と現実の人間の葛藤を描いているといってよい。

このほか今日双面でよく知られるのは、天明四年（一七八四）の奈河七五三助の歌舞伎「隅田川続俤《すみだがわごにちのおもかげ》」で、こ

れも梅若伝説物に属する作品である。本論に関係する箇所の筋立てをあげると、

吉田家の若君松若丸は、許嫁の野分姫と別れて江戸に下り、要助と名のって永楽屋の手代となる。そこの娘お組と恋仲になるが、野分姫は松若丸を追って江戸へやって来る。願人坊主の法界坊は、お組に恋慕する。その後野分姫は法界坊に殺され、法界坊もまた殺される。要助・お組が野分姫を弔うと、野分姫の亡魂と法界坊の亡魂が合体し、もう一人のお組となって現われたため、見分けがつかなくなる。二人のお組は昔を語り、踊りを踊るが見分けがつかない。亡霊は観音像によって正体を現わす。

となる。この場面は「双面《ふたおもて》水照月《みずにてるつき》」として、舞踊劇として独立しても演じられる。ストーリーは複雑であるが、二人のお組の踊りは、「二人静」に近い構想である。二人の人間が一体化するという複雑な趣向に発展している。なお「双面」については、光延真哉氏が、二人の人物が扮装を同じくして登場する「双面」から、一人の人物に男女二人の霊が合体して登場するものが生まれ、これも「双面」と呼び、四代目市川団十郎がこの種のものを手掛けたことを述べている。(16) 能においてはこうした手の込んだ二人物は見られないが、高橋悠介氏は能の幽霊物、特に修羅物を取り上げ、亡霊には中国からの影響で魂と魄があり、魂はあの世にあるもの、魄はこの世に留まっているものである。しかし「笠卒都婆」「松虫」等は、「分かれてしまった魂魄が呼応して、妄執を契機に魄霊を主体として出現している」としている。(17) これらの能には二人の人体がペアとして登場するわけではないが、詞章の上でそうした表現が見られるということである。

このほか「二人道成寺」は、天保十一年（一八四〇）十二世市村羽左衛門と四世中村歌右衛門が娘二人となって競

演の形で踊り始めたもので、中世の立合に似た形式である。さらに『名作歌舞伎全集』第十九巻・第二十四巻（東京創元社）を利用して、歌舞伎舞踊から二人物を考察する。候補としてあげられるのは、「戻り駕」「鬼次拍子舞」「草摺引」「権八」「かさね」「お染」「六歌仙」「三社祭」「将門」「蜘蛛の絲」「京人形」「どんつく」「勢獅子」「田舎源氏」「連獅子」「棒しばり」「吉原雀」「蝶の道行」「角兵衛」「浅間嶽」「神田祭」「乗合船」「二人袴」「江島生島」「幻椀久」「夕顔棚」である。作品の新旧や成立過程にまで言及することは今は省略して、本論の趣旨に従って分類を試みる。

1　現実の人間の組合せ

①　男二人物・女二人物

戻り駕…浪花の次郎作実は石川五右衛門と東国の与四郎実は真柴久吉
草摺引…曾我五郎時致と小林の朝比奈
三社祭…漁師の浜成（善玉）と漁師の武成（悪玉）（山東京伝『心学早染草』による）
どんつく…大神楽の太夫とどんつく
勢獅子…おたきと小つた、手古舞升吉と手古舞島吉
棒しばり…太郎冠者と次郎冠者
乗合船…才蔵と万歳
二人袴…高砂尉兵衛と同右馬助の父子

②　男女物

鬼次拍子舞…山樵実は長田太郎兼光と岡部六弥太妹松の前

権八…白井権八と三浦屋の小紫
かさね…木下川与右衛門実は久保田金五郎と腰元かさね
お染…油屋娘お染と丁稚久松
六歌仙…小野小町と大伴黒主（能「草紙洗」等による）
将門…大宅太郎光圀と平将門娘滝夜叉姫
田舎源氏…足利次郎光氏と東雲の娘黄昏（柳亭種彦『偐紫田舎源氏』による）
吉原雀…夫婦の鳥売り
蝶の道行…祐国と小槙（二人の蝶の狂いになり、さらに二人の地獄の責め苦がある）
角兵衛…角兵衛と女太夫
神田祭…手古舞の鳶の頭と手古舞の芸者
夕顔棚…爺と婆の老夫婦

2　現実の人間と幽霊・変化・幻の組合せ

蜘蛛の絲…源頼光と千鳥の前の霊魂
江島生島…生島と江島の幻
京人形…左甚五郎と京人形
浅間嶽…巴之丞と逢州の怨霊
幻椀久…椀久と松山太夫の幻

3　動物のペア

連獅子…親獅子と子獅子

歌舞伎舞踊では全体的に二人物が多く見られる。１では男女物が多く、２でも現実の男と亡魂の女というペアも多い。生きている男女のペアそして幽霊の男女のペアは能でも多く、後者では「通小町」「船橋」「錦木」などが知られる。ことに世阿弥の「高砂」は、古名を「相生」というように、老夫婦を意識したものである。また「賀茂」「竹生島」「江野島」等の龍神物では、後ツレの天女と後シテの龍神のペアが見られる。このほか歌舞伎では一人物として「娘道成寺」「鷺娘」「執着獅子」等があり、数が多い。三人物としては「三人形」「流星」等がある。大勢で踊る総踊りの場面を持つ「どんつく」「乗合船」「かっぽれ」もある。

１のうち、①をさらに分類する。

Ａ　古典の背景を持つもの…草摺引・棒しばり・二人袴

Ｂ　風俗的なもの（風流の系統）…三社祭・どんつく・勢獅子・乗合船

Ｃ　両者の中間にあるもの…戻り駕

次に１のうち、②を分類する。

Ｄ　古典の背景を持つもの…鬼次拍子舞・六歌仙

Ｅ　近世の文芸等を背景に持つもの…権八・かさね・お染・将門・田舎源氏・夕顔棚

F　風俗的なもの（風流の系統）…吉原雀・角兵衛・神田祭
G　恋愛の堕地獄…蝶の道行

近世においては、B・Fのものが身近で親しみやすい題材であったのであろう。Gが変わり種で、能の恋慕の妄執物を思わせる。浄瑠璃の「傾城倭草子」の道行から採ったものであるが、前場と後場があり、前場は恋人同士の道行であり、後場は地獄での狂いとなっている。

2は構想としては『離魂記』の形式を持つもので、中国文学の影響を受けて江戸時代に好まれたもので、能「綾鼓」等とも多少類似するところはあるが、歌舞伎はより日本的な発想でできている。女性の亡魂ものが多いのが特色である。「京人形」もこの種のものの変わり種のように見える。3は能「石橋」の系譜を引くものである。

こうして近世演劇においては、時代物においても当代物においても二人物の形式はよく用いられたのであるが、中世の影響を受けながら、中世よりは種類が多く、内容も複雑に発達していったことがわかる。歌舞伎においては名優の顔合わせ、競演といった背景も強いことであろう。これも中世の立合の伝統を引くものである。もともと二人舞は二人が並び立ったり、向き合って交叉したりする動作の面白さから生じたもののように思われるが、次第に人間の内面、本質をも表現する一形式として発達していった。ことに男女二体の人格を一つの身体によって演じる種類の双面物は、その到達点といえるであろう。

古くは『日本霊異記』巻中・二十五話に、二人の女の死人が一体化する話があるが、こうした歌舞伎舞踊における複雑な二人物の成立の背景には、能のシテのあり方の伝統もあるであろう。世阿弥の「井筒」は、井筒の女すなわち紀有常の娘の幽霊（シテ）が夫であった在原業平の遺した冠・直衣を着けて舞を舞う。その姿は「女とも見えず、男なりけり」という有様で、夫婦の霊は一体化している。さらには男装して舞を舞う白拍子のイメージも重なる。同じく世阿弥の「西行桜」では、西山の西行（ワキ）のもとに花見の客が訪れる。その夜の夢に老木の桜の精（シテ）が現われ、京都各地の桜を讃え、舞を舞って姿を消すものであるが、この桜の精と西行は一体化しているように見える。こうした演劇における二人の人格の同時的表現は、世阿弥に始まったのかは不明であるが、「西行桜」の構想は金春禅竹の「杜若」に受け継がれる。この能で舞を舞う杜若の精（シテ）は、高子の后の御衣を着し、在原業平の冠をかぶっており、三者の人格が重ね合わされる。これは日本人の深層心理に関わる可能性がある。このような植物の精物の二人性とは別に、ほかの例では世阿弥作かとされる「蟬丸」は、逆髪の姉宮（シテ）と盲目の琵琶法師蟬丸の弟宮（ツレ）が登場するが、これは両シテ物といわれ、シテ（主人公）が二人いるような構成となっている。また観世信光の「紅葉狩」は前場のシテが美女で、後場のシテが鬼であり、これが同一のモノで、同じ能役者によって演じられ、人間の心の善悪や表裏を表わしているようにも見える。この能は二人舞のように同一空間に二つの人格が登場するわけではなく、時間的な並列ではあるが、これも二人物には重要である。同じく信光の「船弁慶」では、前シテが静御前、後シテが平知盛の幽霊で、これも正反対的な性格を持った人物となる。

能とは密接な関係にある狂言も同様の傾向が見られる。太郎冠者と次郎冠者のペアは典型的で、両者は似通った立場・関係にある。これに対して、「佐渡狐」においては佐渡の百姓（シテ）と越後の百姓（アド）が、同様の職にありながら、狐が国にいるかいないかで対立するストーリーである。「宗論」においても、浄土宗の僧（シテ）と日蓮宗の僧（アド）が、同じく仏門にありながら、宗義をめぐって争う話である。このような二人物と能楽との関係は、もう少しくわしく論じるべきであるが、今後のこととする。

## 七　結び

人間にとっては二人が最も単純な人間関係であり、ことに男女のカップルがその典型である。したがって二人舞はもっとも小規模で、もっとも緊密な人間関係を表現する舞踊であり、それによって人間の根元を表現することができる。もともとは二人で舞踊することの楽しさがあったのであろうが、芸能的な意味では、二人の人間の一体性を意味するほか、二人が対照的な存在であったり、対立したりしていること等が演じられ、その人間関係が芸術的に表現される。その二人の関係が、第三者にどのように関わってゆくかも問題であろう。近世演劇では能の「二人静」「春日神子」の型が複雑に発展し、双面物を産むという成果があった。さらに近代以降のこの種のもの考察すべきであろうが、今は手に余ることである。舞踊について邦正美氏は、西洋舞踊が形式美的であるのに対し、東洋舞踊は表現的であるとしている。[18] また貫成人氏は、舞踊について身体性、作品性、官能性から考察しているが、「舞踊はいくつかの次元にわたる立体構造からなる。それを切り出してゆくとき、たとえば舞踊と物語の関係などについても見通しが開ける」[19]と述べるが、こうした言が参考となるであろう。この問題にはもう少し哲学的なあるいは心理学的・民俗学的な考察が必要と思われるが、その手法は筆者には未修得のものと言わなければならない。[20] さらに二人の人間問題は、昔話の「隣の爺譚」（善良な爺の隣の家に、人真似をする爺がいるという、対照的な二人の話）、鎌倉時代物語『石清水物語』の春の中将と秋の中将、記紀神話の伊奘諾と伊奘冉などの領域にも関わってゆくと思われる。

## 注

（1）新日本古典文学大系（岩波書店）による。
（2）以下、新編日本古典文学全集（小学館）による。
（3）新日本古典文学大系による。
（4）「歌から舞へ―五節の乱舞を中心に―」「ZEAMI」02、平成十五年六月
（5）以下、国書刊行会本による。
（6）『乱舞の中世―白拍子・乱拍子・猿楽』吉川弘文館、平成二十八年
（7）神道大系・文学篇五・参詣記による。
（8）日本庶民文化史料集成第二巻（三一書房）による。
（9）日本庶民文化史料集成第二巻による。
（10）『巫女の歴史―日本宗教の母胎』（雄山閣出版、昭和四十七年）それぞれ二七～二八頁、七一頁、九二～九四頁
（11）水原一考定『新定源平盛衰記』（新人物往来社）による。
（12）大系日本歴史と芸能第六巻『中世遍歴民の世界』（平凡社、平成二年）所収。
（13）群書類従第二〇輯による。
（14）以下、続群書類従刊行会本による。
（15）以下、史料纂集による。
（16）「団十郎提携時代の金井三笑」「国語と国文学」平成二十八年十月号
（17）「能の亡霊と魂魄」「能と狂言」14、平成二十八年九月
（18）『舞踊の文化史』（岩波新書、昭和四十三年）五八～五九頁
（19）「舞踊装置―身体性・作品性・官能性」岩波講座文学五『演劇とパフォーマンス』平成十六年
（20）哲学者による日本芸能の研究には、古くは和辻哲郎の『日本芸術史研究　歌舞伎と操り浄瑠璃』（岩波書店、昭和三十年、改版昭和四十六年、全集第十六巻）がある。最近のものでは、伊吹克己『歌舞伎と存在論―折口信夫芸能論考』（専

修大学出版会、平成二十二年）がある。

# 第二部　日本の風土と文学

# 日本文学風土学についての覚書

## 一　日本文学風土学の意義

日本文学研究は近代以降も文献学を基礎として行われ、そこへ文芸学や民俗学、比較文学などさまざまな研究方法が導入され続けて展開してきた。その中に風土学的な研究があり、従来これは自然を愛する日本人にとっては、たいへん魅力ある方法であった。おおよそ文学においては、恋愛のテーマと同様に、風景描写は重要な要素である。日本文学風土学会もこの方法を重視する文学研究団体であるが、この学会以外でも、風土学的な研究は熊野や東北などを対象の地として行われている。そこでは自ずから魅力ある候補地があがるものである。これは古典文学に限ったことではない。たとえば奥野健男氏による『現代文學風土記』（筑摩書房、昭和四十三年）があり、北海道、東北、北陸・山陰、九州と章を立ててゆき、近現代作家について風土的な面から論じている。序文の「はじめに」には、文学と風土との間には密接な関係がある。風土がその作家や作品を産み出したと思えることもあるし、作家の中にその風土が強く反映しているのを感じることもしばしばある。…ぼくは日本各地を旅行する度に、その地方の風土や気風にいかにも似つかわしい文学や作品が生まれていることに感歎することが多い。

等々と述べている。この研究のルーツは和辻哲郎の名著『風土　人間學的考察』（岩波書店、昭和十年）であるとされる。日本とヨーロッパの風土と文化の関係を説いたものであるが、和辻の説を参照すると、確かに日本には草木の繁茂する生命力のある母のような自然があるのに対して、西ヨーロッパの自然は草地が多く、征服されやすいような印象がある。ヨーロッパにおける風土学については、この『風土』の第五章・風土学の歴史的考察において説かれるが、そこには古代ギリシアのヘロドトス、ヒポクラテスからドイツのヘルダー、ヘーゲル、マルクス等の名が見える。フランスの哲学者イポリット・テーヌも風土と社会構造を研究して有名である。日本文学風土学においても、この風土学史は検討する必要があるであろう。

日本においては志賀重昂の『日本風景論』（増訂版、政教社、明治二十七年）がよく読まれ、和辻哲郎と並ぶ哲学者西田幾多郎も、『善の研究』第二編・第八章（弘道館、明治四十四年）において、自然の問題を取り上げている。和辻と同様夏目漱石の門下生であった寺田虎彦は、「日本人の自然観」（「東洋思潮」、昭和十年十月、全集第五巻所収）において、まず日本の自然の特色について、地震や津波、火山といった自然災害の種類、農作物の多様性、湿度の問題、短歌・俳句等の文学の発達、自然科学の未発達等について言及し、日本の自然は空間的にも時間的にも複雑多様なものである。九州人と東北人では自然観が異なるとしている。寺田の論は日本の特異性を追求したもので、科学者としての立場から総合的に述べている。他方文学の方面でも『万葉集』の風土等の風土学的な論がなされてきた。高木市之助の

『日本文学の環境』（河出書房、昭和十三年）、久松潜一の『日本文学　風土と構成』（紫之故郷舎、昭和二十三年）、長谷章久の『日本文学と風土』（講談社現代新書、昭和四十三年）が出版された。その間昭和三十八年（一九六三）に久松潜一氏や長谷章久氏等によって、日本文学風土学会が立ち上げられた。

風土は自然環境だけではなく、建造物、街並等人工的な環境も重要で、これも人間に種々の影響を与える。飯沼二郎『風土と歴史』（岩波新書、昭和四十五年）では、

たしかに、風土というものは、人間の力ではほとんど変えることのできない自然のワクではあるが、しかし、それをどう利用するかは、人間の側の主体的な条件のちがいによって変ってくる。

と、自然に対する人間の営みを重視する姿勢を示している。こうして風土的な研究は、自然と文学との関わりを見るものであるから、自然科学の知識が必要となり、また人文地理など地理学と近接することになるので、こちらにも関心を向けなければならない。この種の領域は研究者が得意とするわけではないので、この方面の研究者との共同研究が将来起こる可能性がある。人文地理学は地域における人口や産業、交通、文化などを扱うものであるから、風土学的研究とかなり接近する。これらに加えて文学研究の場合は、地域におけるあるいは広く日本における文化伝統を考えなければならない。ことに古典文学においては、従来の地域内外の文学伝統を継承して、新たな作品や思考を生み出していた。古典世界においては、文学は実作のための研究対象でもあった。そこでの自然観や自然描写は、類型化しやすい面があったこともあれば、時代の進展とともに自然に対する新たな視点が設けられることもあった。

人文地理学との関係では、都市、農村、漁村、山村等の人工的な生活環境を考えなければならないが、高度の文学

活動は中央を中心に行われてきたことは周知のことである。また南に位置するか北に位置するか等の地理的条件や、高温多湿か乾燥地帯か、雪国か南国かなどの自然条件、またその地の生産物などの産業を考慮に入れると興味深い研究となる。宮沢賢治には東北人らしい空想の仕方があるし、川端康成の『雪国』では、越後における当時の豪雪の模様があり、雪に閉じ込められた生活に都会人が進入してくる。熊野には緯度が低く、草木の繁茂する生命力の強い南国的な風土があり、死と再生にはふさわしい地である。中央からの遠近も重要で、交通事情や都・地方のルートも対象となる。地域と地域を繋ぐ文化ネットワークの研究は、最近進んでいるように見える。人文地理学と自然地理学は異なる性質を持つが、風土学的研究ではさらに人間活動の面が重要である。先の地域における口承文芸を含めた文学伝統のほか、生活様式、習慣、食生活、祭礼等の年間行事、民俗的な信仰、そして気質などを考えなければならない。これらを背景として、その地の精神風土が生まれ、「土地柄」といった総括的な言葉が重要となる。

地方人の気質となると、戦国時代の書という『人国記』があり、現代のものでは祖父江孝男氏の『県民性　文化人類学的考察』（中公新書、昭和四十六年）があるが、近年ますます人の移動、転居は増加するので、むしろ古い研究成果が参考になる。先の奥野氏の書の序文では、

それ故、人国記といっても単に機械的に誕生の地をならべることはせず、主として幼少期を過したところに重点を置いた。

とし、『人国記』の発想を継承しながら、作家の幼少期の育ち方を重視していることが方法的に正統であろう。以前は地方地方に特色ある文化が現在よりも継承されていた。その典型は石川県の金沢市である。ここには泉鏡花や徳田

秋声、室生犀星等が生まれ育った。曇天が多いながら、加賀百万石という文化的な城下町の持つ雰囲気を身に着けている作家達である。そこで風土的研究は、文化を形成していったその地の歴史、地方史の研究へも向かうことになる。

## 二　地域性の文学

ここで日本文学を地域の面から考えると、北にはユーカラなどのアイヌ文学があり、関東には中世の鎌倉歌壇や近世の江戸文芸、明治以降の近代文学がある。関東地方では、東海道の果てであり、太陽の昇る国である常陸（日立）が古代以来、文学にさまざまな形で現われる。またここには鹿島神宮や筑波山があって、これが文学の上でも重要な位置を占めてきた。そして関西では古代から現代まで文学が生産され続けた。南には『中山世鑑』や『おもろさうし』等の沖縄文学がある。アイヌ文学や沖縄文学は、関西を中心に発達してきた日本の文学伝統とはまた異なる土壌を持つ。かくして風土学的な研究の対象は多様で無限にあるといえる。日本文学風土学は、日本が空間の面でも時間の面でも変化に富んでいることを背景としていて魅力的である。

近現代文学でも作家の出身地や過した場所が作品との関わりで問題とされる。古典文学ではやはり関西の風土性が研究の中心となるが、筆者は古典文学に関わる者で、しかし東北地方の出身であるために、関西で育った中央の文学は理解しにくい面もあり、『万葉集』の東歌などの方が感覚的に合うことがある。さらには最近では能・狂言ももとはたいそう関西的なものであると思うに至った。文学が外国の影響を色濃く受けた知識人によることが中心であったのに対して、芸能はかなり土着の文化に根差すものであった。そこで能や狂言は関西風の味わいがあるのではないか、狂言は関西人の笑いではないか、筆者のような東北人の笑いとは異なるものではないかと思われる。こうした能・狂言といった関西風の芸能は、その意味や感覚が他国の者にも了解されてゆき、普遍化する。そしてまた今日においては世界的に評価を得るようになっている。筆者は以前司馬遼太郎に、大阪人らしい商人感覚を感じたこともあった（「司馬遼太郎の世界　愛国心」「国文学解釈と鑑賞」別冊、平成十四年七月）。そして『万葉集』の山々を歌った和歌には、他国の者にも古代の大和人の心情が伝わる。いずれにせよ筆者にとっては、東北的なものが理解しやすいことは歴然としている。東北は従来は閉鎖的なところがあって、そのために東北人には空想的な面があり、それが宮沢賢治にも感じられる。東北をめぐっては、赤坂憲雄氏が東北学を提唱し、民俗学を中心に論じられてた。氏は『東北学へ―もうひとつの東北から』（作品社、平成八年）を出版した後、雑誌「東北学」の編集者となり、東北をめぐるさまざまな問題を取り上げられて話題となった。東北にも種々の差異や地域性があり、それの体系的な理解などがこれからの課題であろう。なお気質の問題は社会心理学とも関わる。

文学においては、やはり山が注目される。これは日本が山国であるためで、また古来山にまつわる伝承は数多いものであった。『万葉集』の大和三山をめぐる恋愛譚、昔話の「山の背比べ」等がある。後者は愛鷹山と富士山、立山と白山、浅井岳と伊吹山などの例がある（『日本昔話事典』弘文堂）。寝姿山、飯盛山、烏帽子山など物の形に寄せた命名法には、いかに山々が日本人に身近であったかがわかる。『万葉集』の山を詠んだ歌にも大和の山々に対する深い愛着が感じられ、またこうした歌を詠んだ際には、その山にまつわる伝承を思い浮かべたことであろう。石川啄木の「ふるさとの山に向ひて　言ふことなし　ふるさとの山はありがたきかな」（『一握の砂』）には、山を愛する東北人の心情がある。日本では故郷の名山を愛し、自慢する人は多い。他国の山よりも何といっても幼い頃から親しんだ山の姿が原風景として心に残るものである。ここに都会で生まれ育った作家と田舎出身の作家との相違がある。島崎藤村の『夜明け前』は木曽路にくわしくない者でも、その山々の状況や雰囲気を知ることができる。

作家を取り巻く自然環境は重要であり、それは作品に多大な影響をもたらすが、これは山川草木の自然だけではなく、先述のように人工的な環境すなわち建造物群といった都市の空間なども同様のこととなる。夏目漱石の小説には当時の東京の様子がしばしば描かれており、漱石が東京の街並を愛していたらしいことがうかがわれる。前田愛氏には『都市空間のなかの文学』（筑摩書房、昭和五十七年）の著がある。人工的なものは自然環境と異なり、変化しやすいもので、こうしたテーマを文学から扱ったものには、川村晃生・浅見和彦両氏の『壊れゆく景観―消えゆく日本の名所』（慶應義塾大学出版会、平成十八年）がある。また先の奥野健男氏は風土性の問題を追い続けて、『文学における原風景』（集英社、昭和四十七年）を書かれたが、ここでは都市環境というよりも、作家を取り巻いていた生活空間という観点から、原っぱ、洞窟などを散り上げている。これも新しい視点からの風土学的研究である。人工的な環境としては、建物群のある街並のほか、寺社などの宗教施設、仏像等の文化財も重要であろう。オギュスタン・ベルクの『風土の日本』（篠田勝英訳、ちくま学芸文庫、平成四年）は、日本の風土についての体系だった概説的なもので、第一章気象、第二章山水、第三章草木と続き、日本の自然を紹介しているが、文学との関わりでは、俳句を用いて風土性を説明していることが注目される。俳句はもともと季節感豊かな文芸であった。

## 三　これからの風土学的研究

日本文学研究の方法は多様化しており、コンピュータを駆使した統計学的な研究も起こっている。こうした新しい面に比べて、風土学的研究は相変わらずの地道な方法であるが、途絶えることなく行われるであろう。これは自分達を取り巻く自然を愛してやまず、かつ文学好きであった日本人にとっては、看過できない方法だからである。またこうした研究法は、日本文学研究の特色に据えることもできるであろう。文学関係の実地調査、文学散歩は日本人には好みのものであり、平安文学を中心とした歌枕は、その後長く研究の対象となってきた。金井景子編『浅草文芸ハンドブック』(勉誠出版、平成二十八年)等、文学散歩に適した著もしばしば出版される。

これまでの具体的な研究では、久保田淳氏が『隅田川の文学』(岩波新書、平成八年)、『富士山の文学』(文春新書、平成十六年)を出された。森浩一氏の『地域学のすすめ─考古学からの提言─』(岩波新書、平成十四年)も別の面からの示唆がある。この中では、関東学・東海学・日本海文化などの項が注目される。雑誌「解釈と鑑賞」では特集として平成十六年十一月号に「古典文学に見る日本海」が、平成十七年二月号に「近代文学に見る日本海」が編まれ、また林雅彦氏を中心に熊野学会が立ち上げられた。土屋忍編『武蔵野文化を学ぶ人のために』(世界思想社、平成二十六年)も古代から現代に至る武蔵野にまつわる文学・文化を扱って、地域文化研究としても有意義なものである。山本ひろ子編『諏訪学』(国書刊行会、平成三十年)も、長野県の諏訪神社等を視野に入れた書である。

これまで日本文学風土学会では、『月と文学』(教育出版センター、昭和五十二年)、『湖沼の文学』(朝文社、平成四年)といったタイトルのもとに論文集を編んできたが、こうした自然の風物や地形をテーマとしてまとめるのも一方法である。この拙論は風土学的な研究に関して理想主義のところがあるが、実際にこの種の研究はさまざまな可能性を秘めているといえるであろう。またこの研究方法においては、まずその土地に対する愛着が必要であると思われる。

なお最近のことでは、国文学研究資料館の共同研究「日本文学における〈中央〉と〈地方〉」の研究成果報告があった(平成二十八年三月)。論文集の形である。さらに白百合女子大学言語・文学研究センター編の『環境人文学の地平』(アウリオン叢書17、弘学社、平成二十九年)があった。この「環境人文学」という言葉の定義は、同書によれば、「自然観や環境をめぐる価値観、倫理観を形成してきた文化的・哲学的枠組みを探る研究の総称」とあり、作品における自然観を問題とし、環境を手掛りに作品を読み解いてゆく、という方法であるようである。これも日本文学風土学と類似する学問となる。この書はタイトルが示すように、必ずしも文学にのみ関わるものではなく、メディアや映画にも論が及ぶが、環境人文学の意味を追った堀井清之氏の論「環境人文学と表象」では、自然・文化・歴史・経済・政治等を含む環境を対象とするという言い方をしており、私見と重なる部分が多い。ただし日本文学風土学会の場合は、現地踏査を重視し、体験的に情報を得ようとすることが、方法として伝統的に重んじられてきた経緯がある。この方法をどう工夫し、どう生かすかも今後の課題となるであろうが、また歌人等作者の内面において、自然環境と作品がどう結びついているのかを重視する方法が進んでいることも視野に入れるべきであろう。

もう一つ付け加えるならば、地方の研究者との交流の重要性である。各地方にその地出身の作家や、その地にゆかりの深い作家についての研究家がおり、こうした方々は現地ならではの深い知識を持つことが多い。これは地方における文学館の設立とも関係する。伝記的なあるいは地理的な状況の研究は彼等に負うことが多く、筆者はせいぜい中央との関連で作家作品を論じることが多かったように思われる。今後は現地研究家との共同研究が望まれることであろう。

# 伏見稲荷をめぐる信仰と芸能

## 一　平安時代の伝統から

伏見稲荷社は古来京都周辺の重要な神社の一つで、『本朝神仙伝』四話・泰澄伝では、泰澄は加賀国の白山、吉野山とめぐり、諸社に本覚を問い、稲荷の社に数日念誦して、本体は観世音菩薩であるという夢告を得たとある。その後泰澄は阿蘇の社に詣でた。稲荷山、稲荷社に対する関心は、平安時代以来の伝統を引き継いで、中世においてもその伝統的な観点から見ることが多い。文学上重要な土地は皆そうした傾向を持っている。その文学伝統の代表的なものは和歌であり、伏見稲荷の霊験のシンボルで、和歌にも詠まれた「しるしの杉」によって、伴信友は『しるしの杉』の名のもとに、稲荷の神について考証をした書を著わした。またしるしの杉等を詠んだ歌については、小田剛氏がまとめられている。(1)『今鏡』第十・打聞に、左衛門尉頼実という蔵人が七条で郭公の歌を詠むことになり、稲荷に祈念して、「稲荷山越えてやきつる郭公ゆふかけてしも声の聞ゆる」の歌を詠むことができたとあるので、稲荷には和歌にも理解を示す神であることを思わせる例もある。
こうした和歌のうち『袋草紙』巻上の賤夫の歌、

しぐれするいなりの山の紅葉葉はあをかりしより思ひそめてき(2)

は広く流布した。『十訓抄』巻十、『古今著聞集』巻五、『沙石集』巻五に採られている。『袋草紙』によると、和泉式部が稲荷に参詣したところ、時雨が降ってきた。道で遭った牛飼童が襖《あお》を脱いで式部に着せた。後日この童が式部のもとにやって来て、「便なき心」をこめてこの和歌に詠んだのだという。そして「ただし閭巷の物語、信受し難き事か」と結んでいる。一方『十訓抄』では、式部が牛飼童の恋心を「あはれ」と思って、「奥の方へ来」と言ったとある。『宇治拾遺物語』冒頭の和泉式部と道命法師の逢瀬の話を継承する御伽草子「和泉式部」と類似するもので、これでは契を結んだ道命は式部の実の子であったとする。謡曲「熊野《ゆや》」(作者不明)で、平宗盛(ワキ)は愛妾熊野(シテ)とともに清水寺に花見に行き、そこで熊野が舞を舞うが、その舞は清水から見える都の景観を列挙するクセ舞である。桂橋寺、祇園社がまず目前にあり、南をはるかに眺めると、今熊野社、そして稲荷の山が見える。これは実際にそうした寺社が見えるわけではなく、心の中で見ているということであり、日本の文学の伝統に属する。その中に、

地「…稲荷の山の薄紅葉の、青かりし葉の秋、また花の春は清水の、ただ頼め頼もしき、春もちぢの花盛り(3)

とあり、稲荷山に対し、説話に見える和泉式部の和歌を引用し、もとの歌の掛詞を利用し、「葉の秋」を出して今の

春の花見と対比させる。そして清水観音の詠という和歌の一節をもってしめくくり、観音への信仰を表わす。これは清水から空間的に南の稲荷の方を思うだけでなく、平安時代の昔を追憶するという時間的な思いもあって、時空二重にわたる心情を表現している。「青かりし」の「し」（過去の助動詞）が効いているように思われる。なお『袋草紙』等に見える和泉式部と賤夫との話をもとに、謡曲「稲荷」が作られた（番外曲で、「稲荷山」「和泉式部」とするものもある）。和泉式部に恋した身分の賤しい男（シテ）は思いが叶わずに死去し、式部の子小式部に祟るというもので、能らしい構想となっている。中世では稲荷山といえばこの説話が世に流布していて、想起されたのであろう。「熊野」のクセの趣向は、謡曲「松尾」にも見える。これは洛西の松尾明神をシテとする能であるが、やはりクセの部分に、

シテ「梅津桂の色々に　地「日も茜さす紫野、北野平野や賀茂貴船、祇園林の秋の風稲荷の山のもみぢ葉の、青かりし恵みも様々に(4)

というもので、稲荷の山と「紅葉葉の青かりし」とは結びくイメージがあり、ことに能の世界でそうであった。またこのクセはもとの説話をそれとなく想起させながら、都の名所を案内するものでもあった。

室町時代には都の名所に対する関心が高まったようで、これは謡曲や歌謡に見えるほか、洛中洛外図屏風の世界とも関連する。『閑吟集』の「おもしろの花の都や」（一九）では、祇園社、清水寺、法輪寺等の嵯峨の寺々が歌われる。『梁塵秘抄』巻二・霊験所歌の伝統を引くものである。そしてこれらには人々の寺社詣で、寺社巡りのさまがうかがわれる。また『応仁記』には、「サテ又、諸宗ノ寺々ヲ数ルニ」として、相国寺、安居院、広覚寺、景愛寺、両歓喜寺等々、応仁・文明の戦火で消滅する以前の寺社の名を列挙している。ここには伏見稲荷は京都の郊外であるためか

見えないが、内閣文庫本『応仁別記』に、文明三年（一四七一）三月の頃、細川勝元が骨皮左衛門道源に織物・太刀等を与えたところ、道源は山科から稲荷へやって来て、社務の羽倉出羽守と相談し、稲荷山の上の社に陣を取り、伏見・木幡・藤ノ森等の郷人を降参せしめた。これに対し、山名・畠山の軍勢が稲荷を攻め、道源の勢は所々の悪党・物取共であったために、方々へ逃げ去り、道源も板輿に乗り、女の真似をして後の山へ落ちていったが、山名殿の河原の者が追いかけて討ち取ったとある。当時これは京中で話題となり、

長井斎藤別当真盛ハ、錦ノ直垂ヲ給テ名ヲ北国ノ衢ニ上、錦ノ袂ヲ会稽山ニ翻シ、…今ノホネ皮左衛門ハ、呉服ノ織物ヲ稲荷山ニ翻トタハコトニ申小歌ニ作テ、京童共ウタヒケリ(5)

という次第になった。稲荷山周辺が戦場となった例であり、当時のこのあたりの状況が知られる。社司羽倉出羽守も従類とともに落ち延びたとある。なおこれは神道大系・神社編・稲荷所収の『稲荷社事実考証記』巻上にも「応仁記第四」の記事として引用されており、『しるしの杉』も『応仁記』の一本にあるとしてこれを記す。ただしこれらは「小歌」を「曲舞」とするなど異同がある。しかし史料綜覧巻八によれば、諸書に応仁二年（一四六八）三月、細川の目付骨皮道見が稲荷山に布陣したために合戦となり、稲荷社が焼失したことが見える。この『応仁別記』の文明三年の記事は、応仁二年の誤りかと思われる。元禄七年（一六九四）の『九歎私記』（神道大系・神社編・稲荷所収）には、応仁・文明の頃、稲荷社は戦乱により二度炎上し、社司等が散在し、旧記も焼失したと幾度も記している。『稲荷社事実考証記』巻上といったほかの箇所でもこの時の記録を引用しているが、応仁二年三月にまず兵火による焼失があったらしい。

## 二　謡曲・狂言から

謡曲においては稲荷は「熊野」以外にさまざまに登場する。もっとも関わりの深いものは「小鍛冶」で、一条天皇の時代、三条の小鍛冶宗近（ワキ）が勅命によって剣を打つこととなる。しかし相槌がいないのに困っていると、童子（前シテ）が現われて励まし、剣の威徳を語る。後に霊狐（後シテ）が現われて相槌を打ち、宗近は剣を造り上げるというものである。最古の演能記録は『証如上人日記』によって、天文六年（一五三七）の金剛大夫によるものである。岩井宏實氏は、稲の神としての稲荷は、食物の神、調理の神に転じていって、その中で火の神としての性格も持ったとしている。また近世において、特に江戸で稲荷は鍛冶屋の神として信仰されたが、これは謡曲「小鍛冶」の影響であるとしている。(6) この曲については、八嶌正治、田口和夫、村戸弥生、大森恵子、石井倫子等の諸氏がそれぞれ諸書を引用して、三条の小鍛冶宗近の出自や剣小狐丸にまつわる伝承等を論じている。(7) そして室町時代においてこの宗近が人気を博し、『桂川地蔵記』等の書に、名刀鍛冶師の一人としてその名が記されるようになったり、祇園祭に宗近作と称する長刀が登場したりした。

享保十七年（一七三二）に編まれた『稲荷谷響記』巻上・剱石附焼刃水には、稲荷山にある剱石に関して、

剱石ハ、御前谷ヨリ上ノ塚ニ至ル道ノ傍ニ、一ノ古跡アリ、又一説ニ剱鋳ト書ハ誤也、此古跡別ニ有伝(8)

とし、以下「古老伝云」として、三条の小鍛冶宗近が稲荷社を信仰し、稲荷山の土を用い、この地で剣を造った。一

匹の狐が現われてその工要を教えた。それ以後、刀を造る者は稲荷山の土を用い、冶金の職にある者は稲荷社に加護を祈ったとある。宗近が個人的に稲荷社を信仰しており、名剣を造ったことによって名をあげ、その後刀職人がそれを見習うようになったとしているのである。近世において、謡曲「小鍛冶」によって鍛冶職の人々が稲荷社を信仰するようになり、稲荷社でもこの事を重視したということであろう。『稲荷谷響記』の先の箇所には、稲荷において毎年十一月八日に吹革祭《ふいかうまつり》が行われるようになったとある。剱石に続く雷石の項に、

雷石ハ剱石ニアル大巌是レ也、古老伝云、昔此所霹靂セリ、神人呪レ雷縛二此岩一、因以云レ爾也

とあるが、剱石と雷石の関係は、松永貞徳の『戴恩記』巻上にも、

臣家には三宝あり。三宝と申は、一には大織冠の御影、二には恵亮和尚のあそばされし、紺紙金泥の法華経、三には小狐の太刀なり。此小狐の太刀と申は、菅丞相百千の雷となり、朝廷をうらみ奉り、本院の時平公を殺し、昼夜雨風やまず、おそろしかりし比のなかにも、猶はたゝ神のおびたゝしく御殿さくる計になりさかりし時、御門大にさはがせ給ひ、「今日の番神はいかなる神にておはするぞ」と、貞信公にとはせ給へば、御はかしのつかゞしらに、白狐の現じ給ふを見て、「御心やすくおぼしめされね。いなりの大明神の御番にておはす」と答へ給ひければ、程なく神もなりやませ給ひ、雨もはれ侍りしとなり。其御太刀を小狐の太刀とは申侍る。[9]

とあって、藤原忠平が持っていた小狐の太刀に白狐が現われ、菅原道真の霊すなわち雷神に対抗して、稲荷明神が朝

廷を守護したとあり、この伝承と関係するであろう。そうした話をもとに太刀造りが稲荷を信仰するようになったとも考えられる。剣と雷はともに火と関係するものである。またこの話は鎌倉時代後期の『渓嵐拾葉集』にも見えることが指摘されており、[10]そこでは北野天神が雷となって内裏を襲った際に、稲荷明神がこれを鎮めたとある。道真の怨霊が内裏を襲った話は、『北野天神縁起』・謡曲「雷電」等でも有名であるが、これらには小狐の太刀の話はない。ただし田口氏が指摘するように、『後愚昧記』応安三年（一三七〇）八月十五日に、前関白九条経教が小狐の太刀で雷公を打ち払ったという風聞を伝えており、『戴恩記』の記事は、謡曲の「小鍛冶」と「雷電」の影響というよりは、こうした風聞の伝承の系列につらなる。『稲荷谷響記』の記事はこれとは別系統の剣と雷の話である。雷の稲妻から稲荷を連想してできた話ともとれる。謡曲で番外曲の「龍燈太夫」（「稲荷」とも）は、前シテが宮仕の老人実は龍燈大夫で、後シテが雷神となるが、『稲荷谷響記』雷石の伝承に拠ったものであろう。ちなみに狐と鉄は関係するものであるらしい。御伽草子「玉藻前」では、鳥羽院をたぶらかした玉藻の前は、狐（野干）であることが見顕わされ、那須野に逃げてゆく。そして上総介・三浦介によって退治される。その尾の端に二本の針があったとある。記紀神話の八俣の大蛇退治と似るところがある。吉野裕子氏は日本の狐伝説に中国や朝鮮経由のものを重視するので、[11]そうした狐観が鉄の文化の到来と結びつくことも考えられる。

御伽草子「雪女物語」ではさらに宗近の物語が展開している。寛文五年（一六六五）の刊本によって示すと、一条院が霊夢によって、橘道成を勅使として、三条の小鍛冶宗近に御剣を打たせることとした。これを聞いた宗近の女房は、氏神稲荷の明神に祈誓をかけるべく、一足先に下女一人連れて稲荷へ向かった。そして法性寺のあたりで十六七歳の童子に出会った。この童子は宗近が宣旨によって剣を打つことを知っているので、女房は驚いた。そこへ和泉式部が大勢の供を連れて現われるが、宗近の女房はもとは式部に仕えていた藤が枝という者であった。式部は女房に童子が狐であることを教えた。宗近は童子の相槌で剣小狐丸を完成させた。その後多田満仲が雪女（実は狸）を退治する等々の話がある。かなり近世的な趣になっているが、これも和泉式部の稲荷参詣説話や謡曲「小鍛冶」の影響のもとに成ったものである。稲荷といえば和泉式部だったわけである。そして近世においては、宗近説話は日蓮宗の製作する縁起に関わり、また上方歌舞伎において流行するなどの傾向を示したという。(12)

村戸氏があげる奈良の石上神宮周辺の小狐丸説話は、動物報恩譚の形式で、恩を受けた狐が刀鍛冶の弟子に化けて向槌を打って刀を造り、その刀を恩人に贈ったというものであるが、「小鍛冶」に類似する話としては、宮城県登米市中田町地区の伝説に、鍛冶が殿様に百本の刀を献上することになった。そこへ赤鬼・青鬼がやって来て、相槌を打ってこれを助けた。鍛冶の妻が禁忌を破って仕事場をのぞいたため、鬼共は姿を消し、刀は九十九本しかできなかったというものがある。(13)鉄と鬼伝説の一種であり、「小鍛冶」の影響を受けて、昔話風に形成された話と思われる。

ほかに稲荷が見える謡曲の例として、世阿弥作の「融」を見てみよう。旅の僧（ワキ）が京都の六条河原の院に着くと、潮汲みの老人（前シテ、源融の化身）が現われる。老人は僧にそこから見える都の名所を教えてゆき、音羽山、清閑寺、今熊野と紹介し、今熊野の末に続く里一叢の森の木立を、「まだき時雨の秋なれば、紅葉も青き稲荷山」と紹介する。「融」は秋八月の能であるが、この表現にも和泉式部の和歌が背景にあり、時雨―紅葉―青―稲荷山は連歌の寄合のように、能の世界では機能しているように見える。ここでも稲荷の景観は当代からの視点と古典の伝統からの視点との二重の面を持つ。

謡曲における稲荷で、さらに寺社巡り的な文脈のものを見てみよう。世阿弥作の「頼政」では、諸国一見の僧（ワキ）が京都から南都に向かうが、その道行の謡に、

ワキ「天雲の、稲荷の社伏し拝み、稲荷の社伏し拝み、なほ行く末は深草や、木幡の関を今越えて、伏見の沢田見え渡る(14)

と続く。京から奈良に至る街道筋に伏見稲荷があり、それに礼拝してから深草、木幡と進んで宇治に着くことになる。旅の僧は稲荷の先でも聖地を拝みながら旅を続けたであろう。これも中世の慣習と考えられる。作者不明の「鸚鵡小町」では、落魄した小野小町（シテ）が在原業平の玉津島社参詣について、

シテ（詞）「さても業平玉津島に参り給ふと聞こえしかば、われも同じく参らんと、（節）都をばまだ夜をこめていなり山、葛葉の里もうら近く、和歌吹上にさしかかり(15)

とあり、これでは小町は稲荷山をよそに見て、急いで和歌の浦に向かったような表現になっている。いずれにせよ都から南に向かうに当たって、稲荷山はまず眼に入る風景であった。観世長俊作の「正尊」はまた趣が異なる。源義経を討つという密命を持って鎌倉から京都に着いた正尊は、弁慶に嫌疑をかけられ、当座を逃れるために起請文を書いて、義経に二心ないことを誓う。正尊が誓ったその神々は、梵天・帝釈天・四大天王・閻魔法王・五道の冥官・泰山府君と続き、下界の地では、伊勢の天照大神・伊豆・箱根・富士・浅間・熊野三所・金峯山となり、さらに王城鎮守の稲荷・祇園・賀茂・貴船・八幡三所・松の尾・平野となる。ここでは京都を護る守護神の第一にあげられている。(16)舞の本「堀川夜討」では、この起請文は下界の地では、伊勢天照太神・熊野・白山・金峯山、王城の鎮守では稲荷・祇園・賀茂・春日・八幡・松の尾・平野・梅の宮となっており、「正尊」の場合と似ている。神名帳を思わせるこれ

らの神々の列挙の仕方は、室町時代の起請文の定型ではなかったかと思われる。ちなみに貞慶の作という醍醐寺本『神祇講式』では、伊勢・八幡・賀茂・松尾・平野・稲荷・春日・大原野・大神・石上…と続く。

狂言にも伏見稲荷は見える。大曲「釣狐」は、狐狩をする猟師によって次々に狐の一族が捕らえられるので、老狐が白蔵主という僧に化けて猟師のもとに現われ、玉藻前の話をして、狐の執心の恐ろしさを語り、猟をやめさせようとする筋立てである。この玉藻の前の語りが前半の重要な場となるが、これを大蔵虎明本で示す。

（伯蔵主）「そうじてきつねは神にてましますす、天竺にてはやしおの宮、たうどにてはきさらぎのみや、我朝にてはいなり五社の明神、是たゞしきかみなり。[17]

とあり、次いで玉藻の前の物語となる。この箇所は大蔵虎寛本、天理本『狂言六義』、も同様である。狐は神であると主張した白蔵主（狐）は、やがて猟師の罠にかかってしまう。やしほの宮・きさらぎの宮は不詳であるが、あるいはでたらめを言って、笑いをかもしたのであろうか。稲荷五社は、上社・中社・下社・田中社・四大神の五社で、中世後期の『稲荷大明神縁起』に、

大師、嵯峨の天皇に奏し奉て、深草へ御遷坐あり、其旧跡に件の老翁五人をすへたてまつる、老翁ハ稲荷大明神、二人の女人ハ下宮・中宮也、二人の御子ハ田中・四大神是也[18]

とある。『延喜式』では稲荷三社とし、並名神・大月次・新嘗としているが、後代は摂社田中大神・四大神を含めて、

稲荷五社という言い方が多くなったのでろう。『しるしの杉』に、久安（一一四五〜五一）の頃にすでに三社のほかに田中社・四大神社があって、合わせて五社の趣があったと述べ、記録の上では、『神祇伯忠富王記』の永正二年（一五〇五）三月七日に「稲荷五社」が見えるとしている。

## 三　中世における伏見稲荷の信仰と芸能

ついで中世において伏見稲荷がどのように人々の心に映っていたかを、文学を中心に考える。『今昔物語集』巻三十・六話・大和国人、得人娘語には、大和で育った姫君が、

七条辺《わたり》ニテ産レタリケレバ、産神ニテ御ストテ、二月ノ初午ノ日稲荷へ参ラムトテ、大和ヨリ京ニ上テ[19]

と、下京あたりは稲荷社が産土神であり、住人はその氏子であったことがわかる。稲荷社が地域に密着していた神であることを示している。

ついで後白河院撰の『梁塵秘抄』から拾う。巻二に「稲荷十首」が見える（五一二〜五二一番）。

稲荷をば三つの社と聞きしかど　今は五つの社なりけり[20]（五一三）

稲荷山三つの玉垣打ちたたき　わが願事《ねぎごと》ぞ神も答へよ（五一七）

は、稲荷社は上・中・下の三社からなることがまず意識され、それのもとに信仰心を述べる今様である。またこの十首の中には、恋に関するものが多い。

稲荷山社の数を人問はば　つれなき人をみつと答へよ（五一五）

は、稲荷三社を踏まえて失恋を歌っている。院政期には稲荷は三社という考えも強い。

われといへば稲荷の神もつらきかな　人のためとは思はざりしを（五二〇）

も恋する人を他人に取られた恨みを神に述べているものである。こうした歌の背景には稲荷が恋愛に関わる神でもあったことを思わせる。稲荷の神に恋の成就を願う人もいたということであろう。五一五番は『拾遺集』に見える平貞文の歌、五二〇番も『拾遺集』にある藤原長能の歌で、稲荷詣での際に見初めた女があったということを詠んでいる。これが歌謡化したものである。和泉式部と牛飼童の恋愛説話の成立も、こうした状況が作用しているであろう。稲荷社は清水寺と同様に参詣する男女が多く、恋愛のきっかけの場ともなっていた。同社の平安時代のにぎわいを思わせる。『今昔物語集』巻二十八・一話・近衛舎人共稲荷詣、重方値女語には、二月の初午の稲荷詣での日、近衛府の舎人達も稲荷に詣で、その中の茨田《まった》の重方が美しく着飾った女を見かけ言い寄るが、これが自分の妻だったというもので、狂言「因幡堂」を思わせる説話である。「此ノ御社ノ神モ聞食セ。年来《としごろ》思フ事ヲ、此ク参ル験シ有テ神ノ給タルト思ヘバ、極《いみじ》クナム喜《うれ》シキ」と、稲荷を縁結びの神のように思っているふしがある。平安時代の物語『篁物語』第一話に、小野篁の異母妹が二月の初午の日に稲荷に詣でたというストーリーが見える。供の者を七八人連れて、皆はなやかな出で立ちであった。兄の篁もついて行った。妹は稲荷山を登るうちに疲れてしまった。そして同じく参詣に来ていた兵衛佐あたりの男に見初められ、和歌を贈答することになる。これも当時の稲荷詣での雰囲気を伝えている。藤原明衡の『新猿楽記』（十一世紀）に、西の京の右衛門尉の第一の本妻は、年老いて夫に見捨てられつつあり、さまざまの神に祈願する。その中に稲荷山の阿小町の愛の法があり、稲荷神社の祭神の一つに男の愛を祈ったとする。

『梁塵秘抄』三九三番には、

あしこに立てるは何人ぞ　稲荷の下の宮の大夫の御息子か　真実の太郎なや　俄かに暁の兵士《ひやうじ》につい差されて　残りの衆生たちを平安に護れとて

は下社の神主の長男についての描写的歌謡で、京都の街中で見かけた風景を歌ったものであろう。彼は京都の人々には顔なじみであった。この息子は暁の兵士として、朝廷に召されるような身分の者でもあった。彼には稲荷の神が京都を護るように、人々の平安を護ることが期待された。これに対し、五一二番の、

稲荷には禰宜も祝《はふり》も神主《かうぬし》もなきやらん　社毀《こぼ》れて神さびにけり

は、一時稲荷社がさびれていたことを示している。これがいつのことか不明であるが、応仁の乱の騒動のような何らかの事件が起こったのかも知れない。保元の乱に始まる一連の戦乱によることも想像される。

しかし一般に稲荷は平安末期にはその繁栄をもって知られていた。『梁塵秘抄』五一八番、

稲荷山行き交ふ人は君が代を　ひとつ心に祈りやはせぬ

はやはり稲荷参詣のにぎやかさを伝えている。ことに稲荷祭は有名で、藤原明衡の『雲州消息』第十九通往状に、七條大路に出向いてそのにぎやかな様子を見学したことが記されている。四月から五月にかけて、稲荷から西九条の御旅所に神幸があり、また還幸したのであった。ことに散楽の滑稽技が印象深く記されている。第二十通の返状には、先年の稲荷祭について記し、大勢の供奉人とともに、横笛・琵琶法師・傀儡・猿楽といった庶民芸能が多く出ていたことを述べている。『年中行事絵巻』には多くの人々が参加するこの祭の神幸のさまが描かれている。『中右記』『台記』『山槐記』『明月記』等に記録があり、狂乱のさまを呈していたらしい。[21]『愚管抄』巻四には、白河院とその側近達が桟敷を用意して稲荷祭を楽しんでいたことがうかがわれる記事がある。また『今鏡』第七・新枕には、桟敷で稲荷祭を見物していた楽人豊原時忠が、むらという者が笙の笛を吹いて行くのを呼び止め、自分の笛を貸し与えたという話を載せている。時忠が自分のことは知っているだろうと尋ねたのに対し、この者は「みな見知りたてまつれり」と答えた。こうしたところに祭礼を通じて身分を越えた交際があったことが知られ、永長（一〇九六〜九七）の大田楽が貴賤を問わず大流行したことが想起される。祇園社が御霊信仰で有名で、大規模な行列や庶民芸能の参加で知られたが、稲荷祭もまた他の祭礼と同様御霊会の影響を受けたものと思われる。『中右記』寛治八年（一〇九四）四月九日には、「稲荷御霊会」の語が見える。時代の風潮であり、院政期の京都社会の経済的豊かさを思わせるものである。[22]御霊会的な祭礼は、人々のエネルギーの発散の場でもあった。

さて次に稲荷社についてのイメージを日記等から探ってみる。『蜻蛉日記』康保三年（九六六）年九月に道綱母は外の世界に関心を持ち、物詣でを志して、稲荷に参詣し、下の社・中の社・上の社三社に対して和歌を御幣に書きつけた。いずれも稲荷神への信仰を詠んだもので、和歌奉納の意味があった。『枕草子』の「うらやましげなるもの」には、清少納言が稲荷参詣を志して、中の社あたりを苦しみながら登ったことを述べ、「神は」の段にも最後に「稲荷」とだけ記している。藤原頼長の『台記』久安六年（一一五〇）四月二十六日には、頼長が宿直装束で稲荷に参詣し、田中・四大神・下社・中社・上社（いわゆる稲荷の五社）に奉幣をしたとある。『仲資王記』元久元年（一二〇四）三月二十六日の記事に、稲荷の下社の神主忠清がやって来て、田中の明神近くの在家に強盗が入り、明神に参詣のために来ていた旅人を斬りつけた。このために玉垣が血で汚れた。そこで神社側では祓いを行ったとある。稲荷への参詣は、文学上では平安時代ほどではないような印象があるが、陽明文庫本『平治物語』巻上・光頼卿参内の事に、

清盛は熊野道より下向しけるが、稲荷社にまいりて、各、杉の枝を折、介《よろひ》の袖にかざして、六波羅へぞ着にける。(23)

と、平清盛が都での政変を知って熊野詣でから取って返し、途中稲荷社に詣でて「しるしの杉」の枝を身に着け、願成就を祈ったとある。金刀比羅本『平治物語』巻上・清盛六波羅上著の事はもっとくわしく、

さるほどに熊野へまいる人はいなりへ参事なれば、太宰大弐清盛、切部王子の水葱《なぎ》の葉を、いなりの宮の杉の葉に手向つゝ、悦申の流鏑馬射させ、(24)

とあって、神木信仰が見られるとともに、当時流行していた熊野参詣には、稲荷参詣がつきものだとしている。願成就の予祝で、流鏑馬を奉納したとあるのも、武家らしい信仰の仕方である。覚一本『平家物語』巻三・行隆之沙汰には、前関白藤原基房の侍に大江遠成という者がおり、平家に捕らえられそうになり、子息家成とともに都を落ち、稲荷山に上がり、馬より下りて、源頼朝を頼って東国に行こうと思ったが、頼朝の勢力は弱く、平家には抗しがたい身であると悟って、そこから都に引き返し、父子共に平家軍と戦って死去したことが見える。稲荷は京都郊外のポイントとなる地点であった。馬で稲荷山に上がったのは、そこで形勢を見ようとしたのであろう。もっとも延慶本『平家物語』巻一・二十八・師長尾張国被流給事には、大江遠業が子息と共に稲荷山に籠り、都の家に帰って自家に放火して二人焼死したとあって、稲荷山に上がったとはしていない。同じく巻八・法住寺合戦には、鼓判官平知泰が頼朝の不興を買い、弁解のために鎌倉へ行った。弁明かなわず都に戻り、稲荷の辺でほそぼそと生活したとしている。延慶本『平家物語』第四・知康関東へ下事には、稲荷のことは見えない。稲荷はこうして都から一歩足を外へ踏み出した土地柄という意識があったのであろう。

『とはずがたり』巻五に、嘉元二年（一三〇四）七月の後深草院崩御にともない、葬送の列が伏見の方へ向かうが、二条がその後を追いかける。「稲荷の御前をば、御通りあるまじき程に、いづ方へとやらん、回らせおはしましてしかば」とあり、院の棺が稲荷の神前を通って神域を汚さぬように配慮したことが知られる。下って『竹むきが記』巻下には、康永四年（一三四五）頃の正月、作者が日野の中納言資明に春日詣でに誘われ、北山から出て稲荷で資明と待ち合わせをした。ずいぶん待った後に合流し、侍共を稲荷から皆京へ返したと述べている。これも稲荷が奈良へ向かう街道の一つの地点、目安としての場となっていたことを記している。天正本『太平記』では、元弘元年（一三三二）八月二十四日大塔宮護良親王の進言によって後醍醐天皇が南都に向かい、田中の明神の前で牛車を降り、輿に乗り換えたとしている。

稲荷が街道上の重要な一地点であるという意識には、この周辺には豊かな家があったことが考えられる。世阿弥の『申楽談儀』に、応永十九年（一四一二）頃の十一月、稲荷の法性寺大路の橘倉の亭で、主が怪我をして重体になった。女房達に稲荷の明神が憑いて猿楽十番奉納を所望し、これが叶えられれば平癒するという託宣があった。猿楽奉納が企画され、世阿弥達観世座が勤めることとなった。「三番をば伊勢に見せたてまつり、三番をば春日に見せたてまつり、三番をば八幡に見せたてまつり、一番をばわが見べき」というものであった。伊勢神宮、春日大社、石清水八幡宮、稲荷大社のランクがあって、稲荷は一曲のみという謙虚なものであった。ここには謡曲「正尊」の起請文に見るような神々の列挙がある。この橘倉は金貸しの名かとされるが、観世の能十曲を奉納したのであるから、かなり裕福な家である。このあたりは京都から奈良へ通じる街道筋で、そうした交通上の利点によって商業に成功した富裕層がいたのであろう。さらに富裕を祈って伏見稲荷に参詣する人の中にも、彼等の顧客が多くいたと思われる。御伽草子「木幡狐」は、主人公が木幡に住む雌の狐で、その母は命婦といった。ある時超能力で稲荷山から京中を見渡し、三位の中将を見初め、人間の女に化けてこれに近づき、結婚したという異類婚姻譚である。この狐の一族は稲荷の明神の御使者であったため、たいそう豊かな暮らしぶりであったとする。異界の豊かさは昔話の定型であるが、ここは稲荷周辺の経済的繁栄をも意味していると思われる。稲荷が京都南部の産土神として地域に密着していた神社であることは、先の『今昔物語集』巻三十・六話にも見えることである。なお南北朝時代の成立かとされる東洋文庫本『神道集』巻三・第十四・稲荷大明神事に、稲荷社の功徳を述べて、十番目に端正の子を生むとあり、十一番目に衆人愛敬の子を生むとあるのは、『法華経』観世音菩薩普門品によるもので、稲荷と観音信仰の結びつきが見られる。

稲荷と猿楽の関係は、金春禅竹にも見える。応仁元年（一四六七）六月から七月にかけて、六十三歳の禅竹は稲荷社の文殊堂に参籠した。その時の記録が『稲荷山参籠記』であり、禅竹にとっては比較的長期にわたる重要な宗教体験であった。稲荷の諸社を巡拝し、稲荷の宗教世界を紹介する。彼にとって稲荷は神仏習合の聖地であったのである。ここには「一切草木、一切鳥類・畜生、不レ残御神膳ニ備フ。有情非情結縁ノ御誓トカヤ」[25]とあり、一切の植物・動物が神膳に備えられることによって神と結縁するといい、この思想は中世に見られたものであった[26]。この書は小部のものながら室町時代の思想的傾向を豊かに表わしている。禅竹は「雲風ノ山ノヤドリヲ尋ズワ稲荷ノ社三ツトイワメヤ」という歌を詠むが、これも寺社参詣の和歌で、平安時代の詠みぶりを引くものであり、彼の教養をよく示している。大和猿楽の芸は秦河勝によって伝えられたものであるとし（『風姿花伝』第四。神儀）、稲荷社は秦氏にかかわるものであったから、大和猿楽の伝統を強く意識する禅竹にすれば、稲荷への参籠は思うところがあったでろう。また天王寺楽人の中には秦氏の人々もおり、彼等も秦河勝を祖としていた。当時能役者と雅楽の楽人は近い関係にあって、秦河勝は中世の芸能の世界では重要な存在であった。この『稲荷山参籠記』は、室町後期の稲荷社の様子をよく伝えていると思われる。ここには文殊堂のほか、神護寺、如意輪堂、上社、中社、命婦の社等が見え、稲荷五所の明神はみな客神で、もとの大宮の神は、藤ノ森へ移ったのだ。この藤ノ森の神は男神で、稲荷の神は女神なのだとしている。古来さまざまに伝えられてきた稲荷をめぐる宗教的な言説の一つである。禅竹はもともと歓喜天を厚く信仰していたが、文殊からの夢の告げに、「歓喜天は自分のことと思え」とあったという。その後稲荷は戦乱による火災に遭ったのである。また近世後期の『稲荷社事実考証記』巻上によれば、明応八年（一四九九）十一月に遷宮が行われたが、この時に五社の相殿となり、これが本殿となったのであろうとしている。

また禅竹が注目しているのは、能役者らしく神社所蔵の仮面である。『稲荷山参籠記』に、又、稲荷上御社、尾薄。中御社、龍頭太（根本ノ御神）其御面アリ。大師御作（ヘツイドノニアリ）。

とも記し、稲荷のもともとの神である龍頭太の面がここにあって、これは空海の手になるものだという。龍頭太は社家荷田氏の祖先神であり、この伝承は諸書に見えるが、中世の『稲荷大明神縁起』から引用すると、「古老伝云」として、稲荷山の麓に和銅年中より龍頭太という者がおり、彼は麓に庵を結んでいた農夫で、その面は龍のようで、人は龍頭太と名づけた。その姓は荷田氏であった。そこへ弘法大師がやって来て、龍頭太は大師に、自分は山神であると名のって、大師に稲荷山を与えると申し出た。

其時大師ふかく敬をし、是以其面貌をうつして彼神体とす。大師御作のおもてハ当社竈殿に安置申、毎年祭礼のとき、神輿と相共に出し奉る(27)

とある。なおこの龍頭太伝説は、先の番外謡曲「龍頭大夫（「稲荷」）」の前シテと関係する。この能は前シテが宮仕の者で、弘法大師が稲荷に社を造って王城守護の神としたこと、また大師が仏舎利を山神龍頭大夫に与えたこと等をワキの大臣に語った後、自分がその龍頭大夫であるといって姿を消す。そして後シテは別雷神となって現われるというもので、『稲荷谷響記』雷石の記事とも関係する。「大夫」とするのは、謡曲「源太夫」が熱田の末社の神源太夫をシテとし、同じく「道明寺」が河内国土師寺に白大夫の神（後シテ）が現われるとするので、中世的な神の呼び名ということになろう。

元禄七年（一六九四）の『水台記』によれば、古老の伝として、猿田彦の神面は弘法大師の御作で、祭礼の際には先駆の神として、その面容をかたどって毎年神輿に掛ける。常に中社に安置しており、中社の第一の神であるとしている。禅竹は特別にその面を拝観できたわけではなく、大切な伝承と思って記したのでろう。禅竹は『明宿集』において、翁猿楽の深秘を種々説き、特に翁の面について、深いいわれを述べている。

深義ニ云、面ニ眼・耳・鼻・舌ノ七ノアナアリ。スナワチ七星ニテマシマス也。コレヲ山王上七社ト申セバ、山王権現トモアガメ申ベキ也。

などと、仮面の神秘性を日吉山王権現と結びつけて説明している。これは日吉大社をめぐる芸能や山王一実神道との関係で考えることもできる。この書では、日吉のほか、住吉、諏訪、塩竈、三輪、春日等の神々をあげ、翁猿楽や翁の面との関係を説いてゆくが、稲荷は特に取り上げられていない。禅竹にとっての稲荷の重要性とは、『稲荷山参籠記』によれば、この地が文殊の浄土であったからであった。

しかしこの神面については、享保十七年（一七三二）の『稲荷谷響記』巻下・神宝の項には、

一神面
右ハ猿田彦太神ノ神面ニシテ、中社ノ神物也、件ノ作者不詳、最説アリト云ヘトモ、偽作ノ説ハ取リ難用、神面ノ中、一面ハ甚タ古シ、一面ハ亦新造ナリ、（但シ祭礼ノ節神輿ニ奉遷、元禄七年御修理ノ節ノ新造也）

として、古い伝承は否定している。近世後期に至って、国学の実証主義の影響が及んできたのか、妄説と思われるものは排除する傾向にあった。

稲荷山を一つの聖地と考えている例は、貞応元年（一二二二）成立の『閑居友』にも見える。巻上・一七話・稲荷山の麓に、日を拝みて涙お《ママ》流す入道の事に、近頃のこととして、稲荷の返り坂にある岸の上に、老入道が粗末な薦を敷いて、夕日を拝んでは泣いていた。もとは信濃の国の者であったが、出家して都に上り、ひたすら阿弥陀信仰に明け暮れる身となり、泣いては往生を願っていたという。いわゆる日想観を行っていたのである。日想観は天王寺の西の門から見える難波の海が有名であるが、稲荷山にも阿弥陀の浄土と思う者がいたということになる。鎌倉時代の『稲荷記』では、稲荷山は両部説法の会土で、古仏成菩薩の地であり、毗盧遮那説法の会座であって、西の峰には愛染王が弁財天と顕れ、北には不動が三大神と顕れ、東には大威徳が天照大神吒天と顕れ、南には降三世が丹ノ明神訶利帝母となっており、中央には稲荷弥陀辰狐王が鎮座するとし、稲荷に密教的な世界観を与えている。『稲荷鎮座由来』には、上社の本地が十一面観音、中社の本地が千手観音、下社の本地が如意輪観音等とあり、禅竹の『稲荷山参籠記』の記事とも似ているとされる。(28) また稲荷は絵画とも関係があり、「月次祭礼図」にその景観が描かれたり、「伏見稲荷曼陀羅」が制作されたりした。『法華験記』巻中・八十話には、沙門明蓮が『法華経』の第八巻を誦することができず、稲荷に詣でて百日間これを祈念してもかなわず、長谷寺・金峯山・熊野・住吉と次々に詣でては断られ、伯耆の大山に至ってその因縁を知ったとある。稲荷は仏法守護の神でもあった。鎌倉時代に『名語記』を編んだ経尊は、伏見稲荷の真言僧であった。

こうして稲荷には様々な形で神仏習合の信仰が形成されたのであるが、前田夏陰の『稲荷神社考』巻下・五社異伝（天保七年＝一八三六年）では、寧楽朝より以来、惶《かしこ》くも皇国《みくに》の神を仏説の中に陥て、悉く仏奴となしたる妄説《ミダリゴト》に、世人久しく惑されて、其邪妄《ヨコシマコト》普く敷演《ヒロマリ》来ぬれば[29]

と、神社にかかわる仏説を否定し、

其は此社の伝のミならず、後世に作為たる諸社の伝説《ツタヘゴト》はかゝる類のみ多かり、心得あるべし。

と神仏習合思想を徹底的に排している。

一方鈴木正人氏編の『能楽史年表　古代・中世編』（東京堂出版）を参照しても、伏見稲荷社と猿楽の関係はほかに見出せない。むしろ伏見地域では、山田宮の神事猿楽、同じく御香宮の神事猿楽が盛んであった。伏見宮貞成親王の『看聞日記』でも、親王はこれらの宮に参詣したり、猿楽見物に出かけたりしている。一方ではこうした稲荷周辺の有徳人は、『申楽談儀』から推察すると、伏見の神事芸能を支えていた人々でもあったであろう。当時猿楽興行の場はほぼ決まっていたように見える。もっとも稲荷社の祭礼に風流があった記事はある。『康富記』応永二十六年（一四一九）四月五日に、「今日稲荷祭也、風流如例」とある。これの具体的な様は『東寺執行日記』に見え、嘉吉元年（一四四一）四月十三日には、稲荷の祭礼で鉾が三十六本、作り山が十台あって、鉾を作り山に載せて渡すとあり、嘉吉二年四月十三日には、稲荷の祭礼で山鉾が五十種ほどあって、鉾の中ではいろいろの舞が舞われたとある。祇園祭の形式をまねたものであろう。これを見物しようと、七条あたりが混雑した模様である。『看聞日記』嘉吉元年四月十三日にも、この稲荷祭について、大桙、笠、拍物等の結構があったと見え、この頃の祭礼は盛大であったと思われる。

先に室町文芸における都の巡礼的な名所尽くしのことを述べたが、さらに芸能の世界でそれを幸若舞曲に求めると、舞の本「築島」に霊場をあげて、糺、鞍馬寺、貴船、三井寺、比叡山、石清水等々と続くが、稲荷は見えない。同じく舞の本「文学」にも文覚の祈誓する神仏をあげて、清水寺、法輪寺、広隆寺、鞍馬山、比叡山、北野、石清水等々と続くが、これにも稲荷は見えない。稲荷社は中世後期、祇園社や五條天神と同様に、これらの寺社とは別の眼をもって見られていたのではなかろうか。稲荷信仰はこの時代、近世的な福の神としての存在になりつつあったようにも思われる。もともと稲荷の神は、後三条天皇や白河天皇、堀河天皇等の稲荷行幸があったものの、稲荷祭のにぎわいなど庶民的な性格をも有していた。もっとも『看聞日記』には稲荷社詣での記事もある。永享七年（一四三五）十二月十二日、貞成親王は早朝から物詣でに出かけ、稲荷、清水、因幡堂、北野社、佐妻牛若宮、長講堂と参拝してまわったとある。さらに同書嘉吉三年四月十日には、稲荷絵詞を男共に写させたとあり、親王は日記によるかぎり、後年稲荷に関心を持つようになったように見える。『天文雑説』巻六・遁世者懺悔物語事によると、落魄した商人が死を決意し、都を離れて東の街道をよろめき歩き、稲荷までやって来て、松林の中へ入って刀を抜いたところ、これが月光にきらめいたために気後れし、また都へ戻ったとある。印象に残る一文である。

また芸能の面では、当社の神楽がまた重要である。『稲荷社事実考証記』巻下には、当社御神楽として、『百錬抄』応保二年（一一六二）八月の記事をあげている。伏見稲荷大社の『御神楽譜』には、庭燎曲、阿知女作法等の譜が載せられている。

## 四　結び

室町時代盛大であった稲荷祭は、応仁の乱によって中絶した。この時期は京都では祭礼が中止となった神社が多かった。そして稲荷祭は江戸時代になってから復興したが、文化三年（一八〇六）刊行の『諸国図会　年中行事大成』には、三月之部・中ノ午に、

○稲荷山御出…午ノ刻神供。此時五座の神輿を、神輿舎より舁出して、神前に並ぶ。…田中ノ社の神輿に、仮面を袋に納めて、これを飾る。田中ノ神は猿田彦なり。其面貌を弘法大師自ら彫刻して、これを納むと。是神輿に掛る所の仮面なりといふ。(30)

とあり、近世における新たな伝承を記している。四月之部・卯日には、

○稲荷祭…山城国紀伊郡にあり。京師五条通（今の松原通といふ是也。）の南側より九条までの産土神《うぶすな》とす。…往古の祭祀厳重なりし事、古絵巻物に見えたり。応仁年間（一四六七〜六九）より中絶し、其後纔に神輿ばかり渡御ありて、生土地《うぢこ》の町々より思ひ〳〵の戯遨物《おどけねりもの》をいだし、其後には散銭の落たるを拾ん為、乞食多く付従ふが故に、俗に乞食祭と汚名せしを、近世安永年中（一七七二〜八一）生土の人、速水恒幸なる者深く歎じて丹誠を凝し、生土地の人を化して今の如き祭式となれること、実に速水氏の功《いさほし》なり。

として、五条から九条までが稲荷の氏子であったと記すが、これは『今昔物語集』巻三十・六話にも、七条あたりで生まれた姫君が、稲荷を産土神としていたことが書かれていた。また『稲荷社事実考証記』巻下・稲荷祭の項にも、『勧修寺家記』の明徳五年（一三九四）の記事として、

稲荷二階五社敷地、五条以南祭礼役事、任先例宛催、可遂祭礼無為之節之旨、可令下知社家給之由、天気所候也[31]

とあって、これでも五条以南が稲荷社の氏子の地域であるとしている。

そして先に述べたように、近世後期には稲荷にまつわる妄説を排除しようとする傾向が顕著であった。『しるしの杉』にも、

〇稲荷神に種々の偽妄の説ある事　いにしへ最澄・空海等が徒、おのれか仏道を人に信しめ、世に弘めむ謀に、神に本地垂迹と云事をたてゝ、皇国の神たちを仏ざまに混へ引入れむとかまへて、其神々の故事、或は御名の縁語、又その字などにもすかりて、さまぐ偽妄の強説を造り出して、世人を誑かし、其神々の社司をさへ欺きひきいれて、其説におとしこめて、…かくて此稲荷神は、空海かはからひに起りて、殊にその甚しき妄説どもを、とりぐにもてつけたりと聞ゆるがうへに、かつは怪しきかたにさへきこえ給へる趣を、一わたり証し奉らむとす[32]

として、極力神仏習合を排除する姿勢を打ち出して考証に臨んだのであった。当時の国学者の仏教を否定した徹底的な神国思想が見られる。皇国の神々を仏道に引き入れたというのは、説話文学でいえば、『古今著聞集』巻一・神祇・三話の、稲荷の神が女となって貞崇法師に大般若の読経を勧めた話、『古今著聞集』巻一・『私聚百因縁集』巻九『沙石集』巻一の、桓舜が稲荷に詣でて夢告を得た話等を指すのであろう。一方では江戸笑話『無事志有意』の「春興神遊び」には、恵比寿・大黒・寿老人等福神と並んで、稲荷がこれに加わっており、稲荷も福の神の性格を強くした。ことに江戸の商家で稲荷がよく祭られたことが知られている。大森氏は能楽師による稲荷信仰や、関西における鍛冶職の稲荷信仰についても言及している。氏によれば、稲荷社の二月初午の火焚祭は、鍛冶職にも重要であったと述べ、その根源として農耕神としての稲荷と、鉄製農機具を生産する鍛冶の結びつきを説いている。(33)

神楽について言えば、先に述べた稲荷の御神楽だけでなく、民俗芸能の神楽にも種々の相が見られる。茨城県稲敷郡桜川村の大杉神社十二座神楽には、「猿田彦命」「三宝荒神」「住吉」「八幡」等の曲目と並んで「稲荷」がある。埼玉県入間郡坂戸町の大宮住吉神社神楽には、「猿田彦四方剣拝」「八岐大蛇退治」「住吉三神」等と並んで、「稲荷山」がある。これらの神楽では、稲荷は記紀神話に並べられて演じられるものである。東京都西多摩郡奥多摩町の小留浦神楽では、「三番叟」「鳥指」「万歳」「狐釣り」等に並んで「稲荷」がある（以上、『民俗芸能辞典』東京堂出版）。これらは中世芸能の伝統を受けた庶民的なものである。歌舞伎の世界では、稲荷町という最下級の役者達がおり、ぬいぐるみの動物に扮したり、舞台・楽屋の雑用をしたりしたが、彼等の部屋が楽屋の稲荷大明神を祭った所の隣にあったので、こう呼ばれたという（『新訂増補歌舞伎事典』平凡社）。これも近世らしい稲荷信仰である。確かに稲荷は芸能とも結びつく面を持っていた。

以上、中世を中心に稲荷社をめぐる問題を考えたが、事実を追うのみで、中世人にとって稲荷がどういう意味を持っていたかの考察は十分ではなかったように思われる。またそれを確かめる資料をも多く集めることはできなかった。要するに稲荷信仰は複雑で多面的なものであった。それは今日まで伝統として続いている面があると思われる。

注

（1）「平安朝における歌枕としての稲荷（山）」「朱」第六十号、平成二十九年三月
（2）以下、新日本古典文学大系（岩波書店）による。
（3）新潮日本古典集成『謡曲集』（新潮社）による。これでの曲名は「湯谷」。
（4）謡曲大観（明治書院）による。
（5）古典文庫による。
（6）「稲荷と狐、稲荷の絵馬」直江廣治編『稲荷信仰』（雄山閣出版、昭和五十八年）所収
（7）八嶌「作品研究『小鍛冶』」「観世」昭和五十年一月号、田口「〈小鍛冶〉の背景―名刀「小狐」のこと」「能楽評論」四八号・昭和五十六年十二月・『能・狂言研究―中世文芸論考』（三弥井書店、平成九年）所収、村戸「「小鍛冶」の背景―鍛冶による伝承の視点から―」「国語国文」平成四年三月号・『遊戯から芸道へ　日本中世における芸能の変容』（玉川大学出版部、平成十四年）所収、大森「能楽「小鍛冶」の演出と稲荷霊験談」「宗教民俗研究」第五号・平成七年六月、石井「〈小鍛冶〉の周辺」「日本女子大学紀要・文学部」五二号・平成十五年三月
（8）以下、神道大系・神社編・稲荷による。
（9）日本古典文学大系（岩波書店）による。
（10）日本古典文学大系本一一〇頁下段の補注一五四による。
（11）『狐　陰陽五行と稲荷信仰』法政大学出版部、昭和五十五年
（12）末松憲子「「小鍛冶物」の略縁起―江戸中期における歌舞伎と日蓮宗―」「伝承文学研究」No.55、平成十八年八月
（13）内藤正敏『民俗の発見Ⅱ　鬼と修験のフォークロア』（法政大学出版局、平成十九年）八六頁

(14) 日本古典文学大系『謡曲集』による。
(15) 新潮日本古典集成『謡曲集』による。
(16) 日本古典文学大系『謡曲集』による。
(17) 池田廣司・北原保雄『大蔵虎明本狂言集の研究　本文篇』（表現社）による。
(18) 神道大系・神社編・稲荷による。
(19) 以下、新日本古典文学大系による。
(20) 以下、新編日本古典文学全集（小学館）による。
(21) 近藤喜博「稲荷信仰の歴史的展開」四・稲荷祭攷　直江廣治編『稲荷信仰』所収。
(22) 五味文彦は当時の御霊信仰として、祇園・北野・今宮・稲荷をあげている。「御霊信仰」「解釈と鑑賞・別冊・平安時代の信仰と生活、平成四年一月。
(23) 新日本古典文学大系による。
(24) 日本古典文学大系による。
(25) 以下、金春禅竹の伝書は『金春古伝書集成』（わんや書店）による。
(26) 拙稿「殺生譚の変貌―中世説話から近世説話へ」「専修国文」第七九号（平成十八年九月）・第八一号（平成十九年九月）・第八二号（平成二十年一月）。『中世の芸能・文学試論』（新典社、平成二十四年）所収。
(27) 神道大系・神社編・稲荷による。また『金春古伝書集成』の補注四一によると、この伝承は鎌倉末期には成立していたとする。
(28) 『金春古伝書集成』補注四〇
(29) 以下、神道大系・神社編・稲荷による。
(30) 以下、儀礼文化研究所編による桜楓社本による。
(31) 神道大系・神社編・稲荷による。
(32) 神道大系・神社編・稲荷による。

(33)　注(7)の論文

# 白山信仰における行事と芸能

## 一　はじめに

石川・岐阜両県にまたがる名山白山は、標高二千七百メートル程の火山で、富士山・立山と並ぶ霊山とされてきた。山岳仏教の霊場で、これを開いたという越の小大徳こと泰澄については、『本朝神仙伝』四話に、

泰澄は賀州の人なり。世に越《こし》の小大徳《こだいとく》と謂ふ。神験多端なり。万里の地といへども、一旦にして到り、翼なくして飛びつ。白山の聖跡を顕して、兼てその賦を作れり。今世に伝へたり。[1]

とあるほか、『元亨釈書』巻十五、金沢文庫蔵『泰澄和尚伝記』、によれば、白鳳十一年（六八二）六月に生まれ、神護景雲元年（七六七）八十六歳で没した。誕生の日には白雪が降ったという。白山明神についてはやはり『元亨釈書』

巻十八に、白山明神は伊奘諾尊を祭るものであること、泰澄法師が越前国の越知の峰に住んで、常に白山を望み、霊神の存在を信じた。その後白山の麓伊野原に住んだが、夢に天女が現われ、自分が伊奘諾尊であり、今は妙理大菩薩と号していることを告げた。泰澄が白山の頂上に登ったところ、緑碧の池があり、持誦を専らにすると、九頭竜が出現したなどとある。室町時代の『義経記』巻七・愛発山の事には、弁慶の言として、

この山をあら血の中山と申す事は、加賀の国白山に女体の竜宮の宮とておはしましけるが、志賀の都にて、唐崎の明神に見え初めさせ給ひて、十月を送り給ふ程に、懐妊ありて、すでにその月近くなりしかば、おなじくは王子にても姫宮にてもおはしませ、わが国にて誕生あるべしとて、彼の国へ下り給ひけるを、明神「御産の近づきたるに」とて、御腰を抱き参らせたりければ、この山にてたやすく御産ありけり。(2)

とあり、白山をめぐる神話が神々の結婚という形でさらに展開したことが知られる。これはこの地方で形成された伝承であろう。

白山比咩《しらやまひめ》神社蔵『白山記』によると、天長九年（八三二）には加賀・越前・美濃に登山口が設けられ、白山への参詣が始まったという。いわゆる白山三方の馬場である。こうして白山には園城寺系の修験が入ってゆき、延暦寺とも深い関係を有することとなった。(3)三馬場はそれぞれ別当寺院を有した。加賀では白山寺、越前では平泉寺、美濃では長滝寺《ちょうりゅうじ》であった。明治時代の廃仏毀釈・神仏分離によって、加賀・越前では寺院を失い、それぞれ白山比咩神社、平泉寺白山《へいせんじはくさん》神社となった。美濃では神道と仏教が二分され、神社は長滝白山《ながたきはくさん》神社と称し、寺院は長滝寺と称して、長滝白山神社の境内にある。

白山及び三馬場は古くから文学に登場してきた。『万葉集』巻十二の、「み雪ふる越の大山行き過ぎていづれの日にかわが里を見む」(三一六七)の「越の大山」は白山のこととする説もある。[4] 以下『古今和歌集』等の和歌に越路の白山は詠まれ、『梁塵秘抄』の歌謡にも「すぐれて高き山」の一つとして数えられている(三四五番)。『三外往生伝』三十一話に、勝義大徳が越前国白山麓平清水に住んで修行をした。後に比叡山に登って行をし、天承二年(一一三二)七十歳で死去したとある。また白山修験に関しては、『新猿楽記』『宇治拾遺物語』巻一・巻三等に見えるところである。

白山は軍記物語で重要な位置を占めている。『平家物語』巻一・俊寛沙汰　鵜川軍では、安元元年(一一七五)藤原師高が加賀守となり、荘園の横領を行った。さらに翌年その弟師経が加賀の目代となって鵜川の寺と問題を起こし、坊舎を焼き払った。この寺は白山の末寺であったため、白山の大衆は蜂起し、さらに山門に訴えるべく白山中宮の神輿を担いで比叡山に向かった。こうして事件は拡大していったが、この時京都には八月ながら白雪が降ったという。都に白山神が祟ったことは、『百錬抄』治承元年(一一七七)六月九日条に、「今年。于レ今無二暑気一。白山神所為之間。世以称レ之」とあることとも関係する。[5] また泰澄の誕生譚にも似る。この年は冷夏で、それが白山神のせいにされたのであるが、白山の白雪の連想で、『平家物語』のようになったのであろう。同じく『平家物語』巻七には、木曽義仲が北国で平家軍と戦うことになった。しかし味方であった平泉寺の長吏斎明威儀師に裏切られてしまったとある。また義仲は倶利伽羅峠で平家を破ったのちに、藤原秀衡から贈られた馬二頭を加賀の白山社に奉納した。さらに篠原合戦を前にして、白山社や平泉寺へ神領を寄進したとある。白山信仰は北陸地方ではたいへん重要な意味を持ち、義仲も白山信仰を厚くした。また軍神のように崇敬したようである。『平家物語』特に『源平盛衰記』等の広本系では、義仲の勝利を白山権現の加護としているが、この義仲説話に関しては、義仲の文官であった覚明の存在を重視する説がある。[6] 白山比咩神社の宝物館には、重要文化財の牡丹文螺鈿鞍があり、義仲方の武将が平家軍との戦いでの戦勝祈願のために奉納したものという。また『太平記』では、巻十一その他に白山衆徒のことが見える。西源院本によって示すと、巻十一・越前牛原地頭自害事には、泡河右京亮時治は北国の蜂起を鎮めるため、京都から越前に下り、大野郡牛原に着いた。京都の六波羅探題が没落したため、従者は逃げてゆき、時治には妻子従類のみが訪れた。平泉寺の衆徒は恩賞に預かろうと、七千余騎で牛原の時治を攻めにかかったとある。こうした衆徒の大きな勢力も中世を通じて衰えていった。『義経記』巻七・平泉寺御見物の事には、山伏姿となった源義経・弁慶一行は、越前国の平泉寺に到着する。この平泉寺は延暦寺の末寺で、鎌倉殿の命により、大衆二百人と政所の勢百二人が選ばれて、義経を討ち取ろうと押し寄せたとある。物語ではあるが、中世の平泉寺の勢力の大きさを伝えるものであろう。

## 二　加賀の白山信仰における行事と芸能

白山比咩神社は石川県白山市三宮町にあるが、加賀の白山信仰における年中行事はどのようなものであったであろうか。加賀白山修験に関しては、沼賢亮氏や桜井徳太郎氏が『白山宮荘厳講中記録』等によって明らかにされている。それによれば白山寺における法会には、法華不断経、五時講会、仁王講義、蓮華会、修正会等々数多くの行事があった。中心的な法会は白山が早くから比叡山延暦寺と密接な関係を持ったため、『法華経』に関する講会が中心的であったという。[7]『源平盛衰記』巻二十九・三箇馬場願書事にもある、木曽義仲が白山に奉った立願文に見える法華三十講はもっとも重要なもので、この法会を中世に引き継いだのが荘厳講であった。この荘厳講は承元元年（一二〇七）以前から行われており、毎月十三日と二十五日の二回、辰の刻または午の刻から始められた。

『白山宮荘厳講中記録』には承元元年から天文十七年（一五四八）までの荘厳講の記録があり、「貞治弐年四月ノ祭礼ノ後宴ノ猿楽、例年ハ彼岸ノ前ナリシヲ大講堂ノ前ヘウツサル」という記事が見える。一方加賀の白山比咩神社所蔵の『三宮記』にもいくつか祭礼・法要に伴う芸能記録がある。なお本書は正安年間（一二九九〜一三〇二）から明徳年間（一三九〇〜九四）に至る記録で、その内容は本宮の記録、貫主の交替次第等雑然としている。(8)『三宮記』の中から記事を抜粋するが、適宜読みやすいように改めた。まず神田の配当記事の中で、

舞師　二町　下林分者為七郎丸地本　立用延文四　不断経田一丁卅五代　下林一反　八段味智

とあるのは、不断経に舞楽が演じられていたことを示すのであろう。

臨時祭田二丁九反味智郷
仁王講田七段　五時講田ト名
分米四十二石五升　供僧女九人　公用十四
御供料一石五斗　黒米　居祭時　猿楽町五斗
相模《ママ》左右ニ四斗　一方ニ斗ツヽ　舞師ニ一斗銭
公人二斗　本ハ無シ　白三丈一切下　本ハ無シ　猿楽ニ白三丈七ツヽ布
三社祭時ハ白山ニ猿楽　剱ニ毛馬神人岩本ニ相
後延猿楽ニ六貫文　臨時祭内用途也　紺カキ役

但一切ッ、留テ五切猿楽ニハ下之

とあるのは、臨時の祭礼等で猿楽、相撲、舞楽が奉納されていたことを示している。猿楽は加賀の猿楽か隣国の越前猿楽か大和猿楽の他行によるものかは不明である。三社の祭礼とは、白山宮、金劔宮、岩本神社を指すものと思われる。田中本『義経記』巻七・平泉寺御見物の事には、義経一行が加賀国へ入り、岩本の十一面観音に通夜をし、白山で御神楽を奉納したとある。なお東洋文庫蔵丹緑本『義経記』では岩本の十一面観音に通夜し、白山で女体后の宮を拝み、剣の権現に参ったとある。剣の権現は金劔宮に、また白山は白山比咩神社に当たる。金劔宮、白山比咩神社はともに石川県白山市にあり、岩本神社は同県能美市にある。この後には、

一臨時祭用　二町九段　供料引事一
得分也後宴猿楽也祿六貫文以下祭
用途等同供僧分ヲ取若（供）・僧分不足

とも見え、臨時祭においては後宴猿楽が重要な役割を果たしていたらしい。今日の春日若宮祭においても、後日猿楽で祭礼はしめくくられている。「三十講会日之相模《ママ》十五番勝祿事」という一段もあり、三十講には相撲十五番が行われていた。

康永四年（一三四五）の臨時祭はことにはなやかであったらしい。

一御行次第
競馬御迎参先陳次田楽次三宮御輿
次大社御輿　諸社神宝　口紺ニサヲ　次御子郡本所散所
代次八幡御輿次御子郡獅子各々
一御輿仮屋奉人後三社師□□舞
一田楽三尋布八懸八人仁
一猿楽一頭宛渡物人ス
一舞童　従時略之
一諸司
一三綱　先公人二人大刀帯左右小手　力者三人一人唐笠持
次流鏑馬上馬舎人童　弓袋指党色
次馬長舎人童練法師六人之内二
次相撲三番　三尋布四　裏手両録　次競馬三番

これは行列の次第である。芸能等の奉納としては、競馬、獅子舞、田楽、猿楽、舞楽系の童舞、流鏑馬、相撲、再び競馬が出、行列に加わったり、演じたりしたのであった。後の箇所には桟敷を構え、これを見物したという記事がある。こうした芸能は春日若宮祭や東大寺転害会等にも見え、中世の大社大寺の行事のパターンとなっているものである。南都の祭礼の影響が地方に及んでいるのであろう。続く資料で諸役への手当として、田楽に五斗、流鏑馬に大豆粥料一石、舞師に一斗、獅子神人に二斗などとある。獅子舞は神人《じにん》層が勤めたのであろう。続いて祿布としては、競馬に四、田楽に四、獅子舞に一短半、相撲に帯布二としている（四は三尋宛八切、二は三尋宛二切という）。ここには当時の諸芸能の社会的位置づけが知られる。現在白山市で十一月に行われる白山まつりでは、加賀獅子舞の奉納がある。

次に文和二年（一三五三）の臨時祭礼記事から示す。

一文和二年 癸巳 四月十日臨時祭礼
流鏑馬射手幸得衆理観々　大衆舞習法
馬場熊寿々賢蓮々役大衆舞勝緑々西輪々　被差佐政
三宮馬場馬鞍已下沙汰了讃頭坐禅々西澄々
沙汰人蓮虫々十地々家善々馬場道作事ハ沙汰

この臨時祭は流鏑馬は出ているものの、大衆達が中心となって舞を舞うなど、延年形式である。またこの年には禅師宮の新造が行われ、獅子舞が奉納された。

## 三　越前の白山信仰における行事と芸能

一方、福井県勝山市平泉町にある越前馬場の平泉寺の行事と芸能については、記録が中世末期までしか遡ることができないので、古い時代の状況は不明であるが、『義経記』巻七・平泉寺御見物の事に、源義経一行は山伏に身を変えて都落ちをし、弁慶や北の方等を伴って越前の平泉寺に到着する。そこで管絃の席に出る羽目になってしまう。義経は笛を吹き、またこの寺のれん一という稚児が琵琶を弾き、弥陀王という稚児が笙の笛を吹いた。虚構の物語ながら、平泉寺では稚児による管絃があり、これに衆徒が加わっていたことが推測される。

大永四年（一五二四）に行われた臨時祭の記録である『平泉寺臨時祭礼入用帳』によると、この時稚児による流鏑馬が催されたのであるが、九月二十五日之次第の中に、「五貫文　申楽かたへ太刀そへて」と見えて、猿楽が参勤したことが見える。ただし他の芸能の出勤が見当たらないのが注目される。この猿楽は「申楽」と記しているので、あるいは中央の完成された猿楽が下向してきたもので、他の芸能が見当たらないのもそのためかとも思われるが、地元の越前猿楽の可能性もある。(9)

平泉寺は天正二年（一五七四）一向一揆との戦いで、それまで伝えられた文書のほとんどが焼失してしまったが、福井丹生郡県越前町にある越知神社は平泉寺と並んで白山信仰の中心地で、別当寺として大谷寺があった。この社の文書にも往古の行事と芸能を記すものがある。(10)まず文永七年（一二七〇）の『夜相撲禁制状』には、

　　禁制
　　　大谷寺七月十四日夜相撲事
　右件相撲者非仏事、非神事、而者人会合之間、動及吹毛喧嘩之禍、尤為刃傷敵害之基歟

と大谷寺が夜相撲を禁止していることが知られる。これは神事・仏事とは関係のない民間の盆の頃の行事で、これが

騒擾を引き起こすことがあったらしい。祭礼は日常生活からの解放の場でもあり、古来争い事と結びつきやすいものである。延慶二年（一三〇九）四月の『八乙女神人補任状』には、「大谷寺　補任　八乙女神人事　橘氏女…」とあり、八乙女・神人等を任じた記録がある。八乙女は神楽等に奉仕したのであろう。大谷寺では三月に法華八講会があり、文保元年（一三一七）三月十八日付の『法華八講会差定状』が遺っている。永徳四年（一三八四）の『越知山大谷寺三月五日御八講会注文』には、多くの芸能が見える。

一憧舞児十人内、懸舞児　千代法師丸・幸法師丸　舞五番、恒例也。
一舞屋坊者、東谷ヨリ一日宛坊列始之、中谷良智坊マテ。
一舞師・楽人等宿坊ハ一人宛坊列ニアツカル、是ハ北谷ヨリ始之、蓮道坊マテ舞師料足壱貫五百文、楽人等六人代三貫五百文。　以上五百貫文
一児ヨリス也、三人宛、代ハ四百文、児元へ出ス也。　但是ハ末代例スヘカラサル物也
一講堂両イタ　十ツホ代四貫文、是ハ天賀観仏サシヤウノ五貫文代内也。
一ヒトツ物番頂ハ先例仕テ講衆方ニ有者也。　講衆方二人・老達方四人　以上六人
一講座円養坊・万泉坊　両人勧進ニテ　当年是ヲ造立スル物也。
一御八講花共遍照坊勧進也。　惣中ヨリ代壱貫文出也　代三貫五百文ニテ造立物也
一地頭方雑掌舞師・楽人方猿楽、カレコレハ坊列二百文宛出銭也、地頭方雑事ハ殿家・子殿・中源殿原マテスル也。御一属ハ殿ヨリ下行也。

大谷寺の法華八講に付随する芸能には童舞・舞楽・猿楽があり、奈良・京都の寺院の影響が見られ、稚児の芸があって延年風になっていた。猿楽は楽人方であった。この記録はこの年の八講会が盛大で、後代の参考となると思われたので書き留められたのであろう。中世の記録があまり伝わらない平泉寺の場合もこれと類似するであろう。先の『義経記』で平泉寺では、れん一・弥陀王という稚児が管絃に携わっていたとあるが、大谷寺では舞の稚児が記されている。またこの寺の芸能の中心は、舞楽であったと思われる。

文明十年（一四七八）十二月に作成された『越知山年中行事』には、三月五日に御神事があり、翌六日には「後延（後宴）」があって、その規式がある。楽屋へ酒を運び込むことなどが書かれているが、芸能の内容の詳細はここでは不明である。続いて同記録では、四月五日は平泉寺の御神事の日で、「既当山ハ為本寺之間、朔蔽ノ順役ノ頭ヲ以如形可被成法事」とある。十一月には御神楽があり、規式が定められている。同月には二十日から天台大師講が始まる。

一同廿日ヨリ天台大師講ノ規式、廿日ハ臨郷ノ室衆鞠ノ御初物トテ御器ヲ捧ク、…廿三日ニハ昔ハ猿楽ヲ先達方ニサセラル、廿四日ハ又講衆方サニセラル、近代依寺家無力如形楽頭分ニ料足三百文出サルヽ也。廿四日ハ御飯餅之米惣中ヨリ別当方へ下サルヽ、…御仏供ニ五十、猿楽ニ十五、其余ハ惣中御納札

この法会では猿楽が重要な役割を果たしたらしく、昔は僧達がこれを演じていた。近頃では三百文で、専門の猿楽に頼んでいるとある。越前猿楽に依頼したのであろう。岩手県毛越寺の延年にも昔は数十番の能があり、「留鳥」「卒都婆小町」「女良花」「姨捨山」の四番が近年に残った。室町後期のこの時期は、大谷寺の勢力が衰え、昔日の華やかさはなかった。大谷寺のこの法会では、舞楽に次いで猿楽が主たる芸能であったようである。

ところで越知神社と同様に丹生郡越前町にある八坂神社の文書も、越前の寺社と芸能を知る上では参考となる。この神社も白山権現を勧請して、神仏習合の形になっていた。嘉慶元年（一三八七）六月七日の『倶奉之日記』には、

一御天王御幸之次第

……

一御獅子者十五日之早朝為礼直貞友江庭ニ而舞フ其次ニ元弘・木下・末元・願教・六人之家ニ参歩仕舞納帰宮偖

小宮ニ納ム

一八乙女者神前ニ而是を行フ児之役但し別当衆の児也

一田楽者同所ニ而行フ是者法師之役

一十六日之白昼より舞三番是ハ幸若役

とある。この祭礼は「七郷之氏人者警固を仕思々鎧但長太刀鑓持其外子共附竹之枝を持」とあるように、郷村の人々による御輿巡行の祭であった。芸能には獅子舞、稚児による八乙女の舞、法師による田楽、幸若による舞があった。獅子舞は周辺の村人のセミプロによるものであろうか。稚児による八乙女の舞も珍しい例である。稚児が寺院において女性の役割を果たしていたことが知られている。田楽を勤める法師の例としては、毛越寺延年の田楽踊がある。幸若による舞が越前の幸若舞に連なるものかは不明である。越前国の諸芸能を集めた華やかな催しで、中世らしい風景であった。

このほか越前国丹生郡劔神社の祭礼が参考となる。同神社文書の『孝景沙汰状』（十六世紀前半）の中に、「織田劔

大明神寺納米下行分」として「伍斗　管絃方年中ノ御祭礼」「壱斗五升　楽所御願七夜出供ノ下行」とあり、さらに「社納米ノ下行分」として「三石　猿楽之禄物常楽会之時ニ」「弐百文　舞々ノ禄銭二月十日ニ」「三貫文　常楽会ニ猿楽之禄」「弐百文　卯月ノ御神事ニ猿楽禄銭」といった記事が見える。(11) この神社はもと気比神社の末社であった。平安時代に正一位勲一等に叙せられてから隆盛を誇り、社家は二十五家、寺坊は三十六坊十九院に及んだ。この神社には楽所があって、行事には管絃を奏し、また常楽会や卯月の神事には猿楽が行われた。二月には幸若舞が奉納された。『劔大明神盛衰記』によれば、享徳三年（一四五四）九月二十二日、真禅院灌頂堂で御神体の開眼があり、その供養には幸若大夫の舞々、福来大夫、右馬大夫、清水山大夫の三座による猿楽などが法楽として演じられたという。猿楽や幸若舞の活躍する神社であったらしい。享禄元年（一五二八）の寺社の請状には、「四石壱斗四升八合　舞田」「八斗　同所　御神楽田」「口斗　御神楽田　樫津ヨリ立」「此外勾当給同獅子田」として「弐段　分米壱石壱斗　獅子之御衣用並御道具料」といった記事が見える。この頃の同社の行事における芸能としては、幸若舞や神楽、獅子舞が重んじられていた。

## 四　美濃の白山信仰における行事と芸能

さてもう一つの白山信仰の拠点であった美濃の白山中宮長滝寺は、現在の岐阜県郡上郡白鳥町長滝の長滝白山神社であるが、ここにおいても法会の中心は荘厳講で、長滝寺文書の『荘厳講執事帳』十一巻は宝治二年（一二四八）から慶応四年（一八六八）までの記録である。(12) その中でようやく永禄九年（一五六六）に至って芸能記事が見える。

其時永禄九年丙寅七月廿三日、夜遠藤大隅守・遠藤六郎左衛門風流被仕、郡内不事万民満足不過之候、然処ニ寺門若輩十二人罷下候、廿一日こたらまで罷下、廿二日こたらにて能三番、一番嵐山・二番野々宮・三番ニせかい、役者之事
　経聞坊・大本覚坊・千仏坊・本覚坊・宝幢坊・中納言・美濃大納言・少貳・松泉坊以上

この法会に際して風流があるが、これは囃物であろうか。また若い僧達による猿楽があって、この猿楽は中央ででてきていた能を演じたものであった。このように荘厳講に伴う芸能行事は延年風のものであった。

さらに翌々年の記事には、

永禄十一年八月廿一日、越前ヨリ大和五郎大夫罷越法楽仕候、初日ニ能七番、次日同七番仕候、郡内之衆数多御見物ニ候、郡内モ無為ニして世上一段クツロキ旁珍重ニ存候、経聞坊良雄大ツヽミを出候て打候、同笛等覚坊弟子弐位公、太鼓ハ真如坊弟子大納言打候

と見え、荘厳講には猿楽が重視された時期があったらしい。この越前猿楽の大和五郎大夫については、後藤淑氏が長滝白山神社所蔵の慶安三年（一六五〇）奥書の冊子に記された『修正延年之次第』の中にある正月の六日祭の記事によって、室町時代中期まで長滝寺の延年に越前国から猿楽者が来ていたことを指摘されている。(13) この記事には、「越前の大和五郎大夫」「是も天文の比ヨリ能ハ懈怠也」などと見えている。先の永禄十一年の荘厳講では、大和五郎大夫の能に僧達が囃子方として出演していることが注目される。こうした僧は延年においてその芸を磨いていたのであ

ろう。

次に長滝宝幢坊文書の『白山長滝寺修正延年之次第』は、文禄四年（一五九五）慶倫が記したものである。長滝寺修正会に際した延年の詞章が載せられている。[14] まず菓種老僧役による菓子讃がある。次いで梅之方・竹之方による答弁があり、さらに乱拍子を思い思いに舞うとある。次に田打があり、「田あそひヲトリ毎年かハル」とあり、倶舎、大衆舞、開口、立合と続いてゆく。農耕行事の芸能が入っていることが特色である。五月にも延年があり、開口と立合の詞章が記されている。同じく宝幢坊文書の『寛政享和留日記』には、享和二年（一八〇二）の記事に、六十一年に一回の御鍬様巡行の記事がある。三月十七日条に、

一幟当寺より三本、御鍬太神宮ト書のほり壱本、五穀成就所ト書のほり壱本、風雨随時ト書のほり壱本、其外寺家門前よりおもひ〳〵に上ル、のほりのさきに糸引の作物、田打の作物、からうすふミの作物等出来、まいとうろう出来、ゑハ田打の所、田かきの所、ふまセ馬、田植等のゑを廻ス也

とあるように、長滝寺の行事には五穀豊穣を祈る農耕信仰的なものが性格としてあったようで、長滝寺はこの土地に根ざした地域性のある信仰の場であったと考えられる。さらに宝幢坊文書中の『長滝寺真鏡』は、養老元年（七一七）から明治に至る白山中宮美濃馬場の記録を編んでいるが、これにも多少の芸能記事がある。保元二年（一一五七）の条には「御神楽料田参段」とあり、建長七年（一二五五）には後嵯峨院等が祈禱・読経を依頼し、神楽が奏せられた。

同じく白山町長滝の若宮家に所蔵されている文書の中には、慶安元年（一六四八）三月二十一日付の『修正延年並祭礼次第』がある。これは宝幢文書の『白山長滝寺修正延年之次第』と並ぶものであるが、演目はほぼ同じであるも

のの、たいへんくわしい記録となっている。[15] なお後藤淑氏が指摘した越前の大和五郎大夫のことは、この文書にも見えている。大和猿楽による越前での興行は『大乗院寺社雑事記』等に見えており、大和五郎大夫も大和猿楽との関係が考えられる。[16] この行事の江戸時代における有様は、宝幢坊文書『修正延年祭礼届書』(明和五年＝一七六八年)によって知られる。芸能については、菓子讃・当弁・乱拍子・田打・倶舎・開口・大獅舞が見える。

白鳥町石徹白《いとしろ》の石徹白家文書には、美濃馬場関係文書の中でも古いものがある。[17] 石徹白家は白山信仰に関わる神主家である。保安元年（一一二〇）六月の作成という『年中行事祭祀巻』では、正月三箇祭・同種子祭・三月桃花祭・四月五穀桑蚕祭・同晦日祭・五月物忌・六月朝戸開・同千座大秡・九月八大神祭並神楽・十一月懸祭・十二月天神地祇祭並晦日大秡の年中行事について説明がなされている。これらの行事の中心的な芸能は神楽で、十一月懸祭の例が具体的である。

十一月懸祭

中之朔日祭之初十日、庭中構舞台注運張、或神楽殿用之左右各庭大用意薪也、一日子上刻献神供神酒祝詞八平手如常、神楽祝部卒県巫女三人而出仕矣、奉祝詞事同常、然焼於庭火而舞始先一巫、次二巫、次乙女後三人共起舞五行之舞終也、各掛木綿蔓是所謂陽神従黄泉平坂帰坐而二神共留於此国矣、因所以為喜楽之儀也、舞終而衆官悉出、於庭中再拝事竟各退出

この祭礼は霜月の神楽の一種で、庭火を焚き、巫女舞があった。一人舞があり、次に二人舞があり、最後に合計三人による舞があるが、この最後の舞を「五行之舞」と称していることは、山伏神楽的なものを思わせる。

同じく白鳥町石徹白の石徹白徳郎家文書には、『小泉長利・相波景定連署出銭請取状』がある。(18)

就観世大夫一座下向出銭事
　合弐百文者、但新給也
右請取申所如件
　弘治参年十月十一日　　相波藤右衛門尉
　　　　　　　　　　　　　景定（花押）
　　　　　　　　　　　小泉藤左衛門尉
　　　　　　　　　　　　　長利（花押）
　石徹白彦五郎殿

弘治三年（一五五七）に観世大夫一座が石徹白に下向して猿楽を演じた際、石徹白彦五郎が二百文を出したことへの請取書で、十一月の懸祭に猿楽が参加していたものと思われる。

ところで美濃の白山信仰圏には能面が数多く残っていることでも知られる。能面の銘文としては、白鳥町石徹白の白山中居《ちゅうきょ》神社所蔵のものでは、天正八年（一五八〇）二月銘の若女や、室町時代の父尉、鼻高面などである。白山長滝神社所蔵のものでは、文明二年（一四七〇）十二月銘の女面、天文十一年（一五四二）五月銘の白色尉、元和二年（一六一六）六月銘の喝食などである。(19)またこれらの猿楽参勤と関係すると考えられる民俗芸能の猿楽が、岐阜県本巣市根尾能郷の白山神社に残っており、またこれと同系統と考えられる猿楽が福井県今立郡池田町水海の田楽能舞にある。両者は鎌倉街道で結ばれていた。

江戸時代の長滝寺の年中行事は、宝幢坊文書にある宝暦九年（一七五九）五月三日の『長滝寺神事祭礼届』によってうかがうことができる。

差上申口上之覚

神事祭礼之儀

一正月朔日より同四日迄、白山御祝詞並最勝王経転読次ニ神楽相勤申候
一同六日、神事祭礼、其節御領主御代々警固御役人差被遣候
一同十七日之暁より於神前ニ夜中普門品読誦日待仕候
一同十八日より廿四日迄於寺中ニ仁王般若経之御祈禱相勤申候
一二月十八日より廿四日迄於寺中ニ普門品之御祈禱相勤申候
一五月四日五日両日、白山之御輿御幸御法楽相勤申候
一六月十七日、同廿三日白山御戸開
一七月七日、右同
一十月十五日より十七日迄三日ケ内御神楽相勤申候
一十二月晦日之夜を初より正月朔日二日之夜迄、於神前ニ社僧中御法楽相勤申候

（以下略）

となる。そしてこの寺の年中行事は往古より院主・神主・社僧が勤めてきたとある。

正月六日には後述のように、修正会延年が行われていた。五月四日五日両日の法楽については、先の宝幢坊文書『白山長滝寺修正延年之次第』によると、五月に延年があるとあるのは、この法楽を指すのであろう。この延年にはある時期までは、郷民も参勤していた。宝幢坊文書の『蔵泉坊書状』（年不明、七月二十九日付。江戸時代のもの）に、

一右御入院ニ付、御本山より書付ニ而先例神事祭礼等之取引並一山御宮ニ而之座席等、且往古より之神前勤方之義、先達而一山より書上之通りニ可致取引旨、以御書付被仰付、先格之通りト相心得候所、当五月御神事ニ宮座等不残くずれ申候、ケ様之義も相済がたく由、近所一統ニ悪評申事ニ御座候

という一節がある。五月の神事には、以前は村々の宮座による奉仕があったが、現在はすべてその形が消滅してしまい、一同にすまない事と思っているという内容である。宮座がどのような芸能を行ったかは不明である。

こうした長滝寺の祭礼行事の退転は、この寺の江戸時代における衰微と関係する。藩主に寺領を没収されたこともあった。若宮家文書にある正保三年（一六四六）奉行所に宛てた『長滝寺惣中訴状』は、遠州浜松の二諦坊を訴えたもので、この二諦坊は近年無断で白山の牛王札を旦那達に配っているとし、その禁止を求めている。その最後の条には、

一本地長滝寺ハ大伽藍ニ候へとも、無縁所之義御座候へは、諸旦那之施物を請、堂塔の修理・神事祭礼を相勤、数多の坊中今迄ハ無相違相続申処ニ、二諦坊本地役を被押捕候故、至只今及破滅、何共迷惑仕候御事

と述べている。長滝寺はこうした外部勢力に財源を奪われることとなった。これだけが長滝寺の財政逼迫の原因ではなかったのであろうが、特にこの事件は痛手であった。若宮家文書の延宝八年（一六八〇）四月九日の『執行・社僧争論裁許状』は、松平山城守と板倉石見守が執行と社僧に与えた覚書である。二諦坊事件も絡んで、両者は争論に及んでいたのである。「執行者為神主職之由」とあり、神職と社僧の争いであった。

一長滝寺恒例之神事・祭礼・仏事勤行・年中行事等有示通無怠慢執行・坊中致和順、正路可沙汰事

と言い渡されており、こうした長滝寺内部のごたごたもあった。

若宮家文書の天明四年（一七八四）一月の『長滝寺一山訴状』は、長滝寺一山惣代蔵泉坊・執行神主三嶋左仲・年行事経聞坊の連名で、郡代と宗門方へ差し出した訴状で、阿名院が訴えられている。「一当山当社大破ニ付、本山表江茂弐拾余年以前より段々御憐愍之願差上置候処」に始まり、長滝寺は経済的に成り立たず、本寺に援助を求める有様であった。この頃長滝寺は天台宗であった。昨年五月四日五日の神事の折には、阿名院主がしきたりを破って列座し問題を起こした。今年正月六日の神事には、無住六寺が負担の割合を出さず、阿名院も割合配当を出さなかった。したがって五月の神事もできないでいる。阿名院に例年通り負担するよう命じてほしいと述べている。五月の神事が当寺にとっては重要な行事であった。元旦の神前の儀は一山残らず出仕したのはよかったが、阿名院がやはり先例を守らず、遺憾であるとしている。大晦日から正月二日に至る三夜の勤行でも、社僧残らず出勤したが、阿名院からは燈明が来なかったという。正月六日の祭礼では、読経祈願の式で、やはり阿名院が先規を無視して新たに壇を飾ったり

した。正月十七日には拝殿において、暮六ツから翌朝六ツまで通夜し、読経祈願を勤めるのが恒例であるが、阿名院ならびに無住寺分は燈明を上げなかったという。当時における長滝寺の行事の様子がうかがわれる。そのほか白山別当職を越前の平泉寺に奪われたりなどしている。

現在長滝白山神社では、正月六日に延年が行われている。明治の神仏分離によって、ほとんどの行事は廃止された。この修正会延年のみ六日祭の名称で存続された。社僧が少なくなったので、祭礼を支えきれず、明治三年（一八七〇）僧達が三十日間かかって俗人に教えてから現行の形になったという。[20] もともと長滝寺は郷民と関係が深く、地域に根ざした寺院であった。

## 五　白山信仰と能

このように白山信仰の行事には、南都北京の寺社にも似たさまざまな芸能が行われていた。白山は比叡山と関わりが深かったので、直接的にはその影響を受けているかと思われる。それらの芸能の中では、能・狂言の発展の問題から、猿楽が注目されてきたようである。白山の行事に参勤していた猿楽集団の存在が想定されている。それに関連して能の中に、白山信仰と関わる作品を現行曲の中から考える。

○歌占《うたうら》

まず観世十郎元雅作の「歌占」がある。梗概を示す。

加賀の国白山《しらやま》の麓に住む男（ワキ）は、父親が病気となり、どこから来たかもわからぬ男巫《おとこみこ》に歌占を依頼する。男巫（シテ）は歌占を引いて占ってやる。男の問に対して男巫は、自分はもと伊勢の国二見浦の神職で、廻国をしていたが、ある時頓死し、三日にして蘇り、その時若くして白髪となってしまった。これも伊勢の神のお咎めと思い、今年中に帰国すると語る。そこへ父が行方不明となったという少年（子方）が現われ、やはり歌占を頼む。少年は父の名は二見の太夫度会の家次、自分の名は幸菊丸というと言うので、男巫は我が子と知って、喜んで帰国することになる。名残りに地獄の曲舞を舞い、子を連れて伊勢国へ向かう。

この曲の主人公の男巫は歌占をなりわいとする廻国の下級神職で、さらに男曲舞という芸能者の面影が加わった能らしい演出となっている。なお地獄の曲舞はもと山本某作詞、南阿弥作曲の独立した謡物であった。巫女の廻国は『梁塵秘抄』にも見えるところであるが、この歌占の男巫は白山信仰のにぎわいを当てにして、当地にやって来たと考えられる。度会氏は伊勢神宮の外宮の神主家として有名であるが、伊勢の歌占は近世の『伊勢参宮名所図会』に見え、度会の家次の子孫を称する人々がいた。これが能の影響なのか、逆に能に影響を及ぼしたものなのかの判定が難しい。『古事談』第三・源信、金峯山ノ歌占ニ啼泣ノ事と『十訓抄』第六・三十七話に、吉野の金峯山にいた歌占の巫女のことが見え、歌占は山岳信仰の人々を対象としたことがあったのであろう。白山市白山町には「歌占の滝」と称するものがあり、これが謡曲「歌占」の舞台の地とされているが、これはこの謡曲の影響による伝承であろう。一方では、この滝は白山麓へ通じる国道一五七号線の東側にあり、昔ここには白山比咩神社の末社滝宮住吉神社があって、その傍らに歌占をするものが住んでいたともいう。この歌占という地名も鎌倉時代末期まで遡ることができるということである。(21)もともと世阿弥と元雅は地方の話にも関心を持っていた。

この能が加賀の白山の信仰圏における歌占の実態を反映しているとすると、元雅は巡業中にこの地でそれを知ったか、あるいは他の大和猿楽等の人々の北陸地方での活動で得た情報で知ったかということになるであろう。この能のテーマを考えると、背景には白山信仰圏における死と再生の儀式があると思われる。これは山伏修験の世界とも関わるものである。度会家次が地獄の曲舞を舞うのは、死して一旦地獄に堕ち、蘇生したという経緯を語るものであろう。この能はこうして背景には当時の白山信仰の隆盛が色濃くあるものと思われる。

○仏原《ほとけのはら》

もう一つ、加賀の白山信仰と関係する能は、「仏原」である。作者は不明である。

都の僧（ワキ）は白山禅定を志し、加賀の国仏原に至る。そこに里の女（前シテ）が現われ、白拍子仏御前のために仏事を頼む。僧の求めに応じて女は仏御前・祇王・祇女の物語を語ったりして姿を消す（中入）。僧の弔いのうちに仏御前（後シテ）が現われ、舞を舞って姿を消す。

『平家物語』巻一・祇王では、平清盛に愛された仏は加賀の白拍子とし、後に祇王達と嵯峨の庵で仏道を勤め、往生することになっている。近世においては仏の加賀国への帰郷譚が成立しているが、(22)この曲は吉野山に静の亡霊が現われ（「吉野静」）、初瀬に玉鬘の幽霊が現われる（「玉葛」）などの能の構想手法によるものである。仏が原は石川県小松市原町にある。『源平盛衰記』巻四・白山神輿登山事によると、加賀の目代藤原師経の乱暴狼藉を訴えるために、神輿とともに出発した白山関係の衆徒達は、途中仏が原の金剱《かねつるぎ》の宮へ神輿をお入れしたとある。師高・師経父子を呪詛した人々の中には、金剱の宮の者もいた。この金剱の宮はやはり小松市原町にあった金剱宮（仏が原金剱宮）のことで、白山衆徒が拠っていた社であった。現在は小松市下牧町の白山神社となっている。仏原の地名も白山信仰圏の中で知られていたのであろう。

聖護院道興の紀行文『廻国雑記』によると、文明十八年（一四八六）道興は北陸道にかかった。


　ほとけの原といへる所を過侍るとて。

　わかたのむ仏の原に分きてそをこなふ道のかひもしらるゝ　…

白山禅定し侍りて三の室にいたり侍るに雪いとふかく侍りければ。おもひつゞけ侍りける。

　しら山の名に顕はれてみこしちや峯なる雪の消る日もなし(23)

道興は仏原を過ぎた際、特に『平家物語』の仏の故事は思い出さなかったようである。仏原を過ぎる際には、地名から自分の仏道修行を思っている。そこから彼は白山禅定を志し、下山、下しら山（本のしら山）の麓つるぎに至った。謡曲「仏原」のように、当時都の僧の中にも白山禅定に関心を持ち、白山信仰圏に出向く者もいたのであろう。「仏原」はこうした白山信仰を背景としていると思われる。伊藤正義氏はワキの道行の謡にある「越の白山知らざりし、そなたの雲も天照す」に、白山を妙理大菩薩とし、これは伊奘諾・伊奘冊の子である天照大神のことであるという白山の縁起（『加州石川郡白山縁起』等）があることを指摘されている(24)。この能は草木国土悉皆成仏という仏教的なテーマを展開してゆくが、そこでは法楽としての白拍子舞が舞われる。仏原にはこうした仏教思想を醸してゆく響きがある。この能にも現地の白山信仰という具体的な背景を考えてよいであろう。

## 注

（1）日本思想大系『往生伝　法華験記』（岩波書店）による。原漢文。
（2）新編日本古典文学全集（小学館）による。
（3）山岸共「白山信仰と加賀馬場」四・白山の山岳仏教化と加賀馬場　高瀬重雄編『白山・立山と北陸修験道』（山岳宗教史研究叢書10、名著出版、昭和五十二年）所収。
（4）土屋文明『万葉集私注』筑摩書房、昭和二十四年
（5）日本歴史地名大系17『石川県の地名』中宮（平凡社、平成三年）にも言及がある。
（6）水原一「義仲説話の形成」『平家物語の形成』（加藤中道館、昭和四十六年）所収。
（7）沼「加賀白山修験道と荘厳講」『白山・立山と北陸修験道』所収、桜井「中世白山の荘厳講」下山積與編『白山信仰』（民俗宗教史叢書第十八巻、雄山閣出版、昭和六十一年）所収。
（8）以下、『白山比咩神社文献集』（石川県図書館協会、昭和十年）による。
（9）『修験道史料集Ⅰ』（山岳宗教史研究叢書、名著出版、昭和五十八年）による。なおこの記事は、後藤淑『能楽の起源』Ⅱ鎌倉時代の猿楽・五猿楽の地方展開とその諸相・越前猿楽（木耳社、昭和五十年）にも引用されている。
（10）以下、越知神社文書は丹生郡誌編集委員会編『福井県丹生郡誌』資料（一）古文書類（丹生郡町村会、昭和三十五年）による。
（11）以下、『福井県丹生郡誌』による。
（12）以下、長滝寺文書は『白鳥町史　史料編』（昭和四十八年）による。
（13）『能楽の起源』三一一頁
（14）以下、宝幢坊文書は『白鳥町史　史料編』による。
（15）以下、若宮家文書は『白鳥町史　史料編』による。
（16）『能楽の起源』三一五頁

(17)『白鳥町史　史料編』による。
(18)『白鳥町史　史料編』による。これも『能楽の起源』三一五頁に指摘がある。
(19)『白鳥町史　史料編』の「銘文」による。また越前猿楽の能面については、前掲の『能楽の起源』三〇〇～三三一頁に説明がある。
(20) 仲井幸二郎他編『民俗芸能辞典』長滝白山神社延年（東京堂出版、昭和五十八年）
(21) 乾克己他編『日本伝記伝説大事典』歌占の滝（角川書店、昭和六十一年）
(22) 稲田秀雄「作品研究　仏原」「観世」平成五年十二月号
(23) 群書類従第十八輯による。
(24) 新潮日本古典集成『謡曲集・下』（新潮社、昭和六十三年）二二九頁頭注

# 立山信仰と文学

## 一　古代文学における立山

富山県東南端から長野県北西端に連なる立山連峰は、富士山・白山と並ぶ日本三名山として名高く、古来山伏修験道の霊地として、また近代に入っては黒部ダム等の観光によって知られてきた。江戸時代には、三名山を順礼する三禅定が盛んであった。また立山信仰の普及に使われた立山曼荼羅もよく知られている。(1)

この立山が文学に現われるのは『万葉集』が最初で、巻十七に見える越中守であった大伴家持の「立山賦《たちやまのふ》」がそれである。『延喜式』『三代実録』『日本紀略』には、前時代「神のうしはく山」とされた立山は、伊邪那岐命と手力雄命が祭られるようになった。また平安初期から仏教の影響が見られるようになった。富山県中新川郡立山町にある雄山神社は先の両神を祭り、岩峅《いわくら》寺を伴う。伊邪那岐命が主神、手力雄命が副神である。伊邪那岐命の本地は阿弥陀如来とされる。立山の縁起を伝えるものとしては、『類聚既験抄』十巻本、『伊呂波字類抄』、『元亨釈書』巻十八、『神道集』等があり、近世には『立山大縁起』三巻が制作された。「立山宝宮和光大権現縁起」「芦峅中宮御媼尊縁起」「神分」からなるもので、立山町には立山修験の御師達が形成した宿坊の集落があって、その泉蔵坊の所有する近世末期の文書である。これらには立山の縁起について種々見える。南北朝時代の『神道集』巻四・第二十は、越中国一宮の立山権現は本地は阿弥陀如来であるとし、阿弥陀仏や念仏の功徳について縷々述べる。仏教的な色彩の濃い縁起である。そして大宝三年（七〇三）三月教興上人という人が権現の御示現を蒙って、この山に神を祭ることになったとする。先の「立山宝宮和光大権現縁起」は天保二年（一八三一）の成立であるが、当山はイザナキ・イザナミの神の霊廟であること、大宝二年九月越中守佐伯若有の嫡男有頼が父の鷹を探して深山に分け入り、矢を射かけた熊を追って高山に至った。この熊は阿弥陀如来の化身であった。有頼は出家し、天竺清涼山で文殊菩薩の後身の弟子慈朝聖人と会い、慈興という名を授けられた。その後小山大明神が出現し、本地は大日如来であると告げたなどとあって、立山は修行者が入山して、次第に多彩な仏教世界として展開していった。越中からの参詣の宿は虚空蔵の窟、信州からの参詣の宿は獅子無畏観音窟であるとしており、在家信者の登山の中心は越中・信濃両国の者であった。この縁起は万延元年（一八六〇）の『巓谷啓要』にも見える。(2) 十巻本『伊呂波字類抄』立山大菩薩では、越中守佐伯有若が熊を射殺し、阿弥陀仏と知って出家したとある。

こうして発展していった立山信仰の中で、もっとも特色のあるのは「立山地獄」といわれるもので、室堂近くの地獄谷では、今なお火山による噴煙が立ち上っており、そこには日本中の亡者が集まっていると喧伝されてきた。平安時代には立山地獄が中央でもよく知られるようになり、その背景には立山修験者の勧進が考えられる。(3)『新猿楽記』には、

次郎者一生不犯之大験者、三業相応之真言師也。…熊野・金峯・越中立山・伊豆走湯…葛川等之間、無不競行挑験(4)

とあって、真言宗系の山伏修行者のまわる霊場が往来物風に列挙されている中に、越中立山が見える。『梁塵秘抄』にも、「験仏の尊きは　東の立山《たちやま》美濃なる谷汲の彦根寺　…」（四二八）という歌謡がある。

さて立山地獄説話としては、『大日本国法華経験記』（『法華験記』）巻下・第百二十四・越中国立山女人がある。ある修行者が立山で、近江国蒲生郡の生まれで地獄に堕ちた若い女と出会った。女は父が仏師で仏の物を私用したために地獄で苦しむようになったこと、父母にこのことを知らせて『法華経』を書写して自分を救済するように告げることを頼む。ここまでは能の地方を舞台とした幽霊物の世界と似ている。修行者は両親のもとに行ってこれを知らせた。父母がさっそくこの求めに従うと、女は成仏して忉利天に生まれた。能ではその現地で霊を弔う形式になっており、これは能の地域性とも関係する。この話は法華経信仰譚の一種で、『法華経』による女人救済譚の典型的な例である。ことに日本人は観世音菩薩普門品に心を寄せてきた。立山地獄等で亡者と出会い、これを家族のもとに知らせるのも、修行者の役目の一つであったのであろう。彼等はそこで相当の謝礼を得たことと思われる。彼等の対象は富裕層であったろう。この話は『今昔物語集』巻十四・第七話・修行僧至越中立山会少女語にもあり、これには女を救うのは三井寺の僧になっている。『大日本国法華経験記』巻下・第八十九・越中国海運法師では、越中国在住の僧海運が立山・白山などの霊地に出向いて、『法華経』の暗誦を願っていたとある。この話はやはり『今昔物語集』巻十四・十五話・越中国僧海運、持法花知前世報語にも見える。

『今昔物語集』に至って立山の話は多くなる。巻十四・八話・越中国書生妻、死堕立山地獄語があり、越中の国府に仕える書記の妻が死に、その三人の子供が立山地獄に赴いて母に会い、『法華経』をもって成仏させたというものである。巻十七・二十七話。堕越中立山地獄女、蒙地蔵助語は、修行僧延好が立山に至り、京の六条で生まれ育った女が地獄に堕ちていることを知る。延好が京都に行って家族にこのことを伝えると、家族は地蔵像を造り、また『法華経』を書写し、亭子院において法会を行った。この時の説法を聞いた人々は、皆涙を流したとある。延好は伝未詳の人物である。広く人々に説法を聴聞させるのも功徳となることであった。立山地獄からの女人救済の話は、七巻本『宝物集』巻二に、近江の国愛智郡の大領の女が立山地獄に堕ち、山伏に託して親にこれを伝えたとある。このようにこの種の話は話型としてあったが、ここには立山修験等による勧進の姿がある。彼等は立山と近江、京を往復し、遺族に死者の声を伝えていた。彼等の対象が豪族であることも注目すべきことである。こうして中央においても立山をめぐる話は流布していった。院政期がその時期であった。そしてこれは旅の僧がその土地その土地の幽霊を救済するという夢現能の源流をなすものである。

## 二　中世文学における立山

次に中世文学における立山を見てみよう。『平家物語』巻五・文覚荒行では、文覚は熊野で那智籠りをした後、諸国・諸山修行に出かけ、大峰三度、葛城二度、高野、粉河、金峯山、白山、立山、富士の嵩、伊豆、箱根、信濃戸隠、出羽羽黒と残る所なく廻り、たいへんな修験者となったとする。これらの山々は修行の霊地として一般的なものであったようである。ただし『源平盛衰記』巻十八・文覚頼朝勧進謀叛事における山伏修行者としての文覚の訪問地は、これとはだいぶ異なっており、白山、立山は見えない。謡曲「大江山」で、酒呑童子が山伏姿の源頼光達に身の上話をして、最澄によって比叡山を追い出された後、英彦山、伯耆の大山、白山、立山、富士の御嶽と巡り、大江山に籠もるようになったと語る。酒呑童子にも山伏の面影があり、白山・立山・富士山の列挙は、今日のいわゆる日本の三名山に連なるものがある。

鎌倉時代における立山禅定の様をより実際に示すのは、無住の『妻鏡』に見える例である。越中の国森尻に住む僧智妙坊は、信施無慚をこととしていた。ある時多くの旦那を引きつれて、立山の禅頂参詣に向かった。先達を勤めていた智妙坊は、白い帷子に黒い袈裟を着けていたが、牛となって谷に向かって迷っていった。旦那達がその名を呼んだが、牛の吼える声のみして姿を消してしまった。彼等が入堂して下向の時、またその名を呼ぶと、まだらの牛が谷より登って来て、また遠ざかっていったという。仏罰によって牛となった話の型に属する。立山は越中に住む僧達にとって重要な山であり、彼等は在家の信者を率いて立山に入山していた。僧達のなりわいの様であった。また在地の一般人も立山詣でをしていたことが知られる。それがいつ始まったのかは不明であるが、この信仰形態は後述の狂言にも見える。現在でも富山県の人々にとっては、立山は身近にある重要な山である。

『神道集』巻三・越中国立山権現事には、本地を阿弥陀仏とする一宮立山権現のほか、十二権現王子について、一社から十二社まで仏教的な縁起を記したりなどしている。次に『三国伝記』巻九・二十四話・山臥延好に立山ニテ亡女言伝スル事がある。これは先述『今昔物語集』巻十七・二十七話にあるもので、院政期に見えるこの種の話の中で、これがもっともよく流布していたのであろう。『今昔』では淡々と叙述するだけであるが、『三国伝記』では、延好は立山山中で夜中女人の亡霊に出会う。深更に及んで獄卒がやって来て、その女を木に縛り付け、鉄杖でこれを打つなどの地獄の有様が描写される。そこへ地蔵菩薩が現われ、身代りとなってこれを救うとなっており、謡曲「砧」等の夢幻能の地獄の責め場に近く、室町文芸の一面を、あるいはこの時期の宗教的言説を示すものになっている。謡曲では地蔵菩薩による救済というテーマは少ない。『地蔵菩薩霊験記』巻六・四話・立山罪人伝語ノ事にも延好法師の話がある。彼は諸国の霊地を巡礼して立山に至り、丑の刻に女人の亡者に出会う。女は地獄での苦しみを語り、また以前一度だけ地蔵講に詣でた経験があって、この功徳によって月に三度地蔵が身代りになってくれることを告げる。立山信仰では阿弥陀仏のほか、地蔵菩薩が重要な存在であった。身代り地蔵の話の系列に属する。またこの話は地蔵講の喧伝でもあった。

高瀬重雄氏の「立山信仰の成立と展開」は、要領よく立山信仰の歴史を述べている。立山には地獄と浄土の二つがあるという。山中には十二光仏や不動明王が止住して行者を守る。地獄谷や賽河原には、亡者の身代りとなる地蔵菩薩がいる。そして頂上には二十五菩薩を従えた阿弥陀如来がおり、ここごそ極楽世界である。こうした立山の世界観は、平安時代末頃に整えられたという(5)。まさに立山曼荼羅のイメージである。富山県小矢部市の観音寺境内にある巨大な地蔵菩薩像は、もとは立山山麓の芦峅寺に伝わったもので、文政八年（一八二五）信州松本の立山講の人々によって寄進された。立山地獄に堕ちた人々を救うためのものであったという。『大日本国法華経験記』では『法華経』による救済が説かれるが、中世の立山においては、地蔵信仰による救済がむしろ在地的なのであろう。

さて能の「善知鳥《うとう》」は立山地獄を背景としていて有名である。作者は不明である。

陸奥の国外の浜を目指して旅する僧（ワキ）は、途中立山禅定を志す。恐ろしい山中を見て廻り、下山の途中、老人の亡者（前シテ）が現われ、自分は外の浜の猟師であると名のり、故郷の妻子に自分の蓑笠を届けてくれるように頼む（中入）。外の浜に到着した僧は、猟師が善知鳥という鳥を殺傷してなりわいとして、地獄に堕ちたことを知り、その妻（ツレ）と子の千代童（子方）に会って蓑と笠とを渡す。妻子の弔いにその猟師の霊（後シテ）

が現われ、善知鳥を捕獲する有様や、地獄での苦しみを見せて姿を消す。

前場が立山、後場が外の浜となっている。前場と後場の間にかなりの距離がある場合があるのは、能の構成の特色の一つである。僧が立山で亡者に会い、家族のもとに伝言を頼まれてこれを果たすという話型が、ここでも踏襲されている。さらに形見の品を遺族に運ぶことは、いつからか行われていたのであろう。外の浜（青森県東津軽郡外ヶ浜町）は陸奥湾に面し、蝦夷との交易のために重要な地点で、そのために文学にもたびたび登場する。古活字本『曾我物語』巻二・盛長が夢見の事に、安達藤九郎盛長が夢を見て、源頼朝が箱根に参詣し、左の足で外の浜を踏み、右の足で鬼界島を踏んだ。これはめでたい夢だと頼朝に告げたとある。これは外の浜が北の国境であることを示している。僧が目指したのは、日本の果てであった。角川源義氏は藤沢の清浄光寺（遊行寺）にある歴代遊行上人の旅日記によって、時宗遊行上人の足跡は下北半島の大湊あたりまで達したことが知られるとしており[(6)]、この能はそうした宗教家の活動が背景としてあるのであろう。外の浜は率土《そっと》の浜のことで、果ての地を意味する。また幸若舞曲「信田」では、常陸の豪族信田氏が零落し、外の浜まで流れてゆく。外の浜は一時期文芸によく取り上げられた。『歌枕名寄』にも「素都濱」が見える。世阿弥作の能「錦木」は、『俊頼髄脳』以下に見られる奥州の錦木伝説をもとに作られた夢幻能であるが、同じようなモティーフで、陸奥の珍しい海鳥善知鳥についての関心のもとに、この能が作られたのであろう。「善知鳥」については小田幸子氏が『連珠合璧集』『藻塩草』『運歩色葉』『謡曲拾葉抄』を用いて説明しておられ[(7)]、伊藤正義氏も彰考館本『新撰歌枕名寄』や『鵐鷺記』の記事を取り上げておられる[(8)]。説経節の「さんせう太夫」（説経与七郎正本）でも、母御台は二人の子と別れ別れになる際に、「我が子を見ぬかな、悲しやな。うとうやすかたの鳥だにも、子をば悲しむ習あり」と嘆じる。うとう（親鳥）とやすかた（子鳥）の愛情の深さは親子の間を示すことわざとなって世に流布した。また母御台が陸奥より遠い蝦夷が島へ売られてゆく身の上を暗示しているのであろう。室町時代には善知鳥ブームが起こったと思われる。これは江戸時代にも引き継がれ、近松半二等の浄瑠璃「奥州安達原」に取られ、山東京伝の読本『善知鳥安方忠義伝』が生まれた。

この能にはさらに片袖幽霊譚の形があることを指摘されたのは、徳江元正氏である。氏によれば、亡者が旅の僧に片袖を託して遺族に届けてもらう話は、大阪平野の大念仏寺関係のものや、『奇異雑談集』巻一・一話、『清涼寺縁起』に見え、そうした話の背景には善光寺聖の活躍があったかとされる。(9) このうち大念仏寺のものは箱根山中でのこと、『奇異雑談集』は越中でのこととするが、これは立山のことである。『清涼寺縁起』では、後円融天皇の時代（一三七一～八二）清涼寺近くに住む道善という者が死去して四十九日目、ある僧が立山に詣でて道善の霊に会い、それの地獄での苦しみを聞き、形見としてかたびらの袖を託され、これを道善の妻子に届ける。そしてその霊の望み通り、清涼寺釈迦堂において法華八講を行い供養をする。その後道善と同郷の者が善光寺に参詣する途中に立山に立ち寄り、道善が鬼道から出離したことを知った、という話である。これは『大日本国法華経験記』に見られるような、修行者が立山地獄で亡者に会い、それを遺族に知らせるという形から一歩進んで、中世においては亡者が遺族に遺品を託す形へ進化したことを表わしている。『太平記』等に見える陣僧の活動とも共通するものである。僧が死者の形見を遺族に届ける話を、能「清経」や「経盛」（一名「形見送」）「夜討曾我」等と合わせて考えるべきであろう。また「善知鳥」については、伊藤喜良氏が外の浜における狩猟民などの「非人」の存在意識が濃厚であること、鎌倉時代後半から南北朝時代にかけて、この地において蝦夷の反乱など、蝦夷地をめぐって大きな動きがあったことなどからこの曲を論じている。(10) また小松和彦氏は、立山の神はもとは地元の猟師達に支えられたものであるとするが、(11) そうするとこの能は立山の猟師と外の浜の猟師との何らかの関係を思わせる。

一方、狂言にも立山を扱ったものがある。「くも」（一名「立山」）を大蔵虎明本で示す。鬼類小名類に属する。(12)

都方の若者達が順礼となって立山禅定に赴く。ここに鬼が現われ、一行の若衆に恋慕してしまう。そして酒盛りとなり、歌や舞が始まる。鬼は八大地獄の様を語り舞い、一行と別れを惜しんで地獄に帰ってゆく。

この曲の曲名「くも」の意味は不明であるが、平成八年十月に梅若能楽院において、「立山詣」として復活上演された。曲名の意味は明確ではない。この狂言には立山地獄信仰を背景としたほか、能のパロディー風の構成がある。これが「善知鳥」を踏まえているのかは不明で、むしろ説話的な伝統があるのであろう。京都からわざわざ順礼者として立山入山を果たしたというが、こうしたことが当時行われていたのかも今のところ不明である。高瀬重雄氏によれば、江戸時代には藩主前田家の許可を得て、立山権現の出開帳が行われ、万人講が興行され、費用が調達された。また社僧・社人は前田家支配の富山藩・加賀藩を越えて全国的に勧進し、檀那場と呼ばれる信者達の間を廻っていた。さらに立山曼荼羅の絵解きを行い、明年夏に立山の地獄・極楽を登拝するよう勧誘して歩いたという。(13)「くも」はそれ以前のある時期の組織的参拝を反映しているのであろう。

立山を扱ったもう一つの狂言は「地獄僧」である。これも大蔵虎明本によって示す。やはり鬼類小名類に属する。

都から出た僧が立山の罪人を助けようと立山禅定を思い立つ。一方地獄の主閻魔王は、近頃人間が利口になって地獄に罪人が来なくなり、地獄はさびれる一方なので、これをなんとかしようと立山に向かう。両者は立山で出会い、閻魔は僧を地獄に落とそうとする。僧が経を読むと、如来達が現われ、閻魔は奇瑞に感嘆しながら帰ってゆく。

狂言「朝比奈」と似ているが、これにはあまり時代色が感じられない。しかしこの京都の僧は、修行が目的ではなく、最初から立山地獄で苦しむ亡者を救済することを目指しており、僧の中にはこうした意味で立山禅定するものがあったのであろう。これにも京都と立山を結ぶラインが見える。

またこれらの狂言では、地獄で苦しむ亡者と、亡者を追いまわす鬼が混同されている。「くも」では、登場する鬼が「いでくはつだいぢごくのかずくの、くるしみを、御前にて、ざんげの有さまみせ申さん」とあって、地獄の鬼が罪障懺悔をするように言っている。「地獄僧」でも、京方の僧は「六道の辻に心ざし、ぢごくのおにをたすけん」と登場し、実際に閻魔王を助けるような形で終わっている。こうした混同は演劇の世界でよく見られることなのであろうか。能では神が登場して自ら神遊すなわち神楽を舞う。こうしたことが狂言でも起こるということであろうか。狂言では立山地獄信仰も山伏狂言と同様、笑いの世界の対象となるということである。

## 三　近世文学における立山

近世において立山については『倭訓栞』中編・後編にその地誌的な説明などがある。『和漢三才図会』巻三十四・巻六十八に立山の地誌・縁起に関して記しており、特に巻六十八の立山権現の項において、社領五十石、祭礼は四月八日、神輿七社と記し、立山の伝承記録を引用して文武天皇時代の奇瑞を述べている。天皇の夢に阿弥陀如来が現われ、お告げがあったという。この頃立山に仏教が入ってきたように記している。そのほか岩峅寺、横江、血掛、湯川、美女杉、断罪坂、国見坂、室堂などの地誌がくわしく、当時の立山参詣の様子がうかがわれる。立山は女人禁制の山で、女子は芦峅の姥堂までしか参詣ができなかった。そしてこの禁を犯して登山した女人は岩石や樹木などに姿を変えられた。美女杉や姥石などの地名がそれであると記す。近世においても立山は奇談の多い山であった。元文五年（一七四〇）の『諸州奇蹟談』巻下・越中国では、立山参詣を志して正明川に至る。この川には二十八間の吊橋が掛かっている。参詣人十人の内、八九人はここから引き返す。名を伏拝というとある。

文学作品にも立山参りのことがいくつか見出すことができる。安永二年（一七七三）の咄本『聞上手』に、

〇富士山

若い衆大勢よつて御山参りのはなしに、「おらは越中の立山へいつて見たい」「おらは又湯殿も大峰も登つて見たけれど、マアそれより三国一の名山といへば、駿河の富士へ登つて見たい」「ナアニおきねい。上つて能ければ、西行が下にはおらぬ。(14)」

ここでは当時御山参りが流行し、立山、湯殿山、大峰山、富士山といった山伏修験道の霊場が一般にも公開され、人々の話題にのぼることがあったことをうかがわせる。「御山参り」は山岳信仰による登山を意味する。これは先達がつきそって信者達を案内するという組織的な運営であったであろう。立山でも社僧・社人の全国的な勧進があったことは先述の通りである。霊山参詣の中でも立山登山はなかなかの人気を得ていた。なおこの笑話には、富士山の画題の一つである「富士見西行」が背景にある。『類聚名物考』巻二では、立山の地獄では参詣人を迷わせて銭を出させるとある。身内の亡者に会わせるといって金銭を要求したのであろうか。そのほか雷鳥という鳥が立山の名鳥であ

る。立山は険しく、富士登山の十倍は苦労する。廻国の僧も山上へ行き届く者はいないと伝えている。『諸国里人談』巻三には、立山で願えば思う人の亡霊が影のように見えるとあり、山中での自然現象があるのであろう。近世においてもこの山は霊に会える場であることが重要であった。

上田秋成の『春雨物語』樊噲は、伯耆の国に生まれたならず者の青年大蔵が、樊噲と名のり、次第に悪人として成長し、最後に高僧となる話であるが、二人組で各地を荒しまわるうち、二月頃立山付近に至った。「この中の国のみ山の地獄見ん」とひたすら雪の中を登っていった。二人の手下に「地獄はいづこぞ」と尋ねると、「おそろしさに、つひに見ず」と答える。足にまかせて谷峰を越え巡り、岩に休んでいると、影のような者が二三人出てくる。「餓鬼ならめ。物くはせん」と食べ物を与える。笙の笛を吹くと、皆逃げてしまった。「立山禅定のかひあり」と、一同山を下りるというストーリーである。秋成が『諸国里人談』の類を参考にして創作したのであろう。立山地獄の餓鬼道に堕ちた亡者達を描いて印象深い場面になっている。立山地獄に行くと亡者に出会うという伝統的な信仰が作品に生かされている。この物語のように、信仰を目的とするのではなく、物珍しさから登山する者もいたのであろう。

式亭三馬の『浮世風呂』前編巻之下には、勇み肌の男が毒づいて、

何処の釣瓶へ引かゝつた野郎か、水衣もしらねへ泡ア吹ア。コレヤイ、六十六部に立山の話を聞アしめへし、あたまツからおどかしをくふもんかへ。(15)

と言っている場面がある。これから察すると、全国六十六箇所の霊場を廻る僧には、立山に行き、地獄谷で恐ろしい亡者に出会ったなどと一般の人々に体験談風のものを語って怖がらせていたことがあるのであろう。

　このようにこの時代においても立山とその地獄谷に現われる亡者に人々の関心があったことが知られ、立山は相変わらず全国から霊が集まる山とされ、かつその信仰は一般化していた。『雄山神社（前立社壇）毎歳御祈願等行事箇條帳』は弘化二年（一八四五）立山別当の岩峅寺の衆徒が奉行所に差し出したものである。(16) 雄山神社は三社からなる。立山登山道の下手に当たる岩峅寺にある前立社壇、登山口に当たる芦峅寺にある祈願殿、立山の頂上にある峰の本社である。岩峅寺は麓の本社、芦峅寺は中宮とも呼ばれた。岩峅寺・芦峅寺にはかつて立山登山の基地として宿坊が立ち並んでいた。近世においては、岩峅寺の衆徒の活動が盛んであった。この文書にはまず年中行事が記される。正月元旦の行事に始まって、二日から七日まで法華経読誦がある。二月十五日は涅槃会となる。三月十九日からは大祭礼となり、二十日には雅楽始がある。二十六日には稚児四人が召され、二十七日から四月三日まで稚児舞の稽古が行われる。「四月四日、児舞並楽ならし之事」とあるが、これは試楽、リハーサルに当たるものであろう。四月七日は「児舞本式」すなわち本番となる。八日より祭礼はさらに本格的となり、講堂では法会があって、散華・梵音といった声明がこれに付随する。七基の神輿が出て、講堂を御旅所とするともある。九日には法華問答が行われる。この半月ほどの祭礼は、神仏習合的かつ仏教色の強いもので、これはやはり仏教的な色彩の強い立山信仰とも結びつく。この祭礼・法会における芸能の中心は、雅楽系統の稚児舞、散華・梵音の声明であり、そうした芸能形態は地方の祭礼における一つの典型を示していると思われる。七月十四日・十五日は大施餓鬼が行われ、これは一般にも盂蘭盆会の頃の行事である。八月十五日は地主社の祭礼があって、そのための加持があり、ついでに放生会の修法がある。放生会も一般にもこの日に寺社で執り行われる。十月三日に祭礼があり、四月八日にならって神輿の渡御がある。十一月二十四日には天台大師御忌献備の供養がある。年末十二月の行事は重要で、御祈願宮にひたすら籠もって行われた。三日から十日までの祈念中口論をしてはいけないとあるので、神社内ではトラブルもあったらしい。読経を例年通りに行い、九日には『般若経』の転読があった。この期間中食事は二度という規定があり、懈怠すべからずという厳重な行事であった。

一方芦峅寺には嘉永二年年（一八四九）の『立山大宮年中諸事勤方旧記』が遺っている。[17]大宮・若宮両社による諸行事である。主なものを抜書きすると、まず正月の諸儀式があり、十五日に追儺払があり、臨時祭となる。三月十六日には神明祭礼がある。三月二十五日に雷電祭があり、四月の風神祭は珍しい。五月子日には水神祭も行われる。六月一日は山開の儀式がある。六月七日に鉾立があって、両座主より行われる。十四日・十五日には祭礼がある。両権現の神輿の渡御となる。開山堂・御廟堂において法楽が行われるが、これは大宮座主で振舞をするとあるので、雅楽を奏するのであろう。九月節句には、大宮に放生会大豆を捧ぐとある。十五日は臨時祭が行われ、これは正月の例と同様である。十六日には秋の神明祭礼が行われて、これは春の祭礼と同様である。十一月二十四日は新嘗祭となる。十二月に入ると、年末の行事があるが、補修・掃除が中心のようである。

以上が雄山神社に関する年中行事で、近世における立山信仰の有様を儀式の面で知ることができる。

## 注

（1）福江充『立山信仰と立山曼荼羅―芦峅寺衆徒の勧進活動』（岩田書院、平成十年）、同『立山信仰と三禅定　立山衆徒の旦那場と富士山・立山・白山』（岩田書院、平成二十九年）

（2）『立山大縁起』『巓谷啓要』は神道大系・神社編・越中越後佐渡国に収められている。

（3）日和祐樹「立山信仰と勧進」高瀬重雄編『白山・立山と北陸修験道』（山岳宗教史研究叢書10、名著出版、昭和五十二年）所収。

（4）日本思想大系『古代政治社会思想』（岩波書店）による。

（5）『白山・立山と北陸修験道』所収。
（6）「遊行廻国」「時衆研究」第四号、昭和三十八年十一月
（7）「作品研究　善知鳥」「観世」昭和四十八年十一月号
（8）新潮日本古典集成『謡曲集』同曲解題（新潮社、昭和五十八年）
（9）「『善知鳥』論・上下」「國學院雑誌」昭和四十八年十二月号、昭和四十九年四月号
（10）「中世後期の雑芸者と狩猟民―『善知鳥』にみる西国と東国―」小笠原長和編『東国の社会と文化』（梓出版社、昭和六十年）所収。
（11）「能のなかの異界（7）立山―『善知鳥』」「観世」平成十六年二月号
（12）以下、大蔵虎明本は『大蔵虎明本狂言集　本文篇』（表現社）による。
（13）「立山信仰の成立と展開」『白山・立山と北陸修験道』所収。
（14）日本古典文学大系『江戸笑話集』（岩波書店）による。
（15）新日本古典文学大系（岩波書店）による。
（16）神道大系・神社編・越中越後佐渡国　所収。
（17）神道大系・神社編・越中越後佐渡国　所収。

# 神田明神の信仰と祭礼

## 一　神田明神の神事能

謡曲に「将門」という作品がある。番外謡曲である。

陸奥より上洛を志して出た旅僧（ワキ）が、白河の関を越え、秋の武蔵野へとやって来る。夕暮となり古びた神社を見つけ、その夜は神前で通夜をすることになる。そこへ老翁（前シテ）が現われる。旅僧の問いに、老翁は神社に仕える宮人と名乗り、ここが神田明神であることを教えて、月の光の中でそのいわれを語り始める。

「昔、朱雀院の御宇、承平の頃、平将門は勅命に従わず、意のままに振る舞っていた。そして自分は桓武天皇の子孫であるから差し支えはないと、下総の国猿島の郡石井の郷に都を置き、平親王と称して、あたかも天子のごとくであった。将門はすぐに京都へ攻め上り、天下を奪おうとしたが、日本は土も木もみな天皇のものである国であるから、ほどなく帝の御運が開け、将門は退治されてしまった。」
　そののち老翁は、自分がその将門であり、当社の神体であることを旅僧に明かして、社壇の扉を押し開けて、神殿に入っていった（中入）。やがて旅僧の前に将門の霊（後シテ）が現れ、昔の誤れる一念をひるがえし、今は御代を守り、五穀成就をもたらす神となっていることを告げて、舞楽を舞い、御代をことほぐ。(1)

　この謡曲は、室町時代の能楽伝書、演能記録はもとより、江戸時代の観世・宝生・金春・金剛・喜多の五流の大夫による書上や、各藩の能番組にも見えず、(2)あるいは詞章のみで終わったものかもしれないが、平将門を祭る神田明神は、また能楽と関係の深い神社でもあった。退治される側であった将門は、やがて神として祭られることとなった。そのストーリーが能独特の一種ねじれたような構成で展開する。なお平成二十五年、将門生誕千百十一年を記念して、新作能「将門」が演じられ、これも将門を善神とした。
　承平の乱後の平将門伝説については、梶原正昭・矢代和夫両氏の『将門伝説—民衆の心に生きる英雄』（新読書社、昭和四十一年）があり、その後村上春樹氏が広い地域にわたって将門伝説を調査されて、『平将門伝説』（汲古書院、平成十三年）としてまとめられた。将門の直系とされる谷本竜美氏による『平将門は生きていた』（叢文社、平成九年）も興味深い内容である。
　神田明神の歴史については、廣文庫の神田明神の項に基礎的な史料が載せられている。それを参考にすると、享保十三年（一七二八）大道寺友山が著した見聞記『落穂集』巻二・神田明神の事に、
　問曰、右神田明神の祭礼の節、神事能興行と申ハ古来よりの事の様に承るか、但近来より初まりたる事か

とあり、これに対し次のように続いている。

答曰、神田祭礼と申ハ、右申通りの趣に候得ハ、古来より神事能なとのあるへく様ハなく候。我等承り候ハ、京都に於て、関白秀吉公の時代に、暮松大夫と申たる者有之。殊外秀吉公の気に入にて、四座の者共の触かしらのやうに有之候処に、子細有之、上方の徘徊を相止て、当地へ罷下ると也。その節にハ、名有る猿楽共の、江戸下りを仕る義、いさゝか成る折節、暮松大夫不慮に罷下り候に付、武家町家によらす、乱舞に数寄たる輩は、何れも暮松大夫を馳走仕候。中にも大伝馬町に罷在候五雲香と申町人、乱舞を好を以て、別て暮松を取持、町年寄佐久間抔の子供迄をも暮松か弟子に引き付て、我居宅の内に舞台を志つらひ、稽古能の興行を初、其後相談をいたし、暮松か助成の為、神田の社の中に於て神事能を初め候節、町年寄共のはたらきを以、江戸中より出金を出させ、夫を取りあつめ、暮松方へ遣候を以、心安く渡世仕るとなり。(3)

関白豊臣秀吉は金春安照、そして手猿楽の出身で金春家の弟子となっていた暮松新九郎を重用していたことが知られているが、ここにいう暮松大夫とは、その暮松新九郎のことを指すのであろう。事情があって上方にいられなくなって江戸へ下り、町人の素人弟子を取っていたが、やがて神田明神で神事能を興行するようになったという。能を「乱舞」といっているのも武家社会らしいところである。さらに『落穂集』には、

其後、右の暮松相果、子供幼少故能興行も相止る所に、関ヶ原御一戦以後の義は、四座の者共も御当地へ罷下

り候に付、神田神事能の義を再興いたし、観世大夫方へ相頼み可申と有之候所に、北条家繁昌之節、北条氏直、能の師匠として、保生四郎右衛門と申者を招き申さるゝに付、保生大夫、上方をハ、病気故隠居いたす旨申立、小田はらへ下り、氏直の舞を指南仕候より事起り、小田原中悉く保生流と罷成り候処、天正十八年に至り、北条家断絶故、氏直扶持人の役者を初め、町方の乱舞を数寄候者迄、悉御当地へ罷出、渡世仕り居申内に、右の通り暮松大夫罷下り、神事能初るに付、小田原崩の役人共、右の能に出、相勤るを以、保生大夫義をヒイキいたし、暮松大夫跡代りに取持となり、実不実の段ハ不存候へ共、我等弱年の節、去る老人の物語にて、承りたる趣に候也。右暮松大夫の子孫ハ、今程ハ太々神楽を打候頭となりて居申候となり。

と記している。関ヶ原の合戦の後、大和猿楽四座が徳川幕府のある江戸へ下ってきて、由緒を誇る神田神事能を再興するに至った。それ以前、小田原の北条氏は宝生大夫に能を学び、このために小田原の地は宝生流能楽が広く行われるようになった。天正十八年（一五九〇）北条氏が滅んだ後は、小田原から能楽関係者が多く江戸に下ってきて、暮松大夫の能に出勤した。そのうち宝生大夫の能がもてはやされて神田神事能を勤めるようになり、従来これを担っていた暮松一族は、以後神田明神の太々神楽を打つ頭の家となったという。この宝生大夫のことは、松永貞徳の『戴恩記』巻上等に見える。謡曲「将門」から少しそれたが、この謡曲は実際に神田明神等で演じられたかどうかはともかく、やはりこの神社が能楽と縁が深かったことを反映して創作されたもののようにも思われる。「太々神楽」はもと代神楽・代々神楽の意で、伊勢神宮に代参する代りに、神人が村々をまわって神楽を奏するもので、各地に残り、関東・東北では「太々神楽」と記されるようになったものである。猿楽（能楽）は舞楽とも神楽とも近い関係にあると見なされていた面があり、これは世阿弥の『風姿花伝』第四神儀云にも見えていることであった。

神田明神が能楽と関わりが深かったことは、その縁起にも見えている。『武陽神田神廟記』に、

> 欽稽、神田祠一殿二座、左は国造大己貴命而、右相殿は平親王将門公霊也。…凡当社神事能者所レ載二北条記一。明神託、（時世不レ詳）雖二諸祭祀多一不レ若二舞楽一。因レ茲毎年九月十八日有二神事能一。上杉修理大夫藤原朝興武蔵国守而居二江城一。大永四年甲申北条左京大夫平氏綱攻二江城一、上杉泯滅而氏綱治二武州一。此故中年無二神事能一。而翌年勤レ之。蓋是称二吉例一也。其以来隔年執二行之一。山城国八幡山下暮松猿楽下向、而住二江城下一勤二仕之一。本朝通鑑亦載レ之云云。按、所々神田未レ聞二神事能一之（也カ）。是乃以二当社之霊隆盛一之故也。(4)

とあって、これによると、神田明神では、大永四年（一五二四）以前より、舞楽奉納として九月十八日の祭礼に能楽が演じられていた。この「舞楽」は雅楽の意味ではなく、これは中世における大掛りな法楽芸能としての歌舞のことである。先述のように、猿楽は広義の舞楽とされていたのである。後北条氏が江戸城を攻めて上杉氏を滅ぼした年には能を演じなかったが、翌年より再び演じ始め、以後隔年に催していた。そこへ山城国石清水八幡宮の山下出身の暮松が下向し、その神事猿楽を担当するようになったとしている。神田明神で、舞楽として猿楽を奉納していたということは、謡曲「将門」で、将門の霊（後シテ）が夜遊に雅楽系統の舞楽を舞うこととも関係するであろうか。もっとも能では世阿弥の「高砂」のごとく、後場でシテが舞楽を舞うという形式はよく見られる。さらにそれは中世の『多武峰延年詞章』の大風流にも見られる構成で、両者の構成は関係があるであろう。またこの謡曲では、怨霊としての平将門と五穀豊穣の神大己貴命とが混同されていることも注目される。こうして所々の神田では能楽奉納はないのに対し、この明神のみ神事能があることが誇りとされていた。

ただし、その実際の内容については、明確ではない。斎藤月岑の『武江年表』によることとし、東洋文庫本『増訂武江年表』（平凡社）の索引から拾うと、神田明神の祭礼については、天和元年、元禄元年、宝暦十三年、明和二年と、二十七例をあげることができる。天和元年（一六八一）の記事では、山王と神田の祭礼は毎年行われていたが、この年より隔年となったことを伝える。これはこの年の全国的な飢饉によるものであろうか。元禄元年（一六八八）九月には、神田明神の神輿・練物が始めて江戸城内へ入ったという。このほかの記事では、祭礼延引のことなどが見えるが、寛政三年（一七九一）九月十五日の記事には、神田明神の祭礼には、山車のほか、太神楽、独楽回し、子供相撲のみで、落書に「御祭は目出たひひれの御吸物出し計にてみどころはなし」とまで言われた。この時は名物の太神楽はあったものの、後に見るように既に能楽奉納はこれ以前に退転していた。安政二年（一八五五）には、従来のように山車、練物、神輿ともに城内に入るに及ばず、産子の町々を好きなように渡してよいことになった。安政六年には以前の通り、車楽《だし》、附祭練物、御雇太神楽、独楽廻し等がみな御廓内へ入ったという。

『武陽神田神廟記』にいう『北条記』こと『北条五代記』には、その巻五の四・神田神事能の事件、江戸城始事に、

聞しハ今、江戸神田明神の由来を当所の古老物かたりせられしハ、桓武天皇六代孫陸奥鎮守府前将軍従五位下平朝臣良将次男相馬小次郎将門といふ人、朱雀院御宇承平二壬辰（九三二）、東国にをいて叛逆をくはたて、伯父鎮守府の将軍良望、後ハ常陸大掾平国香と改名す。かれを亡し、関八州を志たかへ、下総の国相馬の郡に京を立、百官を召仕、逆威をふるひ、平親王とみつから称す。身ハくろかねにて、矢石もたゝす、鬼神の来現したると、見る人聞人をそれさるハなかりけり。…同（承平三年）二月廿四日、将門ハ秀郷か為に討れぬ。又或説に、将門悪逆無道ゆへ、天より白羽の矢一筋降て、将門かみけんに立、秀郷に誅せらるともあり。…然は其後世にさ

とし様々有て、天地変異しやん事なし。是将門か怨念によつてなりと世上に沙汰しけれは、さあらは神にまつり、将門か心をなくさめよとの宣旨によつて、武蔵国豊島の郡江戸神田明神にいはひ給ふ。それより天下の怪異も志つまり、国土安全に民もさかへたり。…然所に能の祭ハ江戸神田明神に限りたり。それいかにとなれハ、神田明神の御託宣に、「我朝に能はしまる事、地神五代あまてる御神の時、天の岩戸の前にて、八百万神あそひ、朝倉返し、神楽歌をそうし給ひしよりこのかたはしまれり。…わか氏子とも、いかなる祭祈禱をなすとも、能の舞楽にハ志かし」と有しより、毎年九月十六日に神事能あり。然る所に上杉修理太夫藤原朝興ハ、武蔵の国主として江戸の城にまします。大永四甲申の年（一五二四）、北条左京大夫氏綱江城をせめ落し、上杉を亡し、武州を治め給ふ。是によて申の年神事能なくして、次の年に神事能あり。「是吉例なり」と氏綱仰有てより以来、年中一年へたて、三年目ことに神事能あり。京の八幡に、神といふ舞楽堪能の者あり。此人下て江戸を居住とし、三年に一度の神事能をつとめ、今にたへす(5)

とある。ここでは、神田明神が平将門の怨霊を祭るものであるという縁起を述べているが、その将門は体が鉄でできているという鬼神のような人間離れした存在で、これが藤原秀郷という百足退治の怪物退治で有名な武将に討たれた、あるいは天の矢に討たれたのだという。これは下総の相馬郡の伝承とも異なる江戸の将門観ということができよう。御伽草子や能の怪物退治物と同様のイメージがあるようである。村上春樹氏によれば、将門の鉄身伝説は神田本『太平記』巻二十・義貞朝臣山門贈牒状事が早い例で、江戸時代にはこれが広く知られ、極端に誇張されたという(6)。

能楽の奉納については、二月六日の春日若宮祭に四座の猿楽が出勤していた例が示され、関東では神田明神のみが猿楽を奉納していることを誇りとしているが、そのいきさつは明確ではない。どの座が担当していたのかも定かではない。ともかく関東ではこの神社のみが猿楽と関わりがあったというのであるから、あるいは関東での唯一の猿楽の座で、鎌倉時代の鎌倉猿楽の系統を引いていることも考えられる。この猿楽奉納は、江戸城にいた上杉朝興に保護されていたのであろうが、これを滅ぼして江戸城に入った後北条氏の氏綱によって継承され、この書では以後三年に一度、能を奉納するようになったとしている。京の八幡にいた猿楽師神というのは、『落穂集』等にいう暮松に相当する者であろう。彼は石清水八幡宮では神人《じにん》と見なされたのであろうか。

神田明神での神事能の退転については、喜多村信節の随筆『嬉遊笑覧』巻七「『禁中行事』に」に、

『事跡合考』に、「山王祭礼は、元和の後、御産土《うぶすな》として上覧あり。神田明神祭礼上覧し給ふ事は、元禄中よりの新儀にて有之故、享保中一度停められし事も有しが、又々もとのごとし。右両祭礼、ねり物に、屋台とて夥しき高欄台のうへに、人形あまたすゑ置、花樹岩石等の形を作り、牛二匹三匹を以て引しむるものは、極めて後来の所為たり。…」(7)

として、神田明神祭礼の上覧は、元禄年間(一六八八～一七〇四)であるとし、山王・神田両祭は、後年豪華になったとしている。さらに同巻「神田明神は」で、『北条五代記』の記事を紹介した後、

『江戸鹿子』に、「九月十八日、神田明神々事能、保生大夫勤、諸人見物す」。『事跡合考』に、「明神々事能は、享保の初まで保生大夫凡百年に余り代々これを勤めしが、失脚不足の由とか、辞退して喜多十太夫を頼み、是を勤めしむ。唯一年喜多勤めし已後、永く止たり。今も右能の道具入置土蔵壱ケ所、社地に有之を、町中より失脚

にて修覆致し来る」といへり。

と『事跡合考』を引いて説明している。そして注として、

古日記を検するに、宝永三年（一七〇六）迄は宝生大夫勤之、同五年には喜多七大夫なり。同七年より又宝生つとむ。正徳二年（一七一二）明神祭礼御上覧場近処へ相詰候様被仰出、神事能は此度も又正徳五年も宝生にて、享保三戊（一七一八）九月十八日当喜多十大夫初而勤之。祭礼はいづれの年も十五日にありて、神事能は廿三日或は廿六日など有て、定日なし。享保三年十月廿日、「神田神事能入用高、金六百弐両、銀三拾九貫七拾目壱分壱厘、外に大夫へ礼金五拾両之集、小手形弐百五拾四枚、帳面弐冊」と有。又享保七年壬寅九月十五日、「神田明神祭礼、今日相済。…且又神事能之義、当年ハ延引可仕旨被仰出」。此後永く相止たり。

とその事情をつまびらかにしている。すなわち宝生と喜多が出勤していたが、享保七年（一七二二）を最後に中絶したらしい。この年は昨年四月のお触れの通り、練物の屋台もなく、警護の人数も少なかったと伝える。

## 二　神田明神の信仰と祭礼

こうして江戸において室町時代に江戸城が開設され、町ができてゆき、さらには徳川幕府が創設されてゆく過程において、威を振るう将門の悪霊は、新興都市江戸にとって、次第により重要な存在になったはずである。従来の能楽

の奉納は、その怨霊鎮撫のためのものでもあり、中古以来の御霊信仰と芸能の関係を思わせる。御霊的神に芸能を奉じてこれを慰め、かつその大きなエネルギーを福徳に転じようとするものである。それは江戸時代の神田明神の祭礼において、芸能が盛んに催されたことに受け継がれているであろう。

この将門を祭る神田明神は、もと神田橋のあたりにあった。『江戸砂子』巻三に、

神田社、湯島、社領三十石…産土神　祭神　大巳《ママ》貴命・平親王霊二座。…［社家伝説］云、人皇四十五代聖武天皇天平二庚午（七三〇）鎮座

往古は神田《みとしろ》とて一ケ国に二ケ所三ケ所の御田ありて大神宮へ初穂の神供を収む。当国は豊島郡柴崎村にあり。大巳《ママ》貴命は五穀の神なれば、其所に多く此の神を祭る也。当国足立郡に神田《しんで》村と云あり、これもその類ならんか。

△将門の霊を祭る事は人皇六十一代朱雀帝天慶三庚子（九四〇）二月十四日、平ノ貞盛が矢に中《あた》り、藤原秀郷討レ之。その頃将門の弟御厨屋三郎平将頼、武州多摩郡中野の原に出張し、秀郷の子藤原の千晴とたゝかひ、将頼利なくして天慶三年七月七日、同国河越におゐて千晴がために死ス。中野の古戦場にその猛気とゞまり、人民をわづらはしむる事年あり。延文の頃（一三五六〜六一）一遍上人二代真教坊当所遊行の時、村民此事を慊《なげ》く。其党の長なれば将門の霊を相殿にまつりて神田大明神二座とす。かたはらに草庵を立て柴崎の道場とす。是浅草神田山日輪寺なり。

柴崎村は今の神田橋の辺なり。社の旧地、今酒井家のやしきの所也。今に至りて祭礼の砌は此所にしばらく神輿とゞまり奉幣あり。神職の柴崎氏も此在名也。元和二年丙辰（一六一六）当所にうつる。(8)

とある。神田明神は五穀神である大己貴命を祭っていたが、鎌倉時代から南北朝時代にかけて、多摩郡が自然災害に見舞われ、これが将門の霊によるものとされ、時衆の他阿がこれを受け入れて将門の霊を祭り、時宗の道場としたことで、神田明神の基礎ができたようである。多摩郡中野の原で将門の弟将頼が秀郷の子千晴と戦い、川越でこれに討たれてしまったのだという。これは『将門記』には見えないことで、武蔵の国に伝わる在地的な将門伝説の一つということになるであろう。村上春樹氏によれば、東京都中野区には、将頼と千晴の戦いによって中野に古戦場ができて、猛気が留まって人民をわずらわせたという言い伝えがあるという。(9) 神田明神の成立に時衆が関与したという点も注目される。但し他阿は、元応元年（一三一九）に死去しているから、実際にこれを行ったのは、その弟子達であろうか。この神田橋の明神跡は、現在、千代田区大手町一丁目に将門の首塚として残っている。

　そして神社は元和二年駿河台の地、現在の千代田区外神田二丁目に移ったとするものが多い。先の『落穂集』巻二・神田明神の事に、

一　問曰、御入国の節ハ、神田明神の社も御城内に有之たると申ハ、如何御聞候や。答曰、右明神の社の義、御城内に有之たると申にてハ無之、只今の酒井讃岐守殿の上屋敷の所、古来より明神の社地にて、御入国の節ハ、地内に大木共生茂り、其内に宮居有之。毎年九月祭礼の節ハ、件の木立の中に昇を立ならへ、近所の町方より栗柿を初め、種々の売買物を持出し、人立多候に付、殊外にきやかに有之よし、小木曽抔物語り致候也。其後はるか過て、かの辺も御曲輪の内になり、則明神の社之儀も、只今の所へ御引移、右の社地の跡をハ土井大炊頭殿の居屋敷に被下、神田御門矢倉の義も大炊頭殿へ御預被遊候を以、大炊頭殿代より息遠江守殿代に至りても、水車の紋所を附たる幕を張り詰に致し、有之を以我等抔も覚申す也。其節ハ、御門の外の橋をも大炊殿橋と申ふるゝ

と也。右のいわれに付、今以神田祭礼の節ハ件の屋敷表門の前に神輿をり、屋敷の主より馳走の体抔も有之となり。

とあって、神田明神が旧地にある頃の面影を伝えている。その社地は大木が生い茂っていて、九月の祭礼にはその中に幟を立て並べ、果物などの店が並び、かなりの賑わいを見せていた。徳川家康が江戸に入ってきて、江戸城区域が広がり、そのために現在の駿河台に移って来たらしい。その社地跡は後に土井家の屋敷として与えられ、その後にさらに酒井家の上屋敷となったという。『神代余波』巻下にも、元和二年に柴崎村、その当時の城内神田橋内から駿河台へ移り、柴崎道場は浅草に移って神田山日輪寺となったとある。ただ、『駿河台志』には、

神田明神旧地　神田神社は今一橋御館のうちに有といふ（神田誌に詳なり）。然るに慶長八年（一六〇三）駿河台にうつされしといふは何処にや。又柴崎道場は寛永九年（一六三二）の頃、西福寺西念寺などの在し、今の戸田日向守邸にやと思はるゝ也。[10]

とあり、『大日本地名辞書』所引の『文政寺書上』には、天正十九年（一五九一）に移転が行われたともあり、『武陽神田神廟記』には、神田橋の地から駿河台（神田台）の、後に小堀遠江守宗甫の屋敷となった地へ移り、さらに元和二年に現在の赤城台（神田台）移ったというので、その移転についてはいささか経緯があったということであろう。『江戸名所図会』巻一などにも神田明神の旧地についての記事がある。

将門が平貞盛、藤原秀郷らによって討たれたのち、その首が武蔵の国柴崎村に飛び留まり、祟りをなしたため、こ

れを大己貴命を祭る神田明神に合祀したことは、このほか『神社考詳節』三十三、『本朝通鑑』附録、『東海道名所記』巻二、『江戸雀』巻九、『武江披砂』外編、『江戸名所記』巻一などでも取り上げられていて、広く知られていたわけであるから、謡曲「将門」が作られたのも、自然の成り行きということであっただろう。この謡曲では、神田社の神となった将門は、御代をことほぐという善神となっているが、これは『三宝絵』巻中の後代の増補部分に、

又下総国にありし平将門は。これ東国のあしき人也といへども。先世に功徳をつくりしむくひにて天王となれり。

天台座主尊意は。あしき法を行て。将門をころせり。この罪によりて。日ことにもゝたひたゝかひす。同国天台別院座主そうねむは。先世に将門かをや也。一生仏の寺にすみて。観音をたのみたてまつり。おほくのたうをつくり。心よかりき。此功徳によりて。都卒天の内院に生たり。(11)

とあるような将門観にも通じるものがある。ここでは将門を善とし、これを調伏しようとした天台座主尊意を悪とし、修羅道に堕ちて日に百戦を強いられたとするなど、徹底した将門の霊魂に対する救済、ないし英雄化が行われているのである。また将門伝説が天台宗と関わってなされていることも注目される。将門の子孫伝説においては、『武徳編年集成』巻十八には、天正七年（一五七九）平将門二十九世の子孫相馬長門守の子が下総の国を没落し、浜松に至って御家人となったと伝えている。

そしてこの二柱の神を祭る神田明神は、江戸において、山王日枝神社と並んで、新興都市江戸において、身分を越えて信仰されるようになっていった。大田南畝の『武江披砂』外編には、

神田大明神ハ江戸総鎮守の神にて、天平或ハ延長年中の草創の由申伝へ候、慶長八年癸卯迄神田迄神田橋御門の内柴崎村と申候て、浮地に鎮座にて御座候
権現様御八代の御先祖世良田次郎三郎親氏、松平太郎左衛門後徳阿弥、武州江戸神田御社の神前にて、御開運の御祈禱願有レ之、御通夜の節、御霊夢に梅の折枝御授与有レ之、此の花の数程御子孫を経て後、御開運可レ有レ之御霊夢御座候、究て弥御子孫御長久御繁栄の御吉瑞にて御座候[12]

とあって、徳川家の繁栄がその先祖の神田明神への祈願によって成就したと述べている。ここにも徳川家と神田明神が深い関わりを持つようになった一端が示されている。『国史大辞典』（吉川弘文館）の神田神社の項では、慶長期に社家が熱心に徳川家にはたらきかけ、認められたのであろうとしている。徳川吉宗の晩年時代を記した記録『元文世説雑録』巻九に、元文元年（一七三六）のこととして、

○五月四日
三王神主　樹下民部
神田明神神主　柴崎宮内少輔
右者、五月四日寺社奉行牧野越中守殿へ被二召呼一、直に被二仰渡一候者、於二西の丸一御安産之御祈禱被二仰付一候間、執行可レ仕候、御祈禱料被二下置一候、尤御誕生以後御七夜迄、御祓御守可レ被二差上一之旨被レ仰二付之一候[13]

とあり、大納言徳川家重（第九代将軍）の室で、前権中納言源通条の娘に当たる御部屋様が男子を出産した際、山王日枝神社の神主と神田明神神主柴崎氏がお七夜まで祈禱、御祓いをしたことを記している。両神社ともに徳川氏より厚い信仰が寄せられていたことがわかる。こうして日枝社と神田明神は江戸で相並ぶ重要な神社となっていった。(14)なお神主柴崎氏は将門の子孫であるとされる。

## 三　神田明神の祭礼の変遷

ところで神社が神田橋の所にあった頃、幟を立て並べ、店を並べて賑わったという神田明神の祭礼は、移転後どのようになったのであろうか。

山田桂翁の見聞記『宝暦現来集』巻二に、

○山王神田祭礼年番、寛政三亥年四月十五日、町奉行初鹿野河内守於二役宅一申渡す、
山王神田其外共祭礼之儀、是迄差定候番組之外、ねり物万度等一切停止、附祭りは町にて大神楽一組、外に二組、都合三つと定め、其旨相心得、并警固之者花美之衣類は決て不二相成一候、家主共衣類も、小紋にても紋付にても勝手次第に致し、麻上下は着候て、警固可レ致事、…
一　惣て祭礼休年陰祭と唱へ、餝物等致、入用掛り候町々も有レ之由、自今以後右之体之義、一切致間敷事、(15)

とあって、寛政三年（一七九一）町奉行方から申渡しがあって、山王日枝神社と神田明神は、定まった番組のほか、

練り物（練り歩く行列や山車）や万度（灯籠の一種、花などで飾った）を出すことを一切禁止し、付祭り（山王神社、神田明神の祭礼で、余興のため踊りをする屋台）では、各町で大神楽三組までとされた。そして祭の警護の者共の服装は華美にならぬ事とされ、家主共も麻の裃を着用するようにと申し渡された。おそらく両社の祭礼は、年々華美、贅沢を極めるようになり、町奉行の目に余るようになったのであろう。また老中松平定信による寛政の改革の影響もあるであろうか。この年以前の両社の祭の模様については、これに続いて、

但し、此達し無レ之前は、祭差出候町毎に、番附之花出し一本、何も附祭と申踊屋台、其外練り物万度等を、町々に差出候事故、御定め三十六番之外に、附祭りさま〴〵の工風もの出候事、数の百も二百も有レ之故、朝六ツ時より夜の四ツ時過迄も、町々渡り候故目覚しき事共也、警固衣装も右に准じ、美服心の侭に致し、唐織さま〴〵の物を着し、美事なる事に有りける、寛政度右被二仰渡一以後は、祭礼一通りにて、何心留め候程の花やかなる事なし、予若輩の自分は、何事も右に順ぜしが、今おひ立ものは、格別の楽しみもなく過行なり、

とある。すなわち寛政三年以前は、お定めの三十六番のほかに町毎に附祭屋台、練り物、万度等を差出し、附祭りも様々工夫を凝らして百も二百も出して、夜明けから夜更けまで催していた。警護の衣装も唐織等様々の贅を競っていたという。著者もこの両社の祭礼はたいへん楽しみにしていたようで、今の若い人は気の毒であると述べている。この結果、その後の神田明神の祭礼がたいへんつまらないものになったことは、先の『武江年表』にも見える所で、寛政三年には、山車、太神楽、そして独楽廻し、子供相撲のみであったと記す。この神田明神の名物太神楽については先に記したが、『守貞漫稿』等によると、もとは伊勢の代神楽から出た獅子舞で、さらに曲芸を中心とするようになっ

た芸能であり、幕末には江戸では伊勢方十二組があって、寺社奉行に属していた。尾張にもあって、この二つの地においても有名であった。[16]太神楽といい、独楽廻しといい、江戸らしい曲芸である。

獅子舞もこの祭礼においては重要なもので、『武江披砂』外編・巻一に、

神田橋御舘の中に、明神の旧地なりとて、椎の古木一本あり、其下に印ありしを（神田橋御門の方に近く、御舘の寅卯の間に存せり）、其後寛政四壬子年正月二十五日、社司柴崎美作なるものに仰ことあり、其古跡へ新に社祠を勧請せられ神霊を遷座ましますまて、年毎に正五九の月二十五日は、美作まかりのぼりて奉幣を勧むる事と定まりぬ、

はた御手洗の跡は、社の申酉の方に小池の形残れり、…隔年祭礼の時、御舘より神馬弐匹を牽せらる（附添者礼服、牽人烏帽子白張を着す、其外皆具牽人の粧ひとも神田の社より来る恒例あり）、神輿渡らせ給ふ時、獅子を被むるもの皆舘門より振り舞ひ入りて、御玄関の莚道の際にて獅子を合す、…其時獅子より先達て社家なる者二人、莚道の際に伺候してこれをとゝむ（御玄関の上に目付着座、敷物に徒目付獅子留とて居る事なり、都て祭事にあつかる者は、礼服を着す）、偖獅子に附属せる者は太鼓を打ならし、一同に発声して御門外へ振舞ひつゝ出る（神田橋の御舘にならさるの比は、此の獅子の舞ひ入る事玄関の上壱歩も舞入る事を時の栄とし、屋敷の主人獅子に出向ふと云ふ、今は禁せられて其の事に不及）、其跡に神輿安座の設けをなす

とあって、寛政四年（一七九二）に神田明神の旧地に新たに社祠が勧請され、そこへ神馬や獅子や神輿が立ち寄るようになったことを記すが、獅子舞はかくのごとくこの祭礼において重要な役割を果たしていたことがわかる。そして

寛政三年、四年は神田明神の祭礼にとって、一つの転換期であったことがうかがわれる。

また『宝暦現来集』巻五には、

○神田明神の市は、寛政六年十二月十九日、始めて草物飾物等を売始しが、其頃両三年は買人も売人も市めかず、唯なぐさみ人計出て、暮の買物は浅草市に限りしが、夫より日を取替、廿日廿一日此両日を定日としけり、今は浅草市同様に、売人も買人も市の心にぞなりけるか、

ともあり、神田明神の定期市が、浅草の市と同様ににぎわうようになったことを述べている。

神田明神の祭礼は、もとは庶民のみのものであったらしいが、前述のようにこれが元禄元年（一六八八）に将軍の上覧に入れることになったという。『嬉遊笑覧』巻七「『禁中行事』に」に、

…『事跡合考』に、「山王祭礼は、元和の後、御産土として上覧あり。神田明神祭礼上覧し給ふ事は、元禄中よりの新儀にて有之故、享保中一度停められし事も有しが、又々もとのごとし。

とあり、その練り物の屋台や傘鉾については、引き続いて、

…右両祭礼、ねり物に、屋台とて夥しき高欄台のうへに、人形あまたするゑ置、花樹岩石等の形を作り、牛二匹三匹を以て引しむるものは、極めて後来の所為たり。伝馬町、麹町等御入国前よりの町々は出《だ》しばかりを用ひて、

屋台を渡す事なし。是を以知べし」などいへり。『五元集』鶏句合七十左、「一番の勝《かち》を佐久間が吹流し」。判云、「氏の御神の力なれば、勝方一番の祭をつとめ奉る云々」（大天馬町名主佐久間平八、元禄の後、断絶しぬ）。『異本洞房語園』、「山王、神田両所の御祭礼に傘鉾を出し、あたご参・汐くみなどは、禿《かむろ》の中にて器量をすぐり、粧ひ出したれば、一きは目立てみえし」。『我古路裳』に云、「やたひといふもの、正徳年中迄あり。其始は、寛永ころよりも有りけるにや。大に興あることになりしは、元禄の頃より初たり。享保年中、御停止《ちやうじ》あり。屋たいといふは、一間に九尺ほどに床を作り、手すり高らんを付て、其内に人形二つ、或は三つすゑて裾に幕をはり、其内にて鳴ものをはやす。後には、二間に三間ほどの大屋をしつらい、我勝《われがち》に大形に成たり」といへり。

とある。両祭礼には行列の中に多くの屋台が出て、これを人形や花樹岩石の作り物で飾った。これは享保年中に一旦禁止されたという。享保の改革の影響があったのであろう。神事能の中絶もこれに関連するようである。そして傘鉾が出、愛宕参り、汐汲みといった風情で、器量の良い禿を乗せていたというが、こうしたものもやはり京都の祇園祭の影響を受けたものであろう。今日でも各地の祭礼にはよく見かける趣向である。そしてこれによると、赤坂日枝神社の山王祭りと神田祭は、あまり本質的には変わらないものと思われる。両祭礼の相違は、神田明神の場合には、神事能があったことであった。

著者未詳で享和三年（一八〇三）刊の『増補江戸年中行事』九月の項には、

十五日　神田明神祭礼。（丑・卯・巳・未・酉・亥年かく年也。神主柴崎氏。）

〇江戸大祭礼なり、神輿二社、御大名方より供奉・引馬・長柄等出さるゝ、都て番数四十ばん程、だし・ねり物

おびたゞしく出る。(17)

とあり、十九世紀初頭の頃の神田明神の祭礼の規模がうかがわれる。当時もかなり盛大であったことがわかる。ちなみに山王日枝神社の祭礼については、この『増補江戸年中行事』六月の項には、

十五日　山王権現御祭礼。（子・寅・辰・午・申・戌の年、隔年なり。）

○江戸第一の大祭礼なり、だし・ねり物町々より四十三番出る、御大名方より供奉長柄あるひは引馬・警固等成る、法師武者十騎あり、御祭り通り筋往来人止メ、二かいより見物を禁ず。

とある。山王日枝権現の祭礼と神田明神のそれとは、毎年交替するように催され、人々を楽しませていたのであろう。

こうして神田明神の祭礼は、山王日枝神社のそれとともに、江戸の庶民を熱狂させるものであったが、その中で将門がどのように意識されていたのかも関心が持たれる。近松門左衛門作の浄瑠璃「関八州繋馬」（享保九年＝一七二四年、大坂・竹本座初演）は、平将門の遺児の兄妹が活躍するもので、上方でも関東の物語は中世以来好まれる傾向があった。歌舞伎の世界では、江戸市村座の作者であった壕越二三次の作に「将門装束榎」がある。また宝田寿輔作の歌舞伎『世善知鳥相馬旧殿《よにうとうそうまのふるごしょ》』（天保七年＝一八一六年、江戸・市村座初演）が知られている。大詰の「忍夜恋曲者《しのびよるこいはくせもの》」（「将門」）が有名である。これは将門の娘滝夜叉姫が島原の傾城如月に化け、将門の余党詮索にきた源頼信の臣下大宅太郎光圀を誘惑し、味方に引き入れようとするが、正体を見破られて、立ち回りとなるというものである。能に多く見られるような後日談の構想を持っている。こうしたものによっても江戸での将門観を知ることはできるであろう。祭礼にお

ける将門の意味は明らかではないが、将門の存在が祭に大きなエネルギーを与えていることは想像できるであろう。今日の神田祭にも将門塚保存会から独特の形を持った神輿が出されている。

能との関係では、『東都歳時記』に翁、和布苅龍神、熊坂、僧正坊牛若、猩々、三条小鍛冶小狐などの人形を載せた花車が出るとあるが、これは能楽からの直接の影響というよりは、やはり祇園祭の山鉾の影響である。現在隔年の五月に行われる神田祭では、魚河岸会から加茂能人形山車が出ている。これは能「賀茂」の後シテである別雷の神の人形で、水神祭の意味を持つようである。こうして神田祭は古くは能楽を伴ったが、次第に町人階級の好みの祭へと変貌してゆく。その中で神事能が失われたのは、偶然性もあるように思われるが、また神田祭が山王日枝社の祭礼に同化する形で、庶民の祭として成熟していったためとも考えられる。今日でも将門は人気のある人物対象で、加門七海氏の『平将門魔方陣』（河出文庫、平成八年）などが現代人の将門観を示している。

**注**

（1）謡曲叢書第三巻（臨川書店）による。
（2）表章「能の変貌―演目の変遷を通して―」「中世文学」第三十五号、平成二年六月
（3）以下、改定史籍集覧第十冊による。
（4）神道大系・神社編・武蔵国による。
（5）新訂増補史籍集覧第六冊による。
（6）『平将門伝説』第一章平将門伝説の内容と成立・七鉄身伝説（汲古書院、平成十三年）
（7）以下、岩波文庫による。日本随筆大成新装版別巻にも『嬉遊笑覧』があるが、岩波文庫本とは記事の相違がある。
（8）小池章太郎編『江戸砂子』（東京堂出版、昭和五十一年）による。

（9）『平将門伝説』第三章平将門伝説の分布・東京都中野区

（10）『燕石十種』（東出版、昭和五十一年）による。

（11）大日本仏教全書百十一巻による。

（12）以下、蜀山人全集第一巻（日本図書センター）による。

（13）続日本随筆大成別巻1による。

（14）『天下祭』（東京市役所、昭和十四年）。なお最近の研究には、岸川雅範『江戸天下祭の研究　近世近代における神田祭の持続と変容』（岩田書院、平成二十九年）がある。

（15）以下、続日本随筆大成別巻6による。

（16）河竹繁俊監修『芸能辞典』太神楽（東京堂出版、昭和二十八年）等参照。

（17）以下、続日本随筆大成別巻11による。

# 東国と謡曲

## 一　はじめに

謡曲にはさまざまな地方が描かれている。これは京都あるいはその周辺の人々が思い描いた地方の情景が大半であろう。これらのものは能作者が巡業等で地方に出向き、その風景を実際に見聞して詞章に取り入れることもあれば、あるいは中央にいて、従来の文学作品や和歌の指導書などによって、または地方に旅をしたことのある人々の体験を聞いて、想像力を駆使し、謡曲を作り上げていったのであろう。地方巡業の場合、能楽の座は地方のその曲にふさわしい寺社においても演能したのであろう。この問題は風土学的研究とも関わっており、長く筆者の課題としてきたことである。これには中村格氏の論文とも関係する。(1)

「東国」は都から見て東山道等東の国々を指したり、現在の関東地方を示したりするが、ここでは関東地方を中心とし、そこから若干広げて「東国」を考え、また現行曲を中心的にこの問題を考察することにする。まず候補の曲をあげる。

「春栄」「盛久」「千手」「鉢木」「江野島」「鱗形」「七騎落」（以上、鎌倉物）
「放下僧」（相模物）
「横山」「隅田川」「六浦」（以上、武蔵物）
「桜川」「高野物狂」「常陸帯」（以上、常陸物）
「鉢木」「親任」（上野物）
「羽衣」「三井寺」「富士山」（以上、駿河物）
「姨捨」「木賊」（以上、信濃物）
「山姥」（越後物）
「鵜飼」（甲斐物）
「小袖曾我」「夜討曾我」「調伏曾我」「禅師曾我」等（以上、曾我物）

これらの曲は、ストーリーの上で東国にのみ関係するものではないが、東国の風土と関係するところが多いと思われる。

ところで文学作品における風土性とはどういうことであろうか。これについては日本文学風土学会の基本的なテーマであり、学会創立時から考えられたことで、筆者も自分なりに考えたことがあったが、(2) 今これを繰り返すと、作品あるいは作家を取り巻く自然環境（高地、低地、温度、湿度等）、地理的条件のほか、歴史的な伝統、そして文化伝統が考えられる。またその地域の生活習慣、人々の気質などもある。そして重要なことは人工的環境で、都市か農村か、山里か漁村か等が問題となる。街並や建物群の景観も作品に影響を与える。さらに街道等の交通事情、都（中央）との文化的関係、他地域とのネットワークも観点となるであろう。この問題はひとことでいえば、「土地柄」ということになるであろうか。人文地理学と隣接する面がある。こうした地域としての条件が作品・作家にさまざまな形で影響を与えることになる。

さて東国の文学といえば、記紀神話や『万葉集』東歌以来の伝統を持つものであり、都から東国へ連れ去られた姫君の物語の一群（『大和物語』の安積山伝説、『更級日記』の竹芝寺伝説、『宇治拾遺物語』四十一話・伯ノ母事）等も都における東国の意味を示している。ここではさらには関東地方を中心とした東国人の気質を考えてみる。『徒然草』百四十一段には、

悲田院堯蓮上人は、俗姓は三浦の某とかや、双なき武者なり。故郷の人の来りて、物語すとて、「吾妻人こそ、言ひつる事は頼まるれ、都の人は、ことうけのみよくて、実《まこと》なし」と言ひしを、…「…吾妻人は、我が方なれど、げには、心の色なく、情おくれ、偏にすぐよかなるものなれば、始めより否と言ひて止みぬ。…」(3)

とあって、鎌倉時代の東国人の素朴で率直な性格を伝えている。浅見和彦氏は東国人について、『徒然草』『御成敗式目』『沙石集』を用いて鎌倉幕府の「情」と「理」を考察している。(4)また越後流罪の後、許されて常陸国稲田郷に滞在した親鸞の二月三日付書状に、

鹿島、行方、そのならびのひとぐ〳〵にも、このこゝろをよく〳〵おほせらるべし。一念多念のあらそひなんどのやうに、詮なきこと論じごとをのみまふしあはれてさふらふぞかし。よく〳〵つゝしむべきことなり。(5)

とあるのも、常陸地方の宗教世界の一端を示している。東国で布教活動をした日蓮においては、弘安二年（一二七九）八月八日付上野殿御返事に、身延山において、富士の上野に住する南条時光から、鵞目一貫（穴あき銭）、塩一俵、蹲鴟（いもがしら）一俵、はじかみ少々送られたことに対する謝礼があり、武蔵・下総では石が貴重なものである、筍・茸等は持っているが、塩がなければまるで土のようだなどと述べており、東国の生活事情を伝えている。

そのほか『沙石集』に見える東国説話や『神道集』に見える東国の信仰等も資料となるであろう。ここでは戦国時代に成立したという『人国記』のうち、能の鎌倉物の舞台となった相模国をあげる。

相模の国は、風俗豆州に似るといへども、人の気転変し安き所なり。栄ゆる人には縁を以て親しみ、今日まで馴れし人にも、時を得ずして蟄居するを見るときんば遠ざかり、科なき人にも科を付けて謗りをなし、非有る人にも、時めく人をば馳走してこれを褒美し、常に栄花を好み、好味を求めて酒色を翫ぶ風儀、十人に八、九人かくの如くなり。(6)

評価が低いのは、著者が京都など畿内の出身であるからであろう。東国は中央の人達から見れば荒々しい土地柄であった。ちなみに祖父江孝男氏の『県民性　文化人類学的考察』では、神奈川県については、特徴がなくてとらえにくい。県民性を強いて言えば、「甘くてやわらかい」といえようか、などとしている。(7)これは神奈川県が東京の奥座敷のようになって、中世とは事情が異なってしまったことによるものであろう。

## 二　各曲の検討

ここでこれらの曲の中から、問題となるものを選んで検討に移る。まず室町時代前期・中期制作の作品を扱う。

○横山

古作の能で廃曲の「横山」は、『申楽談儀』に観阿弥が演じた「草刈の能」として見える曲に該当すると思われ、武蔵国多摩の横山氏という落魄した鎌倉武士を描くものである。横山の十郎晴尚（シテ）は落ちぶれて、自ら馬のまぐさを刈り取る身となった。そこへ昔鎌倉で馴染みとなった亀が江谷《やつ》の遊女初雪（ツレ）が訪ねてきた。晴尚は恥じて会おうとしなかったが、妻（ツレ）の勧めでこれと対面し、酒宴となった。そこへ鎌倉から親族の久米川（ワキ）が横山氏の所領安堵の書状を持って帰ってきたというものである。この地は『万葉集』にあるごとく、馬の放牧が行われていた伝統がある。[8] 横山氏は『吾妻鏡』に見え、横山時兼は和田義盛の乱で和田氏に味方し滅ぼされ、領地横山荘を没収され、以後衰えていった。西源院本『太平記』巻十・鎌倉中谷戦事附相模入道自害事には、元弘三年（一三三三）の新田義貞の鎌倉攻撃に際し、新田勢に武蔵国の住人横山太郎重真がおり、長崎次郎基資に組んで討たれたとある。この時期にも武蔵七党の一つ横山党の人々はいたわけである。この曲は馬の放牧や横山氏の没落といった関東の歴史的事実に根ざし、鎌倉亀が江谷の遊女を登場させ、武蔵野でまぐさを刈り取る風景を描くなど、人事的にも自然的にも風土性の濃い作品と思われる。関東の雰囲気がよく出ている能ということができるであろう。和田の乱という悲運に見舞われた横山氏への鎮魂の意味もあるであろう。もともとは関東で演じられていた能の可能性もある。東国を扱った能ではもっとも風土性豊かな曲の一つである。

中世においては、鎌倉時代はもちろん南北朝・室町時代にも中央の人々の鎌倉とその周辺への関心はあったはずである。それに呼応するかのように、能においてはさまざまな鎌倉物が作られた。「横山」は古い能であるために、能の芸術化が進む以前の素朴さがあって、その分地方性が豊かなのだと思われる。『日本霊異記』にも地方豪族にまつわる説話は見えるが、その伝統は中世においても地方武士の物語として、御伽草子や説経節「をぐり」等に受け継がれる。特に「をぐり」に登場する相模の国横山は、馬と関わる武家として描かれている。また猿楽の世界でいえば、『申楽談儀』に、「金剛は、松・竹とて、二人、鎌倉より上りし者也」とあって、坂戸猿楽の金剛は、もとは鎌倉猿楽であったらしい。鎌倉で作られた能が畿内に持ち込まれた可能性もあるであろう。観阿弥は五十二歳で巡業先の駿河の国で死去しており、東国ともゆかりのある能役者であった。なお東京都中央区で馬喰町と横山町が接しているが、これは偶然であろうか。この横山の地名は徳川氏入府以前からあり、横山某がこの地を開発したことによるという。馬喰町は牛馬の売買・仲介を業とした博労高木源兵衛・宮田半七が住んでいたことから博労町と称され、正保年間（一六四四〜四八）に馬喰町になったという。(9) いずれにせよ能は早くから地方に関心があった。

○桜川

これに比べて世阿弥の「桜川」はどうであろうか。この能は日向の国に住む桜子（子方）という少年が、家の困窮ぶりに人買い商人に身を売り、東国方へと下ってゆく。桜子は常陸の国桜川磯部寺に入る。住僧（ワキ）と桜子が花の名所桜川に花見に出かけると、筑紫から我が子を求めてやって来た桜子の母（シテ）が狂乱している様を見る。やがて桜子と母は再会するというもので、桜尽しの場面がある。狂女の旅は九州から常陸へ至るという長途のものであるが、御伽草子「明石物語」の女主人公の、播磨の明石から陸奥の信夫の里に至る例などがある。そのほか御伽草子や幸若舞、説経節には主人公、女主人公の長旅のプロットがよく見られる。なお藤木久忠氏は、中世の飢餓と人身売買に関して解説しており、これも参考になる。(10)

「桜川」の舞台となった茨城県桜川市には、現在磯部寺はなく、桜川磯部稲村神社に、「つねよりも春べになればさくら川波の花こそまなくよすらめ」という『後撰集』の紀貫之の歌の歌碑が立っているが、この謡曲はこの貫之の歌や、伊勢の桜を詠んだ歌「年を経て花の鏡となる水はちりかかるをや曇るといふらん」(『古今集』)等、桜を詠んだ和歌をちりばめ、桜の文学のような一面を持っている。世阿弥は桜を愛するようで、彼の能「西行桜」や能楽伝書『花鏡』を想起させるが、彼は常陸の国にある桜川という地名に引かれ、対照的に日向の国からの狂女を登場させ、桜川地域の風土性が感じられるように創作したもので、実際に桜川周辺にまで猿楽興行にやって来て、風景を眼にしたわけではないであろう。『碧巌録』の一節を利用して、

シテ「岸花紅に水を照らし、洞樹緑に風を含む　地「山花開けて錦に似たり、澗水湛へて藍のごとし(11)

を挿入しているのも、桜川の風土性を豊かにすることを妨げる。桜川の現地性を感じさせる部分は、後場の磯部寺の住僧が桜子を連れて桜川に花見に行く道行の場面で、

ワキ・ワキツレ「筑波山、この面かの面の花盛り、この面かの面の花盛り、雲の林の蔭茂き、緑の空もうつろふ

や、松の葉色も春めきて、嵐も浮かむ花の波、桜川にも着きにけり、桜川にも着きにけり

とあるが、これも『古今集』東歌を引用するもので、現地を知らずに作詞できる内容である。世阿弥の地方を舞台とした能は、古典文学を利用し、その地を想像したものという傾向があるであろう。彼の「砧」の能もまた九州蘆屋の里を舞台とした能で、「桜川」と同様の構想・手法を持っている。ただし磯部寺は現在の桜川磯部稲村神社がそれに当たるとされており、この寺は京都等には知られていない無名の寺であったように思われるので、この点が現地性を有している。これは世阿弥が中央にいて、東国に関係する人から磯部寺の稚児に関することを聞いたのであろうか。桜川は現在細い川幅で桜川市内を流れ、付近は桜の名所になっている。

○隅田川

次に世阿弥の息観世元雅の能「隅田川」を考える。隅田川については「隅田川文学」とでも称すべき伝統があって、古代の和歌から永井荷風の小説『すみだ川』（明治四十二年）等の近現代文学まで続く。『万葉集』二九八「真土山夕越え行きて庵前の隅太河原にひとりかも寝む　弁基」、『内裏名所百首』の「今宵またたれ宿からん庵崎のすみだ河原の秋の月影　順徳天皇」そして『伊勢物語』九段・東下りと、和歌の世界には見える。後深草院二条『とはずがたり』巻四に、正応二年（一二八九）作者が関東に下り、浅草寺に詣でて、

さても、隅田川原近きほどにやと思うふも、いと大きなる橋の、清水、祇園の橋の体なるを渡るに、きたなげなき男二人会ひたり。(12)

とあり、鎌倉幕府の開設によって、京と関東は以前より近い関係となって、隅田川は都人にもより身近なものになっていたと思われる。「隅田川」は世阿弥の「桜川」の美的世界と比べると、同じく東国の川を舞台とし、古典文学を背景として、わが子を探し求める狂女物の世界としながらも対照的な作品になっており、元雅は「桜川」を意識して、意図的にこれと対となりそうな「隅田川」を作ったようにも見える。

京都北白河に住む梅若丸（子方）が人買い商人の手に渡り、奥州へ下るうちに隅田川にたどり着き、病死して葬られる。人々は遺言に従って柳の木をその墓標する。その後梅若の母（シテ）が我が子を探して狂乱の体で都から隅田川に下って来る。そこで渡し守（ワキ）によって、舟で隅田川を渡る。そして亡者となった梅若と対面するというストーリーである。不運にも都からはるばる連れてこられ、川のほとりで力尽きて死去した少年に対する鎮魂をも意味するようである。貴種流離の話型も感じられる。その背景には『伊勢物語』第九段の東下り、都鳥の話があり、それと重ね合わせる二重の構造になっている。この能の成立に関しては、従来隅田川周辺に流布していたらしい梅若伝説という地域の伝承が重視されてきた。これは万里集九『梅花無尽蔵』文明十七年（一四八五）十月十四日の条や木母寺に伝わる『梅若権現縁起』によって知られている。『梅花無尽蔵』には「河辺有柳樹、蓋吉田之子梅若丸墓処也、其母北白川人」とあって、隅田川の岸辺に柳の木があり、これが梅若丸の墓所を示していると記している。旧暦三月十五日の梅若忌は木母寺で今日まで続いており、長い伝統となっている。この物語は地方から中央に達し、人々に愛されるようになり、近松門左衛門「雙生隅田川」等浄瑠璃・歌舞伎の世界に隅田川物を形成していった。

観世元雅の地方巡業先といえば、吉野の天河や伊勢の津が知られている。彼が実際に隅田川の風景に接したことがあるかは不明であるが、能に出てくる隅田川のあたりは、中世において交通の要衝であったことは考慮すべきことと思われる。舞台は浅草寺近辺の隅田川であろう。そしてこのあたりの隅田川が街道筋に当たり、それが作品に表れていることは注目すべきことと思われる。墨田宿《すだじゅく・すみだじゅく》は現在の墨田区の北端に当たり、南北朝時代には渡船場があった。この隅田の渡河点が交通上・経済上・軍事上の重要な拠点と認識されていた[13]。墨田区立すみだ郷土文化資料館にもそれに関する展示物がある。『とはずがたり』には、隅田川に大きな橋がかかっていたという印象的な風景の叙述があるが、南北朝時代には渡し船が用いられていたという。この作品は室町時代のすなわち同時代の隅田川を意識しているのであろう。狂女物にはそうした同時代性が強いようである。船頭が船中で狂女達に梅若について語る中に、

ワキ「…この幼き者いまだ慣らはぬ旅の疲れにや、以ての外に違例し、今は一足も引かれずとて、この川岸にひれ伏し候ふを、なんぼう世には情なき者の候ふぞ、この幼き者をばそのまま路次に捨てて、商人《あきびと》は奥へ下りて候…（幼き者は）都の人の足手影も懐しう候へば、この道のほとりに築き籠めて、しるしに柳を植ゑて給はれと、おとなしやかに申し、[14]

とあるが、ここには能の舞台となった隅田川周辺が奥州へ下る街道筋で、京都から奥州等へ下る旅人が多かったこと、渡河に渡し船が用いられていたことが写実的に語られている。川に見える鷗の描写もリアルである。この能には旅人（ワキツレ）が一人登場し、これも都から東に下る者の一人で、梅若が心に描いていた懐かしい都人であり、鎮魂に加わる者である。一人であっても多くの旅人を象徴しているように思われる。しかしこの能も世阿弥の「桜川」の場合と同様、元雅が隅田川界隈の梅若伝説や風土的状況を人に聞いて創作したものであろう。

○姨捨

ここでもう一度世阿弥に戻って、信州更級の里を舞台とした「姨捨」を考える。この能は周知のように『大和物語』第百五十六段によるもので、男が年老いた伯母を山に捨てる話である。ワキは都の者、シテは捨てられた老女の霊である。『大和物語』には、

高き山の麓に住みければ、その山にはるばると入りて、かぎりなく高き山の峯の、下り来べくもあらぬに置きて逃げて来ぬ。(15)

とあるが、この姨捨山は冠《かむり》着山《きやま》ともいい、標高一、二五二メートルである。このあたり謡曲を光悦本で示すと、

ワキ（詞）「われこのところに来て見れば、嶺平らかにして万里の空も曇りなく、千里に隈なき月の夜、さこそと思ひやられて候…　シテ「…これに木高き桂の木の、蔭こそ昔の姨捨の、その亡き跡にて候へとよ…　地「…姨捨山の夕暮れに、まつも桂も交じる木の、緑も残りて秋の葉の、はや色づくか一重山、薄霧も立ちわたり、風凄ましく雲尽きて、淋《さみ》しき山の気色かな、淋しき山の気色かな(16)

とある。下掛系の車屋本では以下のようになる。曲名は「伯母捨」である。またワキは陸奥の信夫某とする。

ワキ（詞）「我此山にのぼりてみれば、山そびえ嶺平らかにして、万里の空目前にまぢかく、月のさこそと思ひ

やる、こよひの空のいつしかに、…　シテ（詞）「…あれに見えたる桂の木の、陰こそ昔のをば捨の、其なき跡にて候へとよ…　地「…伯母捨山の夕暮に、松もかつらもまじる木の、緑も、残りて秋の葉の、早色づくか一重山、薄霧も立ちわたり、かぜすさまじく雲つきて、さびしき山のけしきかな、さびしきやまのけしきかな(17)

両者を比べると、車屋本には「山そびえ嶺平らかにして」とあり、光悦本には「嶺平らかにして」とあるのみで、車屋本の方が現地性がある。光悦本で「これに木高き桂の木の」とあり、車屋本では「あれに見えたる桂の木の」とあるが、これも車屋本の方が臨場感があるように思われる。もっともこの曲も世阿弥が現地に赴いたわけではなく、人からの伝聞をもとに、想像によって現実味のある描写をしているものと思われる。ほかの能でも世阿弥は、風景描写において現地性に富んだ表現をしていることが多い。

## 三　各曲の検討（続）

次に室町時代後期・末期の作品をいくつか取り上げる。この時期は応仁・文明の大乱を経て、知識人の地方下向などがあって、京都の文化が地方に普及していった頃であり、また能役者も地方と関係を深くしていった。たとえば室町末期の里村紹巴『紹巴富士見道記』には、尾張で金春大夫が勧進能芝居をしたことが記される。また大道寺友山の『落穂集』巻二・神田明神の事には、小田原の後北条氏のもとに宝生大夫が下っていたことを記し、これは松永貞徳の『戴恩記』巻上にも「昔保生座に兄弟の上手の大夫侍りき。兄は関東に有し留守に、弟勧進能を仕るに」と見えている。このことはまた別の意味で能の世界に謡曲の地方性をもたらしたように思われる。中村格氏は「日本海の交通と文学」において、室町時代の能の中から「婆相天」「身売」を取り上げ、佐渡の松ヶ崎等の中世の港町と関係づけて論じられている。(18)

○江野島

「江野島」は「親任」と同様観世長俊の作である。彼のいとこの子に観世元広（六世観世大夫、道見）がおり、その子の観世元忠（七盛観世大夫、宗節）に観世方の能を残らず指南したことで知られる（『四座役者目録』）。元忠の兄に駿河十郎大夫がおり、徳川家康に朝夕仕えていたとあり、観世座が東国と関係を持つようになったことが知られる。こうした事は『戴恩記』の宝生兄弟のことにも見えるが、『四座役者目録』宝生大夫代々之次第の小宝生の項に、彼は観世元広の第四子の慈子で元忠の弟に当たり、宝生大夫となり、元亀三年（一五七二）頃に小田原で死去したとある。またこの次第の末尾に、小宝生は小田原に下り、北条氏と親しくなり、小田原で卒した。宝生は古来観世と能も謡も同様で、それで元忠の弟が宝生大夫となり、小宝生と称せられたとある。『戴恩記』の記事も小宝生のことだと思われる。『能楽大事典』（筑摩書房）巻末資料の宝生宗家の系図を見ると、五世重勝（宝山）が小宝生と称される人で、宝生大夫の養子となり、元亀三年頃に没したとあるが、弟のことはこの系図には見えない。いずれにしても東海地方で猿楽の座が戦国大名と深い関係を持ったことが知られる。しかるに長俊と東国との関係は不詳である。

「江野島」は欽明天皇の時代、臣下（ワキ）が相模の国江の島は弁財天の影向の地であるということで江の島に下る。漁翁（前シテ）が現われ、臣下と問答をする。漁翁は欽明天皇十三年四月に江の島ができたこと、天女が出現し、悪龍をなだめて夫婦となり、これを明神としたことを語る。その後弁財天女（後ツレ）が現われて舞を舞い、漁翁は五頭龍王（後シテ）となって現われて御代をことほぐというものである。江島神社の縁起に取材したものであり、

『江島縁起』と同文の箇所があることが指摘されている。[19] この曲の前シテの漁翁が登場したあたりに、

シテ（詞）「さん候この浦の者にて候が、毎日この島に上り、山上山下巌窟社々を清め申す者にて候[20]

とあるのは、当時の江の島の情景をよくとらえているが、これも長俊は直接体験したわけではなく、人から伝え聞いたこともあるのであろう。そして、

シテ「水は山の影を含み、山は水の心に任せたり

とするあたりは、謡曲「桜川」にも見える観念的な描写で、世阿弥が漢詩風の表現に頼るのに対し、長俊は絵画の世界に拠っているように思われる。

『とはずがたり』巻四には、

（正応二年＝一二八九年三月）廿日余りのほどに、江の島といふ所へ着きぬ。…漫々たる海の上に、離れたる島に、岩屋どもいくらもあるに泊まる。[21]

とあり、二条は山伏が経営する岩屋の一つに宿泊し、所の貝などをふるまわれ、彼女も京土産の扇などを与えたのであった。江の島内の社々を清める老人を登場させるのは、能の定型に基づく。この作品が成立する背景には、竹生島、

天河、江の島といった弁財天信仰の盛行があるであろうが、この時期相模国を意識した作品がいくつかあるのは、猿楽と東国との関係がより密になったということであろう。

江の島物はほかにいくつかある。番外曲の「江島童子」は『版本番外謡曲集・三』（臨川書店）に影印がある。豆州の者（ワキ）が多年弁天を信仰し、友人とともに玉縄、片瀬を通り過ぎて、江の島に参詣する。そこへ漁夫（前シテ）が現われ、求めに応じて江の島の縁起を語る。これは「江野島」と同趣向であるが、この曲では殊に弁天に仕える十五童子についてくわしく語られる。後に弁才天（後シテ）が現われて舞を舞う。また五頭龍王が出現し、威勢を見せて海中に沈む。この能はこの地方にふさわしい地名が見え、風土性が豊かだと思われる。関東で作られたような趣もあって、全体に固い感じで武張っているように思われる。龍王も武運長久・所願成就を約束して去る結末で、武家社会にふさわしく、これは次の「鱗形」にも共通する。

○鱗形

「鱗形」も江の島に関わる曲で、作者は不明である。この曲は金剛流・喜多流に残る現行曲で、北条四郎時政（ワキ）が江の島の弁才天に参詣し、自家の旗の紋をいずれにするか祈願をする。すると弁才天（シテ）が現われ、三つ鱗《うろこ》の旗印を授けるというものである。北条氏の家紋は三つ鱗または角折敷の内二文字である。(22)『吾妻鏡』から江の島関係の記事を拾うと、寿永元年（一一八二）四月五日、源頼朝が江の島に参詣し、北条殿（時政）等が随行した。文覚が江の島に弁財天を勧請し、藤原秀衡を調伏したとある。建保四年（一二一六）三月十六日、御台所（北条政子）の江の島参詣があった。源氏将軍家、北条氏に信仰されたことが知られる。『謡曲大観』「鱗形」の出典の項には、『太平記』巻五に、北条家の祖の時政が江の島に参籠して子孫繁昌を祈ったため、北条氏が繁栄した。ただし弁財天は、北条氏の繁栄は七代に限ると告げた、とあることが指摘されている。『平家物語』巻五・物怪之沙汰にある、平家、源氏、藤原氏と節刀がめぐる話の影響を受けているように思われる。これも参考になるが、北条氏の繁栄は江の島の弁才天信仰によるものであるという伝承が江の島周辺にはあったのであろう。政治性のある能で、あるいは時代から考えて、後北条氏を意識した可能性もある。この曲はかなりの力作であると思われるが、これも長俊が実際に江の島を見学したことがあって、成立したわけではないであろう。

長俊には上野の国那波の荘金沢を舞台とした武家同士の争いを描いた「親任」があり、これも能の地方性を考える上で重要であるが、今回のテーマである風土の問題からははずれるので、ここでは取り上げないことにする。

○六浦《むつら》

この能の作者は不明である。六浦（現在の横浜市金沢区六浦）は鎌倉幕府と関係が深く、鎌倉の東にあった外港で、鎌倉とは六浦道でつながっていた。幕府が滅亡してからは衰退に向かった。

「六浦」は京都から東国へ下った僧（ワキ）が相模の国六浦の里にやってきた（六浦は実際は武蔵国にある）。六浦の渡りから安房の清澄に行こうと称名寺に立ち寄る。境内には秋だというのにまったく紅葉しない楓が一本立っている。そこへ里の女（前シテ）が現われ、僧の問いに、昔冷泉為相がこの地を訪れ、この木がいち早く紅葉しているのを見て歌を詠んだことにより、以後木はそれを名誉に思って、紅葉を止めたと語り、姿を消す（中入）。僧が女人を弔っていると、楓の精（後シテ）が現われ、弔いを喜び、舞を舞うというものである。冷泉為相の墓が鎌倉市扇ケ谷の浄光明寺にある。『沙石集』巻一・和光ノ方便ニヨリテ妄念ヲ止事に、「サテ鎌倉ヲ過テ、六浦ト云所ニテ、便船ヲ待テ、上総へ越ントテ」[23]とあって、六浦は安房方面に向かう乗船場でもあった。謡曲「鵜飼」にも安房の清澄から相模の国六浦に渡ってきて、甲斐の石和川に向かう旅の僧（ワキ）が登場する。「六浦」にも「鵜飼」にも日蓮宗との関係が考えられる。また京都等では六浦は鎌倉との関係で、相模の国にあると認識されていたのであろう。

地「所は六浦の浦風山風、吹きしをり吹きしをり散るもみぢ葉の、月に照り添ひて唐紅の、庭の面[24]

あたりには、実地に即した風景描写が感じられる。「桜川」「砧」等のように、漢詩の引用があるわけではなく、「江野島」のように絵画に拠ったかと思われる箇所もないのがまた理由である。鎌倉時代末期、冷泉為相が鎌倉で活動していたことは知られており、この曲は為相の家集『藤谷集』一五三の「いかにしてこの一本にしぐれけん山にさきだつ庭のもみじ葉」によるものであるが、この歌がどれだけ流布したかは不明である。この曲は京都あたりで作られたと考えられるが、作者は称名寺を見たことがある人、すなわち京都と鎌倉・金沢を往来した人物のように思われる。クセに、

シテ「さるにても、東の奥の山里に　地「あからさまなる都人の、あはれも深き言の葉の露の情に引かれつつ、

とあるのもそのことを反映しているように思われる。一方で、前場の終局部に、

地「夕の空も冷ましく、この古寺の庭の面、霧の籬の露深き、千草の花をかき分けて、行方も知らずなりにけり、行方も知らずなりにけり

とあるのは世阿弥の「井筒」を思わせ、創作的な場面と思われる。

○放下僧

さらに相模物としては「放下僧」がある。この能は敵討物である。下野の国の住人牧野の左衛門の子の兄弟がおり、兄は禅僧（シテ）になっており、弟は在俗で小次郎（ツレ）というものであった。二人には親の敵がおり、これは相模の国の住人で利根の信俊（ワキ）という者であった。兄は放下僧となり、弟は放下となって敵討に出かける。信俊は最近夢見が悪く、そのために瀬戸の三島に参詣する。兄弟は信俊に近づき、兄がこれに芸能を見せるうち、隙を見てこれを討ち取るというものである。これも東国の色彩の強いもので、牧野氏は『姓氏家系歴史伝説大事典』（勉誠出版）には、三河、甲斐を中心に、大和、摂津、近江、下野、越中などに分布するとあり、牧野左衛門を下野の住人とするのに合う。一方利根氏は同事典によれば、主として上野、豊後などに分布し、東国では常陸、下総などにもあって、上野の利根氏は利根郡に由来するとある。したがってこの能には東国における何らかの事件の反映があるように思われる。瀬戸の三島は、横浜市金沢区瀬戸にある瀬戸神社のことで、中世この地は金沢入江の中心にあり、『吾妻鏡』にも霊所として記されており(25)、能「六浦」とも関わる土地にあった。当時にぎわっていたであろう瀬戸神社を背景としていることも、この能の種となった巷説を思わせる。そうするとこの能における風土性とは、自然環境としての風土の上に、この土地の出来事が加わったということになるであろう。シテの放下僧は都で流行していたと思われる「面白の花の都や」の小歌を歌い舞うが、武蔵の金沢の地で演じられており、違和感がある。この部分はこの能が京都で完成したことを示しているかも知れない。

○羽衣

最初に示したように、とりあげるべき曲は多いが、ここでは最後に有名な駿河の国の「羽衣」を取り上げる。この曲は『駿河国風土記』三保松原に、

昔、神女あり。天より降り来て、羽衣を松の枝に曝しき。漁人、拾ひ得て見るに、其の軽く軟きこと言ふべからず、…神女乞へども、漁人与へず。神女、天に上らむと欲へども羽衣なし。是に遂に漁人と夫婦と為りぬ。…其の後、一旦、女羽衣を取り、雲に乗りて去りぬ。其の魚人も亦登仙しけりと云ふ。

とあるのと関係する。能「羽衣」は漁夫白龍《はくりょう》（ワキ）が天女の羽衣を取り隠したが、天女（シテ）が天に帰れないことを嘆くので返すことにする。天女は舞を舞ってみせて、天に上ってゆくというものである。『駿河国風土記』の「拾ひ得て見るに、其の軽く軟きこと言ふべからず」「神女、天に上らむと欲へども羽衣なし」のあたりは、「羽衣」の詞章と似ているところがある。ただし、これは今井似閑採択のもので、古代の風土記の記事ではない。以上は日本古典文学大系（岩波書店）の本文および頭注によるが、新編日本古典文学全集（小学館）では、この三保松原の項は採らない。高橋貢氏はワキの漁夫白竜に関して、「古典の詩歌文では、漁夫を神仙の人とみたり、仙境の人と交流できる人と考えられたりすることがあったことが分かる」として、この曲に中国の神仙思想を見ている。(26)

ここで問題になるのは、清見が関の文学史である。三巻本『枕草子』一〇七段に「関は…清見が関」とあり、『更級日記』に、

清見が関は、片つかたは海なるに、関屋どもあまたありて、海までくぎぬきしたり。けぶりあふにやあらむ。清見が関の浪も高くなりぬべし。おもしろきことかぎりなし。(27)

とある通り、風光明媚な土地柄で、作者も期待していた旅の眺めであった。二条の『とはずがたり』巻四には、

清見が関を月に越え行くにも、思ふ事のみ多かる心の内、来し方行く先たどられて、あはれに悲し。みな白妙に見えわたりたる浜の真砂の数よりも、思ふ事のみ限りなきに、富士の裾、浮島が原にゆきつゝ、高嶺にはなを雪深く見ゆれば、五月の頃だにも鹿の子まだらに残りけるにと、ことはりに見やるゝにも、跡なき身の思ひぞ積もるかひなかりける。(28)

とあり、印象に残る描写をしている。「清見が関―富士山―浮島が原」はセットになるものであった。『宴曲集』巻四・海道・下には、

…古郷《こきやう》もおなじ月ながら、光は清見が関路より、向をはるかに三穂が崎、磯部の浪の立ち帰り、契興津の浜千鳥、(29)…

とあって、「清見が関」から「三穂が崎」と続き、『とはずがたり』と合わせると、「羽衣」の詞章に近づくことにな

る。『閑吟集』の一〇三番や一二四番に、「清見寺《きよみでら》」「三保が洲崎」が見えるが、富士山、三保の松原、清見が関、清見寺への遊覧は、室町時代に盛んになったと思われる。永享四年（一四三二）九月将軍足利義教の富士山遊覧に随行した堯孝の『覧富士記』には、

廿日。清見寺（府中より四里）にて、あそばしおかれし御詠、
　関の戸は鎖さぬ御代にも清見潟心ぞとまる三保の松原
御舟に召され。海人の潜きするなど御覧ぜられて、還御なり侍りき。(30)

とあり、「清見寺」「三保の松原」「清見潟」が見える。これには飛鳥井雅世も随行しており、紀行文『富士紀行』をものしている。また宗牧が天文十三年（一五四四）から天文十四年にかけて東国を旅した際の『東国紀行』にも、「富士清見の浦山しさなど仰せられて」という一文があり、富士山と清見のセットが見られる。

永禄十年（一五六七）の『紹巴富士見道記』には、

（五月）十八日。三穂の松原へ舟にてをし移り。…池の天人の衣かけの松の陰より。磯伝ひに。村松といふ所へ行に。…清見寺和尚より御使にて。まつち山急げとあれば。…（六月）八日。清見寺より佳詩一章度々ありて。今一度は三穂松など仰あれば趣むきける。興津入道牧雲といふ人は清見のあたり知人なりしかば。宗長の昔てうあひにて。艶書など今は懐にせるとて。墨染の袖の香も身に入る物語ありつ。此為御張行有べしとて。発句。（和尚御所望）。

月涼しなけや清見が磯千どり(31)

にも、三保の松原や清見寺が紹巴にとって身近なものであったことを示しており、またこの叙述には能「羽衣」を思わせるものもある。「羽衣」には漢詩を引用している箇所もあるが、現地を感じさせる部分としては、

ワキ・ワキツレ「忘れめや山路をわけて清見潟、遥かに三保の松原に、立連れいざや通はん立ち連れいざや通はん…　地「…この春の色を三保が崎、月清見潟富士の雪いづれや春の曙、…　地「…天の羽衣、浦風にたなびきたなびく、三保の松原浮島が雲の、愛鷹山や富士の高嶺、かすかになりて、天つ御空の、霞にまぎれて、失せにけり(32)

があって、ことに三つ目の終局部の詞章は、青空のもと、大海原を横に富士山がそびえ、そちらに向かって松原が続くという神秘的な神仙的な情景で、天女が天に上るのにふさわしい場を構成している。

このように見ると、「羽衣」の世界は、都の人々には親しいものであった。この能はやはり京都あたりで作られたものであろうが、知識人の京と三保の松原との往来により、三保の松原の情景描写が鮮明になっていると思われる。

## 四　結び

謡曲「三井寺」にも清見寺のことが出てくる。シテの狂女は駿河の国の者で、つねに清見寺の鐘を聞いていた。そ

して失った我が子を求めて三井寺に向かって子（子方）と再会するが、この狂女が三井寺の有名な鐘をつく所が見せ場となる。この能では鐘が重要なテーマで、この寺の鐘が俵藤太秀郷によって竜宮からもたらされたという伝説を持つことと、近江八景の一つに三井の晩鐘があることはよく知られている。この能にも清見寺が都人に馴染みの深い寺であることが知られ、また実際の清見寺にもそれを示すものが残されている。この寺は臨済宗妙心派に属し、天武天皇時代に清見が関に設けられたと伝えられる。足利尊氏によって再興され、駿河の今川氏の庇護を受けた。

こうした地方色豊かなものは、応仁・文明の乱以後、京都の文化人が地方に赴き、猿楽も地方に頼ることが多くなったことと関係するであろう。また地方を舞台とした能は、地方の新名所ともなった。たとえば『鹽尻』巻十二によると、「鉢木」によって上州佐野に源左衛門の旧宅というものができていた。これは謡曲のみならず、御伽草子「鉢かづき」や説経節「山椒大夫」等にも見られるものである。能における風土性の問題では、現在でも能楽師が演能前に京都の松尾大社や和歌山県の道成寺等を訪れることがあるが、これも能の背景となった風土を理解しようとする意図があるであろう。東国における物語が京都等で流行したことは、『曾我物語』や近世演劇の隅田川物等で知られるが、能の東国的風土性はなかなか見出しがたい傾向にある。やはり畿内を舞台とした能に風土性が顕著であって、「賀茂」や「春日龍神」の雷神信仰、「班女」の下鴨神社の場、「西行桜」の京都西山の雰囲気などにそれがよく現われているように感じられる。

ところで東国の風土と能で考えるべきものは、常陸物である。常陸の国は鹿島神宮があり、古くは親王任国であって、文学では『常陸国風土記』、『源氏物語』関屋、『石清水物語』、御伽草子「文正草子」、『宇治拾遺物語』四十一話・伯ノ母事、『沙石集』の常陸の話、幸若舞曲「信田」等々とよく見られるものである。「桜川」については先に記した。「高野物狂」には「（シテ・詞）これは常陸の国の住人平松殿に仕へ申す、高師の四郎と申す者にて候」とあるが、この平松氏は近江国甲斐郡平松が発祥の地という。また藤原流の平松氏がおり、現代に続く(33)。高師は愛知県豊橋市にこの地名がある。高師の四郎（シテ）は出家した平松家の春満（子方）を求めて高野山に上るが、この話の背景は不明である。また「常陸帯」は鹿島神宮の常陸帯神事による曲で、常陸帯に歌を書いて求婚する男（前シテ）を女（ツレ）は断る。女に神託が下り、女は狂乱する。鹿島明神（後シテ）が出現して諭し、二人は結ばれるというもので、『禅鳳雑談』に音阿弥が演じたとある。「錦木」と同様、東国の風俗を鹿島信仰と合わせて構想したものである。こうして常陸は鹿島神宮によって神聖な国のイメージも持たれていたが、『人国記』によれば、実際の常陸の国は、

常陸の国の風俗、形の如く然るべからずして、ただ盗賊多くして、夜討・押込・辻切等をして、その悪事顕はれ、罪科に行はるるといへども、恥辱とも嘗て思はず。…武士の風儀もこれに替らずして、道理を知る人少なし。たとへ知るといへども、我意にまかせて執り行ふ故に、理に似たる無理、義に似たる不義のみ多くして、更に善しと云ひ難し。世の唱ふるにも、常陸の国を指して全き人なき国と呼はり、昨日味方にて今日は敵となるの風儀は、千人に一人もなし。

という有様であったという。これには大げさな表現があるであろうが、常陸は治安の悪い物騒な土地柄という面はあったのであろう。

先に述べたように、東国物の能の風土性の追求は難しいことであるが、以上が現在筆者が考えている結論である。なお狂言は能に比べて地方性が薄いと思われる。

## 注

（1）「能の背景」中村格他著『能の背景』（能楽出版社、平成十七年）所収。氏によれば、東国物の能では、殺生罪業と人身売買のテーマが多いという。
（2）拙稿「日本文学風土学の構築に向けて」「日本文学風土学会紀事」30・31、平成十九年六月。本書第二部所収。
（3）岩波文庫による。
（4）『東国文学史序説』東国の「情」と「理」（岩波書店、平成二十四年）
（5）『定本親鸞聖人全集』第三巻・親鸞聖人御消息集（法藏館）一二六頁
（6）以下、岩波文庫による。
（7）中公新書、昭和四十六年、一一九頁
（8）『万葉集』四四一七に「赤駒を山野にはがし捕りかにて多摩の横山徒歩《かじ》ゆか遣らむ　右の一首は豊島の郡の上丁椋椅部《くらはし》赤虫が妻の宇遅部黒女」（新日本古典文学大系）とある。
（9）日本歴史地名大系13『東京都の地名』横山町一丁目・馬喰町一丁目（平凡社、平成十四年）
（10）『中世民衆の世界―村の生活と掟』序（岩波新書、平成二十二年）
（11）以下、新潮日本古典集成『謡曲集』（新潮社）による。
（12）新日本古典文学大系（岩波書店）による。
（13）『東京都の地名』墨田宿
（14）新潮日本古典集成『謡曲集』による。
（15）講談社学術文庫による。
（16）新潮日本古典集成『謡曲集』による。
（17）日本古典全書『謡曲集』（朝日新聞社）による。
（18）『能の背景』所収。
（19）謡曲大観（明治書院）の「江島」の概説による。

(20) 以下、謡曲大観による。
(21) 新日本古典文学大系による。
(22) 志村有弘編『姓氏家系歴史伝説大事典』北条・北條（勉誠出版、平成十五年）
(23) 日本古典文学大系（岩波書店）の梵舜本による。
(24) 以下、謡曲大観による。
(25) 日本歴史地名大系14『神奈川県の地名』瀬戸神社（平凡社、昭和五十九年）
(26) 謡曲「羽衣」「金春」平成二十八年九月・十月号。作者は禅僧などの知識人であろうか。
(27) 新日本古典文学大系による。
(28) 新日本古典文学大系による。
(29) 中世の文学『早歌全詞集』（三弥井書店）による。
(30) 新日本古典文学大系『中世日記紀行集』による。
(31) 群書類従第十八輯による。
(32) 謡曲大観による。
(33) 『姓氏家系歴史伝説大事典』平松

# 東北をめぐる説話・物語・演劇

古典文学に見える都からの東北観を、説話・物語・演劇の方面から考える。

## 一　歌枕的東北観

文学と東北の関係は、古くは都から見た東北のイメージが先行していた。それは『拾遺集』雑下・『大和物語』五十八段に見える「陸奥の安達が原の黒塚に…」の歌で知られる岩代の黒塚伝説や、『古事談』巻二・『十訓抄』第十に見える藤原実方が殿上で狼藉を働き、歌枕を見て参れと陸奥守に左遷されたという説話が典型的である。東北の珍しい景観は国守などによって都に紹介されたものであろうが、こうした歌枕中心の東北観は中世へと持ち越された。『無名抄』の「小野とはいはじの事」は、在原業平朝臣が二条の后の盗み出しに失敗した後、「哥枕ども見ん」と東国に下り、陸奥国に至ってやそしまに宿り、小野小町の髑髏に会うというもので、『古事談』巻二・二十七話になどにもある有名な伝承である。これを受けて御伽草子「小町草紙」では、小町落魄の道行を描写して、日数積れば、陸奥の信夫の里に程近し。都をば霞とともに出でしかど、今日白河の関にも着きにけり。…宮城野の小萩が花の叢薄、なびく煙は塩竈の、八十島かけて千賀の浦波、安積の沼のかつみ草、緒絶の橋や阿武隈川の渡りして、ゆきみの里の程近し。はなかの桜、武隈の松の木立もみきと聞く。阿古屋の松や姉歯の松、…今日は陸奥の玉造の小野といふ草原に宿りして、(1)

とあり、ここでは玉造郡（宮城県北西部）に至る道筋を歌枕を利用して叙述してゆく。この方法は歌謡や謡曲の道行などの常套手法である。作り手が東北に疎いためか、地理的に知識不足のところがあるが、「小町草紙」は小町の落魄を述べるとともに当時の歌学をちりばめているので、この箇所は陸奥の歌枕を啓蒙的に知らせるものでもある。この風景描写は『義経記』巻二の源義経の道行にも類似のものが見える。

…白河の関山打ち越えて、行方《ゆきかた》の野原にさしかかり、実方中将の安達の野辺の白真弓、…浅香の沼の菖蒲草《あやめぐさ》、影さへ見ゆる浅香山、着つつ褻《な》れにし信夫の里の摺衣、なんど申しける名所々々を見給ひて、伊達の郡阿津賀志の中山越え給ひて、…かくて夜を日についで下り給ふ程に、武隈の松、阿武隈川を過ぎて、宮城野の原、榴の岡をながめて、千賀の塩竈へ詣で給ふ。あたかの松、籬が島を見て、見仏上人の旧蹟、松島を拝ませ給ひて、紫の明神の御前にて祈誓申させ給ひて、姉歯の松を見て、栗原寺にも着き給ふ。(2)

こうして義経は名所・歌枕を見物し、また社寺に参詣しながら藤原秀衡のもとに向かうとされるのであるが、この歌枕を利用した伝統的な道行文には、これも地理の知識の不確かさを示しながらも、紫の明神や栗原寺と、歌枕を離れた東北を取り入れている。これは当時の旅が寺社の順礼の面があるためである。

狂言歌謡にも東北の名所を詠みこんだものがある。「鳴子」で太郎冠者と次郎冠者が秋の田に出て、鳥を追いながら歌うものである。大蔵虎明本によって示すと、

なをひく物をうたはんや、〳〵、春のおだにはなわしろ水引秋の田にはなるこひく、めい所は都に、こえたり、あたちかはらのしらまゆみも今此おたでとゞめた、あさかのぬまには、かつみ草しのぶの里にはもじずり石おもふ人にはひかでみせばやあねはの松の一えたしほがまのうら、はに、雲はれて、たれも月を、松島や平いづみは面白、いとゞひまなき秋の田に、月出るまで隙なきに、いざさし置てやすまん、〳〵(3)

秋の田から東北の秋田を連想し、陸奥の名所とそれにまつわる草木を列挙してゆくもので、これは当時の流行歌ではなく、『義経記』や謡曲などの影響を受けながら狂言において創作したもののように思われる。狂言は京都周辺を舞台としていることがほとんどであるから、これも京都における庶民的な歌枕的東北観ということになる。なお天正狂言本の「なるこ」でも、ほぼ同様の歌謡となっている。『閑吟集』五八番の歌謡は、近江節として、

夏の夜を　寝ぬに明けぬと言ひ置きし　人はものをや思はざりけん　麦搗く里の名には　都しのぶの里の名あらよしなの涙やなう　逢はで浮名の名取川　川音も杵の音も　いづれともおぼえず　…(4)

とあり、麦搗きの労働に恋心を籠めるという民謡的な歌謡となっている。さらに後の部分には、

陸奥《みちのく》には　武隈の松の葉や　末の松山　千賀の塩釜　千賀の塩釜　衣の里や壺の石碑　外の浜風　外の浜風　更けゆく月に嘯く　いとど短き夏の夜の　月入る山も恨めしや　…

とある。東北の地名としては、信夫・名取川・武隈の松、末の松山、千賀の塩釜、衣の関、壺の石碑、外の浜となり、歌枕が主となっており、これも室町時代における都とその周辺の人々の東北に関する知識の一例である。

こうしたものよりもより現地的な東北を取り入れているらしいものには、『撰集抄』巻二・六話の例がある。陸奥国平泉郡石塔事に、

過ぎぬる比、陸奥国平泉の郡、捌《ヤツ》といふ里に、しばし住み侍りし時、そのあたりを見侍りしに、さかしば山といふ山あり。木のおひたるあり様、岩の姿、水の流れたる、絵にかくとも筆も難レ及程に見え侍り。(5)

とある。この「捌」や「さかしば山」は未詳の地のようであるが、陸奥のなんらかの現地のさまを反映しているもののように思われる。『撰集抄』は現在西行の著とは認められていないので、西行以後の廻国の僧の情報であろうか。

『西行物語』では、

かくて壺の碑・沼館などいふ所々を過ぎて、或る野中を過ぐるに、事有り顔の墓の見えけるを、草刈りける男

に、「あれはいかなる墓ぞ」と問ひければ、「これなむ実方の中将と聞えし人の御墓」といふを聞きて、あはれにおぼえて、(6)

とあり、「捌」「さかしば山」のことは見えない。実方の中将の墓は、現在宮城県名取市にある。しかし『西行物語』はこれに引き続いて、

悪路や津軽、夷が島、信夫の郡、衣川、いづれをわきて眺むべしともおぼえずして行くほどに、出羽・陸奥両国を従へ、平泉といふ所に住み侍りける秀衡とて、威勢の者侍りけり。

とある。この悪路は、『吾妻鏡』文治五年（一一八九）九月二十八日の条に見える、源頼朝が藤原泰衡を討伐した後、悪路王、赤頭の岩屋に立ち寄ったという記事（『天文雑説』巻十一にも見える）に関係するもので、この言い方は金刀比羅本『保元物語』巻中・佐府御最後に、「東は阿古流や津軽、俘囚が千島なりとも」とあり、覚一本『平家物語』巻十一・腰越の平宗盛の言葉に「たとひえぞが千島なりとも、かひなき命だにあらば」とあるごとく、軍記物語に多い表現で、これもパターン化された東北に関する表現であった(7)。

無住の著作にも東北に関する記事が少々見える。梵舜本『沙石集』巻五末・三話に、昔常陸の田中という所に高観房という山伏がいた。隣に藤追という百姓がおり、その妻のもとにその山伏が密かに通うようになった。藤追は事を荒立てず、高観房が熊野に参詣しているうちに、妻を連れ、奥州千福にゆかりのものがいたため、これを頼って下っていったとある。千福は諸注に秋田県仙北郡のことかという。また『雑談集』巻九・誑惑ノ事には、常陸の入道の話

として、鎌倉に乞食法師がいて、奥州へ下っては人々をだましていた。我が身を燃やして仏を供養する儀式をやってみせ、抜け穴を造って炎から抜け出ていったりなどしていたとある。奇術の一種である。これらには奥州が関東の裏座敷のようになっていたことがうかがわれ、また常陸と東北の近さを物語る。『続日本紀』延暦元年（七八二）五月二十日条に、陸奥国から蝦夷征討に当たって鹿島神に祈ったところ、効験があったため、朝廷に鹿島神に対する位封を乞うたとあり、同書延暦七年三月三日の陸奥征討の動員令の中に、「常陸の国の神賤」が見え、これは鹿島神宮に仕える身分の低い人々をいう。同書延暦十年二月五日には、外従七位下丈部善理が外従五位下に叙された。善理は陸奥国磐城郡の人で、延暦八年に蝦夷征伐の官軍に従って胆沢に行き、奮戦して戦死したためであるとある。東海道の果ての常陸から、太平洋側の岩城を通って東北へと向かうルートがあった。また『続日本紀』によると、房総と常陸から海上輸送で物資を陸奥に運んでいた。室町時代の『直談因縁集』巻三・十二話に、奥州の夫婦が信濃の善光寺詣でを志したところ、夢のお告げがあって、それなら常州信太の荘の海士のコウタウのもとに行けばよいと言われたとあるのも、例としてあげることができる。なお幸若舞曲の「信田」では常陸の豪族信田氏が落魄し、奥州外の浜まで流れていったという筋立てである。

関東から東北への話は、能「自然居士」「隅田川」にも見える。「自然居士」は説法僧自然居士が人買い商人の手からいたいけな少女を取り戻す能である。この陸奥から出てきた人商人《ひとあきびと》は、都で人を買い取って、奥州へ連れて下ることをなりわいとしていた。また「隅田川」は人買いにさらわれて奥州へと連れてゆかれた少年梅若丸が、隅田川のほとりで病死する物語で、このあたりは奥州へ下る街道筋であったらしい。物語は街道筋に発生することが多い。奥州から関東へ下るルートとしては、『義経記』巻三・頼朝謀反により義経奥州より出で給ふ事に、義経一行は平泉から伊達郡の阿津賀志の中山、安達の大城、行方の原、白河の関、那須野の原、鬼怒川、宇都宮、隅田川、川口と通って頼朝のいる駿河へ向かったとあり、これは中世における内陸部の道筋であろう。

さらに東北に関する説話ないし情報をあげてみよう。東北における仏教としては、十二世紀初頭の三好為康『拾遺往生伝』巻上・四話に、

延暦寺の座主内供奉安恵は、…承和十一年（八四四）出羽の講師《こうじ》となり、山を出でて任に赴けり。この時郡内の道俗、一《もはら》に法相宗を学びて、天台宗を知らず。安恵境に入りてより以降《このかた》、皆法相宗を廃てて、改めて天台宗に帰せしめつ。(8)

とあり、出羽国ではもとは法相宗が勢力を持っていたが、天台宗に取って代わられたことが知られる。『今昔物語集』巻十七・二十九話・陸奥国女人、依地蔵助得活語には、陸奥国の恵日寺は、入唐をした興福寺の僧得一の建てた寺であるという前置きがあって、話が展開する。得一（徳一とも）は著名な僧で、最澄と論争し、また円仁とともに東北での布教で知られた人物である。恵日寺は福島県耶麻郡磐梯町にある。この付近に住む女が死して地蔵菩薩に助けられて蘇生し、出家する話である。次いで『沙石集』の他の例をあげる。

○奥州のある尼公が故子息の供養をした時、導師が品のない説教の仕方をした。（巻六・一話）
○奥州の僧が卒塔婆を供養する時、卒塔婆のいわれについてでたらめな講釈をした。（同・三話）

巻六には関東や信州、甲斐、大和等の悪しき説教の例もあげられており、その中の一部として奥州の話があるもの

である。このように無住は各地に起こった逸話をよく収集しており、この書は江戸時代における諸国話のさきがけのような性格が見える。

○奥州の百姓が慳貪であったため、妻の離婚が認められた。（巻七・十一話）
○奥州の山里で修行者が天狗に真言を教えられた。（巻七・二十話）

こうして無住のもとにも陸奥のニュースはいくつか届いていたのであるが、その提供者は奥州に出向いた法師や、奥州を巡った修行者が想定され、それは『撰集抄』巻二・六話の「捌」「さかしば山」と同様であろう。『撰集抄』のこの話には、平泉のあたりに出向いた旅の僧のリアルな実感があるように思われる。なお『撰集抄』巻三・一話には、松島の見仏上人の話が見え、『直談因縁集』「化城喩品」三・二十三話に、松島の念仏衆のことがあり、中世はここが宗教の場であったことが知られる。『三国伝記』巻三・十五話は、東国の受領が陸奥の平伊（閉伊）郡の額の部立の馬数百頭を率いて上洛したことが見える。その中の黒馬は前世は僧で、不動尊に仕えていた。そこで不動明王から特別の加護を受けていたという。中比のこととある。『発心集』巻五・五話に、不動明王の持者が牛に生まれ変わったことを比叡山の僧が知るという話に類似するもので、これの東北版ということになろう。陸奥閉伊郡が馬の産地であることを背景とするものである。中央の話の地方版の例としては、謡曲「小鍛冶」と類似した話が、宮城県登米市中田町地区の刀鍛冶にまつわる伝説に見える(9)。

より東北的なものを取り込んでいるらしいのは、御伽草子の「御曹子島渡」である。秋田県立秋田図書館蔵本絵巻で示すと、源義経は平家打倒の兵法を手に入れるために、蝦夷が島に渡るが、その途中不思議な背高島に立ち寄る。

そこの住人は背が高く、皆腰に太鼓をつけている。義経が「腰なる太鼓は、何のやうぞ」と尋ねると、「転ぶよりして、起きけることのならざれば、その時に、この太鼓を打てば、島の者ども集まりて、えいやえいやと起こすにて候ふなり」と答える。[10] 御伽草子版本（渋川版）では、この島は馬人島で、腰より上は馬、下は人である者の住む島だとする。このイメージには岩手県などの鹿踊りの影響があるのではないかと想像したことがある。[11] これは東北における義経伝説の豊さとも関わるものである。さらに御伽草子「師門物語」は、塩竈明神、刈田、はつかさき（宮城県栗原郡栗駒町の初ケ埼阿弥陀堂か）などの地名が見えて、これも東北に関わる物語で、東北における平将門伝説にも関わる。

## 二　より現地的な東北観へ

都と陸奥間の人の行き来の歴史が進むにつれ、当然より多くの東北に関する情報が都へもたらされることになるが、中世文学にそれを多くうかがうことはできない。まず室町時代の文芸として代表的な謡曲・狂言を見てみよう。ここでは広範に番外曲をも対象にする。そして1名所・歌枕的な能、2軍記物語的な能、3在地的な武家の騒動の能、4在地的な宗教の能、5その他の能、6狂言に分けて述べる。

### 1　名所・歌枕的な能

和歌文学を背景とした能は多くあり、全国各地に及ぶが、その中から東北に関わる曲をあげる。

○「阿古屋松」（番外曲）は世阿弥の作で、陸奥守藤原実方が所の老人に阿古屋の松に案内される。この老人は塩竈明神であったというもので、実方伝説を踏まえる。阿古屋の松は山形市の千歳山の松のことという。

○「錦木」も世阿弥の作で、旅の僧が陸奥の狭布の里を訪れる。この地では、求婚のために男が女の家の前に美しく飾った錦木を立てる。それを女が家に取り入れれば承諾を表わすという習俗がある。ここに錦木を立てて失恋した男の霊と、相手の女の霊が現われるというもので、『俊頼髄脳』に見える錦木伝説に拠る。ただし狭布は架空の地名である。錦木伝説は近世の著にも見える。

○「黒塚（安達原）」は作者不明。旅の山伏一行が岩代の安達原の家に宿り、これが鬼女の家と知って逃げ出し、追いかけてきた鬼女を調伏するというもので、安達原は福島県安達郡にある。『拾遺集』雑下の平兼盛の歌や『大和物語』五十八段に拠るものである。

○「実方」（番外曲）は作者不明、世阿弥作の可能性もある。陸奥に行脚していた西行の前に里の老人が現われる。後に老人は藤原実方の幽霊となって現われ、昔を思って舞を舞うというものである。『新古今集』哀傷や『西行物語』に西行が陸奥で実方の墓に詣でて歌を詠んだことが見える。

和歌説話による曲は能の一分野をなし、以上の曲もこれに属する。古典文学に造詣の深かった世阿弥の作であることが多いのが特徴的である。

## 2　軍記物語的な能

東北ではさまざまな軍事的事件があった。それらは文学としては『陸奥話記』『後三年合戦絵巻』として成立し、源義経が衣川で藤原泰衡に攻め殺された事件は『義経記』に記され、能や幸若舞曲に取られた。東北を舞台とした能は番外曲が多く、中央ではあまり受けなかった傾向の作品群であった。その中では武家物が多いのも特色である。これにも中央からの東北観がある。

○「貞任」（番外曲）は作者不明。華林院の僧が奥州の衣川にやって来ると、安倍貞任の霊が現われ、衣川での合戦を物語るというものである。

○「幽霊信夫」（番外曲、「信夫」「信夫の太郎」なども）は作者不明。旅の僧が陸奥の信夫の里に至ると、源義家に従って安倍氏と戦った信夫の太郎景時が幽霊となって現われるというものである。

○「摂待」は宮増の作かという。信夫の里で佐藤継信・忠信兄弟の母と継信の遺児が、山伏姿となった源義経一行を待ち受けて接待する。弁慶が継信最期の物語をするというものである。

○「鶴若」（番外曲）は作者不明で、佐藤兄弟が義経に従って信夫を立った際に、継信の嫡子鶴若がこれを追ったが、母の手紙で思い留まるというもので、佐藤兄弟物語に付随する形で後日談として創作されたものと思われる。信夫周辺で発生した話とも取れる。

○「錦戸」は宮増の作かという。錦戸太郎は藤原泰衡とともに義経を裏切ることとする。弟の和泉三郎はこれに同調しないため兄に攻められる。三郎の妻（佐藤兄弟の妹）は死に、三郎も自害するという異色の能である。これも「鶴若」同様創作的である。ローカルな趣もあり、こうした能が現行曲となっているのは珍しい。なおこの曲は観世・宝生流に残っている。

○「亀井」（番外曲）は観世信光の作で、熊野の僧が衣川で義経の従者亀井六郎の霊に会い、亀井兄弟の最後の有様を聞くというものである。

○「高館」（番外曲）は作者不明で、「野口判官」ともいう。衣川の高館で泰衡に攻められ、自害したはずの義経が、鞍馬の天狗によって播磨の野口に飛来し、名僧教信となったというものである。教信は九世紀頃の人。浄土教で口称念仏の祖とされ、元亨三年（一三二三）野口大念仏が起こった。(12) なお幸若舞曲の「高館」は衣川の高館で、泰衡に攻められ、戦死した義経主従の合戦譚で、浄瑠璃「高館」などに継承された。

これら軍記物語的能は、東北での著名な合戦の周辺の話であるが、廻国の僧が古戦場を訪れ、戦死者の霊に会い、これを弔ったということもあるのであろう。『満済准后日記』応永二十一年（一四一四）に、時宗の遊行上人が加賀の篠原で平家の侍斎藤実盛の霊に会い、これに十念を授けたとあり、これがもとになって能「実盛」ができたという有名な説がある。ここにあげた能の成立にも、僧による陸奥の情報が反映しているのであろう。華林寺や野口など、教団を思わせるものもある。この伝統は西行を慕い、歌枕を求めて奥州を旅した芭蕉が、平泉を訪れ、義経主従の最期を思い、「夏草や兵どもが夢の跡」の句を詠んだこと（『奥の細道』）につながるものである。また室町時代後期においては、観世信光に見るように、都から遠い国を舞台とする能が多くなる傾向がある。これは中央の能役者が地方巡業を多くするようになったことや、地方の観客の好みを反映するように工夫したことなどがあるであろう。なお以上の能には衣川が頻出するが、衣川は義経最期の地であるというだけでなく、歌枕でもあって、この種の能にも歌枕的東北観があることになる。信夫もまた同様に著名な歌枕である。

### 3　在地的な武家の騒動の能

この種の能は全国各地を舞台としている。中世の地方社会において、武家の家の内紛や武家同士の争いが頻発していたことが背景にあるのであろう。実際の事件が考えられる。その中から東北に関するものを取り上げる。

○「黒川」（番外曲）は金春禅鳳の作で、黒川遠江守は会津豊前守に攻められ、自害を覚悟する。夢の告を得て泰山府君を祭り、その力で会津を討ち取る。この曲は舞台が東北なのかどうか明確ではないが、一応可能性があるということであげる。禅鳳は信光と同世代の能役者で、室町時代後期から地方武士に対する関心が中央で起こったのであろう。

○「広元」（番外曲）は観世信光の子息観世長俊の作である。安原豊後守と津軽広元の争いを描く。広元は安原に捕らわれてしまうが、広元の一族の時則が一計を案じ、白拍子を安原の館に送り込み、安原を油断させて広元を逃がす。安原は広元を攻めるが、広元はこれを討ち取る。場所は津軽であろうか。所領をめぐっての争いであろう。何らかの実際の事件が背景にあることも考えられる。長俊は「親任」（番外曲）というやはり武家同士の争いを取り上げた能があり、これは上野の国の話とする。当時の猿楽が巡業先で地方の伝承を取り入れ、能にすることもあったと思われるが、長俊らが東北まで足を延ばした可能性は低いと思われる。ただし『聴耳草紙』髪長海女には、猿楽の一組が奥州閉井郡山田の港に廻って来たという話があり、小さな座の猿楽が東北の物語を中央に伝えた可能性はある。信光の「亀井」は著名な軍記物語によるものであったが、長俊のこの曲は有名ではない地方武士を取り上げているところに特色があり、在地性が感じられる。敵討の能には「望月」（作者不明、信濃の武士の抗争）、「放下僧」（下野と相模の武士の抗争）などがあり、当時流行の芸能の見せ場があって、能の一分野をなしている。それが東北物にも及んでいると考えられる。その地の観客には受けたことであろう。

○「刀（の庄）」（番外曲）は作者不明で「石籠積《いしこづみ》」ともいう。陸奥の信夫の郷刀の庄の刀兵衛家次の家で、重代伝わる刀を卿の殿が盗んだとされる。これは卿の殿の継母が仕組んだことであった。卿の殿が石籠積の刑に処せられようとした時、継母は物狂いとなって白状する。継母は山伏の加持祈禱によって本復するというものである。刀の庄の所在は不明であるが、この曲は奥州を廻国した山伏が、奥州での事件を耳にし、語り歩いた話をもととし、場所を信夫として作られたもののように思われる。中央の東北への関心の一端を示すものである。石籠積ないし石子詰《いしこづめ》は、『日本国語大辞典』第二版によると、私刑の一種で、各地で行われたという。

○「信夫」（番外曲）は作者不明で、信夫の太郎・次郎兄弟が京に訴訟に出向き、不首尾に終わって帰国する途中、人買いにだまされ、苦役に従事することになる。知合いの板橋がこれを救い、兄弟はその養子となる。この兄弟は奥州信夫の出身であるという設定なのであろう。これに似たなんらかの事件があって、それに基づいて構想されたものと思われる。信夫は歌枕のほか義経従者佐藤兄弟の出身地であり、物語を構想する上では享受者に馴染みがあって、便利な舞台であったのであろう。奥州といえば岩代の信夫を思い出すほど、中央の人々に親しまれていた地名と思われる。能「賀茂物狂」は作者不明曲であるが、男が見物のために東国へ出かけ、それを後に知った妻は狂乱する。男は帰京して賀茂の祭見物に行き、そこで妻と再会するが、それ以前妻は夫を追いかけていて、

地「…都にも心とめじ、東路の末遠く、聞けばその名もなつかしみ思ひ乱れし信夫摺、誰ゆゑぞ如何にとかこたんとする人もなし、雛の長路におちぶれて、(13)

と、自分も信夫の里を目指して下り、又都へと帰ってきたと述懐する（クセ）。ここでも信夫は陸奥の代表格である。御伽草子「明石物語」では、主人公明石の三郎が津軽の藤八のもとで牢に入れられ、追いかけてきた北の方は信夫の佐藤庄司に保護される。また説経節の「さんせう太夫」では、岩城の判官正氏が筑紫の安楽寺に流され、その妻と姫君、若君つし王丸は、伊達郡信夫の荘に流浪の身となる。やがて母子は所領の回復を求めて都を目指すことになる。この物語のスタートは信夫となっている。「刀（の庄）」の舞台も信夫であり、この地はこの時代における東北の文学の象徴の役割と伝統を担う。菅江真澄の『齶田《あきた》濃《の》刈寝《かりね》』には、陸奥の信夫郡藤崎荘の話として、この所に藤松丸という者がおり、母と死別して羽黒山に上って稚児となった。多くの僧侶がこれを愛して争ったが、この稚児は死去して

しまい、そこで供養の堂が建てられたとある。信夫の里をめぐる物語は、廻国する山伏と関わるように思われる。

○「盲沙汰」（番外曲）は作者不明で、陸奥のもろをの惣領職をめぐって、一族の者が盲目の三郎の代わりに異母弟の菊若をこれに就けようして訴訟となる。菊若は兄に従うことを誓うというものである。このもろをの地は明確ではない。下村本には「諸緒」とある。所領争いを取り上げた能は多くあるが、それの東北版としてはこの曲以外は見当たらない。天正十年（一五八二）織田信長の前で丹波猿楽の梅若大夫がこれを演じ、演技のまずさに信長が立腹したことが知られている（『津田宗及茶湯日記』『信長公記』）。

古くは『今昔物語集』巻二十五・五話に、陸奥守藤原実方の配下の武士であった平維茂と藤原諸任の領地争いによる合戦が見える。その後このような東北における武士の家の騒動を扱った能が見えるようになるのである。

## 4　在地的な宗教の能

○「善知鳥」は作者不明で、旅の僧が立山地獄で、奥州で鳥の捕獲という殺生を犯してきた猟師の霊に会う。陸奥湾の外の浜のその妻子のもとに行くと、その猟師の霊が現われるというものである。越中と外の浜を結ぶ日本海沿いの廻国の僧の話が背景に想定される。青森市内に善知鳥神社がある。外の浜は日本の北の国境と考えられていた地であるが、これを詠んだ和歌は少なく、普通の意味での歌枕とはいえないという。[14] 幸若舞曲「信田」でも、常陸の豪族信田が一族の者に所領を横領され、外の浜に流浪してゆく。

○「飛賀見（氷上）」（番外曲）は観世信光の作で、「景見」ともいう。聖武天皇の勅命により、奈良の大仏荘厳のための黄金を求めて、陸奥の守藤原景見が任国に下り、氷上の川の龍神から黄金を得るというもので、氷上の川には衣川のイメージがあるであろうか。これも信光の陸奥への関心を思わせる能である。天文三年（一五三四）に所演された記録がある（『言継卿記』）。龍神からの多大な恩沢があり、能の「張良」「大般若」と構想が似ている。『今昔物語集』巻二十・十話に、陽成天皇の時代、滝口の武士道範が金の使いとなって陸奥国に下った話がある。陸奥で産する砂金を都に運ぶ役目であった。こうした歴史が背景になっている能であろう。

○「長講寺」（番外曲）は観世長俊の作で、死後大蛇となった南部某は、岩木山の天狗と争い、ともに沙弥瑞益に取り憑いて、南部家重代の太刀を手にしようとする。南部某が太刀を得て天狗に勝利する。この能の背景には、南部地方の伝承があるのであろう。これがどのように長俊のもとに達したかは興味深い問題である。やはり宗教家がもたらした伝承であろうか。これも長俊の陸奥への関心の現われである。

なお天正狂言本「大黒」には、

三人出てやないとのこくうさうへ参又大こくへ参てつやする連歌する[15]

とあり、これは岩代の柳津のことをいっているものと思われる。福島県河沼郡柳津町にある円蔵寺の虚空蔵菩薩は、庶民の信仰を集めていた。現行の大蔵流では比叡山の三面大黒天のこととするなど、中央的なものとなっている。

5　その他の能

○「末松山」（番外曲）は金春禅鳳の作かとされるものである。都の男が落魄し、知人を頼って妻を連れて陸奥の末の松山に至る。末の松山を波が越すのを見て、男は妻を離縁し、妻は都へ戻ることを決意する。男はさらに陸奥の果てに行き、末の松山に戻ってくると、元の妻が物狂いとなっている。男はそれを見て復縁する。末の松山は陸奥の歌枕で、宮城県多賀城市の末松山とされてきた。また一説には、岩手県の一戸町と福岡町の間の浪打峠のことともいう。『古今集』東歌・読人不知の「君をおきてあだし心をわが持たば末の松山浪も越えなむ」（一〇九三）によった作である。『百人一首』の藤原元輔の歌「契きなかたみに袖をしぼりつゝ末の松山なみこさじとは」も有名である。波が末の松山を越すことはないので、この謡曲は和歌から想像をめぐらせて創作したのであろう。事情があって陸奥の知人を頼って下る話は『沙石集』の藤追の話にも見え、こうした社会の動向もあったのであろう。歌枕と陸奥の現実とが混じり合っているような能である。

いずれにしても観世信光、観世長俊、金春禅鳳の戦国時代には、地方社会への関心に基づいた能が好まれ演じられたが、その後は廃れていったのである。その中に陸奥関係のものもあり、都から見た、より現実的な東北観が少々見えるということである。

○「千引《ちびき》」（番外曲）は作者不明で、陸奥国壺碑を知行する甲斐守が人を取る千引の石を移そうとする。石の魂は貧女に通っていた男の霊であった。貧女が命によってこれを引くと、石は動き、石魂は神となった現われるというものである。これも「末松山」に構想が似るところがある。背景に在地的な伝承があるのであろう。

6　狂言

○「名取川」は出家狂言で、遠国の僧が比叡山で受戒し、本国へ戻る。物覚えが悪く、自分の名を袖に書いて出発し、途中陸奥の名取川（仙台平野を流れる川）に着く。川を渡るうちに転んでしまい、名が消えてしまう。そこへ名取の男が現われる。僧は男からここを名取というと聞くと、男が自分の名を取ったのであろうと怒る。男が偶然に僧の名をつぶやいたので、僧は自分の名を思い出し、本国を目指す。

狂言には「入間川」等の関東物があるが、東北を舞台としたもので珍しい。名取川は歌枕で、『古今集』等に歌が見えるが、これを踏まえて名取という言葉を面白く利用したものである。現地性は薄いと思われる。陸奥の僧が比叡山を往復するとするのは、中世の宗教界の風景なのであろう。能・狂言は一般に川に関するものが多い。「入間川」「名取川」も遠国を川のイメージでとらえている。能にも「桜川」「隅田川」等があり、当時の旅が川と深く関わっていたことを思わせる。

## 三　近世における中央の東北観

中世までは中央の文学に反映する東北の情報は少なく、また名所・歌枕などの文学伝統に影響されている記述が多く、実態は想像して叙述するほかはないことが多いのが現状であった。芭蕉もまた陸奥の歌枕を尋ねる『奥の細道』の旅をした。それだけ東北は中央の人には他の地方に比べて関心の薄い地であったのであろう。しかし近世に入ると、東北に関する中央の情報もかなり多く明確なものになってくる。西鶴の作品の中から拾ってみよう。

『西鶴諸国はなし』巻五・五話は、南部の町仙台屋宇右衛門という鉄の商人の家で、継子の幽霊が継母を取り殺す話で、南部鉄器で有名な盛岡でのことであろう。これは商人同士のネットワークで、難波の西鶴の耳に達したと思われる。『武道伝来記』でも、奥州福島（巻一・二話）、奥州若松（巻一・三話）、出羽の庄内（巻三・一話）、出羽の羽黒山（巻四・一話）の武家の話が見える。出羽の話は日本海ルートによって運ばれたのであろう。こうした地方の説話の伝播も、陸上・海上交通の事情を反映することが多いのではないかと想像される。

また江戸時代後期の女性随筆作家只野真葛は仙台にあって、『奥州ばなし』等を著わすなど、東北に住みながら奥州について記す人々も現われてくるのであった。

**注**

（1）日本古典文学全集『御伽草子集』（小学館）による。
（2）新編日本古典文学全集（小学館）による。
（3）池田廣司・北原保雄『大蔵虎明本狂言集の研究　本文篇』（表現社）による。
（4）以下、新編日本古典文学全集による。
（5）小島孝之・浅見和彦編『撰集抄』（桜楓社）による。
（6）以下、桑原博史『西行物語　全訳注』（講談社学術文庫）による。
（7）軍記物語における「悪路、津軽、蝦夷」については、海保嶺夫『中世の蝦夷地』（吉川弘文堂、昭和六十二年）に論じられている。
（8）日本思想大系『往生伝・法華験記』（岩波書店）による。原漢文。
（9）内藤正敏『民俗の発見Ⅱ　鬼と修験のフォークロア』（法政大学出版局、平成十九年）八六頁
（10）新編日本古典文学全集『室町物語草子集』による。
（11）「御伽草子「御曹子島渡」と芸能」『中世の演劇と文芸』（新典社、平成十九年）所収。
（12）教信説話については、谷山俊英『中世往生伝の形成と法然浄土教団』（勉誠出版、平成二十四年）参照。
（13）謡曲大観（明治書院）による。
（14）『歌ことば歌枕大辞典』外の浜（角川書店）による。
（15）古川久編『狂言古本二種―天正狂言本・虎清狂言本』（わんや書店）による。

# 北東北と中世文学

## 一　北東北の歌枕

北東北とはこの論では一般的認識に従って、青森・岩手・秋田の各県をさすことにする。赤坂憲雄氏はあきらかに北東北には地域的なまとまりがあるとしており[1]、さらには北東北は北海道と文化的な共通性があって一体性を有し、一つの世界をなすものだという見解[2]あたりをまず念頭に置く必要がある。そこでこの論題とは多少異なって、一部蝦夷も扱うことにしたい。さらに文学的な問題としては、①都から見た北東北のイメージと文学、②北東北の地で発生した文学、③北東北人の文学的・文化的教養などが取り上げられるべきであろう。これに沿って論を進めるが、この論では、悪路王伝説、和泉式部伝説、小野小町伝説など従来よく扱われてきた北東北の伝承は対象とせず、これまであまり注目されてこなかった事象を中心に述べたい。

まず都あるいは日本の中央から見た北東北観で尺度となるのは歌枕である。広本『能因歌枕』から北東北関係のものを拾うと、衣の関・いはひ川・いはての郡・衣がは・いはむがは（以上、陸奥）、とりのうみ（鳥海のことか）・ひさかたの社（象潟のことか）（以上、出羽）となる。[3] 和歌に関する名所は、藤原清輔の『和歌初学抄』の名所やこれを受けた上覚の『和歌色葉』の名所にも見られるが、十四世紀初頭の『歌枕名寄』では、磐堤或岩手・同山・同関・同里・衣関・同河・壺石文・素都濱（以上、陸奥）、阿保登関付澄田河・平賀イ鹿・奈曽白橋・蚶方或象潟正字可詳・同神・別島（津軽の島の誤り）（以上、出羽）と見える。[4] すなわち陸奥湾の外の浜などが加わって、より北東北が反映されたものになっている。これは鎌倉幕府の東北進出などによって、よりこの地方の事情が中央に知られることになったことによるものであろう。さらに南北朝時代の『新撰歌枕名寄』には、磐手山・同森・同岡・同関・同里・都賀呂・千島夷《エツ》・壺石文・率都浜・衣関・同里・同川（以上、陸奥）、蚶方イ象潟・同神・阿保登関・奈曽白橋・別島・平鹿イ平賀（以上、出羽）が見えるが、[5] ここに北東北でももっとも北に位置する地の歌枕として、都賀呂・千島夷・率都浜が見えることになる。しかし総体的に北東北の歌枕は南東北に較べて少ない。南東北には信夫・末の松山・千賀浦・阿古屋松など、著名なものが多い。『新撰歌枕名寄』一二九六九の率都浜には、「陸奥のおくゆかしくそをもほゆるつほの石文そとの浜かせ」の歌（兼行の歌とあるが、西行の『山家集』に見える）があり、これに続いて、

右、此そとの浜といふ所に、うとふやすかたと云鳥の侍るか、此はまのすなこの中にかくして子をうみ置るを、母のうとうかまねをして、うたふ〳〵とよへは、やすかたとてはい出るをとるそと申。其時母鳥来りて、あなたこなたへ付ありき鳴なり。そのなみたの血こき紅なるか、雨のことくふるなり。ある哥に云

子をおもふなみたの雨の血にふれははかなき物はうたうやすかた

とよめり。とる人此血をかゝりつれはそんし侍る故に、血をかゝらしとて、みのかさをきるなりと云へり。哥ニ、

子をおもふなみたの雨の蓑のうへにかゝるもかなしやすかたの鳥、と読りとあり、能「善知鳥《うとう》」の典拠として考えられてきた。岩代の黒塚伝説等地方の奇談が中央で和歌に取り上げられてきた伝統があるので、これも新しい奇談であったのであろう。またこの書によって和歌文学では蝦夷・千島は陸奥の一部として考えられていたことが知られる。ちなみに千島夷については、

あさましや千島のゑそかつくるなるとくきの矢こそ隙はもるなれ　顕輔

とくきの矢とは、おくのゑひすは鳥の羽のくきに附子と云毒ぬりて、鎧のあき間をいるといへり、ふしやと云はこれなりと、童蒙抄等にかけり

とあり、和歌の世界で千島蝦夷の毒矢のことが知られていた。これは御伽草子「御曹子島渡」にも取り入れられている。(6)源義経がかねひら大王の持つ兵法の巻物を求めて千島に渡る途中、蝦夷が島に立ち寄り、「てんくわの棒に、附子の矢を持」った島人に取り囲まれたとしている。(7)

蝦夷については、源頼朝の和歌「みちのくのいはでしのぶはえぞ知らぬ書きつくしてよ壺の石文」(『新古今和歌集』一七八六)は有名で、これは慈円との書状のやりとりの中で詠んだものという。頼朝と蝦夷に関しては、慈光寺本『承久記』巻上に、「頼朝卿、…西ニハ九国二島、東ニハアクロ・ツガル・夷ガ島マデ打靡《なびか》シテ」(8)とあって、日本の隅々までその武威が及んだと誇張して表現している。これに『新古今集』の和歌が影響しているかは不明であるが、真名本『曾我物語』巻三に、安達藤九郎盛長が頼朝の寝所に仕えて夢を見、「君は…左の御足にては、奥州の外の浜

を踏み、右の御足にては、西国鬼界が島を踏み」(9)と、将来日本全国を治めることを予見するところにも見られ、頼朝が日本全国に武威を振るうことの常套的な表現となっていた。

また蝦夷については、『藻塩草』に和歌との関係が独立的に説かれている。巻七は国・郡・鄙・夷・唐・世界・世などの項目が立てられているが、その「夷」には、ゑぞ・ゑぞかしま・ゑそかちしま・ゑぞ船・ゑひす等の語が列挙されており(10)、蝦夷への関心がより深まっていると見ることができる。こうした背景には、永享四年（一四三二）陸奥の安藤氏の没落と蝦夷が島への渡航（『満済准后日記』）に見るように、本州と蝦夷との交渉の深まりがあるのであろう。

## 二　北東北と説話・謡曲・物語

鎌倉時代の説話集のうち、無住の『沙石集』にはいくつか奥州の話があるが、地名が明確でないことが多く、これは『沙石集』の説話全般にいえる傾向である。その中で梵舜本巻五末に見える、常陸の田中に住む高観房という山伏が藤追の妻と密通し、このために藤追は妻を連れて奥州千福に下ったという話の千福は、出羽の仙北郡（秋田県）のことという。『沙石集』の諸国話的な性格は、この『沙石集』の影響が考えられる室町時代の『直談因縁集』にも見えるが、これでは奥州（巻三・二話、巻三・十二話、巻五・十四話）、奥州忍ノ里（巻八・二十話）、松島（巻三・二十三話）、岩城（巻四・十八話）となっている。いずれにせよこうした書には地方の物語が見られ、近世の諸国話のさきがけをなすものである。

これに対して西行仮託の説話集『撰集抄』巻二・六話・陸奥国平泉郡石塔事には、

過ぎぬる比、陸奥国平泉の郡捌《ヤツ》といふ里に、しばし住み侍りし時、そのあたり見侍りしに、さかしば山といふ山あり。木のおひたるあり様、岩の姿、水の流れたる、絵にかくとも筆も難レ及程に見え侍り。(11)

とあるが、これには現地を訪れている者による記述があるように思われる。さらに北東北の歌を詠んだ西行に関わる『西行物語』には、

悪路や津軽、夷《えびす》が島、信夫の郡、衣川、いづれをわきて眺むべしともおぼえずして行くほどに、出羽・陸奥を従へ、平泉といふ所に住み侍りける秀衡とて、威勢の者侍りけり。(12)

とある。悪路・津軽・蝦夷は海保嶺夫氏の詳細な研究がある。(13)

先述の『直談因縁集』は室町時代成立で、『法華経』に関する法談をまとめたものである。その中から第一の奥州に関わるものを取り上げると、巻三・薬草喩品下・二話は、奥州の僧がいい加減な説法をする。外に立てるから卒塔婆というといった類である。笑話であるが、売僧のような僧の話のようでもあり、奥州人の無知をいっているようでもある。巻三・授記品下・十二話は、奥州の夫婦が信濃の善光寺参詣を思い立った。夢のお告げに、それなら常州信太の荘の海士のもとに行けばよいということであった。行ってみると、この海士は魚を取っては殺生をする身であったが、阿弥陀を信仰していた。その家は浄土のようで、海士は極楽往生したというものである。能の「江口」の遊女のような話型である。巻五・勧持品下・十四話は、奥州の寺の別当が本尊を造立しようと、金を持って上洛した。越

前の原中に宿って、炎天下で水を求め、金を木に懸けて忘れてしまったという話である。これも奥州とあるのみで、具体的な場所は明白でない。いずれも仏教に関わるもので、奥州の仏教事情を反映しているであろう。

さて中世において北東北が文学にどのように表われるかで頼りにすべき資料は、作品の数が多い謡曲である。東国関係の能は、「横山」「春栄」「鉢木」など鎌倉幕府に関わるものが目立つもので、現行曲も多い。次いで南東北に関する能が目につくもので、「黒塚（安達原）」「摂待」「阿古屋松」などがある。能作者の東北への関心は、室町時代後期に顕著になる。金春禅鳳（一四五四～一五三二？）は黒川遠江守と会津豊前守の戦いをテーマとした「黒川」を作っており、夫婦の愛情を描く「末松山」（番外曲）も禅鳳作説がある。観世信光（一四五〇～一五一六）も「亀井」（番外曲）を作っている。熊野の僧が衣川で源義経の従者亀井六郎の霊に会い、これから亀井兄弟の最期の様を聞く、というもので、能や幸若舞曲の義経最期物の一種である。信光には「氷上」という曲（番外曲、「飛加美」「景見」とも）もある。東大寺大仏建立に際し、聖武天皇は陸奥守藤原景見に黄金を求めさせる。任国の氷上川で龍神より黄金を得る、というもので、天文三年（一五三四）の演能記録がある（『言継卿記』）。『庭訓往来』四月十一日条には、各国の名産を列挙し、その中に「奥州の金」とあり、金は陸奥の代表的特産物であった。『看聞日記』応永二十五年（一四一八）八月十日に、関東大名南部（陸奥の南部守行）が上洛し、馬百匹と金千両を室町殿（足利義持）へ献上したとある。馬もまた陸奥の特産であった。こうして能作者は陸奥へと作品の舞台を開拓していったのであるが、番外曲が多いのは、中央から離れた土地が舞台であることもあって、作品の完成度を高めるに至らなかったものと思われる。

南東北の能で注目されることは、「摂待」「鶴若」（番外曲）など信夫の里を舞台としたものが見られることである。この二曲は義経の臣下であった佐藤兄弟にちなむものであるが、「刀（の庄）」（作者不明、番外曲、「石籠積」とも）は陸奥の信夫の郷刀の庄の刀兵衛家次の家に起こる家庭劇であり、「信夫」（作者不明、番外曲、「嶋信夫」とも）は信夫の太郎・次郎兄弟が人買いに売られてしまう話である。佐藤兄弟の話以来、信夫は武家の物語の地として意識されたのであろう。「幽霊信夫」（作者不明、番外曲、「信夫」「信夫の太郎」なども）は、源義家に従って安倍氏と戦った信夫の太郎景時が幽霊となって現われるものである。こうして信夫は歌枕の地から展開して武家の物語との関係が深くなる。青森県下北の能舞の面に「信夫太郎」があり、武士舞「信夫」に使用するが、これも以上のことと関係するように思われる。なお「盲沙汰」（作者不明、番外曲）も陸奥のもろをの武家を扱うが、この「もろを」の地が明確ではない。

さて信光には「亀井」という義経最期にまつわる作品があるが、この種のものとしては、「錦戸」（作者は宮増か）「高館」（作者不明、番外曲、「野口」「野口判官」「野口天狗」とも）がある。また前九年の役に関するものには、先の「幽霊信夫」のほか、「貞任」（作者不明、番外曲）がある。こうした中にあって、北東北との関係で注目すべきものは信光の子息観世長俊（一四八八～一五四一）の作品である。「長講寺」（番外曲、「長卿寺」とも）は、南部某が死後大蛇となり、岩木山の天狗と争い、ともに長講寺の沙弥瑞益に取り憑いて、南部家重代の太刀を手に入れようとする。南部某が太刀を手に入れて勝利する、というもので多分に在地性の強い作品といえる。岩木山にまつわる現地の伝承が背景にあるのであろう。次に「広元」（番外曲）は、安原豊後守と津軽広元が争い、広元は安原に捕らわれてしまう。広元の一族の時則が白拍子を安原の館に送り込み、安原を油断させて広元を逃がす。その後安原は広元を攻めるが、広元は安原を討ち取る、というもので、天文十二年（一五四三）の演能記録がある（『証如上人日記』）。こうした武家物は戦国時代には好まれた曲趣だったのであろう。武家の抗争という題材では、長俊には「親任」（番外曲）があり、上野国の武士同士の争いを取り上げており、この曲はその東北版である。

北東北には鎌倉時代甲斐源氏を称する南部氏が入部してきた。南北朝時代には北畠顕家が義良親王を奉じて陸奥多賀城に入った。南部氏は南朝方に属し、北朝方の武家と対立をした。八戸城によって勢力をふるったが、大浦為信が西部の津軽に台頭、南部氏から独立し、為信は津軽氏を称して近世津軽藩の祖となった、というのが歴史的背景である。戦国時代には北東北は南部氏、津軽氏、そして鎌倉時代に蝦夷管領として勢力を得ていた安藤（安東）氏の三つ巴戦が行われていた。こうした状況が「広元」にはあるように思われるが、はたして長俊がどれほど北東北の事情にくわしかったのかは疑問である。猿楽の座の遠行はよく知られているが、観世座が北東北まで進出したとは思われない。ただし『聴耳草紙』一一六番・髪長海女には、

東の国々を廻つて居た猿楽の一組が廻り廻つて、奥州は閉伊ノ郡、山田の港の近くの小山田と云ふ里に差しかゝり、ある小山の峠の上で猿楽と云ふものを行ふ由の触れを出した。但し見物人は女人に限ると云ふものであった。(14)

とあり、北東北まで巡業に来た猿楽の座（おそらく群小の座）があったようである。そうした東北廻りの猿楽が東北に関する知識を中央へ伝えた可能性はある。これは先の下北の能舞とも関係する可能性がある。

こうした北東北にまつわる能のうち、今日まで演じられている成功例は「善知鳥」（作者不明、「烏頭」とも）である。旅の僧が越中立山地獄で、善知鳥の捕獲という殺生の罪で苦しんでいる猟師の霊に会い、その頼みでその故郷外の浜に行き、その妻子へ片袖を届ける。そこへ猟師の霊が現われ、猟の様を見せる、というもので、先に見たように『新撰歌枕名寄』に見える話である。この能の背景には立山と外の浜を結ぶ日本海ルートの宗教者の廻国が想定され、北東北における宗教の状況とも関係する。室町時代は中央ではこの善知鳥の話が流行した。天正狂言本「鳥せんきやう」（鳥説経）、一条兼良の『連珠合璧集』、御伽草子「鵜鷺合戦物語」、説経「さんせう太夫」にも見えている。さらにこの傾向は近世にも及んでゆき、浄瑠璃「奥州安達原」、歌舞伎「世善知鳥相馬旧殿」山東京伝作の読本『善知安方忠

義伝』等が知られている。善知鳥はウミスズメ科の海鳥で、北方に住み、群生して魚を食する。ウトウの語源については、アイヌ語説のほか諸説ある。ウトウの詮索は江戸時代からあり、『和漢三才図会』『安斎随筆』『甲子夜話』等に取上げられている。『安斎随筆』巻二十九・ウタフと云ふ鳥には、ウトウの頭を切って干し乾かしたものを見たが、雁とは違う、などと記している。東北の安達原の鬼伝説や錦木伝説は和歌の世界を経て能に入ってきたのであるが、中世に至って新たに本州北端のウトウ伝説が和歌の世界に取り込まれ、能となったのであろう。能では殺生による堕地獄という唱導的な構成となっており、これは能らしい構想となる。なお菅江真澄は『楚堵賀浜風』で、ウトウを千鳥のことであろうとしている。

ウトウと同様、外の浜もまた人々の関心を引くこととなった。外の浜流浪の物語が発生する。御伽草子「明石物語」は、播磨国の明石三郎重時は、多田刑部の娘と夫婦となったが、関白の子息高松の中将がその妻に横恋慕し、多田刑部を味方とし、彼等の策略で明石は京都で捕らえられ、陸奥の外の浜に流された、というものである。幸若舞曲「信《し》田《だ》」は、常陸国の武家信田が姉婿の小山行重に御家を横領され、母とともに追放される。忠臣浮島太夫は信田を奉じて挙兵するが敗れる。信田は捕らえられ、湖に沈められるところを千原に助けられる。その後だまされて人買いの手に渡り、諸国を遍歴して陸奥外の浜の塩路の庄司の養子となる、というもので、ここにも外の浜への流浪が見えるが、諸国遍歴の物語の到着点は陸奥外の浜であるという意識ができたのであろう。その原点には、『新撰歌枕名寄』に見るように、外の浜を歌枕とし始めたことがあったであろう。御伽草子「短冊の縁」にも、「みちのくに、そとのはまと、やらんより、あまの子かとよ、ひろゐるゐたり[15]」という一節がある。さらに説経節「さんせう太夫」では、安寿とつし王の母は、蝦夷が島に売られてゆき、つし王は母を探して蝦夷が島に渡ってゆくとあり、蝦夷が島が意識されるようになる。

そして陸奥および蝦夷との関連で取り上げるべきものは、先にふれた御伽草子「御曹子島渡」である。蝦夷の人々が附子の毒矢を用いることは先に触れたが、源義経が藤原秀衡のもとから蝦夷が島へと向かったという物語（秋田図書館本）には、日本から蝦夷へ渡っていった人々の面影があるのであろう（渋川版では、四国の土佐湊から船出したとある。津軽半島西部の十三湊の誤りか）。その代表的な事件は永享四年（一四三二）安藤氏が没落して蝦夷へ渡ったことで、こうした蝦夷渡海に関して七海雅人氏は、

享徳三年（一四五四）蝦夷島への渡海を企てる安藤氏・南部氏の姿があった。…そのほか、当該期に蝦夷島に渡った人の多くは、鎌倉期に陸奥国へとやってきた御家人へさかのぼることができる系譜を持っていた。(16)

と述べている。渋川版「御曹子島渡」で千島のかねひら大王に仕える鬼達は、「十二の角をふりたてて、霞の息をつきければ、長夜の闇とぞなりにけり」という術を持つ。これは橘南谿の『東遊記』巻四・二十五話・胡沙吹《こさふき》に、

すべて蝦夷人は種々の奇術ありと云う。其中に、口より霧のごときものを吹出だし、或は敵に逢い、又は猛獣に出会いたる時此霧をはき、我身を隠し、其難をのがるる事あり。是をコサ吹という也。…又、外が浜辺は極陰の地なるゆえにや、海気常に空濛として霧の籠るがごとく、松前辺の海中も平常海霧甚だ多くして、船の往来するにも毎度難儀に及ぶ事あり。(17)

とあり、蝦夷人の口より霧を出す術を伝え、また北方は冷気が強く、霧が発生して船の航行に支障をきたすことも記

している。これは北国に限らず、南の方でも起こることとされる。確かに幸若舞曲の「百合若大臣」には、蒙古合戦に際し、きりん国の大将が船の舳板に立って、青い息をついたところ、霧となって降ったとしている。このように「御曹子島渡」には北東北の風土性が現われている部分があるように思われる。

## 三　北東北の奇談

さて北東北は中央でどのような意味をもっていたのであろうか。まず北東北は蝦夷も含めて、異常なもの、世に反するものを追い払う地であった。『吾妻鏡』建久四年（一一九三）七月二十四日には、

横山権守時広引㆓一匹異馬㆒参㆓営中㆒。将軍覧㆑之。有㆓其足九㆒。（前足五。後足四）…仰㆓左近将監家景㆒、可㆑被㆑放㆓遣陸奥国外浜㆒云々。[18]

とあり、足九本の異常な馬は外の浜へ追いやられてしまった。北方は穢れを祓う地として利用されたらしい。国境地帯であるから、国外に放ったという意識であろう。

さかのぼって『都玉記』建久二年十一月二十二日には、

今日京中強盗等所被遣前大将許也、於六条河原、官人渡武士云々、見在十人也、…仍遣関東可遣夷島云々、永不可帰京、是又非死罪、将軍奏請云々、人以甘心、[19]

とあり、これは罪人を蝦夷が島に流した記事で、国外追放の形である。『吾妻鏡』建久五年六月二十五日には、

獄囚数輩自二京師一被レ召二下其身一可レ流二遣奥州一之由。被レ仰二左近将監家景眼代一之。是強盗之類云々。

とあるが、これも外の浜あたりへ流したのであろう。京都から連れてきた囚人達であった。
次いで見えるのは、この地にまつわる奇談である。『吾妻鏡』宝治元年（一二四七）五月二十九日には、

去十一日。陸奥国津軽海辺。大魚流寄。其形偏如二死人一。先日由比海水赤色亘。若此魚死故歟。随而同比。奥州海浦波濤。赤而如レ紅云々。此則被レ尋二古老一之処。先規不快之由申レ之。

と、津軽の海に死人のような形の大魚が流れ寄ったことを記す。宝治二年十一月十五日にも、

陸奥国留守所注申云。去九月十日。津軽海辺。大魚死而浮寄。如二人状一云々。此事先規三ケ度也。皆非二吉事一之間。留守存二斟酌一。不申子細之処。

云々とあり、これらは『北条五代記』等にも見え、北方の奇談として長く伝えられた。トドやアシカ等の海獣の死体であろう。また赤潮の発生も知られる。

戦国時代の北東北にはまた別の奇談が見える。戸部一憨正直の『奥羽永慶軍記』（元禄十一年＝一六九八年序文）の巻十四・秋田実泰討二妖怪一事に、

…実泰不思議ニ思ヒ、…イツモ妻女ノ浴スル体ニ見セケレハ、案ノ如ク件ノ変化形ヲアラハシ、窓ヨリサシ窺キケル。其丈六尺余ニシテ、其面冷シキ事イフハカリナシ。実泰忍ヒヤカニ刀ヲ抜、真眉間ヲ丁トウテハ、手答シテトウト倒ル。実泰声ヲアケテ、妖物ヲ討留タリ。燭火ヲ出セト呼ハリケレハ、近習ノモノトモ手ニ〳〵火ヲ持来リテ件ノクセモノヲ見ルニ、幾年フルトモ知レヌ古狸ニテソ有ケル[20]。

と狸の変化を記している。羽州由利郡の話である。巻三十三・矢島旧臣等笹子赤舘合戦事にも、

…仁賀保勝左衛門心得タリト、五六十人打物ノサヤハツシ、前後ヲ遮リ攻タリケリ。普賢坊鉄鉢ノ水半ハ飲シカ、彼所ニ岸波《カハ》ト投ステ、太刀抜ヒテ大勢ノ中ニ切テ入。サレトモ多勢ニ無勢ニテ、大弐坊小弐坊ナトイフ山伏ヲ始メ十二人討レタリ。兵庫頭打笑テ、其首共ヲ切掛サセ、我舘ニ帰リケリ。扨モ普賢坊カ鉄鉢ノ水ヲ捨シ跡ニ茸《クサヒラ》多ク生タリ（羽州ニテ柳モタセトイフ茸ナリ）。人多キ中ニ普賢坊カ首取シ冬至四朗カ下部ノ男、是ヲ取テ来リヌ。四郎是ヲ見テ、珍シキ茸也トテ料理セサセ食セシニ、四郎ヲ始男女廿余人死シケルコソ不思儀ナリシ因果ナレ。

と山伏の祟りが多くの人を死に至らしめたことを記す。大勢が毒茸に中たった事件である。こうした話には戦国時代の殺伐とした、また緊迫した世相や不安な時代相がうかがわれ、この種の話はほかの地方とも比較すべきであろう。

しかし近世の津軽の奇談はまた動物にまつわるもので、より動物と人間の関わりを示す穏やかなものがある。神谷養勇軒の『新著聞集』（寛延二年＝一七四九年刊）第六・奥州外浜鴈風呂由には、

秋、鴈のわたる時、含み来る木を、奥州外ケ浜に落しをき、又春になりて、その木を含てかへるに、残りたる木多くありし。これを拾ひあつめて、風呂を焼て、法薬に諸人を沐浴せしむる事は、かの帰らずして捕られ、又は死せし鴈の、弔にてある事なり。(21)

とあり、宮負定雄の『奇談雑史』（安政三年＝一八五六年序文）巻五・十二話・奥州にて亀を助けし人の事にも、明和六年（一七六九）ある人が奥州津軽の浜辺を通ったところ、大亀が干潟に仰向けになっていた。これを「ぬはしらべ」という鳥がおびただしく集まって、亀をつつき殺して食おうとしていた。そこでこの人が亀を助けたところ、延命の薬となる木をもらった。津軽侯もこの木を見たということだとしている。これは動物報恩譚の一種であるが、津軽の浜には動物の話の伝統があるようである。『日本霊異記』のように、地方奇談は古くからあるが、板坂燿子氏は、近世の奥羽等への紀行文を取り上げ、それらは「案内記」と「奇談集」という形式で板行され、その奇談には虚構もあることを指摘している。(22)奇談の虚構性は、前時代にも遡ることができるであろう。

花洛の一無散人『諸国奇談　東遊奇談』（寛政十三年＝一八〇一年刊）巻五・猟戸怪異には、著者が松前に行こうとし、盛岡の薬屋権左を誘って八戸近くの山中に至り、猟師の家に泊った。そこで主人の留守に怪異に出会ったが、これは口のきけない娘と子猿のせいであったとある。これは体験談であろう。山中の見知らぬ所に泊って、不安な気持でいたことが知られる。

## 四　結び

そのほかこの論はさらに北東北で発生した物語が中央でどのようにとらえられたか、北東北における文学・文化の教養はどのようなものであったかもテーマであったが、紙数の関係で簡単に指摘するにとどめたい。『西鶴諸国ばなし』巻五・五話・執心の息筋・奥州南部にありし事・幽霊は、南部の町に住んでいた仙台屋宇右衛門という鉄の商人の話で、その家で継子いじめがあったという物語が展開する。菅江真澄の紀行文では、吉川村（青森県十和田市）の錦木塚にまつわる話があり（『けふのせはのゝ』）、これは謡曲の「錦木」に関わるものである。また岩木山は安寿姫を祭る山で、その嶽には津志王丸を祭るとし（同）、これは説経節の「さんせう大夫」によるものであろう。説経節によれば、つし王丸の父は奥州岩城の判官であった。イワキという地名による伝説の発生であろう。奥浄瑠璃にも「山庄太夫」があり、青森県のイタコの語り物「お岩木様一代記」の題材ともなっている。[23]そのほか貴種流離的な話も見られる。すでに『吾妻鏡』建久元年（一一九〇）六月二十三日に、奥州に姫宮と称する女性が現われ、箏をよくした。藤原秀衡がこれをたいそうもてなし、出家の志も慰留していた。しかし後に院宣が到来して、王胤ではないことがわかったとある。こうした中央からやってきた人々の虚言はしばしば見られたことであろう。東北の地には、時折詐欺的人物が侵入するらしい。また『津軽一統志』巻六には、最明寺入道時頼の妾唐糸の墓のことが見えるが、これも中央から影響を受けた伝説である。[24]

北東北の戦国大名の文化的教養については、これも『奥羽永慶軍記』などにうかがうことができる。同書巻三・高田弥五郎新参南部事には、南部信直らが武射をしたり、漢詩を詠じたり、さまざまの風流をしていたとある。巻二十四・子吉合戦矢島敗軍ノ事には、仁賀保兵庫頭は文盲であったが、戦いに勝った悦びのあまりに、狂歌を矢島五郎に送ったとあり、「イトオカシキ事ナリ」と評されている。狂歌は武士達の間では流行していたものと思われる。

このほか和歌や連歌の記事も散見する。特に伊達政宗の和歌は江戸時代を通じて知られていたらしく、鈴木牧之の『北越雪譜』二編・巻二・芭蕉翁が遺墨にも、

此君（伊達政宗卿）は御名たかき哥仙にておはしましゆゑ、かゝるめでたき御哥もありて人の口碑にもつたふ。(25)

としてその山里の雪を詠んだ歌をあげている。

北東北の文学・文化の問題はこの地の特色もあるであろうが、さらに日本の各地の状況と比較することも重要であろう。

**注**

（1）『方法としての東北』V北東北学は可能か（柏書房、平成十九年）
（2）入間田宣夫・小林真人・斉藤利男編『北の内海世界―北奥羽・蝦夷ヶ島と地域諸集団』はじめに（山川出版社、平成十一年）
（3）日本歌学大系第一巻（風間書房）による。
（4）古典文庫による。万治の刊本。
（5）古典文庫による。彰考館本。なお歌枕の地については、吉原栄徳『和歌の歌枕地名大辞典』（おうふう、平成二十年）を参照した。

（6）日本側でもアイヌの人々にこの毒矢を持たせて、合戦に臨んだ例もあるという。
（7）以下、岩波文庫の御伽草子版本による。
（8）新日本古典文学大系（岩波書店）による。
（9）東洋文庫（平凡社）による。
（10）京都大学国語国文学研究室編、臨川書店刊の古活字本による。
（11）小島孝之・浅見和彦編『撰集抄』（桜楓社）による。
（12）講談社学術文庫による。正保三年の刊本。
（13）『中世の蝦夷地』第二　中世蝦夷地の登場・二　中世文学への定着（吉川弘文館、昭和六十二年）
（14）『佐々木喜善全集Ｉ』（遠野市立博物館）による。
（15）室町時代物語大成（角川書店）による。
（16）「鎌倉幕府と奥州」『鎌倉・室町時代の奥州』（高志書院、平成十四年）所収。
（17）東洋文庫による。寛政七年の刊本。
（18）以下、新訂増補国史大系(吉川弘文館）による。
（19）大日本史料による。
（20）以下、新訂増補史籍集覧・武家部・戦記編による。
（21）日本随筆大成第二期５による。
（22）「案内記と奇談集―江戸時代の紀行における写本と版本―」「日本文学」平成二十六年十月号
（23）酒向伸行『山椒太夫伝説の研究』（名著出版、平成四年）に取り上げられている。
（24）これは菅原路子「北条時頼説話資料集成」（「伝承文学研究」四六号、平成九年一月）にも取り上げられている。「津軽弘前唐糸山満蔵寺毘沙門天尊像之縁起」が紹介されている。
（25）岩波文庫による。なお小和田哲男氏による『戦国大名と読書』（柏書房、平成二十六年）がある。

# 古文献にあらわれる出羽国・置賜郡

## 一　はじめに

出羽の国の一部であった羽前国（山形県）と米沢を中心とする置賜郡が、京都・江戸を中心とした他国からどのように知られていたかを述べるのが本稿の目的である。限定された地域であるが、中央から遠い辺鄙な場所がどのように中央の文化と関わるかの一例としての考察である。明治元年（一八六八）に出羽国は羽前（山形県）・羽後（秋田県）に二分され、その後置賜郡も西置賜・東置賜・南置賜の三郡に分割された。

「置賜」の地名が見えるのは『続日本紀』和銅五年（七一二）九月二十三日に始めて出羽国が置かれたとし、さらに同年十月一日に「陸奥国最上・置賜《おきたみ》の二郡を割きて出羽国に隷く。」とあり、霊亀二年（七一六）九月八二十三日には、従三位中納言巨勢朝臣万呂言さく、「出羽国を建てて、已に数年を経れども、吏民少く稀にして、狄徒馴れず。その地膏腴にして、田野広寛なり。請《こ》はくは、随近《ずいごん》の国の民をして出羽国に遷らしめ、狂狄を教喩して、兼ねて地の利を保たしめむことを」とまうす。これを許す。因て陸奥の置賜《おきたみ》・最上の二郡と、信濃・上野・越前・越後の四国の百姓《はくせい》各百戸を以て、出羽国に隷かしむ。

とある。この本文は新日本古典文学大系本（岩波書店、原漢文）によるもので、置賜をオキタミと訓じているが、『和名類聚抄』国郡部では、「置賜―於伊太三《オイタミ》」とする。『続日本紀』『類聚国史』『日本紀略』によって、平安時代前期の出羽国が知られる。高橋崇氏の『坂上田村麻呂』（人物叢書、吉川弘文館、昭和三十四年）もよくこの時代の東北をまとめている。

以後平安時代の出羽の国の状況では、元慶二年（八七八）の元慶の乱があった。出羽の俘囚が秋田城司の暴政に対して反乱を起こしたものであった。三善清行の『藤原保則伝』は、藤原保則が出羽権守となってこの乱を鎮圧したことを記す。『国司補任』には、出羽国の国司についての記事は少ないが、薬子の乱で知られる藤原仲成の名が見える。宗教の面では、天台宗の僧鎮源による『法華験記』（成立長久年間＝一〇四〇～四四年）巻上・八話に、

沙門妙達は、出羽国田川郡布山竜華寺の住僧なり。和尚心行清浄にして、染着するところなし。…妙達和尚死して七日を巡て蘇生《よみがへ》り已りて、始めて冥途の作法、閻王の所説を語りぬ。(1)

とあり、法華経持経者の蘇生譚を伝える。これは『今昔物語集』巻十三・十三話にも取られている。三善為康『拾遺

往生伝』（天永二年＝一一一一年頃）巻上・四話には、

延暦寺の座主内供奉安恵は、俗称大狛氏、河内国大県郡の人なり。…承和十一年（八四四）出羽の講師《かうじ》となり、山を出でて任に赴けり。この時郡内の道俗、一《もはら》に法相宗を学びて、天台宗を知らず。安恵境に入りてより以降《このかた》、皆法相宗を廃てて、改めて天台宗に帰せしめつ。(2)

とあり、天台宗の出羽国における布教のさまが知られる。出羽国は海上交通で京都に近い海側が中央の文化の影響を受けて発達していったのであろう。置賜地方にも古墳文化時代があったようである。当時海側の田川郡は湯殿山の勢力下にあった。(3)このほか『大和物語』第十七段には宇多天皇の皇子式部卿宮に仕えた出羽《いでは》の御《ご》なる女房が見える。また出羽弁《いではのべん》は著名な歌人で、『出羽弁集』という家集がある。出羽守平季信の娘であった。

中世に下って、源義経の一代記をフィクションを混ぜて記す室町時代の『義経記』では、巻七に義経の都落ちの話があるが、北陸の物語がほとんどで、出羽は少ない。出羽の話としては、庄内地方の豪族に田川次郎真房の子が病気となり、弁慶が祈って治したとある。また義経の北の方が亀割山でお産をするが、この山は山形県の最上郡と新庄市の境にあり、山伏修験道の山であった。出羽三山も海側の文化の拠点の一つで、羽黒山伏の活動は文学の上では室町時代に顕著になる。能では現行曲の「摂待」「野守」に出羽の羽黒山より出でたる客僧が登場する。狂言でも山伏狂言「腰祈」（現行曲）・「継子」（番外曲）に羽黒山の山伏が登場する。『太平記』巻二十六には、出羽国羽黒の山伏雲景が登場し、都見物をしたとする。

## 二　和歌文学と出羽 ―― 羽前を中心に ――

地方の状況は、文学的には古代の中央においては、歌枕（和歌に詠みこまれる諸国の名所）として認識された。十四世紀初頭の『歌枕名寄』、南北朝時代の『新撰歌枕名寄』では、出羽の歌枕は貧弱で、後者の例では象潟・阿保関・奈曽白橋・平鹿などがあり、著名なものはあげられていないようである。そこで片桐洋一『歌枕歌ことば辞典・増訂版』（笠間書院）によって示すと、阿古屋松・象潟・袖浦・最上川の四例となる。これは同書があげている東北地方の歌枕―安積沼・浅香山・安達原・会津山・阿武隈川・阿武隈松・浮島等々の三十五例と較べると、圧倒的に少ない数になる。やはり太平洋側の陸奥の国が多賀城などを有する大きな街道があり、こちらの方が人の往来が多かったのであろう。この出羽国歌枕の四例が何故先の歌枕関係二著に漏れたものが多いのかは不明であるが、出羽国に関する関心が薄かったことによるであろう。

阿古屋松《あこやのまつ》は『堀河百首』（長治二～三年＝一一〇五～〇六年）に藤原顕仲の和歌に、

おぼつかないざいにしへの事とはんあこやの松と物がたりして(4)（一三〇六）

とあるが、この顕仲は陸奥守基家の養子となった人物である。阿古屋松は歌人藤原実方との関わる説話が有名で、『古事談』巻二・『平家物語』巻二・世阿弥の能「阿古屋松」で知られる。『平家物語』によって記すと、一条天皇の時代、実方は藤原行成と殿上で口論し、無礼を働いたため「歌枕みてまゐれ」と陸奥に左遷となった。実方は歌枕の

阿古屋松を探し歩き、老翁にこれは陸奥ではなく出羽の国にあると教えられる。その時老人は、

　みちのくの阿古屋の松に木がくれていづべき月のいでもやらぬか(5)

の古歌をあげる。この歌は『夫木和歌抄』巻二十九・松にも見える。先にあげた『歌枕歌ことば辞典・増訂版』によれば、阿古屋松は山形市内の東部にある千歳山のこととしており、現地でもそのように理解され、あこや町なる地名もある。そうした認識は近世初期にまでさかのぼる。秋田雄勝の人戸部正直による『奥羽永慶軍記』（元禄十一年＝一六九八年の序文）では、巻三十七・狂歌事に、伊達正宗のことが見える。

…政宗ノ外舅義光在城山形ニ千年山トテ名所アリ。其峯ニ阿古屋ノ松ノ旧跡アリ。政宗十五歳ノ秋、義光ノ許ニ詠テ送ル。

　恋シサハ秋ソマサレル千トセ山アコヤノ松ニ木隠レノ月(6)

これは『平家物語』の「みちのくのあこやの松に」の歌を踏まえて詠んだのであろう。なお『奥羽永慶軍記』は永禄から慶長年間の至る奥羽の諸合戦の記事である。ところが阿古屋の松はこのほかに山形県の庄内の狩川にもあるという。三河の人菅江真澄の『齶田《あきた》濃刈寝《のかりね》』の天明四年（一七八四）九月二十一日の条に、

瀬川、三か沢、添津、山崎、苅河、かゝるところを過来れば、阿古屋稲荷と華表《とりい》に名のりたる前にぬかづく人あ

り。いかなる神にておまし奉るといへば、このところこそ、みちのおくに名だかき、あこやの松にて侍れ。いにしへはこゝもみちのおくにて、今は出羽とぞなりぬ。(7)

とあって、狩川の阿古屋の松を訪れたことが見える。清河八郎の紀行文『西遊草』安政二年（一八五五）九月五日の条に、山形の千歳山が阿古屋の松の旧跡と知って、庄内狩川にも阿古屋の松があるが、これはどうしたことだろうと述べている。狩川のものには、都の女阿古屋がこの地にやってきて炭焼き藤五の嫁となった。阿古屋が地に突き刺した松の枝が立派な木に成長したという伝説がある。(8)

袖浦は『歌枕歌ことば辞典・増訂版』によると、山形県酒田市宮野浦のことで、「白妙の袖の浦波よるよるはもろこし舟や漕ぎ渡るらむ」（『拾遺愚草』）の例などをあげている。最上川は急流として有名な歌枕で、『古今和歌集』の東歌「最上川のぼればくだる稲舟のいなにはあらずこの月ばかり」などで知られる。飛鳥井雅有の『最上の河路』はこの『古今集』の歌にちなんだ日記で、文永六年（一二六九）の冬の頃の記事のようで、逢坂から鎌倉までの道中に詠んだ歌が中心となっている。本の題については、冒頭に、

れいのうかれたるみは、しづのをだまきくり返しつゝ、のぼればくだるに、あふさかにて、
あふ坂の山の杉村すぎがてに関のあなたぞやがて恋しき(9)

とあり、交通の要衝であった逢坂の関は、東国から京へ上る者もいれば、東国へ下る者もいる。その「のぼればくだる」が『古今集』の「最上川のぼればくだる」の歌を思わせるものであったからであろう。

## 三　『奥羽永慶軍記』の置賜記事

室町・戦国時代の東北の記事は、中央の文献では『看聞日記』に南部氏の動向が見えたりするが、特に羽前の記事はない。『伊達正統世次考』巻八上・稙宗公一（第二期戦国史料叢書一一所収）に、永正十年（一五一三）六月二十六日、判書を湯村助十郎に与えた。桑折《こおり》五郎方より出羽国置民郷北条金原郷内の土地を購入した、西大枝宗保より下長井荘玉庭郷内の土地を購入した等のことがある。この頃はこのような領地に関する記事が多い。なお南陽市に当たる北条郷については、『南陽市史』上巻・中巻にくわしい。伊達氏による置賜地方の支配は関ヶ原の合戦後に終わり、上杉氏が会津から米沢に入部した。『上杉家御年譜』三・景勝公（米沢温故会編）には、慶長六年（一六〇一）八月下旬、岩井・水原《すいばら》・安田の三士が米沢に越山し、屋鋪・諸町・在家等を点検した。十月十日景勝は豊臣秀頼から帰郷の許しを得たことを徳川家康から伝えられて、二十八日に米沢に着府したとある。この頃の上杉氏は中央に目が行きがちで、領内に関する記事は見えない。

戦国時代の置賜郡における諸事件は、先の『奥羽永慶軍記』から拾うことができる。以下、箇条書きに述べる。なおこの書の信憑性については、ここでは問わないことにする。

1　巻一・永禄八年檜原合戦ノ事、同九年檜原合戦ノ事

永禄八年（一五六五）と九年、米沢の伊達氏と会津の蘆名氏との間で合戦があった。米沢と会津の境をめぐる檜原での戦いであった。

2　巻五・柏山合戦、輝旨内室来㆓陣中㆒事

上野山《かみのやま》の住人右馬頭満兼は勇士で最上義守の妹聟であったが、最上義光に敵対し、妻の姪が米沢の伊達輝宗に嫁していたので、輝宗と組んで義光と合戦に及んだ。輝宗の妻が伊達の陣中にやって来て、父義守の教訓を引いて輝宗にかき口説き、兄の義光にも申し入れて合戦をやめさせた。

3　巻七・伊達政宗家督ノ事

伊達氏は藤原氏の一族で、もとは伊達郡信夫に居住していたが、稙宗、晴宗と続き、輝宗に至って米沢の舘山に城を築いて住んだ。その子政宗は文武両道に優れ、智仁勇の三徳を兼ねた人物で、家督を継いだ。

4　巻七・大内備前守以㆑謀降㆓米沢㆒事

四本松にいた大内備前守は、伊達を攻略するために米沢へやって来て、政宗に臣従して様子をうかがった。しかし政宗が賢明であるために家臣の切り崩しができず、天正十三年（一五八五）妻子を連れてくるからと暇を乞い、会津の蘆名氏と相談した。会津側は危機を感じ、米沢との境檜原の防衛を強固にした。

当時政宗は多くの敵を相手にしていたらしい。「抑天正年中ニハ、奥羽悉ク乱レ、米沢ニテモ政宗諸方ノ敵ニ攻ラレ」（巻十一・長井・泉田、為㆓大崎㆒被㆑取㆓人質㆒事）とある。

5　巻十三・鮎貝落城、幷政宗大崎発向ノ事

天正十五年（一五八七）政宗は鮎貝藤太郎が従わないのでこれを攻めた。鮎貝は館に火をかけて、白昼手勢とともに中山を越え、上野山を通って最上義光のもとに身を寄せた。これで政宗と義光はますます不仲となった。その後政宗は大崎氏を攻略するために発向した。これを聞いた義光は笹谷の宿で政宗軍を待ち受けたが、政宗はこれをはずして進軍した。政宗に敵対する一ツ栗兵部は政宗に狂歌を送った。

政宗ヲ木葉猿カトオモヒシニ一ツ栗ヲハ落サヽリケリ

政宗も返した。

ヨソニノミミレハ木ノ間ノ一ツ栗終ニハ猿ノ餌食成ヘシ

一ツ栗は大崎氏にも離反したことがあり、鳴子・志登米を越えて山形にやって来て、義光に属した。政宗は今回も大崎氏を攻め落とすことができなかった。「ヨソニノミミレハ」という表現は、『新古今集』恋歌一、読人しらずの「よそにのみ見てややみなむ葛城や…」等和歌の表現上の歴史がある。

鮎貝氏は『長井市史』第一巻によると、藤原北家流という。また『奥羽永慶軍記』には武家の狂歌のことがよく見える。合戦の間の息抜き、冗談として詠まれているらしい。この時期の狂歌の流行が知られる。一方政宗は歌人としても知られていた。越後の豪雪地帯である塩沢の人鈴木牧之は、その『北越雪譜』（十九世紀前半に刊行）の中で、伊達政宗は高名な歌仙であるとし、その雪の歌を二首あげている（二編・巻二・芭蕉翁が遺墨）。また小和田哲男氏の

『戦国大名と読書』（柏書房、平成二十六年）によれば、戦国大名の教養として、武芸・漢籍・和歌・連歌・狂歌・茶道があげられており、これらは『奥羽永慶軍記』にも見えることがある。『奥羽永慶軍記』は政宗に対しては称賛的で、「政宗事、世ニハ鬼神ノヤウニ沙汰シ候へ共、其仁心モアル弓取也」（巻二十・箭田野義正、降二政宗一事）と褒めている。落首等の狂歌は『平家物語』『太平記』『梅松論』『応仁記』等に見え、軍記物語と関わるものであった。狂歌は戦場において、優雅でありかつ緊張をやわらげる働きを持つとも思われ、こうした伝統が戦国時代に続いていたのであろう。

6　巻二十一・蒲生・伊達、攻二大崎一揆一事

奥羽各地で一揆が起こり、政宗も蒲生氏郷とともに大崎一揆の鎮圧に当たった（会津は政宗が蘆名氏を滅した後、氏郷が入封した）。政宗の陣に氏郷がやって来た。政宗は風流人で数寄屋を造り、濃茶で氏郷を丁重にもてなした。しかし氏郷は内心政宗に討たれるのではないかと疑っていた。一揆の鎮圧のことでも両者はかみ合わなかった。

7　巻三十一・最上畑屋、落城事

会津の上杉景勝（慶長三年移封となり、会津に入部した）と山形の最上義光は最初協調関係にあったが、米沢をめぐって両者は対立した。景勝は山形攻略を思い立ち、家臣の直江兼続等を動員した。会津勢は長井で軍勢を揃え、米沢口にあった最上方の畑屋城を攻めて落城させた。

8　巻三十一・長谷堂合戦、付鮭登《さけのぶ》働事

前項に続いて上杉方は最上方を攻めて、長谷堂の城に進軍して山形に迫った。結局上杉方は攻め落とせず、米沢に退却した。最上方の武将鮭登越前守茂綱父子（『平家物語』で有名な佐々木四郎高綱の子孫という）の活躍が目立ち、上杉方も感心して直江兼続を通して褒美を与えた。

この戦いの叙述では、山形の庶民の動向が印象的である。

山形ノ町人等ハ、会津勢モハヤ上ノ山・長谷堂ヲ攻破リ、山形ニ乱入ストイフモアレハ、イヤトヨ明々日押寄ルナト、取々ニイフ程コソアレ、手ニ々々財宝ヲ持運ヒ、売物ヲカツキツレテ、或ハ東根ノ幽谷、山寺ノ深山ニ忍フモアリ。或ハ老人ノ手ヲ引、腰ヲ押、女童ヲ肩ニ掛ケ、引列〳〵山々ノ奥ヲ求メテ逃行ハ、軍兵トモ弥惘レ果タル風情也。

9　巻三十二・上ノ山合戦、会津勢敗軍事、長谷堂口会津勢敗軍の事

前項に引き続いて、上杉勢は最上勢に敗れ、直江兼続は長井に帰陣した。義光は「直江ハ古今無双ノ兵也」と感心した。

これらは慶長五年（一六〇〇）の関ヶ原の戦いの山形版で、上杉と徳川は対立し、最上は徳川と結びついていた。

10　巻三十六・上杉景勝訴訟事

景勝は関ヶ原の戦いで石田三成に味方したため、敗軍側になってしまった。今はいかんともし難く、直江兼続に命じて、秀康（秀忠の兄）の口添えを得て、徳川家康に恭順を願い出させた。家康は会津領を召上げたため、景勝は米

沢に移った。

『奥羽永慶軍記』の著者は、勝れた武将には好意的で、政宗も兼続もその対象であった。景勝に対しては多少評価が劣るようである。巻三十八には不思議な話を載せている。すなわち景勝は武田信玄の娘菊の前を正妻としていたが、もともと女嫌いで美少年好みであったため、兼続が京都で遊女を買い上げて男に仕立て、景勝に近づかせて男子を産ませたという。これは巷間の噂を取り上げたものであろう。

## 四　近世の諸国話から

地方の出来事は諸国の話として近世文学に多く見られるが、諸国話は古く『日本霊異記』あたりに淵源があり、鎌倉時代の無住の『沙石集』にもそうした面がある。他国の人の目から見た出羽として、まず戦国時代に成立したという『人国記』出羽国を見てみよう。

出羽の国の風俗は、奥州に大体替らざるなり。然れども奥州の風儀よりは律儀なる所ありて、智も亦上なり。武士は我が主・親へ忠孝の志あり。下を使ふの法を沙汰し、下藕は上をうやまふ心あり。百姓は地頭を頼む心入れありて、他の村郷の者、我が地頭を誹るを聞きては、則ち勝負を付くるの類にて、寔に頼もしく、しをらしくこれ有るところ多くあるなり。

蓋し此の国の者、都て吾が国は遠国・偏土にして、かたくへなき国風なる故、恥づかしきなどと云ふ風俗なり。これに因つて奥・出両国の者は、四民ともに礼厚きなり。(10)

出羽の人達は陸奥よりは律儀で知恵があり、主人思いでもあるという。また田舎風を恥じて、かえって礼儀正しいともある。これについては佐藤成裕（中陵と号す）の『中陵漫録』（序文・文政九年＝一八二六年）巻六・奥州の人風でも、

余、奥州に遊行して見るに、人風、古と異る事なかるべし。羽州米沢のごときは、人国記に記す如し。(11)

と賛意を表している。

ただし関西人の橘南谿は出羽に手厳しい。『東遊記』（序文・寛政七年＝一七九五年）の補遺・文書拭穢に、

日本の国にても西の方は文華也、東の方は野鄙也。殊に東北の国々は文筆一向に行はれず誠に無仏世界ともいふべし。

出羽に遊びし頃、彼地の風俗を見るに、物書きし手帋の反古、或は帳面の古き抔にて人皆鼻をかみ厠に用ひて糞を拭ふ。甚しきは四書五経其外の書籍の古きにて肛門を拭ふに至る。誠に見るにしのびざる事也。身柄よき人までも多くはかくのごとし。西国にては日向など少し是に似たるにや。(12)

と、出羽は文化果つる所であるとしている。他国の人はその国のすべてを見るわけではないので、好感の持てるものを見聞するか、たまたま嫌悪すべきものを目撃するかで印象が違ってくるのであろう。ただ出羽では精神文化より実

用的な面が重んじられてかくあったかとも思われる。なお『東遊記』は出羽国でも庄内地方の記事が多い。

さて諸国の話は『日本霊異記』以来奇談的な傾向がある。近世でも地方奇談の伝統は続いた。井原西鶴の『日本永代蔵』巻二・舟人馬かた鐙屋の庭には、出羽の坂田（山形県酒田市）の米問屋鐙屋に集まる諸国の商人達が描かれており、利発な商法に関する世間咄が語られて、商人達による諸国話のネットワークが見られる。そして近世の出羽国にも奇談・怪談は多い。以下、いくつかを箇条書きにして記す。

1　『曽呂利物語』巻三・二話・離魂と云ふ病ひの事（寛文三年＝一六六三年刊）

出羽の守護の家で、ある夜妻が雪隠に行き、しばらくして帰ってまた寝た。しばらくたってまた別の女が部屋に入って来た。守護は不思議に思って見ていた。ある者が「一人の女には不審がある」というので、よく調べて首を刎ねたが、人間であった。もう一人を切ったがこれも変化ではなかった。ある人が離魂という病だと言った。

『今昔物語集』巻二十七・三十九話・狐変人妻形来家語に、京の雑色の男の家に妻が二人現われ、男は一方は狐と思ってこれを見破ったとあり、こうした伝承による話である。

2　鈴木正三『因果物語』（片仮名本）巻中・二十三話・幽霊来たりて子を産む事（寛文元年＝一六六一年刊）

出羽の山形で、商人が京都に上り、そこでもうけた女房を捨てて山形へ戻った。そこへ京の女房が尋ねてきたので、山形の女房を離婚し、京の女房と暮らして子が産れた。商人が京都へ行き、妻の実家を尋ねると、その父は娘は三年前に死去したと告げる。商人が山形で親子三人暮らしていると言うと、父は喜んで山形にやって来た。しかし女房は父に会おうとしない。父が無理にその部屋に入ると、京都で立てた卒塔婆があった。

山形の富裕な商人で、紅花を扱っていたのであろうか。京の女と故郷の女の二人妻の話は、狂言「墨塗」や御伽草子「さいき」等、室町時代の文芸でおなじみである。死んだ妻との交流は、東晋の怪談集『捜神記』など、中国によく見られる話である。鴨長明の『発心集』巻五・四話にも、亡妻が夫の家に帰る話がある。

3　同書・巻下・三話・生きながら牛と成る僧の事

最上にある浄土寺の僧春也はいつも寝てばかりいて、ついに牛となった。旦那がやってくると、牛が衣を着て寝ている。不思議に思って外で呼ぶと、僧の形で現われた。鳥居左京亮の時代である。

鳥居左京亮は忠政か忠恒か不明。忠政は元和八年（一六二二）山形に入部、忠恒は寛永十三年（一六三六）死去した。

4　同書・巻下・五話・僧の魂、蛇と成り物を守る事

最上伝正寺の蔵には大きな白蛇がいた。これは寺の長老で、蛇となって蔵の物を守っていたのであった。

5　同書・巻下・十四話・破戒の坊主、死して鯨となる事

最上川の下流坂田へ流れ込むあたりの磯部に鯨がやって来た。これは坂田の安隆寺という一向寺の坊主の生まれ変りで、彼は欲の深い破戒僧であった。破戒僧の因果応報譚である。

この『因果物語』も諸国話の性格が強い。たとえば「生きながら牛と成る僧の事」は、ほかに美濃、常陸、三河の話が集められている。

6　西村市郎右衛門『新御伽婢子』巻三・六話・夜陰の入道（天和三年＝一六八三年刊）

最上の北寒河江《さがえ》の庄谷地《やち》の八幡宮に円福寺と城林坊があり、この間に堀があった。ここにある夜半、大きな法師の首が三つ現われた。これを見た者のうち小法師は絶命した。

近世における羽前の話は、まず日本海交通の要衝であった坂田（酒田）のそれが知られ、それから最上川沿いに内陸部に達する地の話が他国に知られるようになったのであろう。谷地（山形県西村山郡河北町）の八幡宮は源義家が後三年の役後、戦勝の神として創建したという由緒ある神社である。

7　神谷養勇軒『新著聞集』巻六・出羽霧山嵒中大蛇（寛延二年＝一七四九年刊）

鳥居左京亮が山形を領していた頃、霧山に大蛇がいて祭られていた。

鳥居左京亮については、3の項目において記した。鳥居忠恒は三十三歳で死去し、その相続をめぐって問題が生じ、除封となった。鳥居左京亮の時代と断るのは、鳥居家の不幸の印象があるのであろうか。あるいは近世初期の山形にこのような怪異談があるのは、戦国時代の不安な世相がまだ続いていたからであろうか。なお先の『奥羽永慶軍記』にも怪異の話は散見する。東北地方全域に不穏な雰囲気があったと思われる。

8　同書・巻九・蛇を殺して忽ち死す

出羽の国の最上源五郎は、菩提寺竜門寺の鎮守が竜であったが、ある時鎮守の石垣の崩れにいた蛇を殺したところ、たちどころに死んだ。

9　根岸鎮衛『耳袋』巻九・親友の狐祟りを去りし工夫の事（文化十一年＝一八一四年成立）

米沢の家士の話。友が妻を亡くし、その家を訪ねると、その友には毎夜亡妻が現われ、自分の世話をするという。家士は以前狐が友をだますことを話していたのを思いだし、狐のいたずらと思い、秘符を用いて退けた。

これは最上川の源流のある内陸部の奥の話で、最上川沿いに伝わった話ではなく、陸地伝いに南下するルートで江戸へ伝わったものであろう。時期的に遅い記事であるのも注目される。

10　宮負定雄『奇談雑史』巻九・三話・手之子大明神の事（安政三年＝一八五六年成立）

出羽国米沢領の手之子村に夫婦がいた。夫が遠くへ奉公に行くことになり、妻一人残すのを心配して、親族の老人に同居を頼んだ。老人は毎夜妻の陰部に手のひらを当てて寝た。そのうちに妻は懐妊した。夫が不審に思ううちに、妻は出産し、六つの手を産んだ。人々はこれを神に祭り、手之子大明神とした。そのために村の名も手之子村となった。

宮負定雄は下総の国の人。手ノ子は山形県西置賜郡飯豊町にある。ＪＲ米坂線に手ノ子駅がある。これは手ノ子という村名が珍しくて起こった新しい縁起であろう。羽前の奇談はとうとう幕末に至って、米沢領の奥深い地まで対象となったということである。

次に花洛の一無散人の著『諸国奇談　東遊奇談』（寛政十三年＝一八〇一年刊）から出羽国南部の話をあげる。「雅俗」第八号に板坂輝子氏による翻刻がある。著者についてくわしいことは不明であるが、常陸、仙台、山形と旅をしていることがわかる。

11　巻三・郡司屋敷牡丹
山形の近く天童に小野小町の父出羽郡司の屋敷跡があった。そこには記念の牡丹のみが残っていた。

小町伝説は各地にあるが、この地にどのようないきさつでこの話ができたかは未調査である。

12　同・くぐり川
山形の一里東南にくぐり川があり、ここに炭焼藤太がしばらく暮らしていた。

炭焼長者伝説も各地にあるが、これもいきさつは未調査である。くぐり川が不明であるが、最上川の支流のひとつであろう。

13　同・最上川幷羽黒山清火
出羽の国合海から乗船して最上川を下った。急流で両岸には山がそびえていた。仙人沢という所があった。九十歳に余る翁が山中に住んで、舟から声がすると、岸に出てくるということであった。

この合海は山形県西置賜郡白鷹町の鮎貝のことかと思われるが不明である。仙人沢は同県最上郡戸沢村の仙人堂のことかと思われる。

14　同・漁人の辞
庄内地方の方言の話である。

15　巻四・天狗呵二猟人一
仙台から最上山形へ越える時に、尿前《しとまえ》の関という所を通った。途中に泊った猟師の家で、この猟師は自分が天狗に叱られた話をした。

この尿前の関がどこにあるかは未調査である。巻五にも尿前関の話がある。

16　六百載の男
瀬見の湯（山形県最上郡最上町）に着いた。ここに六百歳の男がいて、源義経の北の方がお産をした時に手伝ったということであった。

この付近には義経伝説が多く、それの一種である。

## 五　『中陵漫録』と置賜

さらに先述の佐藤中陵の『中陵漫録』に見える置賜の記事を見てみよう。佐藤中陵は江戸の本草家で、薬種物産を諸国に求めた。島津家、上杉家、水戸徳川家に用いられた。これも箇条書きに記す。本草家らしく、自然や風俗の記述が多いのが特色である。

1　巻一・三面山奇境

羽州米沢の北小国《おぐに》に採薬に行き、三面《みおもて》に至った。桃源郷のような所であった。その地の様子を、

余六月至るに、男子は麻布《かたびら》の短衣《はんてん》を着し、女子は白布の脚布に紺の短衣にて、其髪は唐画の婦人の頭のごとし。世に見ざる珍しき髪なり。

と記し、そこは山深い秘境の地で、風俗も珍しいものであったという。中陵はこの採取旅行が印象に残ったらしく、『中陵漫録』の巻一の冒頭にあげて、分量も多く載せている。

2　巻一・田舎の節事

諸国の年中行事についてはこのようにある。

余諸国に立て見るに、元旦の礼大抵相同じ。羽州米沢にては、正月十四日十五日の暮方より夜半まで、市家の児童五六輩群集して、家々を徘徊して餅を乞て戯る。是をさせごと云。また極窮なるものは、大人小児ともに、蓑笠を着して家々に行く。此者来ると皆水を掛る。其水を畏て、竿の端に小なる籠を付て、其中に餅を乞ひて徘徊す。田舎最多し。是をころ〳〵と云。又かせ鳥とも云。鳥のまねなりとも云。又同十四日の朝は、第一策を田中に植立て、同十五日の早旦に、自分の田中を徘徊して鳥を逐ふまねを為す。是を鳥逐と云。又城下の市中にては、十五日の早朝に新町と云処に於て、大縄を上下へと大勢にて引合、是を縄引と云。又莪村にては、娶て始ての正月十五日には、村中の人、手桶に水を持来て女婿《むこ》に灌ぎ、又賞伴とて、両人赤体になりて、共に其水を灌る。

是れは女婿に多く灌るを厭て出て助るなり。又七月七日には童子河水を沐する事、此日七度入る。何の由来ある事を未だしらず。

と記し、以下長崎などの例を示している。正月元旦の行事は諸国ほぼ似ているとしているが、これは中央のやり方の影響があるのであろう。正月十四五日の小正月の行事が諸国によって特色があるようである。「させご」は柳田国男編の『歳時習俗語彙』（民間伝承の会、昭和十四年）では、耕馬の鼻を取る子、即ちサセトリのことかとする。『改訂版綜合日本民俗語彙』（平凡社、昭和三十年〜三十一年）も同様の説明である。貧しい人々が蓑笠を着て異界からの旅人となり、鳥の真似をして餅や銭をもらう習慣は全国的にあった。柳田国男監修の『民俗学辞典』（東京堂出版、昭和二十六年）には、「小正月の訪問者」の項目で説明されている。『日本国語大辞典』第二版の「かせどり・かせぎどり」では、小正月の夜、若者達が鶏の鳴き声の真似をして、家々から餅や銭をもらう行事で、岩手県にあると記す。水をかけるのは、正月の禊の意味であろう。ドイツでは十一月一日の万聖節に、シュトリーツェルという長いパンを焼き、子供が地域の貧しい人々に配る行事がある。またこの時、代母・代父も堅信礼の少年・少女にパンを贈るという。(13)

「鳥追」も『民俗学辞典』に小正月の行事として載っている。農作物に対する鳥の害のないことを望む予祝の行事である。「縄引」は『民俗学辞典』では「綱引」の項目で見える。年占《としうら》すなわちその年の豊凶を占う行事で、小正月に多いとする。

莜村（現在は南陽市内）の新婚夫婦に対する正月の祝福もほかの地に例がある。水を浴びせるのは、これも禊の意味がるであろう。子供が七夕に川で水浴びをするのも、これと同様である。菅江真澄の紀行文に置賜地方は見えないので、こうした記事はそれを補う意味で貴重な民俗資料となっている。

3　巻一・町田の霊

羽州米沢の町田弥五郎は、常に阿弥陀仏を信仰し、毎日善勝寺に通っていた。老病にかかって床に伏してもやって来て、死んだ日にも来ていた。住持は霊が寺にやって来たことを知った。

これも米沢の奇談で、中陵は現地で聞いたのであろう。こうした怪談的なものには話の型がある。善勝寺は市内の大町三丁目にある。

4　巻三・異雞の談

禁忌の食物の話である。

羽州米沢某村に産る人は、皆雉子を食する事を得ず。若し誤て食すれば忽に腹痛すと云。薩州桜島の人も兎を食すれば忽に腹痛す。

諸国において、食してはいけない食物の例をあげている。体に害があるためという。雉は昔よく食した食べ物の一種であるが、この村で禁忌となった理由は定かではない。動物崇拝と相まって、神職などが言い出したものであろうか。

5　巻三・天童山

著者は最上の天童山に行ったことがあり、

羽州最上の天童山は、危巌四方に環列して、その間に古樹蒼生す。真に深山大沢の趣有り。

と書き出している。

6　巻四・荷杖

夏に氷を売る話である。

羽州米沢にて毎年六月の朔には、田舎より氷を薦に包み負て数人来て鬻ぐ。此日より日々来て売る。手に二尺許の杖を持、休む時は其杖を其荷に立て腰を休む。

山陰に氷室を作り、冬に氷を作って、夏に米沢で売り歩いたのであろう。猛暑の盆地なので調法されたに違いない。氷の荷が重く、杖を用いて立ちながら休息しているさまが見えるようである。夏の風物だったのであろう。中陵は親しく見たわけではないと断っている。

7　巻四・食虫

次は米沢地方でイナゴを食する話である。

虫を食物とする事なし。しかるに、米沢にてはイナゴを喰ふ。秋に至れば、イナゴを生にて売来る。…此国の人として食せざる者なし。又一村あり。水溝の中に黒き甲虫を生ず。此村中の人網して捕、一串に十頭を貫き、火に炙りて往来の人に売る。小児の輩は皆好で食ふ。又希に蛇、蛙を食ふ人あれども、常に食する事なし。

この国の人は皆イナゴを食べるとある通り、今でも山形県内ではイナゴを食する。さらに蛇や蛙を食する話があるが、江戸の人からは奇異に見えたのであろう。

8　巻五・槲葉

食物を何で包むかの説明である。

食物を包には竹荀の皮を用ゆ。肥前の魚店にては八角金盤《ヤツデ》の葉を用ゆ。羽州米沢の魚店にては、朴の木の葉を用ゆ。

とある。

9　巻八・吾妻山紀行

寛政五年（一七九三）四月十一日、中陵は置賜郡への旅に出かけた。北行して窪田、糠目、赤湯に達した。ここには四か所の湯があった。大湯・丹波・尼湯・森湯であった。中山に出て宿を取り、小滝、鮎貝、小出等に行き、米沢に帰った。五月十一日、今度は南行し、大沢、板屋、五色湯、姥湯、滑川、高湯などをまわった。二十六日には吾妻山の絶頂に登った。高湯は隣国に聞こえた温泉で、四方から来客があるとしている。中陵はこれに引き続いて、「高湯記」を漢文で記している。この山は衆山に秀で、羽州の名山である。村の名は白部（白布）というなどと記し、たいそう気に入った様子である。

また赤湯温泉に関しては、丸山可澄『奥羽道記』元禄四年（一六九一）五月二十九日にも見える。妓女が多く、浴室が五間（軒）あり、宿中の人々が皆入浴するとある。

10　巻十一・荻村の婚姻

2に見える荻村の習俗である。中陵はここでよく採薬をしたのではないかと思われる。婚姻のしきたりは僻地によってさまざまであると述べて、

羽州米沢の荻村にては、媒するもの、女の方に行て其女を請受て、先媒者の傍に臥しむる事三夜にして、餅を円く作りて百八、媒者、付負て女を連行き、其礼を調ふ。七日にして蒸飯を添て、父母の安を問に帰らしむ。此等の送迎は村中の少年五六人にて往還す。其婚姻の夜も、少年を遣て女の道具を負来しむ。其時に負来て土足にて上にあがり出んとす。是を其荷縄と共に忽に取らんと相争て、其荷縄を取らんとす。取を手柄とし、取れざるを手柄とす。何れにしても、酒肴を進て大に酔しむ。

これは村人同士の婚姻なのであろう。婚姻は村にとって重要な儀式で、種々のしきたりが生じ、各村で特色あるものとなったのであろう。

11　巻十一・敷島の蛍火
中陵が米沢で諸子と一緒に一谿に至り、蛍火を見物した記事である。数万の群光があり、「余、五十六国を周遊して、始て蛍火の多き処を見る」と感激している。「敷島」は種々地名辞典を参照したが、まだ見出していない。

12　巻十一・土風
「土風」はその土地の風俗・習慣で、ここでは各地で詠まれた和歌をいっている。奥州や江州、筑紫等の例を示した後、羽州米沢で二百年前に流行したという歌をあげている。

地こぶてつぺんに星のおやぢがによつと出て火事の卵をふみつぶしけり

謎歌のようなものであるが、中陵の解によると、「地こぶ」は高山、「てつぺん」は峯、「星のおやぢ」は月、「火事の卵」は提燈のことという。中陵がいかに多方面にわたって地方の自然・文化に関心を持っていたかがわかる。

13　巻十一・百子沢の地陥
米沢の北郊に百子沢という所があり、小池があって、池のほとりに墓碑があり、その墓碑が今にも倒れて池中に入るかと思われた。土人が言うには、昔長者に仕えていた髪の長い下婢がおり、過ちを犯したため、主人が打ち殺そうとすると、女は池中に飛び込んで、主人家族を失せさせて、あたりを池にしようと誓った。その後その家族は途絶え、あたりはさらに大きな池となった。墓碑はその家族の先祖のものである。

中陵は地勢を観察して、この池は陥没して皆池のようになったのであろう。百子沢という名が伝説に合っているとしている。明年四月さらに陥没が進み、農家も追々移転を始めた。越後に近い所で、そこからも見物に来たと記している。以下、日本各地の土地陥没の例をあげている。

14　巻十二・石敢当

米沢領内の石地蔵についての苦言である。

羽州米沢の領内には、諸道の街に石地蔵を置く。其像の首皆、折てなし。首あるは尤希なり。仙台の北郷には餓死供養と云石を立て祭る。他州の人に対して甚だ恥べき事なり。

米沢領内の石地蔵の首がなぜとれていたのかは不明である。造り方に欠陥があったのであろうか。あるいは雪の害のせいであろうか。中陵は恥ずかしいことだとしている。なお「石敢当《いしがんとう》」は『広辞苑』第六版によれば、沖縄や九州南部に見られる、道路のつきあたりなどに「石敢当」の三文字を刻した石碑で、このあとにそのことが記されている。

15　巻十二・毒川の弁

六玉川の一つ高野山の玉川は、毒があって人が飲むべきではないとし、

此川に似たる毒川、諸方にある者なり。羽州米沢下永井小松と云処の、若松観音の水常に出る。汲で飲む時は瘧《をこり》を病む。

とある。長崎の例も出しており、中陵の博識ぶりがうかがわれる。瘧はしかしマラリヤを指す。マラリヤと似た症状になるのであろうか。

16　巻十三・桃源

羽黒山では六月に桃花が深谷に咲くことを述べる。

17　巻十四・踏歌

踊り歌について述べたものである。踏歌《とうか》は古代中国から日本に入った集団舞踊で、『源氏物語』賢木巻等で有名であるが、ここでは民謡の踊り歌を指しているようである。

予が四方に周游して、其郷中の游戯を見るに、相同して頗る異る事多し。其土歌の詞も独吟じて楽しむべき者なし。しかれども、越後の甚九踊の如き盛なるはなし。此歌元来、長州赤間関の京屋の娘より大に盛に成たり。流行して羽州の米沢に入る。此歌を唱へざる者なし。八十余歳の老翁も厠に入りて踊り歌ふ。如レ此盛なるに至

て、官府より令下て大に禁ずと云。今に盛なるは越後の如きはなし。男女老弱相聚て足を踏て唱ひ、手を打て其節を正し声を助く。

中陵は民謡の歌詞は独り吟ずるに耐えずとしながらも、甚九節について、その盛んなるさまを伝える。越後より米沢に入ったというが、米沢領は隣国の越後から文化の影響を受けていたようである。甚九節が手拍子を用い、足を踏んで歌うため、踏歌としているらしい。「此風盛都には人々好む者なし」とあり、地方のみの流行であったらしい。『日本民謡辞典』（東京堂出版、昭和四十七年）では、「甚句（甚九）」は越後の石地浦の甚九なる者が大坂で金持ちとなり、遊女を身請けした際の二人のやりとりを歌謡にした。これが越後甚句の始まりであるという伝えがある。また「兵庫口説」の中に「長崎えびや甚九」というものがあって、これも長崎の商人海老屋甚九郎が大坂で金持ちとなって新町の遊女と契ったことを歌っているという等々の説明がある。中陵の歌謡に関する記事も、民俗学的な関心から来ているのであろう。長州の話も甚句伝説の一種をなしている。

18　巻十四・猫話

猫に関する話である。

羽州米沢より小国と云所に行く。皆山路にして三里の間に只茶店一軒あり。直に左右前後人倫なし。此茶店に猫あり。春に至て毎日山林に入て帰る。又数日にして帰る事あり。已に児を孕す。

中陵の猫に対するやさしいまなざしを見ることができる。

以上をまとめると、調査旅行3例（1・5・9）、自然観察4例（11・13・15・16）、民間の行事・習俗4例（1・2・4・10）、風俗8例（1・6・7・8・12・14・17・18）、奇談2例（3・13）となる。いく例かは重なっている。置賜地方の習俗に関するものが多く、中菱の民間・庶民に対する好意的なまなざしを感じることができる。自然科学的な視点も興味深い。中陵は他国の場合と同様、好感を持ってこの地域に接したのではないかと思われる。山地の景色のすばらしさにも感動したらしい。諸国との比較の上に羽州置賜を観察するのが中陵らしい立場である。

ほかに羽前や置賜を記したものに、古河辰の『東遊雑記』、先の清河八郎の『西遊草』、イザベラ・バードの『日本奥地紀行』などがある。その他『国書総目録』を見ると、『出羽太平記』『出羽国風土略記』等の文献があり、『赤湯紀行』の翻刻もあるが(14)、紙数に限りがあるので、ここで留める。

## 六　結び

置賜郡はしかし中陵が記したような、美しい自然や穏やかな世情ばかりがあったわけではなかった。明田鉄男氏の『近世事件史年表』（雄山閣、平成五年）には、米沢領でもさまざまな事件があったことが記されている。一揆は十一回、大火は四回、暴風雨・洪水が一回あった。置賜郡での事件は少なく、寛永五年（一六二八）十二月米沢藩が甘粕右衛門ら切支丹三十人を処刑したこと、元禄四年（一六九一）十月、出羽亀岡村（山形県東置賜郡高畠町亀岡）の甚右衛門の下人彦作が主人の娘はる（十五歳）を絞殺して自殺した。その死体は磔となり、その父・兄等も死罪となったことが見える。羽前国全般に一揆は多かったようで、これが社会不安のもっとも大きかったことではないかと思われる。

京都・大坂・江戸など、中央の記録は古くから多く、これらの地域に関しては豊富な知識を得ることができる。これに反して置賜郡のような所は中央の記録に残ることが少なく、また現地の資料も乏しく、人々の生活の実態は古く遡るほどわかりにくい。この論考では主として中央の資料を用いたため、他国の人々がどのように出羽国・置賜郡を見たかの論が中心となったことをお断りしておく。

**注**

（1）日本思想大系『往生伝・法華験記』（岩波書店）による。原漢文。
（2）日本思想大系『往生伝・法華験記』による。原漢文。
（3）新日本古典文学大系『今昔物語集・三』（岩波書店）二二四頁脚注
（4）新編国歌大観（角川書店）による。
（5）新日本古典文学大系による。
（6）以下、新訂増補史籍集覧による。なお古典文庫に『伊達政宗公集』がある。『菅江真澄全集1』（未来社）による。
（7）東洋文庫『西遊草』（平凡社）一三二頁注
（8）古典文庫『飛鳥井雅有日記』による。
（9）岩波文庫による。
（10）日本随筆大成・第三期・第三巻による。
（11）東洋文庫による。
（12）植田重雄『ヨーロッパ歳時記』（岩波新書、昭和五十八年）一九六・一九七頁

（14）　菊地優子「史料翻刻　赤湯紀行」東北大学東北アジア研究センター『地域の歴史を学ぶ』（平成二十五年十月）所収。

# 地方の奇談を見聞する僧

## 一　はじめに

江戸時代にはさまざまな形で諸国話があり、貞享二年（一六八五）刊の『西鶴諸国はなし』が有名で、西鶴文学においては諸国話が重要な構想の一つとなっている。これにおいては諸国の話は遊里や金儲けのものが多いが、伝統的には奇談が多かったと思われる。そのさきがけは『日本霊異記』であり、江戸時代になると宮負定雄の『奇談雑誌』（安政五年＝一八五八年）が著わされたりする。こうした諸国の奇談には、中国等の影響が考えられ、比較文学的な研究が重要である。そして地方においては中央の知識人からの影響もあるであろう。ここでは地域性や中央とのネットワークの面を重視して、室町時代の能に至るまでの僧の廻国と、彼らが見聞する諸国の奇談との関係を考える。またテーマに沿って、畿内・近江国・高野山の話は除外する。

## 二　『日本霊異記』から

まず『日本霊異記』を取り上げる。この書は別冊歴史読本43『日本奇書偽書異端書大鑑』（新人物往来社、平成六年）では、「奇談」の部に入らず、「伝奇」の部に入れられている。奇談と伝奇の区別も問題であるが、たとえばこの書の奥書には、「奇」とは「おもしろい」「ふしぎな」の意味で使用していると断っている。「奇談」もそのような、中央の人にとって、不思議で興味の持たれる話のこととする。以下これらを箇条書きで示す。ここでも話の発生地を重視する。

また二重丸「◎」は奇談とは見なさないもので、参考としてあげた。

巻上

○二話　美濃国大野郡　結婚して子をもうけた男は、妻が狐とわかり、これと別れた（狐女房の古い形である）。

○三話　尾張国愛知郡　農夫が雷を助けた恩によって子を得、その子が怪力の持ち主となった。後に元興寺の僧となった。

○七話　備後国三谿《みたに》郡　禅師が上京して金等を買い、難波の津で亀を助けた。舟に乗り、舟人に海中に投げられたが、亀に助けられた（動物報恩譚である）。

○九話　但馬国七美《しつみ》郡　鷲にさらわれた幼児が、他国で父と再会した（『宝物集』巻五・『沙石集』巻五下に見える良弁の話と同種である）。

◎十一話　播磨国飾磨郡　漁夫が火の難に遭い、寺に詣でて殺生を悔いた。
◎十七話　伊予国越智郡　越智の直が半島に出征して唐軍に捕われ、観音像を得て無事帰国し、寺を興した。
○二十九話　備中国小田郡　白髪部の猪丸が乞食の沙弥の鉢を割り、倉の倒壊で圧死した。
○三十話　豊前国京都郡　膳の広国が死して黄泉に行き、妻や父に会い、父の責苦を知った。観音によって蘇生した。
○三十四話　紀伊国安諦（有田）郡　絹の衣を盗人に取られ、妙見菩薩の奇跡によって返された。

巻中

○三話　武蔵国多摩郡　吉志の火麻呂が妻を愛し、母を殺して防人の役を免れようとすると、地が裂けて陥り死んだ（不孝子譚の早い例である）。
○四話　美濃国片県郡　美濃の狐という女は力が強く、狐を母として生まれた人の四代目であった（こうした狐女房譚は、地方でよく起こったらしい。説話話型の伝播がある）。
○九話　武蔵国多摩郡　大伴の赤麻呂が自分の造った寺のものを用い、牛に生れかわった。
◎十一話　紀伊国伊都郡　文の忌寸が僧をののしり、斎戒を受けた妻を犯したために、悪病にかかって死んだ。
○十五話　伊賀国山田郡　高橋の連東人は『法華経』を書写し、酔い潰れた乞食僧によって母が牝牛に生まれ変わったことを知った（この話は『法華験記』巻下・百六話等にも見え、狂言「悪太郎」にも連なる）。
○十六話　讃岐国香川郡　富裕の者の使用人が貧者に布施することを嫌い、釣りをして牡蠣を放生した。使用人は死して冥途に行き、牡蠣の放生によって首を斬られなかったが、布施をしなかった罪によって飢え渇いた。後に蘇生した（これは話型に則りながらも、地方の生活がうかがわれる）。
○二十五話　讃岐国山田郡　布敷《ぬのし》の臣衣女《きぬめ》が死して同国鵜足《うたり》郡の同姓同名の死人に体を提供し、鵜足の女として生きた。
◎二十七話　尾張国中島郡　女人が餅を三宝に供養して怪力を得た。
○三十一話　遠江国磐田郡　老夫婦が子をもうけ、その子が手に舎利を持っており、それを知った国司等が磐田寺を建立した。
○三十二話　紀伊国名草郡　村人が寺の利殖用の酒を借り、返済しないで死去し、牛に生まれて人に使われ返済した。
○三十九話　遠江国榛原郡　諸国廻りの僧が大井川の砂から薬師仏を掘り出し、堂を建立した。

巻下
○一話　紀伊国牟婁郡　熊野村の話。『法華経』を読誦していた僧が、死んで髑髏となっても経を読んでいた。
○二話　紀伊国牟婁郡　興福寺の僧永興禅師が熊野村の寺に住んだ。殺生ゆえに、狐と犬に生まれ変わった者達が殺し合ったのを見た（能の地獄物を思わせる話である）。
◎七話　武蔵国多摩郡　丈部の直山継夫妻が観音を信仰した。山継は死罪とされるところを助かった。
○十話　紀伊国有田郡　牟婁の沙弥が荒田村に住み、『法華経』を書写した。火事が起こったが、経は焼けなかった。
○十三話　美作国英多郡　鉱山の穴に閉じ籠められた男が、『法華経』を信仰したために助けられた（『法華験記』

巻下・十三話等にも見える）。

○十四話　越前国加賀郡（加賀国）『千手経』の呪文を念じる修行者が、浮浪人の長に縛られて打たれた。その後長は報いを受けて死去した。

○十六話　越前国加賀郡（加賀国）多くの男と情交を重ねた女が死去した。紀伊国名草郡からやって来た寂林法師は、夢にこの女が乳房の病に苦しんでいることを知り、その子を尋ねた。子は母のために仏像を造り、写経して母を救った（これもこの地に起こった事件が背景にあるのであろう）。

○十七話　紀伊国那賀郡　沙弥信行は自分の寺に未完成の仏像があるのを悲しんでいた。ある夜仏像が痛いとうめき声をあげた。居合わせた元興寺の僧豊慶が寄付を集めたりして像を完成させた。

○十九話　肥後国八代郡　肉の塊として生まれた子が聡明な女人となり、出家し尼となった。大安寺の戒明が筑紫で法会を行った時に女人はやって来て知恵を示し、舎利菩薩と称された（『法華験記』巻下・九十八話等に見える。異常出生譚の一つ。これによる子は人並み外れた人間となる）。

○二十話　阿波国名方郡『法華経』を書写した女を誹った男は、口がゆがんだ。

○二十二話　信濃国小県郡　池田舎人蝦夷は『法華経』を書写しながら、不正な取引を行っていた。このために死して地獄に堕ちたが、蘇生した。

○二十三話　信濃国小県郡　大伴の連忍勝は『大般若経』書写を志し、出家した。寺の財物を勝手に用いたために死後地獄に堕ちたが、蘇生した。

◎二十五話　紀伊国　漁民が嵐で海に流され、釈迦仏の名を唱えて淡路国に着いた。一人は殺生を悔いて淡路の国分寺に仕えることとなり、一人は帰郷し、山に入って修行した。

○二十六話　讃岐国美貴郡（三木郡）　大領の妻が寺の財物を流用するなど強欲であった。死して腰から上は牛、下は人間という身となった。家族は三木寺、東大寺に寄進して、女の後生を祈った（上半身が獣類、下半身が人間というのは、歓喜天のようなインドのイメージである。本書では死後牛になる話が目立つ）。
○二十七話　備後国葦田郡　穴の君の弟公は伯父秋丸に殺され、その髑髏の目には筍が生えた。これを通りがかった品知《ほむち》の牧人が助け、事情を弟公の両親に知らせた。秋丸は放逐された（歌い骸骨の早い例である）。
○二十八話　紀伊国名草郡　貴志寺の仏像が放置されているうちに、蟻に首を噛み切られた。痛み苦しむ声を発してこれを知らせたので、檀家の人々が修復し、供養をした。
○二十九話　紀伊国海部《あま》郡　愚かな男がおり、村童が戯れに造った仏像を壊し、忽ちに死去した。
○三十話　紀伊国名草郡　弥勒寺の僧が十一面観音立像を造ることを思い立ち、未完成のまま死去した。その後蘇生し、完成を依頼して再び往生を遂げた。
○三十一話　美濃国方県郡　村の女が独身で懐妊し、二つの石を産んだ。これが神の子とわかり、祀られるようになった（これも異常出生譚の一種。胆石のようなものか）。
○三十三話　紀伊国日高郡　紀の直吉足は乞食の沙弥をいたぶり、まもなく地に倒れて死去した。
◎三十四話　紀伊名草郡　病気に罹った巨勢の呰女《あざめ》は出家し、十四年間読経をした。そして平癒した。
○三十五話　肥前国松浦郡　火の君の氏は死去して冥途に赴いた。そこで遠江国の物部の吉丸に、罪業を償うための法華経書写を頼まれ、蘇生した。上申書が大宰府、朝廷に届けられ、二十年後に書写がかなって、吉丸の霊は救われた（これは肥前・遠江両国にわたり、その意味が問われる）。
○三十七話　筑前国　都の者が筑紫に下って急死し、地獄に赴いた。そこで佐伯の宿祢伊太知が笞打たれているのを見、蘇生した。大宰府に報告し、京中に帰って伊太知の妻子にも知らせた。妻子は『法華経』を書写し、供養して救った（これも両国にまたがる話である）。

巻下に地方の話は多くなるが、地域では紀伊国の話が圧倒的に多く、これも巻下に顕著で、全巻合わせて十三種となる。次が讃岐・美濃・武蔵で三種、備後・越前・尾張・信濃・遠江の二種、あとは筑前・肥前・肥後・豊前・備中・美作・播磨・但馬・伊予・阿波が一種ずつとなる。関東では武蔵のみが目立つ。西国が多く、東北はない。これらの説話はパターン化しているが、奇談としては、神話的な始祖伝承、放生説話、寺院の草創説話、仏罰譚、冥途蘇生譚、菩薩による救済譚、『法華経』の奇瑞譚・救済譚、仏像造立にまつわるもの、仏教信仰による奇瑞譚・救済譚、髑髏譚、『法華経』讃仰の話、異常出生譚がある。またこれらにはモティーフをミックスした複合型のものがある。『続日本紀』にも諸国の記事があるが、ここでは省略する。

これら上代の話は地方寺院を中心に形成されたと思われ、これらの寺院が地方の文化センターの役目を果たしていたことが想像される。そこで形成された説話はある話型にのっとって作られている。これは仏教説話の世界ではよく見られる現象で、話を創作した僧達の、説話タイプの知識によるものであろう。中央の説話の型と同様のものも多い。地方奇談のものは、これも地方において発生し、寺院に運ばれて再構成されたようである。また地方豪族にまつわる話が多いのも特徴的で、彼等は地方社会においては目立つ存在で、その動向は人々の話題に上ることが多く、また地方の仏教を支える重要な保護者でもあった。また地方豪族の家から中央の寺院にやってきて出家し、高僧となる者が多かったのであろう。こうした地方豪族の存在は、『粉河寺縁起』等の長者の話や、幸若舞曲「信田」、説経節「をぐり」などの世界にも引き継がれている。説教等の地方での布教活動の一環である。したがって『霊異記』説話の舞台は、その地方の仏教活動の一端を示すもので、極めて在地的である。『霊異記』の著者景戒は、奈良の薬師寺の僧となっているわけであるが、これらの話が彼に届いた経緯については、巻中・三十九話に諸国廻りの僧のことが見え、また巻下・十六話に紀伊国名草郡から越前国加賀郡にやってきた廻国僧のことがあり、同十七話に紀伊国那賀郡における元興寺の僧のことがあり、同二十六話に讃岐国の人と東大寺の関係が見えるなどに、廻国の僧の姿があり、諸国と中央のネットワークが垣間見られる。これは国分寺等を含めた当時の仏教界の全国的な組織とも関係する。また宗派の動向とも関連するであろう。三善為康の『拾遺往生伝』巻上・四話には、出羽国では法相宗が一般的であったが、安恵が人々を天台宗に帰依せしめたとある。

## 三　『法華験記』から

『日本霊異記』においては、『法華経』にまつわる説話がよく見られるが、さらに法華験記・往生伝の類に、地方の伝承と一所居住の僧または廻国の僧との関係を求める。まず天台僧鎮源による『大日本国法華経験記』(『法華験記』)は各地で俗人からは離れて苦行する修行僧の話が多く、それらの逸話はそれぞれの僧の弟子あるいは後継者達によって伝承されたもので、民衆との関わりは薄く、内的ないわば「僧房の文学」のような閉鎖的な性格を持っている。これからも僧による奇談の見聞を箇条書に記すが、◎印のあるものは、奇談性がなく参考の話である。

◎巻上・十一話　沙門義叡は諸山を巡行し、熊野、大峰、金峯山とまわって、奥山に住む『法華経』の持経者に会った。

○巻上・十三話　沙門壱睿は紀伊国宍背山で、髑髏が『法華経』を誦するのを見た。歌い骸骨の一種である。
○巻中・四十八話　興福寺から奥州へ下った法蓮は『法華経』を受持し、瓢の中に生じる米によって人々を救い、仏道に赴かせた。
◎巻中・五十二話　比叡山西塔の仁慶は、本山を離れて遠国に赴き、修行をし、また国司に随った。昔話の要素があり、創作的である。地方における説教とも関係するかと思われる。
　中央から地方へ下って、地方の行政に関わった僧の姿がある。
○巻中・五十七話　但馬国に下った若い法華持経者は、山寺で鬼に食われずに済んだ。
◎巻中・六十六話　法華の持経者睿実は鎮西に下り、富裕の身となって俗人の生活をした。肥後守がこれを誹謗し、財物を押収した。守の北の方が病気となり、睿実の法華経読誦によって平癒した。
　これにも国司と地方僧の関わりが見られる。国司周辺における説話の形成ということになる。こうした話は地方における高僧伝であり、また『霊異記』と同様に地方における仏教活動の一端を示している。
○巻中・七十一話　比叡山西塔の僧真遠が生国三河国に下り、道場を建立し、国守に無礼をとがめられて国府に連行された。その夜守は不思議な夢を見、真遠を許した。
　こうした国司と僧の関係の話は、本書のモティーフの一つである。
○巻中・七十三話　比丘が修行で鎮西に行き、山野で庵の女に宿を乞うた。帰って来た家の主は法師で、肉食をしていた。数年後に比丘がそこを訪れた。僧と尼は西に向かって入滅した。比丘はあとに留まって修行し、人々はこの聖人に結縁した。

前半の部分は能における廻国のワキ僧の見聞を思わせる。また泉鏡花の小説『高野聖』にもつながる。これも地方奇談であり、仏教の布教活動の一端である。廻国の僧が地方で修行する高僧に出会う話の一種である。

○巻下・八十一話　越後国の国上山にある塔を二三度雷が破壊した。所の僧神融法師は塔の本で『法華経』を誦し、雷神と対話し、善心を起こさせた。雷神はその所に水を供給することとなった。

雷神説話や天竺の一角仙人に通じる話で、仏法による雨乞いとも関係する。これ以後国上山周辺四十余里内では、雷電の音は聞かなくなったとあるので、地方伝承の趣がある。

◎巻下・九十話　比叡山の僧摂円は用事で加賀国に至り、人の家に宿る。女主はよくもてなす。家主がやって来てこれが在家の僧で、『法華経』の受持者であった。摂円は共に修行した。家主の僧はやがて入滅し、摂円は本山に帰ってこのことを説いた。

康保年間（九六四〜六八）のこととするが、巻中・七十三話と同型で、どこまで事実かは不明である。こうした話型があったのであろう。また僧が本山から修行等で諸国に赴き、戻ってきて地方の模様を話すが、それは旅に出た僧自身の各地での経験談の場合もあった。こうして比叡山には諸国話が集まることになる。

◎巻下・九十四話　無動寺の聖人が美濃国に下り、ある家に宿ると、主人は在家の僧で、殺生をして世を渡っていたが、『法華経』を読誦していた。聖人は無動寺に帰ってからこの僧の往生を知った。

巻中・七十三話、巻下・九十話に続く話で、地方にはこうした殺生をして生活しながら仏道に励んだ人々もいたのであろう。一つの系譜をなすと思われるが、謡曲では「善知鳥」等殺生による堕地獄譚はあるものの、こうした人々の存在は見られない。

◎巻下・百四話　越中の前司藤原仲遠は悪を好まず、常に『法華経』を読誦し念仏して往生したが、兜率天に生まれたとされた。

兜率天往生の話であるが、国司クラスの仏道修行は、巻下・百七話の大隅掾紀某の例がある。

○巻下・百十話　肥後国の官人が深夜に深山広野に迷い、女に化けた羅刹鬼に出会い、穴に落ち込み、馬は鬼に食われてしまった。穴には『法華経』の最初の文字「妙」がおり、これまで人々を羅刹の難から守って来たと告げる。明け方童子がやって来て、この官人を家に送った。

山姥伝説にも連なる説話的な構造を持つもので、地方の国府周辺で作られて中央に運ばれたのであろう。

◎巻下・百十二話　関東出身の壬生良門は、陸奥に赴任し、夏には魚を取り、秋には狩をして楽しんでいた。これは所の風習であったという。空照という聖人の勧進によって、良門は心を改め、『法華経』の書写に励んだ。死に臨んで兜率天に上ることとなった。

これも国府の官人クラスの往生譚であるが、ある程度の身分の者でなければ、仏道修行もかなわなかったということである。現に良門は金泥をもって墨となし、千部の『法華経』書写を発願したという。奥州においては殺生が普通であったというあたりが在地的である。

○巻下・百十三話　陸奥国の鷹取の男は常に上物の鷹をつかまえて朝廷に献上し、生計を立てていた。雌の鷹は雛を取られることを恐れて、人も通わぬ大海のほとりの岸壁に巣を作った。鷹取は追って来て雛を取ったが、仲間に裏切られて岩の上に置き去りにされた。仲間は鷹取の妻子に、夫は海に落ちて死んだと伝えた。鷹取が観音を念じていると、毒蛇が海中より現われ、これによって岸にたどりつくことができた。家に戻り、妻子に再会し、道心を起こして出家し、『法華経』を受持して殺生をとどめた。

前百十二話に続く話で、陸奥国の生活者の一端を記している。生計を立てている殺生が戒められるテーマである。陸奥の外の浜で子鳥を捕まえて生活していた猟師が地獄に堕ちる能「善知鳥」に通じるもので、陸奥にもこうした仏教説話の話型があったのであろう。鷹を捕らえて献上していたとあり、その献上は国府を通して行われたはずである。またこのプロットは幸若舞曲の「百合若大臣」において、絶海の孤島に置き去りにされた百合若が、鷹の緑丸を使って家族に無事を知らせるくだりに関係するように思われる。海から毒蛇が現われることも、『法華経』観世音菩薩普門品（『観音経』）に、「或遇悪羅刹　毒龍諸鬼等　念彼観音力　時悉不敢害」とあることによるであろう。『法華経』による説話形成の一種である。

○巻下・百十四話　播磨国赤穂郡に盗賊の一類がおり、それが捕らえられた。その中の一人に対し、刑罰に矢を射かけたが、矢をはね返した。人々が不思議に思って尋ねると、若い頃から『法華経』を持していた。昨夜の夢に観音が現われて、観音が身代りとなって矢の難から救われることを知ったと話した。播磨の追捕使はこれを許して従者とした。

身代り観音の説話で、この話の系譜は『観音経』に源流がある。悪人救済の話でもある。また軽い犯罪人を警備の役人が手先として使うことは、江戸時代等に知られる。この話も地方の役人に関する仏教説話で、国府と中央を結ぶ話のネットワークが知られる。それには在地の僧も関係するのであろう。

○巻下・百十五話　周防国玖呵郡で、判官代が若い頃より『法華経』を読み、山寺の三井の観音を信仰していた。国府から帰宅する途中、敵に急襲されて身を斬られて殺された。しかし判官代は無事に家に帰った。夢に三井の観音が現われ、自分が身代りとなったことを告げた。判官代が三井に行くと、はたして観音像は散々に壊れていた。諸人はこれを聞いて観音像を修理してあがめた。敵もこれを見て悪心を捨て、判官代と親しみを持つようになった。

前百十四話と対をなし、地方の役人クラスの説話であるが、三井の山寺周辺で作られた観音霊験譚が国府を通して中央に運ばれたのであろう。

○百二十四話　修行者が越中の立山に行き、立山地獄にいる若い女に出会った。女はもとは近江の国蒲生郡の仏師の娘で、父が仏の物を衣食に宛てたために地獄に堕ちた。『観音経』を読む願いを果たさなかったと告げた。修行者は近江の両親にこのことを伝えた。両親は『法華経』を書写して供養し、女は忉利天に生まれ変わった。

この僧は旅先で幽霊に出会っており、能のワキ僧に近い。立山の幽霊の話は、能「善知鳥」前場にある。また本話によって近江が立山信仰のエリアにあったことも知られる。これにも『観音経』の句が背景にあるのであろう。『地蔵菩薩霊験記』巻三・三話に、常陸国の円了房は地蔵講を催していたが、講人達と立山に登り、地獄のさまを見るという話がある。円了房と違って貪欲であった日円房はここで苦しんでいたとある。立山で修行者が亡者と出会った話は、『浮世風呂』前編巻之下の、立山をめぐる六十六部の話に見えている。能の堕地獄物の原型である。『法華験記』のこのあたりは『法華経』と女人の関係を述べる説話群となっている。

○巻下・百二十六話　越後国の乙寺に『法華経』の持経者がおり、二匹の猿が『法華経』の書写を手伝いに来て死んだ。四十余年の後、紀躬高が信濃の国守となって赴任し、乙寺に向かって老僧となった修行者に会い、自分は昔猿であったことを告げ、『法華経』書写の完成を願った。ことが成就して、僧は浄土に生まれた。

地方奇談の一種でもある。越後や信濃が猿を連想させるのであろう。

○巻下・百二十八話　天王寺の僧通公は、『法華経』の持経者で、紀伊国の熊野に詣で、帰り道で道祖神に会い、行疫神に使われていることを嘆かれ、『法華経』による救済を望まれた。これをかなえると、道祖神は菩薩の形となった。通公は本寺に帰り、これを語り伝えると、人々は随喜して道心をおこした。

僧が旅先で地方の神に出会ったという話である。そしてこれは天王寺で語り伝えられたのであろう。仏教による道祖神救済の話は、『宇治拾遺物語』冒頭話につらなる。

○巻下・百二十九話　紀伊国の熊野参詣の老僧と若い僧は、牟婁郡の寡婦の家に泊まった。女主人が若い僧に懸想し言い寄ると、この僧は下向の折に随うという。女人はこの僧の帰りを待っていたが、僧が素通りしたため、女はこれを追いかけるうちに大きな毒蛇となって、道成寺の鐘の中に逃げ込んだ僧を焼き殺してしまった。寺の僧による『法華経』如来寿量品の書写により、女は忉利天に、僧は兜率天に上った。

有名な道成寺説話で、この地方でこのような男女の事件が起こり、祟りを恐れてその霊を寺で供養したことがあったのであろう。旅の僧が事件にまきこまれた話である。そして道成寺で創作的に作られていったと思われる。この話になると、修行者の生きざまという本書の性格から離れるようであるが、逆にこの話で締めくくっていることが印象的で、著者の文学志向を思わせる。本話では男は兜率天に、女は忉利天に往生するとしているが、釈迦の生母麻耶夫人が忉利天に生れたということとも関係するのであろう。(1)

以上のように『法華験記』の地方説話は、国府の官人クラスにまつわるもの、国府と関係する僧のもの、地方寺院の僧のもの、旅の僧のもの、人里離れて修行する僧のものに分けられる。これらは『日本霊異記』の地方奇談がその地の豪族にまつわることが多いこととまた性格を異にする。国府の官人クラスの話は、『徒然草』六十八段にもある、筑紫の押領使が大根を好んで食し、敵に攻められた際にこの大根の兵に助けられたとある。『徒然草』にも上人に関する逸話が散見する。次の六十九段に、書写山の性空上人が豆の殻が焼かれる音を人語と聞いたと続く。『徒然草』にも『法華験記』的なものが多少ある。鎮源は地方における修行者の生涯を記す目的でも『法華験記』を書いたのであるが、別の面からは諸国の奇談を書きとどめたことにもなる。またそこには国々の国府が大きな役割を果たしていたことが想像される。これらと比叡山の関係も直接・間接に大きかったようでる。この中からは『今昔物語集』等に採られたものがあることは、よく知られている。このうち能の旅僧の源流となる例は、わずかに七十三話（鎮西）、九十話（加賀国）、九十四話（美濃国）、百二十四話（越中国立山）である。

## 四　往生伝から

次に各種の往生伝を取り上げるが、ここでも旅の僧と地方奇談というテーマを中心に考える。これらは『法華験記』と同様に著名な高僧伝の類から書き始めて無名の道心者に至る。かつ中央から地方の話へと書き継ぐ流れがある。なお『法華験記』と重複するものは除く。

まず大江匡房の『続本朝往生伝』であるが、これには旅の僧の見聞はない。ただ三十一話に、慶滋保胤は寛和二年（九八六）に出家し、諸国を廻って仏事をなしたとあるところは廻国の聖を思わせる。「強牛肥馬に乗るといへども、猶し涕泣して哀ぶ」とあることには、先の『徒然草』六十九段の性空上人の逸話に通じる。人間以外の動植物に対する愛情がある。

三善為康の『拾遺往生伝』を見ると、巻上・十七話に、沙門蓮待は高野山に入っていたが、貧家の人に仕えるために山を離れ、修行経歴して去留を定めず、ついに土佐国の金剛頂寺に至り、のち高野山に帰ったとある。各地での見聞はここでは記されない。『高野山往生伝』にも特にその方面の記事はない。巻下・二十七話にも、沙門善法は甲州の出で、都で人に仕えた後に出家し、粗衣を着して国々村々を歩いては道俗を勧進し、播州の峰相寺に至ったというもので、蓮待の説話と似ている。

ついで三善為康撰の『後拾遺往生伝』では、巻上・四話に薩摩国の国府にいた旅の僧がおり、入水して往生したとある。天永三年（一一一二）八月のことだとする。国府に関係する旅の僧の話である。名は不明とする。巻中・十一話には、出雲国鰐淵山の住僧永暹は修行を好み、諸山を往反していたとある。巻中・十二話には、遠江国城東郡潮海寺の住僧某は徳が高く、また寺中に碩徳の僧がいて、大聖・小聖と呼ばれた。盗賊が馬を盗んだが、祈りによって捕縛されたとある。巻下・二十四話には、陸奥国に住む美女は好色で、近づく男達を拒まなかった。しかし後に誰も来なくなった。人の問いに対して、女は人情に従うのは菩薩の行であること、愛欲は流転の業なので、一念愛着の心を起こさなかったこと等を語った。その後出家して念仏を業としたとある。能「江口」にもつらなる。また道成寺説話に関係するような地方の女の愛欲の話であり、『日本霊異記』巻下・十六話にも越前国の多くの男と情交を重ねた女の話があって、一つの話型であった可能性がある。

次に沙弥蓮禅（筑前入道）による『三外往生伝』を見る。十三話に、行空沙門は住居を定めず、一夜として同じ所に宿らず、日夜『法華経』を誦して五畿内七道・六十余州を旅し、霊地霊山を廻って修行した。これに対して天童や神女、諸天、天神が守護したとある。『平家物語』巻五・文覚荒行に、文覚は熊野の那智での荒行に天童がこれを助け、その後日本中の霊山残る所なく修行したというのに似る。なお五畿七道・六十余州を巡るという表現は、『法華験記』巻中・六十八話にも見える。四十話に、甲斐国に住む丹波大夫は狩猟を好み、土民から賦の米を取り立てては暴利をむさぼった。老年に至って仏道に心寄せ、念仏を唱えて心静かに往生したとある。地方豪族の話である。

以上、往生伝もまた虚構性を考えなければならないが、中央の僧と在家の信者、地方の土着の僧とやはり在家の信者の話が多く、旅する僧の話ははなはだ少なく、地方奇談の例もほとんどない。『法華験記』が布教を目的にしているのと異なり、往生伝は在家の貴族の信仰心を高めるような動機で書かれており、各地を廻る僧は自身の修行に熱中し、地方の奇談や霊に眼は及ばないように見える。田嶋一夫氏は文人貴族による往生伝執筆の意味を説いている。(2)『日本霊異記』では各地の因果応報譚を説いて人々を教化しようとしており、『法華験記』や往生伝では出家者、在家の信者の真摯な仏教との向き合いが記される。修行のために各地を巡り、各地の霊に出会ってこれを弔い救済する物語は、能の世界までは発達しないようである。能においては古代的な祟りの鎮撫が中世的に復活する。それを担当するのはむしろ無名の旅の僧である。あるいは修行よりも幽霊の鎮魂が彼等の目的だったかも知れない。

## 五　説話における旅の僧の見聞

さて鴨長明の『発心集』は法華験記・往生伝に見るような高僧伝をテーマとしながら、その僧達は定住的であるよりも、新しい境地を求めて他国をさすらう姿が印象的である。その中から彼等が地方の現実と関わるものを拾う（慶安四年＝一六五一年の刊本による）。まず旅の修行僧の例をあげる。第四・一話は『法華験記』巻上・十一話と同話、第六・九話は数奇聖蓮如が讃岐の崇徳院の御所を訪ねたというもので、歌道に心を寄せていたために数奇の聖と言われたのであろう。同・十話は少将聖が用事があって播磨国の室に至り、遊女がこれに結縁したもので、能「江口」とも関係する。同十二話は西行法師が武蔵野で出家者に出会うもので、『撰集抄』巻六や『西行物語』巻下等にも見える。同十三話もある聖が北丹波に至り、上東門院の女房が出家して住む庵に至るというものである。第七・十二話には、心戒坊が居所を定めず、雲風に跡をまかせていた。渡唐して帰国し、えびす・あくろ・津軽・壺碑など陸奥国に住むことが多かったという。北の国境地帯で厳しい修行を旨とする僧であった。新しいタイプの僧と思われる。『西行物語』にも、「悪路や津軽、夷が島」とあり、中世北方への関心が高まった。地方の奇談としては、第四・五話は肥後国の僧の妻が魔物であったというもので、『拾遺往生伝』巻下・二十話と同話、同九話は武蔵国入間川が氾濫したというもので、災害のニュースとして都へもたらされたのであろう。第五・三話は母が娘に嫉妬して指が蛇に変じたというもので、どこの国のことか確かに聞いたのだが、忘れたとある。これも地方の風聞が都に入って来たのであろう。国府と関係する話も、第一・二話に、玄賓が伊賀の郡司に仕えたというもの、同三話に、平等供奉が伊予の国にさすらって乞食をし、伊予守と昵懇であった弟子の浄真と再会したというもの、第八・一話に、筑前国の時料上人が国府のあたりを歩いて物を乞い、国府の役人がこれを慕ってつけて行くと、山深く入った谷の奥の荒れた社に住んでいたというものがある。これには伝統的な説話パターンの流布があるが、出家談・往生談が多様化していることはうかがうことができる。無名の僧が登場するのも新しい特色で、能のワキ僧に近づく。

西行の自伝という体裁を持つ『撰集抄』は、西行を慕う宗教集団の中で形成されていったと見られるが、そこには彼等の廻国の経験が反映していると思われる。巻五・十一話には、「六十余州にさすらへて」とある。彼等が名もない人々であることは、この書で取り上げられている各地の出家者達が、やはり無名の人達が多いことと関係するであろう。平安時代の高僧伝に続く次の段階の僧伝である。以下、この論のテーマに沿った話を記す（広本系の桜楓社版を用いる）。西行が見聞したこととして、第一・五話は宇津の山辺で座禅する僧のこと、第二・二話は筑前国に住む真誉法眼のこと、同三話は播磨国に住む念仏の僧のこと、同六話は陸奥国の平泉あたりの里に行き、石塔を見た。所の者に聞くと、昔猛将の娘がいて、『法華経』の読み方を知りたいと思っていると、天井の上の者が教えた。天井には白骨があり、延暦寺の慈恵大師であった。この女は尼となり二十余年前に死去したと教えたということで、陸奥における天台宗の布教と関係する。同七話は播磨国の山中の谷で死去した僧のこと、第三・一話は能登国の岩屋に籠る見仏上人のこと、同三話は播磨国に住む元は遊女であった尼のことで、これも遊女と仏道の話の系譜上にある。同五話は丹波国大江山に住む老僧のこと、同六話は播磨の明石に住む宝日上人のこと、同八話は美濃国に住んで人に仕える僧のこと、同九話は紀伊国葛城山の僧のことである。巻四・一話は相模国土肥の武士が出家したこと、同三話は紀伊国由良の漁夫が出家したこと、同四話は筑紫に住む範円聖人のこと、同六話は越に住む得業魔縁のこと、同七話は淡路国藤野で明雲僧正の庵を見たことである。第五・一話は信濃の木曽に住む永昭僧都のこと、同二話は武士の大瀬三郎が出家して越に住んだこと、同五話は駿河国に住む僧のこと、同九話は真範僧正が越後の国府に住んだことである。巻六・八話は信濃国佐野の渡りの禅僧が往生したこと、同十二話は武蔵野に住む僧のこと、巻七・三話は相模の大庭に住む僧のこと、同七話は下野国利根川に住む無相房のこと、同九話は信濃国の一条次郎義景に仕えた僧のこと、同十四話は加賀国で修行のために諸国を行脚する山伏がつれとする男を敵から助けたこと、同十五話は伊勢の山中に住む尼のことである。巻八・三十一話は紀伊国那賀郡の農夫紀四郎奉成が粉河寺の観音を信仰したこと、巻九・十一話は陸奥の信夫に覚英僧都が住んだことである。こうした地方に僧を発見するテーマは、能にはあまり見られない。『撰集抄』の地方についてのまなざしは、仏道に心寄せて出家して生活する人々に主に向けられている。出家者以外には関心を持たない傾向がある。その地方は筑紫から美作・播磨・淡路・紀伊・丹波・美濃・伊勢・北陸・信濃・駿河・相模・武蔵・下野・陸奥に及ぶもので、地方行脚の僧達の範囲が反映していると思われるが、廻国僧のこうした見聞には、やはり能のワキ僧につながる面影があるといってよいであろう。

　このほか第一・六話は越後国の海のほとりで市が開かれ、魚類・木の実・布絹・人・馬の売り買いがなされていたというもので、地方の有様、生活がよく描写されている。西行仮託の人物は、木の実・布絹だけでなく、人・馬も売買の対象で、老若を問わず人の心をだまして売り買いしていたさまに涙を流したと述べる。『とはずがたり』巻五にも、備後国の和知の豪族が鳥獣を殺し集めているさまに都人らしい衝撃を受けている。人身売買については、鎌倉幕府法の追加法の検断法二八六条「牛馬盗人・人拘引等の事」に、牛馬を盗む事並びに人をかどわかす事についての刑罰の規定がある。人のかどわかしは公家法でも禁制の対象になるなど、社会問題になっていた。この見聞は能や説経節等の人買い商人物と関係してゆく。

ところで『撰集抄』では、仏道と風雅の道との関連が重要な側面で、巻七・十四話・抖擻の僧男を助くる事では、主人公が越路に修行した際の叙述として、

甲斐のしらねには雪つもり、浅間のたけにはけぶりのみ心細く立ちのぼるありさま、信濃のほやのすゝきに雪ちりて、下葉は色の野辺の面、…(3)

と文学的な描写が挿入されており、能のワキ僧の道行の謡を思わせる。こうした面は、西行が歌僧であったことが考慮に入れられているのであろう。巻四・七話・明雲僧正の事では、淡路国藤野の浦の描写は、

前は南向き海漫々としてきはもなし。後は北山けんそにして、余にさはがしき所侍り。

と写実的な叙述がなされ、これもワキ僧が目的地に達してその地の有様を述べる着きゼリフに似る。こうした一文は紀行文学に通じるもので、『とはずがたり』巻四の江の島の描写などを思わせる。

『発心集』を強く意識して書かれ、『撰集抄』に影響を与えた慶政の『閑居友』にも、遠国の話として、あづま（上・

六話)、あづま(上・八話)、あづま(上・九話)、伊賀(上・十話)、播磨(上・十一話)、常陸(上・十四話)、駿河(上・十五話)、播磨(下・二話)、美濃(下・三話)の話を収録している。

## 六　諸国一見の僧と能のワキ僧

『地蔵菩薩霊験記』に僧等についての諸国の話があるが、旅の僧については巻一・三話に、西の京の蔵観房は年来地蔵尊を信仰し、五畿七道を遊行して地蔵菩薩の霊験を尋ね歩いたとある。『撰集抄』における主人公は、都方から出て地方を旅する僧であるが、地方の僧の都見物の例としては、天正本『太平記』巻二十六・大稲妻天狗未来記の事に、出羽国の羽黒山にいた雲景という山伏が諸国一見を志し、都に上って今熊野に住し、京中の名所旧跡をくまなく巡礼したという話があって、能の構成に近くなっている。これは両者の同時代性にもよるものであろう。『諸国一見聖物語』では、至徳四年(一三八七)清水寺北斗堂で諸国一見の僧に話を聞くという設定で、この聖は奥州の出身で、諸国の一見を志し、寺々を廻って世の無常の理を知ることとしたという。求めに応じて聖は塩釜明神から始めて奥州路を上って来たことを語る。

武蔵野ノウキヲ留メテ遠キ野ノ何今宵《イツク》ノ泊ナルヘキト心ヲ尽ス。入逢鐘サヘ聞カヌウキニ付テノ名所トモ申スヘシ。秋ノ夕ノ月影ニ人松虫ノ子ニ鳴テ、妻恋イカヌル佐保鹿ノ、アハヌ恨ミテ鳴ク声ヲ聞クニ、…(4)

とあるように、今宵の宿を心配しながらも、文学的な興趣をも求め、名所に関心を寄せる旅であった。聖はこのあと東海道を旅して名所を目にし、箱根では曽我兄弟の昔を思い、富士山の麓では竹の林から生まれた姫の話を聞いたりする。この聖は「差セル道心モ候ハネハ」とあるように、意志堅固な仏道修行者ではなく、遁世者のような存在であるが、こうした旅の僧も能のワキ僧に近いものである。

さて能においては諸国一見の僧は、「八島」「頼政」（以上、修羅物）「井筒」「采女」「野宮」「江口」「遊行柳」「杜若」（以上、鬘物）「浮舟」「玉葛」「錦木」「善知鳥」「藤栄」「恋の松原」（以上、四番目物）「鵺」「竜虎」（以上、切能物）となる（現行曲を収めた赤尾照文堂版の『謡曲二百五十番集』による）。また「竜田」（四番目物）は「六十余州に御経を納むる聖」とワキ僧が名のっており、これも諸国型である。この諸国一見型は地方から京都周辺へ、名所旧跡を訪ね、霊仏・霊社に参詣する目的で来ることが多く、『諸国一見聖物語』等と合わせると、当時の文学的な構想の一つということができる。そして能においては古典文学の有名人を弔うことも目的とされ、それが能の重要な演劇的趣向の一つである。これには幽霊を救済する、あるいは亡霊の祟りを鎮撫するという宗教者の別の役割が強調され、往生伝等に見るような個人の堅固な求道心をテーマとするのではなく、より共同体的な、国民的な関心事を取り上げることになる。むしろ古代の宗教家の面影がある。『満済准后日記』応永二十一年（一四一四）五月十一日条に、さる三月十三日遊行上人が加賀の篠原で斎藤別当実盛の霊に会い、これに十念を授けたという噂が京中に広まり、これが世阿弥の能「実盛」ができる契機となったといわれるが、能はこうした平家の亡魂の鎮魂から進んで、「野宮」のように、旅の僧が虚構の人物の幽霊を弔うまでに展開する。ワキ僧は古典文学にゆかりのある場を訪れては、その文学世界を導く役目を担うことになる。

能には諸国一見の僧が京都周辺へやって来る型だけではなく、都から地方へ向かう僧の型もあり、「八島」（讃岐、ワキは都方から出た諸国一見の僧と名のる）・「忠度」（摂津）・「敦盛」（摂津、僧は蓮生法師）・「生田敦盛」（摂津）・「姨捨」

（信濃）・「仏原」（加賀）・「六浦」（武蔵、能では相模とする）・「藤」（越中）・「木賊」（信濃）・「熊坂」（美濃）・「碇潜」（長門）・「松山天狗」（讃岐）があり、各地にわたる。東国物には「桜川」「隅田川」「羽衣」「錦木」「黒塚」等の能があり、狂言にも「入間川」「名取川」があるが、当時都の人々が文学的にも東国にも関心を示していたことのあらわれである。『曾我物語』は京都でももてはやされた文芸であった。また地方から地方への旅の僧は「鵜飼」（安房の清澄から甲斐の石和川へ）・「放下僧」（下野から武蔵の金沢へ）があるが、これらは在地伝承的な内容である。さらにワキが在地の僧である型は、「通盛」（阿波の鳴門）・「檜垣」（肥後の岩戸山）・「殺生石」（下野国とその周辺）等がある。

ほかには東国から都へ上る僧の型があり、「田村」「東北」「融」があるが、数は少ない。西国から都へ上る僧の型があり、「求塚」「知章」「箙」があるが、これらは僧が旅の途中で亡霊に遭遇する。これも東国上洛型よりも多少多い程度である。「花月」「夕顔」「舎利」「輪蔵」は僧が西国から都へ到着してからの出来事になる。この西国上洛型は「花月」が筑紫の英彦山の僧、「夕顔」が豊後の僧、「舎利」が出雲の国美保の関の僧、「輪蔵」が大宰府の僧となっており、出自が明確で、これは西国と京都が深い関係の歴史を持っていたためであろう。「高砂」のワキは阿蘇の宮の神主、「賀茂」のワキも播磨の室の明神の神職である。また北国上洛型では「定家」「落葉」の例がある。これらは諸国話という本論のテーマとははずれるので、参考のみとする。

能におけるワキ僧の宗派は天台宗、真言宗、浄土宗、時宗、日蓮宗、禅宗等各宗にわたり、それぞれ曲のテーマに沿っている。いずれにしても都へ伝えられた諸国の話は、「隅田川」「木賊」のように中世の街道筋発生のものが多いであろう。古典文学的な題材から離れて、地方奇談的な能では「善知鳥」のほか「阿漕」がある。日向国から出た僧（または男）が伊勢大神宮参詣を思い立ち、伊勢の阿漕で密漁をして殺された男の霊に会うものである。これには古歌の背景があり、創作的であろう。また「藤」は都から北国へ向かった僧が、越中国多祜の浦で藤の精に会う話であるが、これにも古歌が背景にあり、能における旅のワキ僧の形はあくまで文学を基本としている。歌枕と関係する場合もある。ここに登場するワキ僧は無名の人が多いが、「松山天狗」の西行や「草薙」の恵心僧都、「殺生石」の玄翁（源翁）のように有名人である場合もある。そこでどの宗派の僧が地方の伝承に接するかは重要ではないように思われる。より庶民的な諸国話の能は、ワキ僧が登場する型よりも、現在能の社会劇にむしろ見られるといえるであろう。なおまた番外曲に眼を向ければ、旅の僧が地方奇談に接するものを多く見出すことができる。狂言「地獄僧」にも面白いテーマがある。大蔵虎明本で示すと、都の僧が立山地獄に堕ちている罪人を助けようと立山に赴き、そこで地獄の閻魔王と対面する話である。これは旅先で幽霊に遭遇してこれを弔うという静的受身的なものではなく、自ら進んで罪人を救済しようとする積極型である。立山地獄の罪人を救済する話が種々があるので、この狂言はそうした説話の系列にむしろある。

『田植草紙』八十五番の歌謡には、旅する僧が庶民の眼にどのように映ったかを伝える。

あつまからかたつらやけたる僧かひとりくたりた　その僧をわれニたもれわかそうニせうやれ　とまれやたひのうきそう　いなそうやれんけしおはよまいて　とつてのけたやたかあみかさかゐんのわ　たひのきやくそう　日高ニやとをとられた

東国から熊野参詣にやって来たらしい僧の姿を、道成寺縁起説話のイメージを重ねながら歌ったもので、[5]ここにも芸能らしい趣向があるが、旅の僧を珍しがる庶民のまなざしを感じさせる。なお「腹不立」「薩摩守」「地蔵舞」等の出家狂言にも旅の僧が登場するが、これは能のワキ僧のパロディ的な意味も持っている。

注

（1）兜率天往生については、拙論に「能『須磨源氏』における兜率天」がある。『中世の演劇と文芸』（新典社、平成十九年）所収。

（2）「中世往生伝」『中世往生伝と説話の視界』（笠間書院、平成二十七年）所収。

（3）以下、小島孝之・浅見和彦編『撰集抄』（桜楓社）による。

（4）京都大学国語国文資料叢書による。

（5）真鍋昌弘『田植草紙歌謡全考注』八十五番の考説（桜楓社、昭和四十九年）

# あとがき

この『中世文学の思想と風土』は、以前に新典社から刊行した著のあとを受けて、ここ最近雑誌に掲載した論文や、学会・研究会で研究発表をしたもの、学会等で講演したものを収録している。中には若い頃に書いたものも混じっている。以前に雑誌に載せたものは、枚数に制限があったので、この機会に思う存分書き足して長大化したり、その後の研究の進展に合わせて大幅に書き改めたりしたものもある。そうなると私が以前に書いたものはあまり意味がなくなってしまい、以前それを読んでくださった方には迷惑であるが、完成を志したということでお許しをいただきたい。口頭で発表したものは、テーマが大きく、あまり問題を絞ったものではないこともお断りしておく。

私の著書にはたいてい「中世」が冠せられているが、私の研究はほぼこの時代のことに限られてきた。以前の著では能などを中心とした中世芸能や、御伽草子といった物語などの論が中心であったが、その後は風土に関する論が多くなってしまった。これは私が長年の間、日本文学風土学会に関わってきたためである。私自身は本来文献中心主義者で、現地踏査を重んじる研究方法には無関心であったが、仲間と歩き回るうちに、いつの間にかそれに馴染んでしまい、その方面の論文もたまっていった。もともと私が東北の田舎の出身であることもあって、地方的なものへの理解があり、また自分のルーツを感じることにもなるので、年齢とともにそちらへの関心が深まることになったのである。また周囲の方々も私を東北人という目で見ていた面があるように思われる。風土学的な研究に関しては、日本全国を踏査したわけではなく、部分的な理解にとどまっており、それも東北や関東方面である。東北は広く多様な世界で、うまく統一的に把握することは難しい。一方で私は東京都での生活が長くなったので、東北の知識よりはむしろ関東に関する知識の方がはるかに多くなってしまった。その間に自然と東北と関東の中間地帯である北関東に主に関心を抱くようになっている。

もう一つの柱である思想に関するものは、序に述べたように、純粋な中世思想史の研究というよりは、文学研究の側から見た思想研究である。私は研究の常道として、文学作品を中心に置いてその解釈に当たってきたが、その結果日本人のあるいは人間の思想的な問題に突き当たっていったのである。実際には思想研究に有益な作品もあれば、あまり適さないものもあるが、おおむね作品は何かしら思想的なものを含んでいる。もちろん文学のみで時代の思想を総体的に把握するのは無理である。しかし一方では文学作品はその時代の雰囲気をよく伝えるもので、そこに古人の心を垣間見ることができる。それも思想につながる。そして文学作品あるいは古文献にはさまざまな意味が籠もっていて、それを発掘するのが研究者にとって魅力のある仕事となるのである。

なお各論文の初出は次の通りである。

第一部　中世文学の思想

中世文学における乞食の言説をめぐって　「専修国文」第九九号、平成二十八年九月

心の澄む舞　「総合芸術としての能」第16号、平成二十七年八月

中世思想としての「心澄む」　「専修国文」第一〇〇号、平成二十九年一月

『法華経』の語句の享受と聖地の形成　「佛教文学」第四十三号、平成三十年四月

平成二十九年九月、佛教文学会大会で講演したもの

演劇・芸能における二人物舞踊の系譜　「専修人文論集」第一〇〇号、平成二十九年三月

原題「演劇・芸能における二人物の系譜」

第二部　日本の風土と文学
日本文学風土学についての覚書
原題「日本文学風土学の構築へ向けて」
「日本文学風土学会　紀事」30・31号、平成十九年六月
伏見稲荷をめぐる信仰と芸能
伏見稲荷大社「朱」第61号、平成三十年三月
原題「中世の伏見稲荷をめぐる信仰と芸能」
「専修大学人文科学年報」第二六号、平成八年三月
白山信仰における行事と芸能
原題「日本文学と年中行事―白山信仰の行事と芸能―」
「専修大学人文科学年報」第二七号、平成九年三月
立山信仰と文学
「専修国文」第九四号、平成二十六年一月
神田明神の信仰と祭礼
原題「神田明神の信仰と祭礼―平将門伝説、神事能、奉納芸能など―」
東国と謡曲
原題「東国と謡曲文学―日本文学風土学と関連して―」
平成二十八年十一月、日本文学風土学会秋季大会で研究発表したもの
東北をめぐる説話・物語・演劇
「日本文学風土学会　紀事」38号、平成二十六年三月
原題「東北をめぐる説話・物語・演劇―都から見た東北観―」
平成二十五年十一月、日本文学風土学会秋季大会シンポジウムで発表したもの

北東北と中世文学
原題「北東北と中世文学―中央との関係を中心に―」「文学・語学」第二一二号、平成二十七年四月
平成二十六年十一月、全国大学国語国文学冬季大会シンポジウムで発表したもの

古文献にあらわれる出羽国・置賜郡
原題「古文献にあらわれる羽前国・置賜郡―他国からのまなざし―」「専修人文論集」第九八号、平成二十八年三月
平成二十七年三月、山形県南陽市中央公民館で講演したもの

地方の奇談を見聞する僧
原題「能における僧侶―ワキ僧の意味を中心に―」
平成二十七年五月、日本文学協会の中世部会例会で研究発表したもの

この書の出版に当たっては、新典社編集部小松由紀子・田代幸子両氏に種々お世話をいただいた。特に田代氏には厄介な仕事を引き受けていただいた。感謝申し上げる。私は平成二十九年三月、専任の教員として長年勤続した専修大学を退職したので、この書は私にとっては一つの区切りとなるものである。

平成三十一年一月

# 索　　引



## 凡　例

1．人名・地名寺社名・書名文学作品名・演劇芸能作品名・事項の５項目に分けた。
2．網羅的なものではなく、本書における論の展開上、重要なものを取り上げた。
3．人名については、研究者は除いた。
4．目次・序・見出し・注・あとがきからの語句は採っていない。
5．算用数字は、その語句のあるページを示す。

# 人 名 索 引



# 地名寺社名索引

# 書名文学作品名索引

# 演劇芸能作品名索引

# 事 項 索 引

石黒　吉次郎（いしぐろ　きちじろう）
1947年1月　山形県南陽市に生まれる
1970年5月　東京大学文学部国語国文学科卒業
1972年3月　東京大学大学院修士課程修了
専攻・学位　中世芸能・文学（文学修士）
現　職　専修大学名誉教授
主　著『中世演劇の諸相』（1983年，桜楓社）
『中世芸道論の思想―兼好・世阿弥・心敬』（1993年，国書刊行会）
『世阿弥―人と文学』（2003年，勉誠出版）
『中世の演劇と文芸』（2007年，新典社）
『御家騒動の物語―中世から近世へ―』（2009年，新典社）
『中世の芸能・文学試論』（2012年，新典社）

新典社研究叢書308

中《ちゅう》世《せい》文《ぶん》学《がく》の思《し》想《そう》と風《ふう》土《ど》

平成31年2月28日　初版発行

著　者　石黒吉次郎
発行者　岡元学実
印刷所　惠友印刷㈱
製本所　牧製本印刷㈱
検印省略・不許複製

発行所　株式会社　新典社
東京都千代田区神田神保町一―四四―一一
営業部＝〇三（三二三三）八〇五一番
編集部＝〇三（三二三三）八〇五二番
ＦＡＸ＝〇三（三二三三）八〇五三番
振　替　〇〇一七〇―〇―二六九三二番
郵便番号一〇一―〇〇五一番

 ISBN978-4-7879-4308-8 C3395
http://www.shintensha.co.jp/ E-Mail:info@shintensha.co.jp

# 新典社研究叢書

（本体価格）

269 うつほ物語と平安貴族生活 ——史実と虚構の織りなす世界—— 松野 彩 八八〇〇円
270 『太平記』生成と表現世界 和田 琢磨 一四二〇〇円
271 王朝歴史物語史の構想と展望 加藤静子・桜井宏徳 二〇〇〇〇円
272 森鷗外『舞姫』 本文と索引 杉本 完治 七七〇〇円
273 記紀風土記論考 神田 典城 一四〇〇〇円
274 江戸後期紀行文学全集 第三巻 津本 信博 八〇〇〇円
275 奈良絵本絵巻抄 松田 存 八二〇〇円
276 女流日記文学論輯 宮崎 莊平 二六八〇〇円
277 中世古典籍之研究 ——どこまで書物の本姿に迫れるか—— 武井 和人 一九八〇〇円
278 愚問賢注古注釈集成 酒井 茂幸 一三五〇〇円
279 萬葉歌人の伝記と文芸 川上 富吉 一二〇〇〇円
280 菅茶山とその時代 小財 陽平 一四二〇〇円
281 根岸短歌会の証人 桃澤茂春 ——『庚子日録』『曾我蕭白』—— 桃澤 匡行 一二〇〇〇円
282 平安朝の文学と装束 畠山大二郎 一二五〇〇円
283 古事記構造論 ——大和王権の〈歴史〉—— 藤澤 友祥 七四〇〇円
284 源氏物語 草子地の考察 ——「桐壺」～「若紫」—— 佐藤 信雅 一〇二〇〇円
285 山鹿文庫本発心集 ——影印と翻刻 付解題—— 神田 邦彦 一二四〇〇円
286 古事記續考と資料 尾崎 知光 六五〇〇円
287 古代和歌表現の機構と展開 津田 大樹 一二四〇〇円
288 平安時代語の仮名文研究 阿久澤 忠 一二六〇〇円
289 芭蕉の俳諧構成意識 ——其角・蕪村との比較を交えて—— 大城 悦子 一五一〇〇円
290 二松學舍大学附属図書館蔵 奈良絵本 保元物語 平治物語 小井土守敏 一〇八〇〇円
291 未刊 江戸歌舞伎年代記集成 倉橋・桑原・小池・齋藤・光延 二八〇〇〇円
292 物語展開と人物造型の論理 ——源氏物語〈二層〉構造論—— 中井 賢一 一二五〇〇円
293 源氏物語の思想史的研究 ——妄語と方便—— 佐藤勢紀子 七八〇〇円
294 春画論 ——性表象の文化学—— 鈴木 堅弘 一七六〇〇円
295 『源氏物語』の罪意識の受容 古屋 明子 一二六〇〇円
296 袖中抄の研究 紙 宏行 九七〇〇円
297 源氏物語の史的意識と方法 湯淺 幸代 一二五〇〇円
298 増補 太平記と古活字版の時代 小秋元 段 一二六〇〇円
299 源氏物語 草子地の考察2 ——「末摘花」～「花宴」—— 佐藤 信雅 一二〇〇〇円
300 連歌という文芸とその周辺 ——連歌・俳諧・和歌論—— 廣木 一人 一三七〇〇円
301 日本書紀典拠論 山田 純 一一八〇〇円
302 源氏物語と漢世界 飯沼 清子 一三八〇〇円
303 中近世中院家における百人一首注釈の研究 酒井 茂幸 一六五〇〇円
304 日本語基幹構文の研究 半藤 英明 七二〇〇円
305 太平記における白氏文集受容 金木 利憲 一一〇〇〇円
306 物語文学の生成と展開 柳田 忠則 二〇〇〇〇円
307 源氏物語 読解と享受資料考 ——伊勢・大和とその周辺—— 妹尾 好信 一八四〇〇円
308 中世文学の思想と風土 石黒吉次郎 一〇六〇〇円
309 江戸期の広域出版流通 大和 博幸 一三〇〇〇円